Arttu Tuominen
Was wir verbergen

Weiterer Titel des Autors:
Was wir verschweigen

Titel auch als Hörbuch erhältlich

ARTTU TUOMINEN

WAS WIR VERBERGEN

KRIMINALROMAN

Übersetzung aus dem Finnischen
von Anke Michler-Janhunen

LÜBBE

Die Bastei Lübbe AG verfolgt eine nachhaltige Buchproduktion. Wir verwenden Papiere aus nachhaltiger Forstwirtschaft und verzichten darauf, Bücher einzeln in Folie zu verpacken. Wir stellen unsere Bücher in Deutschland und Europa (EU) her und arbeiten mit den Druckereien kontinuierlich an einer positiven Ökobilanz.

Titel der finnischen Originalausgabe:
»Hyvitys«

Für die Originalausgabe:
Copyright © 2020 by Arttu Tuominen
First published in Finnish language by Werner Söderström Ltd (WSOY),
Published in German by arrangement with Bonnier Rights, Helsinki

Für die deutschsprachige Ausgabe:
Copyright © 2022 by Bastei Lübbe AG, Köln
Textredaktion: Anja Lademacher, Bonn
Umschlaggestaltung: Manuela Städele-Monverde
Einband-/Umschlagmotiv: © Amedeo Zullo/shutterstock;
© Sea Wave/shutterstock; © Denis Belitsky/shutterstock
Satz: Dörlemann Satz, Lemförde
Gesetzt aus der Minion
Druck und Einband: GGP Media GmbH, Pößneck

Printed in Germany
ISBN 978-3-7857-2811-6

2 4 5 3 1

Sie finden uns im Internet unter luebbe.de
Bitte beachten Sie auch: lesejury.de

*Für Julia,
die Mutigste*

PROLOG

Im Halbdunkel glänzen die Augen des Mannes fast schwarz. Die Bäume vor dem Fenster schwanken im Lichtkegel der Straßenlaternen und zeichnen feine Figuren auf sein Gesicht. Der Mann sitzt auf einem Holzhocker vor seinem Schminktisch und betrachtet sich im Spiegel. Der Fernseher dröhnt, eine Talkshow läuft. Der Erzbischof der evangelisch-lutherischen Kirche Finnlands ist anwesend, es geht um das Gesetz zur Ehe für alle. In der Runde sitzen außerdem je eine Parlamentsabgeordnete des Linksbündnisses und der Christdemokratischen Partei, ein Vertreter des Vereins für sexuelle Gleichberechtigung Seta sowie der Sprecher von »Widerstehe! – Heilung durch Glauben«, einer christlichen Kampagne, bei der finnische Jugendliche auf YouTube darüber berichten, wie sie sich von der Homosexualität abgewendet und zu Gott gefunden haben.

»Hätte Gott die Homosexualität gewollt, dann hätte er das auch deutlich gesagt und sie nicht verdammt ...«

»Wo bitte hat Gott die Homosexualität verurteilt? Diese Bibelstelle müssen Sie mir erst mal zeigen!«

Der Mann vor dem Spiegel fährt sich über Wange, Kinn und Hals. Seine Fingerspitzen kratzen über die Bartstoppeln.

»Die Bibel ist in dieser Hinsicht ganz eindeutig ...«

»Wenn zwei Menschen sich lieben, warum sollte die Gesellschaft sich dann zwischen sie stellen ...«

Der Mann hat aschgraue Augen, eine schmale Nase und dünne, leicht nach unten gezogene Lippen. Seine Haare sind schwarz und widerspenstig wie die Mähne eines Löwen. In seinen Zügen liegt eine Spur harter Kälte, aber auch Traurigkeit.

»*Was sagen Sie zu den offen rassistischen Demonstrationen auf dem Bahnhofsvorplatz in Helsinki, die schon seit April andauern? Sollte man sie beenden?*«

»*In Finnland gibt es das Recht auf Meinungs- und Versammlungsfreiheit ...*«

»*Aber es ist Aufgabe der Polizei, Rassismus und Hetzreden zu unterbinden, die die öffentliche Sicherheit ...*«

Angewidert betrachtet er sein Spiegelbild: Hervorstehende Wangenknochen, kräftiger Hals und ein Bartwuchs, dem auch mit dem schärfsten Rasierer nicht beizukommen ist. Und erst sein Körper: breite Schultern, breiter Brustkorb und muskulöse Arme. Er hasst jedes Detail, das er sieht, das er berührt.

»*Die Gesetzesinitiative für das Recht auf eine gleichgeschlechtliche Ehe haben bisher über einhunderttausend Bürger unterschrieben. Ist das nicht ein deutliches Signal ...*«

»*Ich habe das Mandat von sechstausend Wählerinnen und Wählern und werde mich nicht von ihnen abkehren ...*«

Der Mann verteilt mit langsamen, exakten Bewegungen Makeup im Gesicht und pudert es anschließend leicht. Nach und nach verschwinden die kleinen Makel, Falten und Poren. Er trägt Lidschatten auf, tuscht sich die Wimpern und umrandet die Augen mit Kajal. Jeder Handgriff, jede Berührung lindert seine Abscheu. Irgendwo dort – unter der Hülle – wohnt sein wahres Ich. Jetzt vermag er im Spiegel einen leichten Schimmer davon zu erkennen, als könnte er einen kurzen Blick durch einen schmalen Türspalt werfen.

Das Innere war schön. Bunt. Lebendig.

Er befestigt ein Haarnetz, malt die Lippen rot an und setzt sich eine Perücke auf. Blonde Haare breiten sich wie ein Vorhang über seinen Rücken. Der Mann erhebt sich und schaltet den Fernseher aus. Die Perlen um seinen Hals schimmern im Dunkeln ebenso matt wie seine Augen, doch trifft sie ein Lichtstrahl, erstrahlen sie hell wie Elfenbein.

Er legt einen Büstenhalter um, nimmt das lange rot-weiße Kleid vom Bügel, legt sich ein Tuch um die Schultern und begutachtet sich im Spiegel. Er unterdrückt das Lächeln, das er in sich aufsteigen fühlt. Würde er lächeln, verflöge der Zauber. Diesen Augenblick will er genießen, obwohl er weiß, dass der Moment kommen wird, in dem der Glasschuh zu Boden fällt und zerspringt. Denn er zerspringt immer.

Das Taxi lässt ihn an der Yrjönkatu in Höhe des Marktplatzes heraus. Ein betrunkener Jugendlicher grölt etwas und fasst sich in den Schritt. Ein anderer pfeift. Der Türsteher vor dem Nachtklub hält ihm die Tür auf, und der Mann steckt ihm einen Schein zu. Drinnen ist es schummrig, bunte Lichter blinken. Bässe dröhnen. An der Garderobe herrscht Andrang, Körper berühren ihn. Er zwängt sich ins Gewühl, fühlt schwitzige Haut, riecht Schweiß und hört die Musik.

Der Tanzboden ist voll. Eine Nebelmaschine verbreitet schweren Dunst zwischen den Tanzenden. Er läuft quer durch den Club zur Damentoilette. Unterwegs streicht ihm jemand über den Oberschenkel, zieht aber nach einem Blick in sein Gesicht die Hand rasch wieder zurück. Ein ununterbrochener Strom von Menschen drängt sich ihm entgegen. Männer, Frauen, manche wie er, andere. Auf der Toilette prüft er sein Make-up und lächelt einer Frau, die sich neben ihm die Lippen nachzieht, im Spiegel zu. Sie lächelt zurück.

Im Gang schlägt ihm wieder der hämmernde Bass entgegen. Zwei Männer küssen sich an die Wand gelehnt. Er geht zur Bar und setzt sich auf einen gerade freigewordenen Hocker. Der junge Mann, der sich von der Bar entfernt, sieht ihn an und dreht sich kurz darauf noch einmal um. Ihre Blicke treffen sich. Er zwinkert und wirft dem jungen Mann einen Luftkuss zu. Der junge Mann schaut ihn verdutzt an, wendet sich ab und verschwindet in der Menge.

Er bestellt sich eine Flasche Mineralwasser ohne Eis und schaut zur Tanzfläche. Im blitzenden Strobolicht wirken die Bewegungen der Tanzenden abgehackt, wie in einem in Zeitlupe abgespielten Film. Plötzlich spürt er, dass ihn jemand am anderen Ende des Tresens anstarrt. Der andere hat ein gebräuntes Gesicht, einen Dreitagebart und dunkle Augen. Er trägt einen grauen Blazer und darunter ein weißes Hemd, an dem die oberen beiden Knöpfe offen stehen. Der Mann im Blazer sieht zu ihm herüber und lächelt. Er lächelt zurück. Der andere erhebt sich und kommt auf ihn zu. Er kann das Rasierwasser riechen. Sein Blick wandert zum offenen Kragen.

Der Mann im Blazer flüstert ihm etwas ins Ohr, bringt ihn zum Lachen. Sie gehen auf die Tanzfläche. Der andere nimmt ihn an der Hand und zieht ihn in die Menge. Er fühlt die Musik und die auf sie gerichteten Blicke. Er lässt sich von der Musik treiben, heute macht er sich nichts daraus. Seine Füße heben sich vom Boden, der Kopf fällt in den Nacken und die ganze Zeit bleibt der Mann im Blazer nah bei ihm, drückt ihn an sich, dreht ihn, berührt ihn und lacht.

Sie treten aus dem Nachtklub auf die Straße und überqueren Hand in Hand den Marktplatz in Richtung Hotel. Die Sommernacht ist hell, trotzdem brennen die Laternen. Man ruft ihnen hinterher, aber der Mann im Blazer zieht ihn nur noch fester an sich. Die Absätze klappern. Im Aufzug küssen sie sich das erste Mal. Ihre Lippen pressen sich aufeinander, die Hüften drängen zueinander. Er greift dem anderen ins Haar und lässt die Hand in dessen Nacken gleiten.

Die Hotelzimmertür fällt hinter ihnen ins Schloss. Der Mann hofft, der Glasschuh möge in dieser Nacht nicht zerschellen. Doch er weiß, dass er auch diesmal fallen wird, dass er ganz sicher fällt und zersplittert.

1

Er starrte an die weiß getünchte Hotelzimmerdecke. Der Mann aus dem Nachtklub lag neben ihm und schlief. Die Bettdecke hob und senkte sich im Rhythmus seiner Atemzüge. Geräusche von draußen hatten ihn geweckt. Etwas, das klang wie das Grollen eines Donners. Ein Hund bellte, die Alarmanlage eines Autos heulte.

Er richtete sich auf und stellte die nackten Fußsohlen auf den Teppichboden. Es war jener Moment der Nacht, in der der Zauber erlosch. Er stand auf und ging ins Bad. Das Licht brannte grell. Im Spiegel betrachtete er sich. Unter dem Make-up trat sein stoppeliges Gesicht hervor. Er verabscheute sich heftiger denn je.

Dann ging er zum Bett zurück und sammelte leise, um den Schlafenden nicht zu wecken, seine Kleidungsstücke vom Boden auf. Draußen waren jetzt Sirenen näherkommender Einsatzfahrzeuge zu hören. Sein Handy auf dem Nachttisch blinkte. Als er den Namen des Anrufers auf dem Display sah, runzelte er die Stirn. Er ging ins Bad und drückte die grüne Taste.

»Oksman.«

»Habe ich dich geweckt?«, erkundigte sich Jari Paloviita.

»Es ist halb vier.«

»Zieh dich an. Ich hole dich in zehn Minuten ab.«

»Was ist passiert?«

»Im Nachtklub Venus gab es eine Explosion. Im Gebäude brennt es, mehrere Menschen sind verletzt. Warum flüsterst du? Hast du eine Frau bei dir?«

»Ich habe bei meinen Eltern übernachtet. Meine Mutter ist krank. Wir treffen uns in zwanzig Minuten vor dem Nachtklub.«

Polizeioberkommissar Henrik Oksman beendete das Telefonat, ging zum Fenster und schaute durch die Vorhänge auf die Straße hinunter. Immer mehr Polizeiautos rollten heran. Zwei Feuerwehrfahrzeuge und ein Rettungswagen rauschten am Hotel vorbei.

»Musst du los?« Der Mann im Bett hatte sich aufgesetzt. Er blinzelte schläfrig, die behaarte Brust schimmerte nackt.

Oksman sah ihn an: Aus dem Schlaf gerissen und mit wirren Haaren sah er fast noch schöner aus als in seinem Blazer und sorgfältig frisiert. Oksman zog die Strumpfhose an und streifte das Kleid über. »Ja.«

»Sehe ich dich wieder?«

Oksman antwortete nicht. Er räumte seine restlichen Dinge vom Nachttisch in die Handtasche und ließ den Verschluss zuschnappen. Mittlerweile hallten von überall Martinshörner und brachen sich zwischen den glatten Fassaden der Innenstadt.

»Was ist da los?«, fragte der Mann und ging zum Fenster. Blaulicht flackerte über die Häuserwände. Sein Hintern leuchtete in dem fahlen Licht, das durch die Vorhänge fiel.

»Es brennt irgendwo«, sagte Oksman, ging zur Tür und sah sich ein letztes Mal zu ihm um. Dann war er verschwunden.

2

Es war fünfzehn nach vier, als Oberkommissar Henrik Oksman seinen Saab dem Taxistand gegenüber am Markt parkte. Näher heranzufahren war nicht möglich. Oksman war seit vierzehn Jahren Polizist und konnte sich nicht erinnern, je so viele Einsatzfahrzeuge auf einem Fleck gesehen zu haben. Straße und Markt waren über und über in blaues Licht getaucht.

Die Yrjönkatu war zwischen der Nordseite des Marktes und der Valtakatu vollständig gesperrt. Hinter den Absperrbändern drängten sich hunderte Zivilpersonen. Die meisten von ihnen Schaulustige aus den umliegenden Kneipen. Alle wollten den Unglücksort sehen, aber der Fahrzeugdschungel aus Feuerwehrautos, Rettungswagen, Streifenwagen und Polizeitransportern verstellte ihnen die Sicht.

Oksman schauderte. Erst vor zwei Stunden war er selbst in diesem Nachtklub gewesen. Der Gedanke irritierte ihn. Wie ein Störsignal im Fernsehen. Obwohl er sich eigentlich auf die bevorstehenden Ermittlungen konzentrieren sollte, gingen ihm all die Fragen durch den Kopf, die er möglicherweise beantworten musste. Er bückte sich unter der Absperrung hindurch und entdeckte Jari Paloviita, der an ein Löschfahrzeug gelehnt in sein Handy sprach. Paloviita steckte das Telefon in die Tasche, als er seinen Kollegen kommen sah, und ging ihm entgegen.

»Ich dachte schon, du kommst nicht mehr«, sagte Paloviita.

Oksman sah zum Eingang des Nachtklubs hinüber. Die Tür gab es nicht mehr, auch keine Fenster. Alles, was er sah, waren verkohlte Rahmen und in einem weiten Umkreis davor geborstenes Glas, Metall- und Holzsplitter. Feuerlöschschläuche schlängelten sich durch die schwarze Türöffnung, aus der immer noch dünne Rauchschwaden aufstiegen. Die Gäste waren aus dem Nachtklub evakuiert und auf die andere Straßenseite gebracht worden, wo Rettungssanitäter ihre Wunden versorgten und drei Streifenpolizisten die Personalien aufnahmen. Die Nacht hatte sich abgekühlt, und die meisten von ihnen waren zu leicht bekleidet. Jemand hatte einen Stapel Decken herbeigeschafft, die an jene verteilt wurden, die sie am dringendsten brauchten. Mindestens zwei Männer in Frauenkleidung konnte Oksman in der Menge ausmachen. Und er registrierte auch die vielsagenden Blicke, die seine Kollegen gerade auf sie richteten.

Vor dem Gebäude war eine Plane ausgebreitet, unter der sich fünf Wölbungen abzeichneten.

»Fünf?«, vergewisserte sich Oksman.

»Drei Männer und zwei Frauen. Bis jetzt. Sie haben noch niemanden reingelassen – nur die Technik und Linda.«

»Verletzte?«

»Dutzende. Die kritischen wurden ins Krankenhaus gebracht.«

Zwei Feuerwehrmänner in Rauchschutzanzügen traten auf die Straße. Ihnen folgte eine schlanke, hochgewachsene Frau, die einen Schutzanzug mit Atemschutzmaske trug. Sie riss sich die Maske vom Gesicht, sobald sie draußen stand, und suchte in ihren Taschen nach der Zigarettenschachtel.

Oksman und Paloviita traten auf sie zu.

»Und?«, fragte Paloviita.

Kriminalhauptmeisterin Linda Toivonen zündete sich eine Zigarette an und tat ein paar Züge, bevor sie antwortete: »Jemand hat eine Handgranate durch die Eingangstür geworfen. Die Garderobe ist völlig zerstört, ansonsten halten sich die materiellen Schäden in Grenzen. Wenn sich das Feuer ausgebreitet hätte, wäre noch viel mehr passiert.«

Linda bot Paloviita eine Zigarette an, doch der schüttelte den

Kopf. Sie warteten, bis Linda zu Ende geraucht hatte. Um sie herum schwirrten die Einsatzkräfte: Feuerwehrleute rollten Schläuche auf, Streifenpolizisten wiesen Rettungsfahrzeuge ein, und Rettungssanitäter eilten zwischen den Autos hin und her.

Auch die Kommissariatsleiterin Susanna Manner war jetzt eingetroffen. Ihre Augenlider waren vom unterbrochenen Nachtschlaf gerötet, die Kiefer gespannt vom unterdrückten Gähnen. Manner trat hinter die Absperrung, sah sich um und kam auf die Dreiergruppe zu.

»Wie viele?«, fragte sie um Forschheit bemüht.

Linda hob die Finger ihrer rechten Hand. Manner nickte.

»Ein Terrorakt?«

»Eine Handgranate. Mit Sicherheit eine, höchstwahrscheinlich zwei«, sagte Linda.

»Warum?«, fragte Manner.

Oksman und Paloviita sahen sich an. Linda antwortete wieder für sie:

»Der Nachtklub ist bei Schwulen und Lesben beliebt.«

Alle verstummten. Keiner sprach es aus, aber in einer Welt, in der Handgranaten in Einkaufszentren explodierten, Menschen willkürlich auf der Straße niedergestochen und Autos absichtlich in Menschenmassen gesteuert wurden, war ein Sprengstoffanschlag auf einen Nachtklub gar nichts so Ungewöhnliches. Erschütternd, aber nicht außergewöhnlich.

3

Alle am Tisch waren müde, und keiner unternahm den Versuch, es zu verbergen. Die Runde gähnte und räkelte sich ungeniert. Die technischen Ermittlungen hatten bis in die Morgenstunden angedauert, und am Einsatzort würden sie noch bis zum Nachmittag weitergehen. Das Team von Susanna Manner war ins Präsidium gewechselt, nachdem alle Besucher des Nachtklubs medizinisch versorgt und nach Hause gebracht worden waren. Paloviita hatte erst einmal eine Kanne Kaffee gekocht und jedem eine große Tasse eingegossen. Er gähnte, rieb sich das Kinn und konnte seine unrasierten Bartstoppeln fühlen. Schon in der Nacht war ihnen klar gewesen, dass sich die Ereignisse wie ein Lauffeuer in Finnland und um die ganze Welt verbreiten würden. Die sozialen Medien waren bereits voll mit Fotos und Videoclips vom Tatort. Überall in Europa waren die Redaktionen gerade dabei, ihre Schlagzeilen zu formulieren.

Susanna Manner war ihnen allen immer noch ein Rätsel. Sie hatte im März als Leiterin des Kriminalkommissariats angefangen. Die Sechsunddreißigjährige hatte ein Polizeistudium absolviert und besaß einen Doktortitel der Rechtswissenschaften. Sie war aus dem zweihundert Kilometer weiter nördlich gelegenen Lapua nach Pori gezogen. In Lapua hatte sie erst als Polizeidirektorin und dann als Staatsanwältin beim Amtsgericht gearbeitet. Der frühere Leiter des Kriminalkommissariats Juhani Heinonen war als Spezialist ins Zentrale Kriminalamt nach Helsinki gewechselt und Jari Paloviita hatte ihn kurzzeitig vertreten. Doch dann waren Dinge vorgefallen, die ihn dazu gezwungen hatten, die Aufgabe abzugeben. Die Stelle wurde öffentlich ausgeschrieben, und Susanna Manner war aus einer Schar von über hundert Bewerbern als Beste ausgewählt worden. Einer neuen Chefin wurde fast immer mit Neugier, Zweifel, vielleicht auch Scheu begegnet. Doch in den wenigen Monaten, seit sie das Team leitete, hatte bisher noch keiner irgendetwas Negatives über sie zu sagen gewusst. Ganz im Gegenteil. Allerdings hatten bis jetzt alle mehr oder weniger darauf gewartet, wie sie sich in einem wirklich großen Fall verhalten würde. Und dieser Fall war jetzt eingetreten.

Linda schaltete den Fernseher an der Wand ein. Die Melodie der Morgennachrichten plärrte durch den Raum, dann verlas eine weibliche Stimme die aktuellen Meldungen:

»Handgranaten-Anschlag auf einen Nachtklub und beliebten Treffpunkt für sexuelle Minderheiten in Pori. Fünf Tote und Dutzende Verletzte. Die Polizei geht von einem Terroranschlag aus.«

»Schwerer Wohnungsbrand im Zentrum von Helsinki. Personen kamen nicht zu Schaden. Die Löscharbeiten dauern noch an.«

Als die Musik verstummte, kam das Gesicht der Sprecherin ins Bild. »Im Zentrum von Pori wurde heute Nacht gegen drei Uhr ein Bombenanschlag auf den Nachtklub Venus verübt. Nach Angaben der Polizei wurden dabei fünf Menschen getötet. Mehrere Dutzend Verletzte wurden zur Behandlung ins Krankenhaus eingeliefert. Die Angehörigen der Opfer werden zur Stunde informiert. Ein Tatverdächtiger konnte jedoch noch nicht festgenommen werden. Zu weiteren Details machte die Polizeidirektion Südwestfinnland bisher keine Angaben. Eine Pressekonferenz ist für neun Uhr angekündigt.«

In den Nachrichten wurden die Aufnahmen einer Handykamera gezeigt. In dem pixeligen Video waren die schwarze Fassade des Hauses und das Meer aus blinkenden Einsatzfahrzeugen zu sehen. Dann folgten Nachrichten aus der Wirtschaft, ein Bericht über die Reform des Sozial- und Gesundheitssystems sowie der Sport. Am Ende der Sendung ging es noch einmal um den Anschlag auf den Nachtklub. Im Studio saßen zwei Gesprächspartner.

Die Moderatorin eröffnete das Gespräch: »Wir freuen uns, zwei Terrorismusexperten im Studio begrüßen zu dürfen: Kari Salmi hat über das Thema Internationaler Terrorismus promoviert, und Major Tuomo Paju ist Koordinator für internationale Operationen beim Führungsstab der Verteidigungskräfte. Guten Morgen.«

»Guten Morgen.«

»Herr Dr. Salmi, Sie lehren und forschen zum Thema Internationaler Terrorismus mit dem Schwerpunkt Europäischer Terrorismus. Trägt der Anschlag auf den Nachtklub Venus für Sie die Merkmale einer terroristischen Tat?«

Kari Salmi trug einen schwarzen, leicht knittrigen Anzug. Sein Blick irrte unstet durchs Studio, als ob er eine herumschwirrende Fliege verfolgte.

»Also ... äh, der Begriff Terrorismus ist nicht leicht zu definieren, und ... so ein einzelner Anschlag ... oder wenn sich der Anschlag nur auf eine bestimmte Bevölkerungsgruppe bzw. gegen sie richtet ...«

»Wie genau ist Terrorismus denn definiert?«, präzisierte die Moderatorin ihre Frage.

»Terrorismus zielt auf die Verbreitung von Angst und ... äh ... Schrecken sowie die Destabilisierung von Strukturen ...«

»Jeder weiß, dass das Venus ein Nachtklub ist, der bei sexuellen Minderheiten beliebt ist. Könnte das ein Motiv für den Anschlag sein?«

»Bisher, äh, ja ... ein terroristischer Anschlag richtet sich meistens gegen einen gesellschaftlichen Missstand ... eine Religion oder die Staatsmacht. Der Nationalismus an sich ...«

»Sind Homosexuelle für Sie ein gesellschaftlicher Missstand? Könnte die sexuelle Orientierung Motiv für eine Terrortat sein?«

»Äh ...«

Der zweite Moderator wandte sich an den Major. »Major Tuomo Paju, Sie sind Terrorismusexperte im Führungsstab der Verteidigungskräfte und leiten eine Einheit zur grenzüberschreitenden Terrorismusabwehr. Wie schätzen Sie den Anschlag ein?«

Der Major zeigte keine Regung, seine Hände lagen locker verschränkt auf dem Tisch. »Nach bisherigen Informationen war die Tat geplant, aber die genauen Motive kennen wir nicht. Was wir mit Sicherheit sagen können, ist, dass es sich um einen Sprengstoffanschlag handelt. Ob die Einordnung als Terrortat gerechtfertigt ist, bedarf weiterer Fakten.«

»Sprengstoffanschläge sind in Finnland äußerst selten. Was sind die häufigsten Motive für derartige Taten?«

»Wie Kari Salmi schon ausgeführt hat, sind die Beweggründe sehr weit gestreut und können von politischen Ideologien bis hin zu Nationalismus und Hass reichen.«

»Der Anschlag richtete sich gegen einen bei sexuellen Minderheiten beliebten Nachtklub und fand am selben Tag statt wie der Themenabend zur Ehe für alle beim Privatsender MTV.«

»Anschläge gegen sexuelle bzw. geschlechtliche Minderheiten gab es in der Welt schon einige. Am bekanntesten ist vielleicht der Anschlag auf einen Nachtklub im US-amerikanischen Orlando 2016, bei dem fünfzig Menschen ums Leben kamen und mindestens ebenso viele verletzt wurden«, führte der Major aus. »Es kommt jetzt darauf an, die Täter schnell zu fassen und mögliche weitere Anschläge zu verhindern.«

Die Moderatorin unternahm noch einen weiteren Versuch, den Dozenten zu einer Stellungnahme zu bewegen: »Herr Salmi. In Ihrer Doktorarbeit behaupten Sie, dass es in Finnland wie auch im übrigen Europa zu einer Ausbreitung des Terrorismus kommen wird. Erst das Messerattentat von Turku im August 2017 und jetzt der Anschlag auf den Nachtklub. Gibt es Grund zu der

Sorge? Könnten solche Anschläge auch bei uns zu einer alltäglichen Bedrohung werden, wie dies in einigen südeuropäischen Ländern bereits der Fall ist?«

»Dieser Anschlag unterscheidet sich gravierend von dem Messerattentat in Turku, auch wenn ... äh ... terroristische Akte natürlich immer zu ... Nachahmertaten führen können.«

»Der oder die Täter sind bisher nicht gefasst worden. Müssen wir mit weiteren Taten rechnen?«

»Das, nun ... die Polizei ... ich weiß es nicht.«

Die Kamera schwenkte wieder auf den Moderatorenkollegen, der den Dozenten erneut unterbrach:

»Gerade erreicht uns die Nachricht, dass vor dem Anschlag auf den Nachtklub ein Bekennervideo ins Netz gestellt wurde. Wir werden das Video direkt anschließend zeigen. Wir möchten darauf hinweisen, dass die Bilder jugendliche oder sensible Zuschauer schockieren könnten.«

Alle im Raum um Manner erstarrten und sahen sich entsetzt an.

Auf dem Fernsehbildschirm war jetzt ein YouTube-Video zu sehen, das in einem halbdunklen Raum, offenbar einem Keller oder Bunker, aufgenommen worden war. Limettengrüne Farbe blätterte von den Wänden und gab den grauen Beton darunter frei. Im Vordergrund stand ein Tisch, auf dem einige Gegenstände lagen. Einen davon identifizierte Jari Paloviita als eine polnische Selbstladepistole P 35. Er brauchte eine Weile, bis er begriff, dass es sich bei den übrigen sechs dunklen Gegenständen auf dem Tisch um Eierhandgranaten handelte. Auf die Wand fiel ein Schatten und wurde kleiner. Ein Mann lief um die Kamera herum und setzte sich wie bei einer Pressekonferenz auf einen Stuhl hinter den Tisch. Er hatte sich eine schwarze Sturmhaube über den Kopf gezogen, nur Mund und Augen waren frei. Die Sturmhaube war wie ein Totenschädel mit Kieferknochen und Zähnen bedruckt.

Der Mann schaute direkt in die Kamera. Seine Augen sahen aus wie Murmeln in einem Totenkopf.

»*Und Gott schuf den Menschen zu seinem Bilde, zum Bilde Gottes schuf er ihn.*«

Sein Blick war unverwandt auf die Kamera gerichtet. »Der Wille Gottes ist auf den Seiten der Bibel verewigt: Gott hat die Sexualität zwischen Frau und Mann geschaffen. Alles andere ist eine Sünde.«

Erst jetzt blinzelte er zum ersten Mal. Sein starrer Blick war grauenerregend.

»Wenn ich in einer Menschenmenge stehe, sehe ich, dass die Welt auf Abwegen wandelt. Gottes Wort ist vergessen, und der Mensch hat sich der Sünde hingegeben. In der Bibel steht geschrieben: *Du sollst nicht bei einem Mann liegen wie bei einer Frau; es ist ein Gräuel.*«

Der Mann starrte wie hypnotisiert in die Kamera. Er schien dem Zuschauer direkt durch die Linse in die Augen zu schauen. Unter den Kollegen im Raum herrschte absolute Stille. Hätte jemand eine Büroklammer fallen lassen, wäre sie laut wie eine Hantelstange auf den Boden aufgeschlagen.

»So klar ist das heilige Buch der Gesetze. So klar ist Gottes Haltung: Homosexualität ist Ruchlosigkeit. Dennoch hat heute der Erzbischof die Botschaft der Bibel geleugnet und diese Abscheulichkeiten gerechtfertigt. Unser eigener Erzbischof tritt für die Homo-Ehe ein! Das ist unentschuldbar und widernatürlich!«

Dabei schlug er mit der Faust auf den Tisch. Die Handgranaten kullerten und klirrten leise.

»Selbst die Kirche unterstützt inzwischen die Sache der Schwulen. Sollte aber nicht gerade die Kirche Gottes Wort am entschiedensten verteidigen? Die Kirche bröckelt von innen heraus, so wie alle mächtigen Zivilisationen kurz vor ihrem Zusammenbruch. Die Mainstream-Medien stehen der Homosexualität positiv gegenüber. Homosexualität ist zur Mode geworden, sie ist

Thema in allen Zeitungen und wird überall glorifiziert. Die Menschen verhalten sich feindselig gegenüber den wahren Jüngern des Herrn Jesus. Es steht auch geschrieben: Die Bibel prophezeit, dass sich die Welt vor ihrem Untergang der Gesetzlosigkeit hingeben wird.«

»Der Weg des Menschen steht vor seinem Ende. Der Feldzug, den die Mainstream-Medien für die Homos führen, beleidigt und verleumdet jene, die an die Bibel glauben. Diese Kampagne brandmarkt Gegner der Homosexualität als Rassisten und will sie dazu verleiten, sich für ihren Glauben an Gott zu schämen. Das ist falsch!«

Er griff nach einer der Handgranaten und drehte sie in der Hand.

»Es ist Zeit aufzubegehren. Für die wahren Jünger Jesu. Heute werden viele Sünder den Zorn Gottes zu spüren bekommen. Heute Nacht werde ich der Wind Gottes sein, der feurig in die Schar der Sünder bläst. Ich werde deutlich machen, dass wir uns nicht unterwerfen werden, dass wir noch nicht bereit sind für die Finsternis.«

Er hielt die Handgranate in die Kamera.

»Heute Nacht wird das Blut der Blasphemiker die Straßen rot färben!« Er hatte sich nach vorn gebeugt, sprach mit tiefer, drohender Stimme. Sein Blick war jetzt so eindringlich und fordernd, dass jedem, der zuschaute, die Haare zu Berge standen. Seine Augen funkelten wie Eiskristalle.

»Ich fordere euch auf: Folgt mir auf dem Weg zur Vereinigung mit Gott. Egal, ob Mann oder Frau, stark oder schwach. Wenn ihr nur unseren Herrn, den Allmächtigen, liebt und bereit seid, in seinen Heerscharen zu kämpfen. Homosexualität steht für all das, was unsere Gesellschaft zerstört. Es ist die vom Teufel gesandte Geißel, die auf uns herniederfährt. Ich flehe Euch an: Folgt mir. Folgt mir, und Christus, unser Herr, wird es Euch lohnen!«

Kommissariatsleiterin Manner schaltete den Fernseher aus.

Alle Handys piepten und blinkten. Sie blickte von einem zum anderen, ihr Blick war ernst, die veränderte Stimmung fast greifbar. Als wäre ein kalter Windhauch durch das Zimmer geweht. Schließlich drehte sie sich zu ihrem Handy auf dem Schreibtisch um, das ebenfalls vibrierte. Sie erhob sich, warf einen Blick auf die Nummer auf dem Display und nahm das Gespräch an.

»Polizei Südwestfinnland, Susanna Manner … Ja, ich bin … Genau … Pressekonferenz um neun …«

Ihr Blick glitt zur Uhr an der Wand.

»In einer Stunde … Sicher, natürlich … Ja, ich weiß. Wir haben ein Team … Das ist, finde ich, viel zu früh … Das macht keinen Sinn, ich … bin entschieden anderer Meinung! Wenn das so ist, verlange ich eine schriftliche Entscheidung … Zum Teufel, ja! Ich protestiere! … Alles klar. Auf Wiederhören.«

Manner beendete das Telefonat, legte ihr Handy zurück auf den Tisch und wendete sich wieder ihrem Team zu. »Das war Säynätsalo vom Polizeipräsidium Turku. Das Zentrale Kriminalamt übernimmt die Leitung der Ermittlungen. Gemäß Artikel 34 des finnischen Strafgesetzbuches handelt es sich um ein terroristisch motiviertes Hassverbrechen gegen sexuelle Minderheiten und LGBT-Personen.«

Keiner erwiderte etwas. Allen war klar, dass das Gesetz in diesem Punkt eindeutig war. Die Nachrichtensendung gerade eben ließ nicht den geringsten Zweifel daran. Dennoch war Manners Miene extrem angespannt.

»Ein terroristisch motiviertes Hassverbrechen«, wiederholte Linda und schüttelte den Kopf.

»Das ZKA schickt noch heute seine Leute«, sagte Manner.

»Und was ist dann unsere Rolle? Oder werden wir komplett aufs Abstellgleis geschoben?«, fragte Paloviita.

»Wenn es nur so wäre. Wir unterstützen das ZKA mit all unseren Ressourcen. Mit anderen Worten, wir machen weiter wie bisher. Der einzige Unterschied ist, dass alle Entscheidungen über das ZKA laufen.«

»Und die Pressekonferenz?«

»Ist abgesagt. Von jetzt an ist das Zentrale Kriminalamt dafür zuständig, die Öffentlichkeit zu informieren. Keiner hier darf sich gegenüber der Presse äußern.«

»Dieser Typ ist verrückt«, sagte Linda. »Er wird es wieder tun.«

Manner nickte. »Ich habe absolut kein Verständnis dafür, dass so ein Video in einer Live-Sendung gezeigt wird. Das allein stellt schon eine Gefährdung der nationalen Sicherheit dar. Der Mann hat ja praktisch zum Krieg gegen Homosexuelle aufgerufen. Haben die Medien denn gar kein Verantwortungsbewusstsein?«

Paloviita ging zu Manners Laptop und tippte etwas auf der Tastatur. Als er den Bildschirm zu ihnen drehte, war darauf das gerade gezeigte Video zu sehen.

»Der Verfasser bezeichnet sich selbst als ›Gesandter Gottes‹«, erklärte Paloviita.

»Schon jetzt wurde das Video fast achttausend Mal aufgerufen«, stellte Manner entsetzt fest.

»Es verbreitet sich in allen sozialen Netzen. Niemand kann es mehr stoppen«, erklärte Paloviita. »Und was das Verantwortungsbewusstsein der Medien angeht – das hat noch nie existiert.«

»Okay«, sagte Manner. »Auch wenn die Ermittlungen offiziell nicht mehr bei uns angesiedelt sind, werden wir nicht hier sitzen, Däumchen drehen und auf das ZKA warten. Erstens müssen wir herauskriegen, wo das Video ins Netz hochgeladen wurde. Nehmen Sie Kontakt mit den Netzbetreibern auf. Dafür müssen wir Ressourcen einplanen. Wenn wir sie nicht selbst aufbringen können, müssen wir sie einkaufen. Der Preis spielt keine Rolle. Zweitens müssen wir jedes Pixel dieses Videos genauestens analysieren. Ich will alles darüber wissen. Die Marke seiner Kleidung, die er anhat, wo man sie kaufen kann, was für eine Pistole er in der Hand hielt, ob er Schmuck trägt, wie viel Staub auf dem Tisch liegt, welche Farbe seine Augen haben ...«, zählte Manner auf.

»Und woher er verflixt noch mal eine Kiste Handgranaten hat«, ergänzte Linda Toivonen.

»Auch das ... und dann seine Stimme. Ich will, dass sich ein Stimmsachverständiger das Video anhört und die Sprache analysiert. Ich will eine Einschätzung zu Alter, Dialekt usw. Benutzt er irgendwelche auffälligen Wörter, gibt es Wiederholungen, hat er Sprachfehler.«

»Der Mann ist jung«, begann Oksman. »Eher unter dreißig als darüber. Schlank. Könnte ein Sportler sein, seine Schultern sind breit, die Taille schmal.«

»Gut«, sagte Susanne Manner. »Was noch?«

»Die Waffe ist eine belgische FN. Kostet sicher ein-, zweitausend, vor allem auf dem Schwarzmarkt.«

Paloviita hatte das Gefühl, schnell auch etwas beisteuern zu müssen, wollte er nicht ins Hintertreffen geraten: »Ich bin mir allerdings sicher, dass es sich bei der Waffe um eine polnische P 35 handelt. Im Laufe meiner Karriere habe ich so viele davon gesehen, dass ich sie mit geschlossenen Augen erkennen würde.«

Oksman drehte sich zu Paloviita um und sagte nur: »Es ist eine FN.«

»Das wird sich sehr schnell herausstellen, wenn die Technik das Video untersucht hat«, warf Manner beschwichtigend ein. »Können Sie etwas zu den Handgranaten sagen?«

Beide Männer zuckten mit den Schultern, und auch Linda hatte dem nichts hinzuzufügen.

»Handgranaten bekommt man nicht an jeder Ecke. Hier nicht und auch nirgendwo sonst. Außer vielleicht irgendwo in Afrika. Also sind sie gestohlen«, warf Paloviita ein.

»Davon kann man wohl ausgehen«, pflichtete ihm Manner bei. »Wer hat die Möglichkeit, solche Sprengmittel zu beschaffen und woher? Gehen Sie alle Fälle der letzten zehn Jahre durch, bei denen Handgranaten im Spiel waren. Inklusive aller Beschlagnahmungen.«

Paloviita nickte. »Das wäre leichter, wenn wir mehr über die Handgranaten wüssten. Herstellungsjahr, Herkunftsland, Modell. Soweit ich weiß, gibt es verschiedene Typen.«

»Gehen Sie auch davon aus, dass dieser Gesandte etwas Ähnliches noch einmal versuchen wird?«, fragte Linda ihre neue Chefin.

Manner überlegte kurz, dann sagte sie: »Ja, ich denke, davon kann man sogar ziemlich sicher ausgehen. Dieser Mann hat gerade der Homosexualität den Krieg erklärt, die er für eine Krankheit hält. Und zu allem Übel steht eine Kiste voller Handgranaten auf seinem Tisch. Das verheißt nichts Gutes. Wir werden unter dem Druck agieren müssen, dass er eine weitere Tat verübt, wenn auch möglicherweise nicht sofort.«

Manner schnappte sich ihr Handy vom Tisch, das fast ununterbrochen gesummt hatte, drückte die Annahmetaste und wandte sich zum Telefonieren ab.

»Wir müssen den Täter so schnell wie möglich fassen, sonst lynchen uns die Leute«, erklärte Linda. »Der Messerstecher von Turku wurde bereits nach wenigen Minuten geschnappt, kaum vorzustellen, was damals passiert wäre, wenn es länger gedauert hätte.«

Paloviita nickte düster. »Das hier wird sowieso zu einer irrwitzigen Medienshow werden. Jedes erdenkbare finnische Journalistenteam ist sicher schon unterwegs hierher nach Pori. Und aus dem Ausland rücken sie auch an. Ich sehe schon die Schlagzeilen vor mir: *Terrorist, der sich selbst ›Gesandter Gottes‹ nennt, droht mit neuen Anschlägen und ruft Gesinnungsgenossen zum Krieg gegen Homosexuelle auf. Polizei ist ratlos.*«

Manner hatte ihr Telefonat beendet und wandte sich mit finsterer Miene wieder den anderen zu. »Das Zentrale Kriminalamt möchte Ortskundige in seinen Reihen haben. Das heißt, wir müssen Leute von uns abstellen. Ich möchte Sie gerne alle vorschlagen.«

Sie sahen sich an, und sofort war klar, dass die Angelegenheit keiner weiteren Beratung bedurfte.

»Was noch?«

»Die Informationspolitik. Ich gehe davon aus, dass keiner von uns schon einmal so einen Pressezirkus erlebt hat, wie er uns jetzt bevorsteht.«

»Ganz abgesehen von den sozialen Medien«, warf Paloviita ein. »Hat jemand gestern die Sendung zur Ehe für alle beim Privatsender MTV3 gesehen? Ich selbst konnte nur die erste Viertelstunde ertragen, dann habe ich umgeschaltet. Ich konnte einfach nicht länger zusehen. Selbst 2019 leben in Finnland noch Menschen, die Schwulsein für eine psychische Krankheit halten, von der man durch Beten geheilt werden kann. Ich mag mir gar nicht vorstellen, wie sich die Diskussion in der Anonymität der Internetforen entwickelt.«

»Du glaubst doch wohl nicht im Ernst, dass jemand das Geschwafel dieser maskierten Hohlbirne für bare Münze nimmt. Homosexualität ist in der heutigen Zeit doch kein Tabu mehr«, sagte Linda.

»Na klar ist er ein Spinner«, entgegnete Paloviita. »Keiner mit einem einigermaßen funktionierenden Verstand wirft eine Handgranate in einen rappelvollen Nachtklub. Bedauerlich ist nur, dass er nicht der einzige Wirrkopf in diesem Land ist. Gewalt hat die unangenehme Eigenschaft, dass sie Nachahmer auf den Plan ruft. So wie bei Amokläufen an Schulen und anderen terroristischen Straftaten. – Sie schaukelt sich hoch. Und dann eine derartige Berichterstattung, solche Hetzreden. Das kann für den einen oder anderen Typen mit Gewaltphantasien der letzte Anstoß sein, weil er nur darauf wartet, dass jemand ihn zum radikalen Handeln auffordert.«

»Da wäre noch eine Sache«, sagte Manner und blickte Oksman an, der etwas abseits saß. »Die Bibel. Ich will alles wissen, was darin über Homosexualität gesagt wird. Darum kümmern Sie sich.«

Oksman nickte.

Manner fuhr fort: »Dass jemand seine Tat mit Gott begründet, ist ungewöhnlich für Finnland. Wir müssen mehr über seine Sicht auf die Welt herausfinden. Sobald Sie Zeit haben, sprechen Sie mit Gemeindemitgliedern, Pfarrern und dergleichen.«

»Mit Pfarrern?«, fragte Paloviita.

»Die Kirche muss sich zu den Vorkommnissen äußern. Wenn jemand das Töten von Menschen mit den Worten Gottes rechtfertigt, dann betrifft das auch die Kirche.«

»Wann hat denn die Kirche schon mal Verantwortung für irgendetwas übernommen?«, ereiferte sich Linda. »Im Namen von Gott oder Allah oder sonst wem sind Millionen von Menschen in der Welt getötet worden. Heute zitieren Terroristen die Bibel, gestern war es der Koran und morgen der Talmud. Ich wette um einen Hunderter, dass es keine zwei Stunden dauert, bis der Erzbischof den Anschlag verurteilen und seine Hände in Unschuld waschen wird wie seinerzeit Pilatus und Konsorten.«

Paloviita hielt Linda die Hand hin. »Angenommen! Ich bin ganz deiner Meinung, schätze aber, dass es nur eine Stunde dauert, bis die Kirche eine Pressemitteilung herausgibt.«

»An der gestrigen Diskussion über die Ehe für alle hat doch auch dieser Pfarrer aus Pori teilgenommen. Wie hieß er gleich?«, wollte Manner wissen und trommelte mit den Fingern auf den Tisch, um sich den Namen ins Gedächtnis zu rufen. »Dieser Hippie, mit den Ohrringen und den Tätowierungen. Wie hieß der doch gleich!«

»Meinen Sie Mikael Fredriksson?«, sagte Paloviita. »Er schien mir von der gestrigen Truppe noch am klarsten bei Verstand, auch wenn er eher an einen alten Rocker erinnert als an einen Pastor.«

»Reden Sie mit ihm«, schlug Manner vor.

»Religion oder nicht, Aufstachelungen wie diese bringen den Extremisten Zulauf. Die haben doch nur auf so etwas gewartet. Auf eine Gelegenheit, die Teufel in ihren eigenen Reihen ans Licht zu locken«, meinte Linda.

4

Auf dem Bürgersteig vor dem Nachtklub häuften sich Blumen und Kerzen, und es wurden ständig neue gebracht. Eine riesige Menschmenge hatte sich dort eingefunden. Fünf gerahmte Fotografien standen nebeneinander auf den verrußten Treppenstufen. An den Blumensträußen flatterten vereinzelte Regenbogenfahnen und Trauerflorbänder.

Auch jetzt war etwa ein Dutzend Menschen vor Ort, um Blumen niederzulegen. Eine etwa gleich große Anzahl Journalisten machte Fotos. Eine Gruppe Jugendlicher auf dem gegenüberliegenden Bürgersteig weinte ohne Scheu. Der Himmel hing grau über der Stadt, zwischen den Häusern pfiff ein kalter Wind. Oksman schob sich durch die Menschenansammlung und bog in den Innenhof ein. Hier stand ein ziviler Transporter der Kriminaltechnik, der schon seit den frühen Morgenstunden vor Ort war. Am Hinterausgang des Klubs stand ein Polizist Wache. Es war Pasi Jaakola, wie Oksman erkannte. Pasi war einer der ganz wenigen Polizisten, mit denen Oksman hin und wieder ein Wort wechselte. Sie hatten sich vergangenen Herbst zufällig im Duschraum getroffen, und seitdem grüßten sie sich. Auch jetzt kreuzten sich ihre Blicke, und aus irgendeinem unerfindlichen Grund verwirrte Oksman das Lächeln des Kollegen.

»Kann ich eintreten?«, fragte er streng. Der offizielle Ton beeindruckte sein Gegenüber nicht im Geringsten, sein Lächeln wurde nur breiter.

»Ja, wenn du dich traust.«

Oksman hob die Brauen.

»Raunela ist ...«

»... ganz er selbst?«, vervollständigte Oksman den Satz und musste jetzt auch lächeln, denn von drinnen erscholl ein donnerndes Fluchen. Oksman erkannte die Stimme von Ville Raunela sofort.

»Vielleicht warte ich lieber kurz«, sagte er und blieb neben Pasi stehen. Oksman ließ seinen Blick durch den Innenhof streifen, auf dem sich Betonelemente und übereinander geschichtete Teile eines Metallzauns häuften. Hier und da wuchs Unkraut aus Ritzen im Asphalt. Häuser sind wie Menschen, dachte er. Hinter einer hübschen Fassade verbergen sich Schmutz, Kälte und totes Laub.

Raunela trat in einem rußverschmierten Schutzanzug aus der Tür. Er ließ das Atemschutzgerät unters Kinn rutschen und streifte die Kapuze zurück. Raunelas kahler Schädel glänzte vor Schweiß. Als er seine beschlagenen Brillengläser trocknete, bemerkte er Oksmans und Pasis grinsende Blicke und schnaubte: »Ihr könnt euch selber mal in diese Montur schmeißen. Verdammte Einsatzkräfte! Mussten sie die Bude auch vollspritzen wie ein Schwimmbad? Alles ist total versaut!«

»Kann ich rein?«, fragte Oksman wieder.

Statt zu antworten, blickte Raunela ihn nur finster an. Also öffnete Oksman die Tür und ging hinein. Hinter der Tür befand sich ein Lagerraum, in dem Tische und Stühle gestapelt waren. Auch hier war der Boden nass, mit Ruß bedeckt und voller matschiger Schuhabdrücke von Technikern und Feuerwehrleuten. Der Anschlag und die anschließenden Löscharbeiten hatten einen gewaltigen Schaden verursacht, möglicherweise drohte sogar der Abriss. Hinter dem Lagerraum führte ein Flur zum Getränkelager, an das sich eine kleine Küche anschloss. Auf der gegenüberliegenden Seite lagen die Umkleideräume und ein winziges Büro mit Computer und Drucker. Oksman ging durch die Schwingtür am Ende des Flurs und fand sich hinter dem Tresen wieder. Unter seinen Schuhsohlen knirschten Glasscherben. Die Technik hatte überall Flutscheinwerfer aufgestellt, deren altertümliche Halogenlampen den Raum in eine feuchtheiße Sauna verwandelten. Auf dem Boden schlängelte sich ein Wirrwarr aus Schläuchen.

Nur noch eine Technikerin war vor Ort und bearbeitete das Eichenpaneel des Bartresens mit einer Messerspitze. Sie hörte das Knirschen, hob den Kopf, sah Oksman kommen und nickte ihm zu. Oksman nickte zurück und ließ sie in Ruhe weiterarbeiten. Der Nachtklub bot einen erbärmlichen Anblick. Das Regal mit den Spirituosen war geborsten, ebenso alle Flaschen und Gläser. Die Tische lagen umgekippt am Boden, entweder hatten die in Panik Fliehenden sie umgeworfen oder die hereinstürmenden Feuerwehrleute. Akustikdämmplatten hatten sich von der Decke gelöst und schwammen im Rußwasser. In den Räumen hing ein stechender, undefinierbarer Geruch, und Oksman wurde panisch bei dem Gedanken, dass er gerade Asbest oder etwas ähnlich Giftiges einatmete.

In der Garderobe befanden sich noch die durchnässten Jacken einiger Männer und Frauen. Sie sahen aus wie Fledermäuse, die von einer Höhlendecke herabhingen.

Oksman dachte daran, wie er selbst in der Nacht auf einem dieser Barhocker gesessen hatte, die jetzt kreuz und quer auf der Tanzfläche verstreut lagen. Er hatte plötzlich das dringende Bedürfnis, diesen Ort zu verlassen und frische Luft einzuatmen. Die Räume erinnerten eher an Katakomben als an einen Nachtklub. Ihm kamen die Fotos draußen vor dem Eingang in den Sinn, und die Erhebungen unter den Planen, die er letzte Nacht auf der Straße gesehen hatte. Um ein Haar hätte er selbst darunter gelegen. Wie sehr das Leben doch manchmal an Kleinigkeiten hing. Wendet man sich nach links, bleibt man am Leben, wendet man sich nach rechts, winkt der Tod. Er konnte nicht umhin, sich die Kommentare seiner Kollegen vorzustellen, wenn sie ein Foto seiner Leiche bekleidet mit einem rot-weißen Kleid gesehen hätten, geschweige denn die Reaktionen seiner Eltern, seines Vaters.

Oksman fühlte sich vollkommen ausgelaugt. Er hatte seit achtundzwanzig Stunden kein Auge zugetan. Alles schien über ihm zusammenzubrechen, so wie die Akustikdämmplatten in dem aschgrauen Nachtklub. Er war Polizist und nur wenige Stunden vor der Explosion selbst Gast hier gewesen. Das hätte er definitiv sofort mitteilen müssen, um dann seine Aussage zu den Ereignissen in der Nacht zu machen. Es wäre seine Pflicht gewesen. Und es war ein Dienstvergehen, es zu verheimlichen.

Aber natürlich konnte er es auf gar keinen Fall irgendjemandem erzählen. Diese Schande würde er nicht ertragen. Mit dieser Sache verhielt es sich so wie mit dem Pfeiler in der Mitte des Raumes – fiele er um, würde der ganze zerfetzte Nachtklub endgültig über ihm zusammenbrechen.

Die Zahl der Todesopfer war gering, wenn man bedachte, was alles hätte passieren können. Wäre es statt in der Garderobe mitten auf der Tanzfläche zur Explosion gekommen oder wäre Feuer ausgebrochen, dann hätte es dutzende, vielleicht sogar hunderte Tote geben können. Oksman versuchte sich das Chaos vorzustellen, das in dem gut gefüllten Nachtklub geherrscht haben musste: Rauch und Staub und Geschrei, schubsende und alles niedertrampelnde Menschen, Flammen. Er schüttelte den Kopf, um das Bild wieder zu verscheuchen, und setzte seinen Weg durch die Räume fort. Der Anblick war weitaus erschreckender, als er es sich vorzustellen gewagt hatte.

»Bingo!«, rief eine Technikerin.

Oksman eilte mit weit ausholenden Schritten zu ihr. Er beugte sich über die behandschuhte Hand, und die Technikerin richtete ihre Stirnlampe auf das Teil in ihrer Handfläche, das in Form und Größe an ein Gitarrenplektrum erinnerte.

»Ein Splitter?«, fragte Oksman.

Sie nickte und drehte das Plättchen um. »Sieh es dir genauer an!«

Oksman erkannte eine Reihe eingestanzter Buchstaben und

Ziffern: »Eine Seriennummer?« Sie rieb den Ruß vom Metall, bis die ganze Nummer sichtbar wurde. Dann steckte sie den Splitter in ein durchsichtiges Plastiktütchen, das sie mit rotem Siegelklebeband verschloss. »Mit ein bisschen Glück führt uns die Nummer auf eine Spur, und wir kriegen heraus, woher die Granate stammt.«

Die schlechte Luft im Nachtklub schlug Oksman auf den Magen. Sein Kopf schmerzte. Er ging den gleichen Weg zurück, den er gekommen war, blieb in der Tür stehen und sog gierig die frische Luft ein. Seine Haut glänzte feucht, das Hemd klebte ihm am Rücken. Er zog ein Taschentuch hervor und wischte sich damit über Gesicht und Hals.

»Scheußlicher Ort«, stellte Pasi fest, und Oksman nickte. Oksman entdeckte Raunela, der im Sturmschritt vor dem Fahrradständer auf und ab ging und lauthals ins Telefon brüllte. Offensichtlich war er gut in Fahrt. Sicher hatten seiner Meinung nach wieder alle alles falsch oder wenigstens in der falschen Reihenfolge gemacht. Pasi erriet seine Gedanken und grinste. Oksman grinste zurück.

Oksman ging über den Hof zurück auf die Straße, auf der immer noch jede Menge Menschen herumstanden. Es waren sogar noch mehr geworden. Etwas Schreckliches war in ihrer Stadt passiert, und Trauer verbindet. In dieser Menschenansammlung lag auch etwas Tröstliches, fand Oksman. Vielleicht war die Menschheit ja doch noch nicht ganz verloren. Er lehnte sich gegen eine Hauswand und betrachtete die Menge, die größtenteils aus jungen Männern und Frauen bestand, darunter nur wenige Ältere und auch ein paar Babys. Viele trugen das Regenbogen-Symbol an der Kleidung oder in den Haaren, als Armband oder Abzeichen. Oksman runzelte die Stirn, als er eine vierköpfige Männergruppe auf der gegenüberliegenden Straßenseite entdeckte, die sich durch ihren Kleidungsstil von den anderen abhob. Sie trugen alle eine Jeans und eine exakt gleich geschnittene schwarze Bomberjacke. Auf dem Rücken ein Emblem mit einer weißen geballten Faust, darunter die Buchstabenkombination »WO« und der Schriftzug »Blood & Honour«. Sie standen breitbeinig, eine Zigarette im Mundwinkel, und in regelmäßigen Abständen schossen zwischen ihren Zähnen Speichelfetzen auf die Straße hinaus. Immer wieder erscholl grölendes Gelächter. Oksman betrachtete sie genauer. Bis auf einen waren es alle bullige Kerle mit breiten Schultern und wulstigem Stiernacken. Eindeutig aus der Muckibude!

Oksman kannte die Abkürzung auf dem Emblem am Rücken: White Order war der Name einer rechtsradikalen Gruppierung, und Blood & Honour stand für ein Musikvertriebsnetzwerk der Neonazis, das auch Konzerte rechtsextremer Bands organisierte. Er hatte schon ein paar Mal dienstlich mit Mitgliedern von White Order zu tun gehabt, für Festnahmen gab es dabei immer exakt zwei Gründe: Gewalt oder Drogen, meist eine hübsche Kombination aus beidem. Oksman beobachtete, wie sie herumstanden – die Hände in den Taschen, Stahlketten vom Gürtel bis zu den Knien – und gemeinschaftlich rumrotzten. Instinktiv machten die Leute einen Bogen um die Gruppe. Auch eine Mutter zog ihre etwa fünfjährige Tochter näher zu sich, während sie ihnen auswich. Jedem war klar, die Typen waren hier, um Stunk zu machen und den Anschlag zu bejubeln.

Zorn stieg gärend in ihm auf.

Er steckte sein Handy wieder zurück in die Tasche und lief schnurstracks auf die Gruppe zu. Der hünenhafteste von ihnen trug einen Irokesenschnitt und sah ihn kommen. Er nickte seinen Kameraden zu, die sich sofort in seine Richtung drehten und ihn herausfordernd anblickten. Oksman zog seine Polizeimarke aus der Tasche und hielt sie sichtbar hoch.

Der Irokesenschnitt spuckte vor Oksman auf die Straße. Oksman ignorierte es, machte ohne hinzuschauen einen Schritt über den Speichelkleks und stellte sich vor sie. Die vier gruppierten sich im Halbkreis um ihn. Obwohl Oksman fast genauso groß war wie sie, brachte er etliche Kilo weniger auf die Waage. Die Situation blieb nicht unbemerkt, und sofort bildete sich ein Ring aus Neugierigen um sie herum.

Oksman und die Männer starrten sich an. Ein Mundwinkel des Irokesen hatte sich zu so etwas wie einem Lächeln verzogen, seine leicht geöffneten, aufgesprungenen Lippen gaben den Blick auf gelblich verfärbte Zähne frei. Er führte seine Zigarette zum Mund, sog die Lungen voll Rauch und blies ihn Oksman direkt ins Gesicht. Die anderen stießen sich beifällig in die Rippen.

»Und, Hering, was steht an?«, fragte der Irokese.

»Sie verschwinden von hier und lassen die Leute in Ruhe«, antwortete Oksman.

»Wir haben das gleiche Recht, uns an öffentlichen Plätzen aufzuhalten, wie jeder andere auch. Sollen die sich doch verziehen, wenn ihnen unsere Gesellschaft nicht passt.«

»Die Menschen haben ein Recht darauf, ungestört trauern zu können. Und Sie sehen nicht aus, als würden Sie irgendwie Anteil nehmen.«

»Bestimmt jetzt die Polizei, mit welchem Gesichtsausdruck in der Visage man rumlaufen darf?«

»Reden Sie keinen Scheiß«, ereiferte sich Oksman. Er fühlte, wie Wut in ihm aufstieg, und musste sich zwingen, ruhig zu bleiben. Der Irokese blickte ihn jetzt aus zusammengekniffenen Augen verächtlich an, nahm wieder einen Zug, blies dieses Mal den Rauch aber zur Seite.

»Korrekt. Ich kann tatsächlich nicht behaupten, dass es mich besonders mitnimmt, wenn ein paar Schwuchteln abkratzen. Ehrlich gesagt hat mich seit Langem nichts so gefreut.«

Eine Polizeistreife vor Ort hatte die White-Order-Horde ebenfalls ins Visier genommen und verfolgte die Situation. Jetzt kamen sie näher und drängten sich durch die Menschenansammlung. Einer der Typen von White Order mit Backenbart sah sie kommen und stieß seine Kameraden in die Seite. Die Fratze des Irokesen verzog sich wieder zu einem schiefen Grinsen.

»Die Kavallerie rückt an.«

»Sie haben drei Sekunden Zeit zu verschwinden.«

Der Irokese blickte in Richtung Streife: Zwei gewaltige Kerle mit klirrenden Koppeln hatten sich bereits bis auf zwanzig Meter genähert.

»Oder was?«

»Sonst geht's zur Vernehmung aufs Präsidium, und es gibt eine Anklage wegen Widerstandes gegen die Staatsgewalt.«

Kurz sah es so aus, als wollte der Irokese etwas entgegnen, doch dann überlegte er es sich scheinbar anders. Immer noch grinsend bohrten sich seine Zähne in die Zigarette. Dann schlug er die Hacken zusammen, hob seinen rechten Arm zum Hitlergruß und verschwand mit seinen Kameraden in der Menschenmenge.

Im selben Moment traten die Kollegen zu Oksman. Sie schauten den Bomberjacken nach, bis sie um die Ecke verschwunden waren. Einer der beiden fragte ihn:

»Alles in Ordnung?«

»Alles okay«, antwortete Oksman, wobei er immer noch in die Richtung blickte, in die das Quartett abgerückt war.

»Hier haben sich seit dem Morgen verschiedene WO-Typen herumgetrieben – einzeln oder in kleinen Gruppen«, erklärte der andere Kollege.

»Warum habt ihr sie nicht davongejagt? Die Leute haben Angst vor ihnen«, fuhr Oksman sie an.

Die Polizisten sahen sich an, überrascht von Oksmans Heftigkeit. »Was hätten wir tun sollen? Sie haben kein Gesetz verletzt.«

Oksman sah ihnen scharf in die Augen, seine Kiefermuskeln tanzten. Dann drehte er sich plötzlich um, stürmte über die Straße und ließ die verdutzt dreinschauenden Polizisten einfach stehen.

Eine Weile sprach keiner der beiden Polizisten ein Wort. Schließlich brach einer von ihnen das Schweigen: »Meine Güte – was ist das nur für ein Ochse ...«

Sein Kollege nickte. »Ich habe gehört, dass er letztes Jahr fast suspendiert worden wäre, weil er in einem Fall von Messerstecherei wichtige Beweismittel verschlampt haben soll.«

»Das ist kein Gerücht, sondern wahr. Es ging um die Tatwaffe, ein Messer. Der Verdächtige musste freigelassen werden, und es konnte keine Anklage erhoben werden. Von mir aus, hätten sie den auch feuern können. Wenn er das nächste Mal Hilfe braucht, soll er doch allein sehen, wie er mit diesem testosterongeschwängerten Stiernacken fertigwird. Die brechen den mitten durch wie einen trockenen Zweig.«

Lachend kehrten sie an ihren Platz vor dem Eingang des Nachtklubs zurück. Weitere Menschen kamen und gingen. Das Blumenmeer dehnte sich immer mehr aus. Ein heftiger Wind blies, aber allmählich brach die Sonne durch.

5

Susanna Manner las das Papier in ihrer Hand zunächst selbst und reichte es dann an Jari Paloviita neben ihr weiter. Dieser vergewisserte sich erst, dass sein Hörgerät richtig saß, was es – wie immer – auch diesmal tat. Dann las er laut vor:
»Psychologisches Profil des sogenannten ›Gesandten‹ vom 10. Juli 2019. Aktenzeichen Zentrales Kriminalamt POL/5560/34–56/2019. Erstellt durch den Kriminologen Dr. Joonas Sveholm und die Psychiaterin Dr. Anne Tiilikainen. Geheim, nur für den Dienstgebrauch.«

Paloviita blätterte in den Papieren, fand die Zusammenfassung und las weiter vor:
»Der Täter, der sich selbst ›der Gesandte‹ nennt, ist zweiundzwanzig bis achtundzwanzig Jahre alt und männlich. Er ist kontaktscheu, verschlossen und agiert allein. Er meidet größere Menschenansammlungen. Er ist manisch-depressiv und leidet unter einer mittelschweren bis schweren Depression, die nicht adäquat behandelt wurde. Der Täter empfindet Leere, die sich als Hass gegenüber sexuellen Minderheiten äußert, aber auch in einer generellen Verachtung gegenüber Behörden, Medien und staatlichen Verwaltungsorganen allgemein.«

Woher in aller Welt wollen die das alles wissen?, fragte sich Paloviita. Laut sagte er jedoch nichts, sondern fuhr fort:
»Der Täter ist ein Beobachter, der sich nicht aktiv an gesellschaftlichen Aktivitäten oder Diskussionen beteiligt, diese aber intensiv über verschiedene Kanäle verfolgt. Falls der Täter einer Beschäftigung nachgeht, ist er möglicherweise gerade arbeitslos geworden oder befindet sich in einer Situation, in der er im Be-

griff steht, aus dem Arbeitsleben auszuscheiden. In jedem Fall haben in seinem Leben gerade große Veränderungen stattgefunden, die in ihm das Bedürfnis geweckt haben zu handeln. Über beruflichen Ehrgeiz verfügt er nicht, ebenso wenig ist er in seinem Job besonders sichtbar. Seine Arbeit erledigt er in der Regel tadellos, weil er kein Aufsehen erregen möchte. Seine Kollegen würden ihn sicher als gewissenhaft, still und zurückhaltend bezeichnen. Mögliche Berufe sind Metallfacharbeiter, Berufskraftfahrer oder Lagerarbeiter.«

Paloviita dachte an die Taxifahrer, denen er begegnet war, an die Regalauffüller beim Farbenhändler und den Mechaniker, der seinen Kotflügel ausgebeult hatte, konnte sich aber beim besten Willen nicht vorstellen, dass sie Granaten in eine bei sexuellen Minderheiten beliebte Diskothek schleudern würden.

»Der Täter stammt aus einer Familie der unteren Mittelschicht und ist religiös erzogen worden. Gewalt und Erniedrigung waren Bestandteile seiner Erziehung. Für den Täter ist die Bibel eine sehr wichtige Handelsorientierung, und er versucht, sich in seinem Leben an die Lehren der Bibel zu halten. Er wohnt allein, hat weder einen Partner noch eine eigene Familie. Hinsichtlich seiner selbst und seiner sexuellen Orientierung ist er unsicher. In bisherigen Beziehungen ist er enttäuscht worden, sexuelle Erfahrungen verliefen unbefriedigend oder waren begleitet von sexuellem Versagen.«

Paloviita stellte fest, dass im Laufe der Lektüre ein Bild vom Aussehen des Täters in ihm heranreifte. Dabei hatte er sich von dem Gutachten eigentlich nicht beeinflussen lassen wollen. Aber er musste zugeben, dass es ihm sehr zutreffend erschien.

»Der Täter ist in der Lage, komplex zu denken und seine Tat akribisch zu planen. Die Folgen seiner Tat sind ihm durchaus bewusst, und er vermag, sich auf sie einzustellen. Der Täter ist nicht besonders körperbetont, führt aber ein geregeltes, gesundes Leben. Er nimmt keine Drogen und kümmert sich gewissenhaft um seine Steuern, Rechnungen und sonstigen Verpflichtungen. Sein Hass richtet sich gegen jene Teile der Gesellschaft, die seiner Meinung nach für die Dekadenz unserer Zeit verantwortlich sind. Aus diesem Grund richtet sich seine Tat gegen einen Ort, an dem sich sexuelle Minderheiten aufhalten, und nicht beispielsweise gegen einen einzelnen Vertreter einer sexuellen Minderheit. Sein Hass richtet sich gegen jene äußeren Strukturen, die Homosexualität und Anderssein akzeptieren. Die Botschaft des Täters ist, dass alle Akteure und Unterstützer der Queerkultur vernichtet werden müssen. Er interpretiert die Bibel fundamentalistisch und in ausgewählten, für ihn genehmen Teilen. Der Täter ist davon überzeugt, moralisch richtig zu handeln und Gottes Willen umzusetzen. Reue empfindet er keine. Mit hoher Wahrscheinlichkeit hat der Täter weitere Terroranschläge geplant. Mögliche Ziele sind Treffpunkte von sexuellen Minderheiten, Büroräume oder Straßenumzüge wie der Christopher Street Day, aber ebenso auch Medienunternehmen, Amtspersonen oder Politiker, die wohlwollend gegenüber sexuellen Minderheiten eingestellt sind. Der Täter ist technikaffin. Er weiß, wie Informationsnetzwerke funktionieren, kennt sich mit Sendetechnik aus und kann elektronische Netze und Geräte für sich nutzen. Er ist fanatisch und vorsichtig, aber bereit, für seine Ideale sein Leben zu riskieren und zu sterben. Der Täter ist bewaffnet und wird in einer Konfrontation nicht zögern, Gewalt anzuwenden.«

Damit endete die Zusammenfassung. Paloviita ließ das Dokument herumgehen. »Ich muss – ganz ohne Groll – zugeben, das Profil wurde schnell erstellt. Der Anschlag liegt gerade einmal neun Stunden zurück.«

»Das hätte ich auch hingekriegt«, meinte Linda. »Das Profil passt auf alle religiösen Fanatiker. Strenge Erziehung und zu wenig Spielzeug als Kind.«

»Es handelt sich lediglich um ein vorläufiges Profil«, warf Manner verteidigend ein. »Natürlich ist es in dieser Phase noch sehr grob und wird peu à peu vervollständigt. Aber auch ein allgemeines Profil ist besser als gar keins. Die Verfasser gehören zu den Top-Profis unseres Landes.«

»Ich vertraue keinen Analysen, die in irgendeinem Helsinkier Büro von Leuten erstellt wurden, die noch nie mit reeller Polizeiarbeit zu tun hatten«, erklärte Linda.

»Na, na«, sagte Manner beschwichtigend. »Das Erstellen von Analysen ist keine exakte Wissenschaft. Profiling hat sich auf der Basis realer Fälle entwickelt. Es wird in den Vereinigten Staaten schon seit den Siebzigern erfolgreich angewendet, und auch bei uns schon seit den Neunzigerjahren.«

»Ich finde, das Profil ist erstaunlich detailliert angesichts der wenigen bisher bekannten Fakten, und es enthält viel Nachdenkenswertes«, stimmte Paloviita zu. »Vor allem seine Technikaffinität. Das ist interessant. Allerdings muss auch ehrlicherweise gesagt werden, dass die Fähigkeit zur Nutzung des Internets kaum noch als ein wirkliches Unterscheidungsmerkmal angesehen werden kann. Der Anschlag selbst wurde ganz herkömmlich im Schlag-zu-und-renn-weg-Stil verübt, ohne irgendwelche schicken Zeitbomben oder Zeitzünder.«

»Vielleicht ist auch das kein Zufall«, fügte Manner hinzu. »Wenn es darum geht, Angst und Schrecken zu verbreiten, dann sind zeitgezündete Bomben weniger geeignet als Nagelbombenrucksäcke oder ein Auto, das in eine Menschenmenge gesteuert wird. Selbstmordanschläge schaffen eine besondere Atmosphäre der Angst, denn sie zeigen den Menschen, dass man Täter nicht durch Drohungen, Einschüchterung oder Bestechung stoppen kann.«

»Das war aber kein Selbstmordanschlag.«

»Das stimmt, aber groß ist der Unterschied nicht«, gab Manner zu. »Granaten durch die Tür in einen vollen Nachtklub werfen. Da kommt das Gefühl auf, der Verrückte könnte jederzeit und überall wieder zuschlagen, ohne dass es irgendjemand vorhersagen kann. Außerdem steht in dem Profil, dass der Gesandte bereit ist, für seine Überzeugungen zu sterben.«

»Er hat die Absicht, Chaos und Anarchie zu verbreiten«, meldete sich Oksman zu Wort, und sofort sahen ihn alle an. Es kam nicht häufig vor, dass Oksman sich an derartigen Diskussionen beteiligte, aber wenn er es tat, dann wussten alle, dass sie besser zuhören sollten.

»Ich stimme mit den Profilern überein«, fuhr er fort. »Der Täter ist ein einsamer Wolf, ist sich aber bewusst, dass er den Krieg nicht allein gewinnen kann. Er muss ein Rudel Gleichgesinnter um sich scharen. Deshalb das Video. Er sät Hass, weil er genau weiß, dass es eine Reihe von Gruppierungen gibt, die nur darauf warten, dass etwas Derartiges geschieht. Einen Vorgeschmack darauf haben wir schon bekommen. Mitglieder von White Order haben sich hämisch grinsend vor dem Venus herumgetrieben. Hass ist wie eine Pandemie, er breitet sich rasend schnell aus, sobald er auf den richtigen Nährboden trifft.«

Alle am Tisch nickten.

»Und was jetzt?«, fragte Paloviita. »Sagt nicht, dass wir erst auf den nächsten Anschlag warten. Irgendeinen Ansatz müssen wir doch verfolgen.«

»Das Zentrale Kriminalamt hat bereits Anweisungen geschickt«, sagte Manner. »Die von der Technik sollen sich auf die Analyse des Videos konzentrieren. Ganz oben auf der Liste, die Identifizierung der IP-Adresse des Computers, von dem aus das Video hochgeladen wurde. Außerdem habe ich gehört, dass gute Chancen bestehen, die Herkunft der Granaten mithilfe der Seriennummer auf einem Splitter herauszufinden.«

»Ich meinte eher, was tun *wir* als Nächstes«, konkretisierte Paloviita.

»Bisher konnten wir noch nicht alle, die im Nachtklub waren, befragen. Ich will von jedem eine Aussage. Die Technik geht gerade die Aufzeichnungen aller Überwachungs- und Verkehrskameras sowie der Telekommunikationsdaten der Funkzellenabfrage durch. Vielleicht haben wir Glück, und der Täter hatte sein Handy bei sich und es war angeschaltet. Außerdem will ich, dass diese WO-Typen, von denen Oksman sprach, befragt werden. Ich möchte keine weiteren Probleme aus dieser Richtung.«

Oksman spürte ein unangenehmes Kribbeln im Rücken, als ihm bewusstwurde, dass garantiert auch er beim Betreten und Verlassen des Nachtklubs auf irgendeinem der Überwachungsbänder zu sehen war, die von Raunelas Team gerade gesichtet wurden. Sein Magen krampfte sich vor Übelkeit zusammen.

»Ich gehe mal bei der Technik vorbei«, sagte Linda und erhob sich.

Paloviita beeilte sich, ihr zu folgen: »Ich komme mit.« Vorher rief er noch in Oksmans Richtung, der auch aufgestanden war: »Geh nicht weg. Ich will dich dabeihaben, wenn ich zu diesen Nazis gehe.«

6

Ihm ist kalt. Oh Gott, wie sehr er friert. Er hüllt sich enger in die dünne Decke. Eisiger Frost dringt durch die Wand aus Ziegelsteinen, lässt seinen Atem kondensieren und seinen Körper unter dem dünnen Stoff vor Kälte zittern. An der Zementdecke und in den Ecken hat sich weißer Reif gebildet.

Er hebt sein klapperndes Kinn und richtet den Blick auf einen kleinen Luftschlitz unter der Decke, durch den stahlblaues Licht in die Dunkelheit fällt. Der Lüftungsschacht bläst eiskalte Frostluft ungefiltert in den Raum. Der vierte Morgen des Arrests bricht an.

Er ist wieder unartig gewesen.

Warum konnte er kein braver Junge sein?

Ein Geräusch auf der Treppe. Vater kommt herunter in den Keller, seine Krücken klicken und klacken. Das Schloss in der Tür knirscht, Vater stößt die Tür auf. Das Licht brennt sich wie ein harter Strahl in die Hornhaut des Jungen, und er kneift blinzelnd die Augen zusammen. Warme Luft strömt ihm entgegen. Vater tritt als schmaler Strich in das Lichtquadrat.

»Raus.«

Sie gehen die Treppe nach oben, Vater voran. Die Bewegungen des Jungen sind steif. Schüttelfrost lässt seinen Körper unkontrolliert zittern. Sie gehen in die Küche.

»Hinsetzen.«

Der Junge setzt sich an den Tisch und versucht, das Klappern seiner Zähne in den Griff zu bekommen. Er sieht aus dem Fenster. Es hat heftig geschneit. Die Zweige der Kiefern biegen sich unter der Last des Schnees. Der Himmel ist wolkenlos, der Frost hat Blumen an die Scheiben gemalt.

Vater gießt sich Kaffee ein. Der aufsteigende Dampf bildet seltsame Kringel, die aussehen wie kleine Wesen. Vater stellt ein altes Röhrenradio vor ihn auf den Tisch.

»Das ist kaputt. Ich brauche es heute noch«, fuhr Vater fort. »Der Adventsgottesdienst kommt um sechs.«

Der Junge nickt immer noch zitternd, sprechen kann er noch nicht.

Vater stellt seine Krücken an den Tisch und trinkt schlürfend Kaffee, lehnt sich im Stuhl zurück und sieht den Jungen an. Seine Pupillen sind wie im Fieber geweitet.

»Jetzt sind wir nur noch zu zweit.«

Der Junge hebt seinen Blick. Er spürt ein unangenehmes Kribbeln im Rücken, seine Nackenhaare richten sich auf. Er ist sich nicht sicher, ob er richtig gehört hat, er will nicht richtig gehört haben.

»Mutter ist gestern Abend gestorben. Also jetzt sind nur noch wir beide da. Verfluchte Quacksalber.«

Die Augen des Jungen füllen sich mit Tränen.

»W... w... wie ist s... sie g... gestorb... ben?«

Vater donnert so heftig mit der Faust auf den Tisch, dass Kaffee aus der Tasse schwappt, die Krücken polternd zu Boden fallen und der Junge erschrocken zurückzuckt. Vaters Augen lodern.

»In diesem Haus wird kein weiteres Wort darüber verloren! Verstanden? Nicht die Krankheit, nicht einmal Mutters Name werden jemals wieder erwähnt! Hast du verstanden? Mutter ist tot, basta!«

Der Körper des Jungen zittert, und die Zähne schlagen klappernd aufeinander, aber nicht mehr vor Kälte, sondern vom Weinen, dass er vergeblich zu unterdrücken versucht. Er spürt, wie sich Vaters brennender Blick in sein Innerstes bohrt, und wischt die Tränen mit dem Ärmel des Schlafanzugs ab. Sein Blick fällt auf den Kalender an der Wand. Heute ist der 9. Dezember 2007. Sein zehnter Geburtstag.

7

Paloviita und Linda gingen hinunter in den Bereich der Kriminaltechnik. Im Besprechungsraum erwartete sie Raunela bereits in Begleitung weiterer Techniker. Alle sahen so fertig aus, dass man meinen konnte, man hätte eine Truppe ehemaliger Lagerinsassen aus dem Freiheitskrieg von 1918 vor sich. Ihre Haare standen in alle Richtungen zu Berge, die Augen waren von dunklen Schatten umgeben und die Gesichter müde vom angespannten Starren. Die Techniker hatten die ganze Nacht im Nachtklub ihre Arbeit getan und dann ohne Pause in den Laboren weitergeschuftet.

Beim Anblick der übermüdeten Techniker wurde Paloviita bewusst, wie erschöpft er selbst war. Als er ein Gähnen nicht unterdrücken konnte, breitete es sich von einem zum nächsten aus wie ein Lauffeuer. Raunela kratzte sich im Gesicht, es war von dunklen Bartstoppeln bedeckt.

Sie wünschten allen einen Guten Morgen und nahmen am Tisch Platz. Raunela schaltete den Beamer ein und verband ihn mit dem Laptop.

»Die technischen Untersuchungen vor Ort waren gegen halb neun abgeschlossen. Ich gehe noch einmal ins Venus, um sicher zu sein, dass wir nichts übersehen haben. Aber unsere Arbeit dort ist offiziell abgeschlossen. Das ZKA geht noch einmal mit einem eigenen Technikerteam hin, aber bei dieser Farce werde ich nicht anwesend sein.«

An der Wand flimmerte ein blaues Viereck auf, dann war Raunelas Desktopbild zu sehen und zeigte eine dunkelrote Kombilimousine Ford Mustang aus dem Jahre 1965. Paloviita wusste, dass Raunela immer schon von so einem Wagen geträumt hatte, aber offensichtlich war ein digitales Abbild das Höchste, was er in dieser Sache erreichen konnte. Er selbst hatte ein Segelboot als Hintergrundbild, das er sich auch nie im Leben würde leisten können. Raunela gähnte und suchte nach dem richtigen Ordner.

»Fangen wir mit dem zeitlichen Ablauf an«, sagte er, wischte die beim Gähnen herausgepressten Tränen am Ärmel ab und öffnete einen Ordner, der gut zwanzig, nach Straßen benannte Videoclips enthielt. »Bisher wissen wir, dass der Täter mit einem VW-Transporter aus Richtung Mikkola über die Einfallstraße Paanakedonkatu ins Zentrum gefahren ist und sich danach am Sirkustori-Platz vorbei über die Satakunnankatu wieder entfernt hat. Ob er die Stadt verlassen hat und auf welchem Weg, wissen wir noch nicht.«

Raunela startete ein Video, das den Verkehr vor der Brücke Linnansilta zeigte. Grünlich flimmernd wurde die nächtliche, menschenleere Stadt sichtbar, die Straßenlaternen brannten. Dann erschien ein weißer Transporter im Kreisverkehr, der betont langsam in die Hallituskatu einbog. Die Scheinwerfer strichen über die Kreuzung und verschwanden aus dem Kamerabereich. Das nächste Bild zeigte die Überwachungskamera im Eingangsbereich des Nachtklubs in der Yrjönkatu. Bei dieser Kamera handelte es sich um eine von insgesamt acht, deren Aufnahmen in Echtzeit vom Lagezentrum der Polizei aus verfolgt werden konnten. Auch diese Aufnahme war nur schwarz-weiß, aber deutlich schärfer als jene der Verkehrskamera am Fluss. Vor dem Nachtklub war es ruhig. Ein Passat fuhr vorbei. Der Türsteher stand an die Wand gelehnt und unterhielt sich mit einem anderen Mann, sie lachten, dann ging der Türsteher hinein, und der andere setzte seinen Weg fort. Der letzte Gast verließ den Nachtklub nur zehn Sekunden vor dem Anschlag. Der Türsteher hielt ihm die Tür auf. Der Transporter hielt am unteren Rand des Bildes neben dem Gehsteig, die Fahrertür wurde geöffnet. Der Strahl der Scheinwerfer beleuchtete den Straßenbelag.

Dann geschah alles sehr schnell.

Ein Mann in Jeans und dunklem Kapuzenpulli sprang aus dem Fahrerhaus und rannte zur Eingangstür des Nachtklubs. Er hielt etwas gegen seinen Bauch gedrückt. Der Türsteher griff nach der Türklinke, doch bevor er öffnen konnte, riss der Mann ihm die Tür aus der Hand und stieß sie so heftig auf, dass der Türsteher ins Leere griff. Vergeblich versuchte der Türsteher, den Mann zu stoppen, doch dieser war schon nicht mehr zu sehen. Drei Sekunden später trat der Mann wieder auf die Straße, die Tür war noch nicht wieder zugefallen. Der Türsteher hatte sich von seiner Überraschung erholt und versuchte ein weiteres Mal erfolglos, den Flüchtenden zu stoppen, der über die Straße rannte und in den Wagen sprang. Im gleichen Augenblick flog alles in die Luft. Die Eingangstür wurde von der Druckwelle aus den Angeln gerissen. Der Türsteher schlug mit dem Gesicht auf dem Asphalt auf. Die großen Fenster an der Straßenfront zersplitterten, Scherben regneten auf die Straße, die Markisen wurden aus der Verankerung gerissen und blieben schief hängen. Aus den Tür- und Fensteröffnungen drang eine graue Rauch- und Staubwolke, die über die Straße kroch und das Kamerabild verdunkelte.

Im Raum herrschte Stille. Das Video erlosch und schrumpfte zurück auf ein kleines Ordnersymbol. Raunela ließ den Anwesenden einen Moment, um sich zu sammeln, bevor er zusammenfasste:

»Was wir über den Täter wissen, ist Folgendes: Es handelt sich um einen Mann, schlank, ein Meter siebzig bis ein Meter fünfundsiebzig groß. Er fährt einen weißen Volkswagen Transporter, 2008er bis 2010er Modell. Das ist in der Tat nicht viel, aber immerhin etwas.« Raunela schürzte die Lippen. Eigentlich nachdenklich, aber der Ausdruck ließ ihn nur noch wütender aussehen.« Dann zu den technischen Fakten: in der Garderobe des Nachtklubs explodierten zwei Splitterhandgranaten vom Typ Mk 2. Die größten Zerstörungen gab es in der Garderobe. Die Druckwelle tötete unmittelbar drei Personen, zwei weitere wurden durch Splitter an lebenswichtigen Organen getroffen und tödlich verletzt. Durch die Explosion kam es zu einem kleinen Feuer, das aber schnell erstickt ist.«

»Was genau ist eine Splitterhandgranate?«, fragte Paloviita.

Raunela bedachte ihn mit einem Blick, als ob er nicht ganz bei Trost wäre, antwortete dann aber: »Die Zerstörungswirkung einer Splitterhandgranate beruht auf ihrer Hülle, die bei der Explosion in kleine scharfe Splitter zerbirst, die Verstümmelungen und Verwundungen verursachen. Andere Varianten sind beispielsweise Pressluftgranaten oder Blendgranaten. Wären in dem Klub zwei Pressluftgranaten explodiert, hätte die Druckwelle weit schlimmere Zerstörungen angerichtet.«

»Wie schwer ist es in Finnland, sich eine oder sogar zehn solcher Splitterhandgranaten zu beschaffen?«, fragte jetzt Linda. »In Jagd- oder Angelläden kann man die ja wahrscheinlich nicht kaufen.«

Raunela kratzte wieder seinen Stoppelbart. Das veranlasste unbewusst auch Paloviita, sich übers Kinn zu streichen, was sich anfühlte, als wäre sein Fleisch am Knochen festgeklebt und blätterte nun ab. Ihm kam der Gedanke, dass er vielleicht zu Hause anrufen und Terhi Bescheid geben sollte, wo er steckte.

»Im Laufe der Jahre sind hin und wieder Handgranaten bei Razzien vor allem bei Rockerbanden sichergestellt worden, aber das letzte Mal ist schon ein paar Jahre her und in Pori ist es noch nie vorgekommen. Nach dem Zusammenbruch der Sowjetunion gab es einen regen Waffenhandel über die ehemaligen Ostblockländer, der auch auf unsere Seite der Grenze Sprengmittel brachte, aber inzwischen ist der Import deutlich schwerer geworden. Etwas von dem alten Sowjetzeug kursiert zwar immer noch in kriminellen Kreisen, aber ein Großteil wurde mit der Zeit erfolgreich einkassiert. Illegale Jagdwaffen, selbstgebaute Schrotflinten und andere lebensgefährliche Eigenkonstruktionen sind eine weitaus größere Gefahr.«

»Das hier waren also keine Sowjetgranaten?«

»Nein. Wir wissen sogar ziemlich genau, wo sie her sind.«

Linda und Paloviita sahen sich vielsagend an. Raunela ließ ein Papier mit Schwung über den Tisch gleiten. Linda stoppte es und drehte es um. Auf dem Blatt war die starke Vergrößerung eines geschwärzten Metallfragments zu sehen, in das eine Nummern-Buchstaben-Kombination eingestanzt war. Das gleiche, das Oksman sich schon im Nachtklub angesehen hatte. Am rechten Bildrand befand sich ein gelbes Maßband, aus dem man schließen konnte, dass es sich bei dem Splitter um ein etwa daumennagelgroßes Stück handelte.

»Im Bild zu sehen ist ein Splitter einer der beiden Granaten. Genau genommen stammt er vom Boden der Granate. Leena hat ihn im Bartresen entdeckt. Wir hatten Glück und konnten die Fertigungsnummer rekonstruieren. Obwohl die Seriennummer nicht vollständig ist, wissen wir jetzt, dass die Granate aus finnischer Produktion stammt, und zwar aus Lagerbeständen der Verteidigungskräfte Finnlands.«

»Der finnischen Armee?!«

Raunela nickte bestätigend: »Vor drei Jahren gab es bei einem Manöver der Einheit Niinisalo im westfinnischen Pohjankangas etwa neunzig Kilometer nördlich von Pori einen Vorfall: Von der Ladefläche eines Munitionstransporters verschwanden sechs Sturmgewehre und zwei Kisten mit Mk 2-Handgranaten, insgesamt sechzehn Splitterhandgranaten. Unsere Granaten stammen aus diesem Diebstahl.«

Paloviita schürzte die Lippen. »Ich kann mich an den Vorfall erinnern. Es gab fette Schlagzeilen damals.«

Raunela nickte wieder. »Ja, das war ein peinlicher Zwischenfall, der sich zu einem echten Skandal ausweitete und zum Rücktritt des damaligen Brigadegenerals führte. Der damalige Verteidigungsminister hat anschließend umfangreiche Sicherheitsüberprüfungen an allen Standorten angeordnet, bei denen Mängel zuhauf aufgedeckt worden sind. Die Sache wurde immer größer, weil die Boulevardpresse das Thema bis ins Kleinste ausweidete. Die Abendzeitung *Iltalehti* konnte zum Beispiel beweisen, dass ein Wehrpflichtiger aus der Karjala-Brigade, einer unserer größten Einheiten, einfach mit einer faltbaren Maschinenpistole im Rucksack durchs Tor marschieren und auf Heimaturlaub gehen konnte. Seitdem gibt es keine Gewehrständer mehr auf den Fluren und nur noch verschließbare Schränke.«

»Dieses Wissen kombiniert mit dem Umstand, dass mit geklautem Zeug der Armee fünf Menschen getötet wurden, garantiert uns einen saftigen Mediensturm«, prognostizierte Paloviita.

»Und irgendjemand wird seinen Stuhl räumen müssen. In dem politischen Hickhack wird es nur darum gehen, dass die zuständigen Minister ihre Hände in Unschuld waschen. Fakt ist, die Waffenkontrolle der Verteidigungskräfte ist unter aller Sau«, fuhr Raunela fort. »Nach offiziellen Angaben sind in den Jahren 1975 bis 2014 aus Beständen der finnischen Armee 18 Sturmgewehre Valmet RK 62 verschwunden. Allerdings ist die Statistik mit Vorsicht zu genießen und die Dunkelziffer vermutlich um ein Vielfaches höher. Entweder hatten wir bisher gewaltiges Glück oder in den Siebzigern und Achtzigern wurden verschwundene Waffen nur unter größtem Druck der Polizei gemeldet. In einem Fall von 1994 sind gleich siebzehn Sturmgewehre aus der Kaserne Hyrylä in Tuusula verschwunden. Acht davon konnten bei verschiedenen Hausdurchsuchungen sichergestellt werden, vom Rest fehlt jede Spur. Rechnen kann jeder selber!«

Paloviita nickte.

»Wir müssen mehr über diesen Munitionsdiebstahl in Erfahrung bringen«, sagte Raunela an Paloviita gewandt. »In den

Stützpunkt Niinisalo kommt man nicht einfach so rein, also habe ich einen Kontakt hergestellt, mit dem ihr sprechen könnt.«

»Danke«, sagte Paloviita.

Linda erhob sich. »Ich muss kurz etwas trinken gehen. In meinem Kopf brummt es wie in der Hafenstadt Hamina, was auch immer das bedeutet.«

Paloviita blickte Linda hinterher, der es wirklich nicht gut zu gehen schien. Aber das war auch kein Wunder, immerhin waren sie alle schon seit vielen Stunden auf den Beinen, und dabei war es noch nicht einmal Mittag. Am Nachmittag würden die Ermittler des ZKA eintreffen. Dann ginge der Spaß erst richtig los, dachte Paloviita säuerlich. Auch ein anderer Gedanke schoss ihm durch den Kopf: aufhören. Einfach aufstehen und alles hinschmeißen. Terhi hatte recht. Das Gehalt war angesichts der Risiken bei der Polizeiarbeit einfach lächerlich. Mit seiner Erfahrung würde jede x-beliebige Sicherheitsfirma ihn mit Kusshand nehmen und das Doppelte bezahlen. Er fasste den Entschluss, sich sofort nach Abschluss dieses Falls nach Alternativen umzusehen und seine Chancen auf dem Arbeitsmarkt auszuloten. Das wäre auch in Terhis Sinn. Vor ein paar Jahren hatte sie ihm die Telefonnummer eines Bekannten ihres Vaters gegeben, der ihm einen Job in der Sicherheitsabteilung eines großen Werkes hätte anbieten können. Doch Paloviita hatte den Zettel zerknüllt und in den Papierkorb geworfen. Hier gab es eine eindeutige Grenze: Das Gnadenbrot seines Schwiegervaters würde er nicht annehmen.

Linda kehrte zurück. Ihre Übelkeit schien wie weggeblasen, alle Blässe war aus ihrem Gesicht verschwunden. Sie kaute einen Kaugummi und lächelte ihm zu. Täuschte er sich, oder lag in ihrem Blick mehr Offenheit als sonst. Paloviita war verwirrt, vielleicht bildete er sich das alles ja auch nur ein. Linda setzte sich wieder auf den Stuhl neben ihm und klopfte ihm freundschaftlich auf die Schulter. Er konnte ihr Parfüm riechen, das sie offensichtlich frisch aufgetragen hatte. Aber neben Kaugummi und Parfümduft stach deutlich eine weitere Note hervor, daran bestand kein Zweifel: Alkohol.

Die Runde ging noch die Aufnahmen der übrigen Überwachungskameras durch. Sie verfolgten den Weg des Täters aus dem Zentrum heraus, aber dann verliefen sich die Spuren. Von der Straßenecke an der Satakunnankatu gab es die letzte Aufnahme des kennzeichenlosen Transporters, den weiteren Weg konnten sie nur erraten.

Als sie die Kriminaltechnik verließen, musste Paloviita so heftig gähnen, dass ihm die Tränen in die Augen traten. Linda dagegen sah auf einmal überraschend energiegeladen aus. »Fühlst du dich besser?«

Linda nickte. »Ich sollte regelmäßiger essen – und mehr schlafen.«

»Gute Idee«, fand Paloviita und schaute auf die Uhr. Grinsend sagte er: »Als Nächstes fahre ich mit Henrik und zwei Streifen raus nach Uusiniitty zu diesen White-Order-Typen. Davor kann ich gut noch mit Henrik Mittag essen gehen.«

Linda prustete los. »Du willst Oksman in ein Schnellrestaurant schleppen? Wie grausam!«

8

Paloviita lenkte sein Auto auf den Parkplatz vor einem Imbissrestaurant. »Ich lade dich ein«, sagte er, stellte den Motor ab und stieg aus. Er schüttelte betont lässig die Arme und streckte seinen Rücken.

Oksman zögerte und stieg dann widerstrebend aus. Nebeneinander liefen sie zum Eingang und traten ein. Der Raum war gut gefüllt mit kleinen Grüppchen Männer in Monteuranzügen. Die anwesenden Frauen konnte man an einer Hand abzählen. Gleich an der Tür schlug ihnen der schwere Dunst von Fett und Fertigsoße entgegen.

Paloviita warf Oksman einen verstohlenen Blick zu, aus dessen Augen echte, kindliche Verzweiflung sprach. Er verkniff sich ein Grinsen, biss sich auf die Lippe und führte Oksman hinter sich her zur Kasse. Sie griffen nach einem Tablett und stellten sich in der Schlange an. »Die besten Mittagslokale erkennt man an den vielen Blaumännern – und den Polizisten.«

Paloviita tat sich Salat auf, gab ordentlich Mayonnaise-Dressing dazu, schaufelte eine stattliche Portion Spaghetti und zwei Kellen Hackfleischsoße auf seinen Teller und quetschte handtellergroß Ketchup darüber.

Oksman bearbeitete seine Hände gründlich mit Desinfektionsmittel und sah flehend zu Paloviita. Da dieser keine Reaktion zeigte, griff er voller Abscheu nach der Salatzange und fischte sich einzelne Gurkenscheiben aus dem Salat. Statt Spaghetti gab Oksman ein paar Körner Reis auf seinen Tellerrand, kleckste etwas Currysoße daneben und griff nach einem glutenfreien und daher eingeschweißten Brötchen.

Paloviita steuerte einen Tisch am Fenster an, das den Blick auf den vom Bodenfrost gepeinigten Asphalt freigab. Dahinter, am Fluss, erhoben sich gewaltige Betonfertighallen aus dem Boden wie kaputte Zähne aus faulendem Zahnfleisch.

Paloviita zutschte die Spaghetti ein und wischte sich von Zeit zu Zeit mit der Serviette Soßenkleckse vom Kinn. Oksman schaute abwechselnd zwischen seinem Partner und seinem Teller hin und her. Die Geräuschkulisse um sie herum bestand aus einer Kakophonie von klapperndem Geschirr, klirrendem Besteck, Lachsalven und Stimmengewirr, aus dem man keinen ganzen Satz heraushören konnte.

»Ich bin beleidigt, wenn du nicht wenigstens kostest«, sagte Paloviita.

Oksman setzte das Glas an die Lippen und trank einen Schluck Wasser aus dem Spender. Dann zog er eine Packung Einwegbesteck aus der Jackentasche und riss sie auf. Paloviita verfolgte das Treiben aus den Augenwinkeln, er wollte sehen, was passierte. Oksman war dafür bekannt, dass er nie in der Kantine des Polizeipräsidiums aß, sondern sich sein Essen immer mitbrachte: ausschließlich vakuumverpackte Fertiggerichte.

Oksman kickte die Hühnerfleischstückchen mit der Gabel heraus und tunkte die Zinken mit der Spitze in die Soße. Paloviita wartete. Der Weg der Gabel vom Teller zum Mund schien mindestens eine Minute in Anspruch zu nehmen. Wie in Zeitlupe. Dann berührte die Gabel die Lippe und Oksman öffnete den Mund wie ein Kind bei der Einnahme von Hustensaft. Der Mund schloss sich, der Adamsapfel bewegte sich auf und nieder. Sein Gesicht verzog sich, und dann sprang er auf wie von der Tarantel gestochen und spuckte die Soße in die Serviette.

»Tut mir leid, mir geht es nicht so gut«, sagte Oksman entschuldigend und düste durch den brechend vollen Raum in Richtung Toiletten. Paloviita musste lachen und aß dann in aller Ruhe weiter. Von allen Menschen, die er kannte, war Oksman mit Abstand der widersprüchlichste. Ein stiller, neurotischer Miesmuffel in beneidenswerter körperlicher Verfassung und mit einem Gehirn, das wie ein Computer funktionierte. Paloviita hätte sonst etwas dafür gegeben, so ein Gedächtnis zu besitzen wie Oksman. Aus irgendeinem Grund versuchte Oksman sein fotografisches Gedächtnis allerdings vor ihnen geheim zu halten und trug bei Besprechungen immer ein Notizheft bei sich.

Paloviita holte sich noch einmal Nachschlag, aß auch einen Nachtisch, genoss in Ruhe seinen Kaffee und surfte dabei mit dem Handy im Internet. Die beiden großen finnischen Boulevardblätter überboten sich gegenseitig mit reißerischen Schlagzeilen, die Rassismus, Hass auf Schwule und Terrorismus verteufelten. Die Aasgeier und Presseheinis hatten eine vielversprechende Beute gefunden und weideten den Kadaver nun bis auf die Knochen aus.

Oksman wartete am Auto auf ihn. Seine sauertöpfische Miene amüsierte Paloviita. Ein Blick auf die Uhr zeigte ihm, dass sie im Zeitplan lagen. Er drehte das Autoradio auf und summte Bruce Springsteens *Streets of Philadelphia* mit.

9

An der Kreuzung erwartete sie ein Polizei-Kleinbus, dem sie folgten. Ein weiterer Streifenwagen schloss sich ihnen an der nächsten Ecke an. Sie fuhren in ein Industriegebiet hinein und parkten hintereinander halb auf dem Grünstreifen. Der Ort sah verlassen aus. Das Auftauchen zweier Polizei- und eines Zivilfahrzeugs rief normalerweise sofort Neugierige auf die Straße. Doch hier war niemand zu sehen, was Paloviita erleichtert zur Kenntnis nahm.

Die beiden Streifenteams waren mit schusssicheren Kevlar-Westen, Schutzbrillen und Einsatzhelmen samt Kinnschutz ausgestattet und trugen jeder ein Sturmgewehr über der Schulter. Es war ungewöhnlich, dieses so offen zur Schau zu stellen. Aber nach dem Anschlag auf das Venus erschien keine Vorsichtsmaßnahme überzogen. Paloviita betastete das Achselholster unter seiner Jacke. Susanna Manner hatte ihn und Oksman angewiesen, die Dienstwaffen bei sich zu führen. Erst war Paloviita nicht begeistert gewesen, aber als er die Ausrüstung seiner Kollegen sah, kam ihm das Tragen einer Pistole ganz und gar nicht mehr übertrieben vor.

Paloviita betrachtete die von Rost überzogene Lagerhalle, an deren Wand mit weißer Farbe der Schriftzug »White Order« prangte. Die weiße Ordnung. Schon allein der Name deprimierte ihn: Die Technologie konnte sich entwickeln, wie sie wollte, die Menschheit schien auf der Stelle zu treten. Zumindest machte sie nicht im gleichen Maße Fortschritte wie die Technik. Er erinnerte sich, wie er vor Jahren schon einmal vor dieser Halle gestanden hatte. Damals war hier eine kleine Metallwerkstatt mit drei Angestellten untergebracht und er sollte einen Einbruchdiebstahl untersuchen, bei dem mehrere Schweißgeräte und eine kleine Geldsumme erbeutet worden waren. Der Fall wurde nie aufgeklärt, hatte aber trotzdem Spuren in ihm hinterlassen. Zumindest erinnerte er sich an den Anblick der Halle und daran, dass es damals nasskalt und matschig vom Schnee gewesen war. Seit jenem Wintermorgen schien eine Ewigkeit vergangen zu sein. Er erinnerte sich daran nur wie an einen Traum oder als wäre das alles einer anderen Person passiert.

Heute hauste hier eine rechtsextreme Organisation. Auch ein Zeichen für Rückschritt.

Paloviita schaute zu Oksman, doch der sah mit steinerner Miene stur geradeaus. Sie stiegen aus. Hitze schlug ihnen entgegen. Paloviita rückte sein Hörgerät zurecht und sah zu dem Gebäude hinüber. Es handelte sich um die letzte von fünf mit Flugrost überzogenen Hallen entlang der Straße. Überall spross Unkraut aus dem Boden, aus dem einzelne Schrottteile aufragten wie vorsintflutliche Dinosaurierknochen. Es sah so aus, als ob nur noch in einer der Hallen eine Firma ansässig war und die übrigen entweder leer standen oder als Lagerhallen genutzt wurden. Paloviita fand, dass dieser Ort und das ganze ehemalige Industriegebiet ziemlich gut die Entwicklung in der gesamten Stadt widerspiegelten. Fabriken und Firmen wurden dichtgemacht und ausgeknipst wie Laternen, und keiner unternahm etwas dagegen. Die am Bottnischen Meerbusen gelegene Hafen- und einstige Industriestadt Pori verfügte über gewaltige Potentiale, ließ aber einen Zug nach dem anderen abfahren und scheiterte immer und immer wieder.

Der Boden vor der White-Order-Halle war asphaltiert und die Fenster geschwärzt, sodass man von außen nicht hineinsehen konnte. Die Flügeltüren zur Straße hin waren zugenagelt. Über der Tür hing ein verrostetes Schild mit der Aufschrift: Metallarbeiten Nieminen Oy. Vor der Halle parkten ein perfekt restauriertes Zündapp KS750 Wehrmachtsgespann aus den Vierzigern, eine Harley Davidson Roadster, eine Kawasaki Ninja sowie ein HiAce Pick-up, auf dessen hinterer Stoßstange ein Aufkleber mit der Aufschrift »Blood & Honour« prangte. Ein Pfad führte vom Parkplatz hinter die Halle.

»Die Zentrale der Zukunft Finnlands«, bemerkte einer der Polizisten mit schwarzem Vollbart lakonisch.

»Die sollten erst mal vor ihrer eigenen Tür kehren«, erwiderte Paloviita. Der Anflug von einem Grinsen huschte über das Gesicht des Polizisten. Sie stellten sich in einer Reihe nebeneinander entlang der Straße auf. Die Sonne schien ihnen direkt ins Gesicht, und Paloviita kniff die Augen zusammen. Er fluchte innerlich, weil er seine Sonnenbrille nicht mitgenommen hatte.

Der bärtige Polizist zeigte in Richtung Halle. »Der Eingang ist auf der Hinterseite. Alle anderen Eingänge auf der Straßenseite sind zugenagelt.«

»Praktisch bei einem Brand.«

»Wissen wir, wie viele Personen sich drinnen aufhalten?«

»Schätzungsweise fünf bis sechs. Es können auch nur zwei sein, oder aber auch zehn.«

»Rechnen Sie damit, dass es Probleme gibt?«

Er schüttelte den Kopf. »Nein. Aber sicher kann man nie sein. Die WO-Mitglieder sind uns von früher bekannt. Die meisten von ihnen verfügen über ein ansehnliches Strafregister, einige von ihnen haben gesessen. Sie nehmen keine Drogen, Alkohol fließt umso reichlicher. Bisher sind wir sachlich miteinander umgegangen. Kopf und Anführer der Truppe ist ein gewisser Jarno Renlund. Schon mal gehört?«

Sowohl Oksman als auch Paloviita nickten. Renlund hatte sich schon in allen möglichen extremistischen Vereinigungen engagiert. Unter seinem Namen fanden sich Einträge wegen Volksverhetzung, Körperverletzung, Nötigung und unerlaubten Schusswaffenbesitzes. Wegen einer Messerstecherei hat er vor längerer Zeit in der JVA Turku eingesessen. Renlund hatte einem unbekannten Mann vor einer Bar ein Mora-Messer bis zum Schaft zwischen die Schulterblätter gerammt und dabei den rechten Lungenflügel verletzt. Das zweiundzwanzigjährige Opfer wird für den Rest seines Lebens an den Folgen leiden.

»Stellt euch darauf ein, dass sie provozieren, vor euch ausspucken oder euch als Affen, Untermenschen oder Schweine beschimpfen«, führte der bärtige Mann aus.

»Wer wird sich denn über die Wahrheit aufregen«, sagte ein anderer Polizist lachend.

Der bärtige Polizist rief die anderen zu sich, um noch einmal die Vorgehensweise durchzugehen. Paloviita und Oksman standen daneben und hörten zu. Der Plan war einfach: Eine Streife sollte an die Tür klopfen, während die andere die Seiten sicherte und mögliche Ausreißer dingfest machte. Sollte man ihnen nicht öffnen, würden sie mit einem Rammbock und zwei Hundeführerteams wiederkommen und dann wäre die Operation offiziell eine Razzia. Bisher ging es nur um eine Befragung.

»Wir schauen uns den Ort an und durchsuchen ihre Taschen. Regel ist, dass nichts ohne dringenden Tatverdacht angefasst werden darf. Das hier ist keine Hausdurchsuchung.«

Dann drehte er sich zu Paloviita und Oksman um. »Ihr kommt erst rein, wenn wir die Erlaubnis geben. Ist das klar?«

Sie nickten.

Es war nicht nötig anzuklopfen. Die Tür war angelehnt, und drei Kerle standen rauchend davor. Die Ankunft der Polizei schien keinen zu überraschen. Alle trugen eine WO-Kutte, obwohl es in der Sonne dreißig Grad heiß war. Am Oberarm des kleinsten von ihnen schillerten in schönster Eintracht untereinander die Fahne Finnlands, die Kriegsflagge der Südstaaten und die Hakenkreuzfahne.

»Ist Renlund da?«, fragte der bärtige Polizist.

Die Männer warfen sich einen Blick zu. »Findet es selber raus.«

Die Polizisten drängten sich an den drei vorbei in die Halle.

Eine Streife sicherte den Eingang und befragte die Rauchergruppe. Oksman und Paloviita traten ebenfalls ein. Einer der Raucher murmelte etwas von Hausfriedensbruch, aber keiner achtete auf ihn. Ihre Augen brauchten einen Moment, um sich an das Dämmerlicht im Inneren zu gewöhnen.

Seit seinem letzten Besuch hatten sich die Räumlichkeiten gravierend verändert. Die Decke war mit Sperrholzplatten abgehängt, der Boden gestrichen und mit Teppichen ausgelegt worden. Besonders wohnlich sah es trotzdem nicht aus. An der hinteren Wand hing eine Hakenkreuzfahne neben einer schwarzen Fahne mit geballter weißer Faust. Entlang der Wände stand eine Reihe Sofas und Sessel. Die Mitte des Raums wurde von einem riesigen Snookertisch eingenommen, und in einer Ecke befand sich eine Bar mit ein paar Barhockern davor. Das Regal hinter dem Tresen war prall gefüllt mit Schnapsflaschen aller Sorten und Marken. Das grausigste Detail befand sich jedoch darüber: eine Reihe leerer Zyklon-B-Dosen.

Die Polizisten tauschten sich kurz aus und verteilten sich auf die verschiedenen Ecken. Es sah ganz so aus, als ob sich im Inneren der Halle niemand aufhielt. Paloviita und Oksman ließen ihre Blicke über die Wände und die Decke schweifen. Einige Sekunden später wurde ein breitschultriger Mann von einem Polizisten durch eine Seitentür in die Halle geführt. Er trug eine schwarze Hose, Kampfstiefel und die WO-Bomberjacke. Sein ebenfalls breites Gesicht zierte ein Kinnbart. Mitten durch die Glatze zog sich ein etwa ein Zentimeter hoher Irokesenkamm. Trotz seines derben, düsteren Gesichts blickten seine schokoladenbraunen Augen sanft in die Welt.

Der Polizist, der ihn begleitete, war zwar von stattlichem Wuchs, wirkte aber neben diesem Riesen wie ein Knirps. Der Irokese scannte jeden der Anwesenden im Raum. Als die Reihe an Paloviita war, versuchte dieser dem standzuhalten, senkte seinen Blick aber schließlich als Erster. Dann versuchte Renlund das

Gleiche mit Oksman, doch mit Blicken konnte er Oksman nicht beikommen.

»Jarno Renlund?«, vergewisserte sich Paloviita.

»Handelt es sich um eine Hausdurchsuchung?«

»Wir wollen nur reden.«

Renlund verzog den Mund und runzelte die Stirn. Kurz darauf glättete sie sich wieder, und er brach in ein schallendes Lachen aus: »Sechs mit Maschinenpistolen ausgerüstete Polizisten sind auf einen Plausch vorbeigekommen? Ich fühle mich geschmeichelt. Zum Glück rechnen Sie nicht mit ernsthaften Schwierigkeiten.«

»Sie wissen, warum wir hier sind«, warf Oksman ein.

Renlund richtete den Blick auf Oksman, sein Lachen erstarb.

»Also gut. Dann reden wir. Kommen Sie mit nach hinten, wir können uns in meinem Büro unterhalten«, sagte er und wies auf die Tür, durch die er gekommen war.

Zwei Glatzen erschienen in der Eingangstür, wurden aber von Renlund durch ein Handzeichen gestoppt. Und an Oksman und Paloviita gewandt meinte er: »Sie sind besorgt, nichts weiter.« Die versteckte Botschaft war jedoch nicht zu überhören: *Schön brav, sonst gibt es Ärger.*

Sie folgten Renlund. Diesmal war es an Oksman, die Polizisten davon abzuhalten, ihnen zu folgen. Renlund quittierte es mit einem Schmunzeln. Die beiden Kollegen, einer von ihnen war schon am Morgen vor dem Nachtklub dabei gewesen, schauten verstimmt drein, doch Oksmans Erscheinung erstickte jedweden Kommentar im Keim. Als Paloviita und Oksman in dem angrenzenden Raum verschwunden waren, raunte dieser seinem Kollegen zu: »Mann, wie der sich wieder aufspielt! Wenn der Ochse das nächste Mal Hilfe braucht, komme ich mit Sicherheit ein paar Minuten zu spät. Einfach, um ihn zu ärgern. Soll er doch sehen, wie er allein mit drei von diesen Kampfmaschinen fertig wird, die doppelt so groß sind wie er!«

Paloviita und Oksman betraten den Raum, den Paloviita noch als Büro der Metallfirma kannte. Er erinnerte sich dunkel, dass damals an den Wänden Regale voll mit farbigen Ordnern gestanden hatten, auf dem Schreibtisch ein Aschenbecher überquoll und zwischen fettfleckigen Papieren schmutzige Pappbecher herumlagen. Jetzt hatte der Raum eine vollständige Wandlung erfahren. Die Wände waren vom Boden bis zur Decke mit einer Mahagoni-Täfelung verkleidet. An der hinteren Wand hing ein roter Samtvorhang, der den Blick auf ein riesiges Ölporträt von Adolf Hitler freigab. In einer Ecke des Schreibtischs aus massiver Eiche prangte ein goldener Naziadler, der ein Hakenkreuz in seinen Krallen hielt. Rings an den Wänden hingen Schwarzweiß-Fotos der zentralen Führungsfiguren des Dritten Reiches. Obwohl Paloviita nie besonders geschichtsinteressiert gewesen war, erkannte er zu seiner eigenen Überraschung fast jede der abgebildeten Personen: Goebbels, Himmler, Göring, Speer. Erstaunt stellte er fest, dass hier auch Finnen einen Platz gefunden hatten: die späteren Präsidenten Mannerheim und Kekkonen, in rechten Kreisen als starke Führungsfiguren bewundert, sowie der Offiziersheld Lauri Törni, mit Totenkopfschirmmütze samt Kokarde auf dem Kopf und SS-Runen auf dem Kragenspiegel.

Renlund war um seinen Eichentisch herumgegangen und ließ Oksman und Paloviita Zeit, den Raum in Augenschein zu nehmen. Als sie sich in die Lederstühle setzten, gaben diese ein leises Zischen von sich. Paloviita fragte sich, woher die von White Order so viel Geld hatten, um all das Interieur zu beschaffen.

»Gefällt Ihnen die Einrichtung?«, fragte Renlund sie schließlich. »Der Raum ist eine Kopie von Heinrich Himmlers Waggon. Zugegebenermaßen keine exakte Kopie, aber meiner Meinung nach ist sie mir ganz gut gelungen. Der Schreibtisch ist eine originalgetreue Nachbildung, die ein Tischler nach einem Foto angefertigt hat. Auch die Wandvertäfelung ist Handarbeit.«

»Das ist ... eindrucksvoll«, erwiderte Paloviita etwas hilflos.

Renlund schlug die Handflächen zusammen und lachte keckernd: »Eindrucksvoll«, wiederholte er, »das ist genau das Wort, das ich beim Entwerfen dieses Raums im Sinn hatte. Eindrucksvoll!«

Paloviita hatte keine Lust auf weiteren Smalltalk und kam direkt zur Sache. Oksman begnügte sich einstweilen mit der Rolle des Beobachters, doch Paloviita konnte seinen unterdrückten Zorn spüren. Auch ihn ärgerte dieser ganze Nazikram und die damit ausgedrückte Feindseligkeit. Dennoch wunderte ihn Oksmans seltsames Verhalten, das ihm schon in der Nacht vor dem Nachtklub aufgefallen war. Fast schien es, als könnte der sonst fast stoisch gelassene Oksman seine Gefühle plötzlich kaum mehr zügeln.

»Der Anschlag auf das Venus«, fing Paloviita an. »Was wissen Sie darüber?«

Renlund sah die Polizisten an. »Das, was ich in den Nachrichten gesehen habe.«

»Angenommen, wir machen hier eine Hausdurchsuchung. Was würden wir finden?«

»Granaten auf jeden Fall nicht. Und auch sonst nichts Verbotenes. Wir haben nichts zu verbergen. Wir sind rechtschaffene finnische Bürger. Keiner von uns nimmt Drogen – das ist nach unseren Regeln sogar strengstens untersagt. Drogen sind etwas für Nigger. Wir achten auf die Reinheit des Blutes.«

»Was ist mit Waffen?«, fragte jetzt Oksman.

»Das liegt nicht in meiner Verantwortung. Wenn jemand zur Selbstverteidigung beispielsweise ein Messer mit sich führen will, dann ist das seine Sache. Wir als Verein heißen das selbstverständlich nicht gut. Ein Waffenversteck oder dergleichen gibt es bei uns nicht.«

»Sie verkaufen illegal Alkohol«, stellte Paloviita fest und dachte an den Bartresen.

Renlunds selbstzufriedenes Grinsen erlosch. »Soweit ich weiß, ist es nicht verboten, in seinen eigenen vier Wänden eine Bar zu unterhalten. Wir haben keine Kasse. Und was in aller Welt hat unsere Bar mit dem Anschlag von heute Nacht zu tun?«

»Ich habe Ihre Kumpane heute Morgen lachend vor dem Venus gesehen«, sagte Oksman. »Was war denn so lustig dort?«

Renlund breitete seine muskulösen, vollständig mit Texten tätowierten Arme aus: »Ach das waren Sie! Ja, die Jungs haben erzählt, dass eine Bohnenstange von Polizist sie von dort verjagt hat.« Renlund schürzte die Lippen und hielt seinen Blick unverwandt auf Oksman gerichtet. »Hören Sie! White Order ist ein eingetragener Verein und keine Armee! Jeder ist selbst für sich und seine Taten verantwortlich. Wenn einer von uns Lust hat, sich den Brandort anzuschauen, dann werde ich es ihm nicht verbieten. Wir leben in einem freien Land.«

»Auch die Freiheit hat ihre Grenzen. Sie sind 2009 wegen rassistischer Äußerungen verurteilt worden«, stellte Oksman fest.

»Das ist wahr. Ich habe meine Strafe abgesessen. Böswillig ist, wer ständig in den Wunden des anderen herumstochert ... Aber lassen wir das Geschwätz. Ich weiß genau, warum Sie hier sind.«

»Der Gesandte«, sagte Paloviita.

»Und seine kleine Brandrede«, setzte Renlund fort. »Ich muss zugeben, das war kunstfertige Propaganda. Also, wenn man all dieses Jesusgewäsch mal weglässt, dann war die Botschaft klar: Wenn wir nicht bald etwas unternehmen, dann erwächst aus der Krankheit Schwulsein eine Geißel der gesamten Menschheit.«

»Heißt das, Sie würden den Anschlag gutheißen?«

»Verdammt noch mal, ja! Wir haben auf den Gesandten angestoßen. Endlich traut sich mal jemand, etwas zu unternehmen. Der Mann hat Eier in der Hose!«

»Im Gegensatz zu Ihnen«, konterte Oksman.

Renlund schnaufte: »Guter Cop, böser Cop. Na, zumindest muss ich jetzt nicht mehr raten, wer wer ist.« Über sein Gesicht breitete sich ein sarkastisches Grinsen, und Paloviita fand erneut frappierend, wie hundetreu sein Blick dabei blieb. Renlund drehte sich zu dem Hitler-Gemälde hinter ihm um: »Ich hoffe, möglichst viele werden dem Appell des Gesandten folgen. Das einzig wirksame Mittel gegen todbringende Krankheiten wie Kommunismus, Judentum, Homosexualität oder Behinderungen ist ihre totale Ausmerzung.« Renlund drehte sich wieder zu den Kommissaren um. »Der Führer ist gescheitert, weil er verraten wurde, doch sein Erbe lebt fort. Der Nationalsozialismus ist nicht tot. Vielmehr erlebt er gerade die bedeutendste Renaissance seit dem Ende des Zweiten Weltkrieges. Nationales Denken ist überall in Europa im Aufschwung. Die Grenzen müssen geschlossen werden, bevor es zu spät ist. Der Strom der Wirtschaftsflüchtlinge muss gestoppt, das ursprüngliche Bluterbe und unsere Kultur müssen bewahrt werden.«

»Sie glauben mir nicht«, sagte Renlund, als er den Gesichtsausdruck von Paloviita und Oksman sah. »Aber die Wahrheit ist, dass ein Großteil der Finnen meine Meinung teilt. Sie schweigen nur und ballen die Faust im Stillen, weil die von Grünlinken und Gutmenschen bestimmten Medien Nationalismus als Rassismus diffamiert haben. Die meisten unserer Befürworter sind ganz normale Familienväter und -mütter, die das gegenwärtige Getue gründlich satthaben. Ich habe nichts dagegen, als Rassist bezeichnet zu werden, wenn unter Rassismus verstanden wird, dass ich die Farben der finnischen Fahne, den finnischen Wald, die finnischen Seen und die finnische Kultur liebe. Oder, dass ich das Land, das von unseren Kriegsveteranen mit ihrem Blut verteidigt wurde, bewahren will. Oder, dass ich es leid bin, dass vor allem unsere Frauen zu Freiwild für diese Eindringlinge werden. Dann bin ich wohl ein Rassist – und stolz darauf.«

»Inwiefern gefährdet Schwulsein unsere Gesellschaft?«, fragte Paloviita.

»Fragen Sie mich das im Ernst? Das ist eines der offensichtlichsten Kennzeichen unserer Kultur, die dem Untergang geweiht ist: Scharen hemmungsloser Perverser paradieren durch unsere Städte. Gott sei Dank ist mein Großvater, der im Fortsetzungskrieg am Syväri-Fluss einen Granatsplitter in den Oberschenkel abbekam, schon gestorben und ihm bleibt erspart, das alles mit anzusehen. Unsere Gesellschaft ist sowohl geistig als auch moralisch degeneriert. Wir werden einer Gehirnwäsche unterzogen, sodass wir nicht einmal mehr merken, wie die natürlichsten Dinge diffamiert werden. Zu Lebzeiten meines Großvaters bildete eine gesunde Kernfamilie die Basis der Gesellschaft. Man lebte mit der Natur im Einklang. Heutzutage kippt der Mensch seine ganze Scheiße in die Gewässer und verpestet die Luft, die Rechte der Tiere werden vergessen. Der Gesandte hat recht: Wir müssen in den Kampf gegen den Ausverkauf unserer Kultur ziehen, ansonsten werden wir aussterben. Eine gute Seite haben die Schwulen aber: Sie vermehren sich nicht.«

»Hatten Sie Kontakt mit dem Gesandten? Immerhin ruft er in seinem Video alle wahren Heteros auf, mit ihm in den Krieg zu ziehen. Und, sind Ihre Männer dabei?«, fragte Oksman.

Jetzt lächelte Renlund wieder. »Das wäre eine Straftat. Davon abgesehen sind wir für niemanden die Laufburschen. Wir kämpfen unseren eigenen Kampf.«

»Einen eigenen Kampf?«

»Sinnbildlich. Gegenwärtig kommen so viele Neger und Molukken in unser Land, dass wir Finnen bald in der Minderheit sein werden. In Helsinkier Schulen ist das schon fast Realität. Dort sitzen jetzt schon mehr pigmentierte Gebietsfremde im Klassenzimmer als Hellhäutige. Es gibt heute Stadtgebiete, da traut sich eine weiße Frau nicht mehr zum Einkaufen aus dem Haus, weil an jeder Straßenecke Negercliquen lauern. Die finnische Kultur ist degeneriert. Beginnt eine Kultur von innen heraus zu faulen, dann ist sie leichte Beute für Eroberer von außen. Die Schwulen sind die erste Welle. Die heutige Machtelite facht innere Konflikte an und unterzieht uns alle mit ihren Fake News einer Gehirnwäsche. Statt äußere Feinde abzuwehren, öffnen wir ihnen Tür und Tor und laden sie ein, unserem Niedergang beizuwohnen.«

»Ich warne Sie«, sagte Oksman. »Eines ist sicher. Sollten sich Typen mit eurer Kutte auf den Straßen herumtreiben und die Leute belästigen, buchte ich den ganzen Verein ein.«

Renlund zeigte keine Regung. »Es stimmt, die meisten von uns haben das eine oder andere auf dem Kerbholz. In unseren Kreisen gibt es nicht wenige, die erst in der Schule und dann noch mal nach der Schule zu Hause verprügelt wurden. Ihr Leben ist nicht gerade so gelaufen, wie es im Erziehungsratgeber steht, aber hier bei uns haben sie Schutz und Zuflucht gefunden. Uns interessiert ihre Vergangenheit nicht und hier werden sie nicht wegen begangener Fehler verurteilt. Wir verlangen keinen Intelligenztest und fragen nicht nach ihrem Notendurchschnitt. Hier sind alle gleichrangig. Wir teilen die gleiche Ideologie und die gleichen politischen Überzeugungen. Wir achten unsere Geschichte und Identität und bewahren das nordische Bluterbe. Wir lehnen Kulturmarxismus, Einwanderung und die Vermischung der Völker ab.«

»Mit anderen Worten, das hier ist eine offen rassistische Vereinigung«, stellte Oksman fest.

Renlund fiel Paloviitas Blick auf, der die Requisiten auf dem Regal unter der Decke studierte: deutsche Kriegshelme, Offiziersmützen, Bajonette und Adler-Reliefe. Er erhob sich und angelte eine erbsengrüne Büchse herunter, die Paloviita besonders lange betrachtet hatte. Er zeigte ihm das Etikett: es war rot-weiß-schwarz mit einem Totenkopf in der Mitte und darüber stand in fetten Buchstaben: GIFTGAS!

»Wie ich sehe, interessieren Sie sich für meine Sammlung. Wissen Sie, was das ist?«

Paloviita schüttelte den Kopf. Oksman starrte Renlund ihn einfach nur an.

Betont genussvoll roch Renlund an der Blechdose, als enthielte sie das teuerste Parfüm der Welt. »Das hier ist eine Zyklon-B-Dose aus dem Zweiten Weltkrieg. Ein Zyklon ist ein Wirbelsturm. Die Nazis haben lange nach einer Endlösung in der Judenfrage gesucht und dann mit diesem als Schädlingsgift entwickelten Cyanwasserstoff, besser bekannt als Blausäure, die Antwort gefunden. Fünf Kilo Zyklon-B-Pellets reichten aus, um über eintausend Menschen zu töten. Dose auf, Inhalt in den Belüftungsschacht kippen, Ventil schließen, voilà: Es ist angerichtet. Allein in Auschwitz wurden zwanzigtausend Kilo davon verbraucht. Rechnen Sie selbst.«

Renlund hielt ihnen die offene Dose hin, seine Augen glänzten vor Begeisterung. »Die Dose ist leer. Wissen Sie, was das bedeutet? Diese Dose ist wirklich benutzt worden. Mein Gott, mit dieser Dose sind tatsächlich Menschen vergast worden: Juden, Russen, Neger, Schwule. Und wer weiß, wer noch. Ist das nicht unglaublich?« Er schob die Dose zu Oksman und Paloviita herüber, die instinktiv zurückzuckten. »Nun schnuppern Sie schon. Es riecht nach – nichts. Auf Anweisung der SS wurde der Warn- und Reizstoff nicht hinzugefügt, damit in den Gaskammern niemand Verdacht schöpfte.«

Da die Kommissare Renlunds Begeisterung nicht teilten, verschloss er die Dose wieder und stellte sie auf eine Ecke des Schreibtischs. Sein Blick hatte sich verdunkelt.

»Und dafür empfinden Sie also Bewunderung?«, fragte ihn Paloviita.

»Ich wurde zur falschen Zeit geboren. Hätte ich in der Zeit meines Großvaters gelebt, hätte ich Heldentaten vollbracht. Stattdessen bin ich Gefangener meiner Zeit und kann mich nur für das schämen, was heute abläuft. Der Gesandte ist der erste Lichtbringer seit sehr langer Zeit. Das finnische Volk erwacht, der Löwe reckt seine Tatze zum Schlag.«

»Mit anderen Worten, Sie haben nichts dagegen, dass wir uns hier ein wenig umschauen?«, fragte Oksman.

Renlund stand auf und zeigte auf die Tür. »Bitte sehr, wir haben nichts zu verbergen. Wir zeigen offen, was wir sind. Es ist leicht, uns in Festreden zu verteufeln, aber schlussendlich sind wir die einzig wahre Opposition. Stark, ehrlich und gerecht. Der überwiegende Teil der Finnen teilt im Innersten unsere Werte, auch wenn sie nicht bereit sind, sich öffentlich dazu zu bekennen. Aber wenn eines Tages alle Masken heruntergerissen werden, dann wird der Nationalsozialismus die einzige Alternative sein.«

Oksman und Paloviita sahen sich an und erhoben sich. Renlund folgte ihnen in die Halle, in der ihre Kollegen immer noch in voller Schutzmontur warteten. Sie gingen nach draußen in die Sonne, vorbei an den vor der Tür herumlümmelnden Bomberjacken, die ihnen lange mörderische Blicke hinterherschickten.

Kaum hatten sie die Straße erreicht, legten die Polizisten ihre Helme und Westen ab und verstauten sie im Auto. Paloviita bedankte sich bei den Streifenwagenbesatzungen und sagte:

»Ich weiß nicht, wann ich mich das letzte Mal so mies gefühlt habe.«

»Man kann aber auch nicht nur denen die Schuld geben«, sagte einer der Polizisten. »Auch mir geht die Bemutterung der Flüchtlinge mitunter auf den Senkel. Die kriegen nagelneue BMX-Räder und Klamotten und dreimal täglich Essen – während gleichzeitig die Schlangen vor den Tafeln immer länger werden und die Kriegsgeneration in Altenheimen in nassen Windeln dahinsiecht. Ich bin bestimmt kein Rassist, aber eine gewisse Hierarchie sollte doch eingehalten werden.«

Paloviita starrte den Polizisten an, unfähig etwas zu sagen. Auch keiner der anderen erwiderte etwas. Er sah noch einmal zur White-Order-Halle hinüber und sagte:

»Wir müssen den Verein im Auge behalten. Sie planen irgendetwas. Wenn euch unterwegs eine dieser Bomberjacken über den Weg läuft, dann stoppt und überprüft sie. Gerade jetzt können wir keine weiteren Probleme gebrauchen.«

Paloviita und Oksman stiegen ins Auto, fuhren am Waldfriedhof vorbei auf die Umgehungsstraße und bogen an der Ausfahrt Zentrum ab. Beide gähnten. Paloviita rieb sich die Augen und schaute auf die Uhr am Armaturenbrett. Halb eins. Die Leute vom ZKA würden in knapp einer Stunde eintreffen. Wie in aller Welt sollte er bis dahin wach bleiben?

10

Der Mann, der sich selbst der Gesandte nannte, lag in der oberen Etage seines Hauses im Bett und schlief. Er war viel zu lang wach gewesen, hatte sich gezwungen einen Teller klare Fleischsuppe von gestern zu essen, musste einsehen, dass er zu müde war, um irgendetwas zu tun, und hatte sich hingelegt. Auch wenn er Essen lange verabscheut und Schlafen für überflüssig gehalten hatte, brauchte sein Körper dennoch Energie und sein Gehirn Ruhe.

Schlussendlich war auch er nur ein Menschensohn.

Er hatte sich nicht die Mühe gemacht, sich auszuziehen, sondern sich so, wie er war, auf dem Bett ausgestreckt und war sofort eingeschlafen.

Auch die Träume waren sofort gekommen.

Sie hatten in dunklen Ecken und Schatten auf ihn gewartet, schossen nun hervor und stürzten sich auf ihn.

Im Traum schleppte er ein Kreuz durch die endlosen Gassen einer antiken Stadt. Menschen hatten sich an Straßenecken und auf Dächern versammelt, um seinen Weg zu verfolgen. Aus der Wüste wehte ein brennend heißer Wind herüber. Er wurde beschimpft und bespuckt. Man hatte seinen Rücken blutig gepeitscht, Hautfetzen hingen in blutigen Fäden herab. Ab und zu gab eine Seitenstraße den Blick frei auf einen azurblauen Himmel und Golgatha, sein Ziel, wo nebeneinander von Aasvögeln und Fliegen zerfressene Leichen hingen wie zerrissene Laken im Wind. Die Dornen der Krone, die man ihm auf den Kopf gedrückt hatte, bohrten sich tief in seinen Schädelknochen.

Ein Klopfen weckte ihn. Sein Traum verwandelte es in die Hammerschläge eines römischen Soldaten, der rostige Nägel durch seine Handflächen trieb. Er erwachte und setzte sich auf. Noch immer verstand er nicht, was ihn geweckt hatte. Er sah auf seine Hände.

Die Wunden hatten wieder zu bluten begonnen, Hände und Bett waren voller Blut.

Er will mir etwas sagen, dachte der Gesandte. Die Träume kehrten nun häufiger wieder, seine Wunden waren frisch und hatten sich geöffnet.

Er ruft mich.

Das Klopfen war erneut zu hören, und er fuhr endgültig aus seinem Traum auf. Er griff nach dem Telefon und wischte das Hintergrundbild weg. Eine Blutspur zog sich über das Display. Dann betrachtete er das Bild der Überwachungskamera. Vor seiner Haustür standen ein schätzungsweise vierzigjähriger Mann und ein kleiner Junge, etwa zehn, vielleicht jünger. Der Mann trug einen dunklen Anzug und eine rote Krawatte, seine rechte Hand hielt eine Aktentasche. Der Gesandte betrachtete das Bild eine Weile, ohne zu verstehen, was er da sah. Dann wechselte er die Kameraansicht: An der Straße stand ein schwarzer 700er Volvo. Das sollte eigentlich nicht möglich sein, er war sich sicher, die Schranke geschlossen zu haben.

Er stand auf, lud die auf dem Nachttisch abgelegte Pistole durch, steckte sie sich unter dem Hemd in den Gürtel und ging die Treppe hinunter. Die mit einer Wärmepumpen-Kühlung kombinierte Klimaanlage lief auf vollen Touren und stieß frostig kalte Luft aus, sein Atem kondensierte. Er ging in die Küche, wickelte sich einige Lagen Küchenpapier um die blutenden Hände und trat in den Flur. Ein Blick durch den Türspion bestätigte ihm, dass das eigentümliche Paar immer noch auf dem Treppenabsatz stand. Er tippte den Sicherheitscode ins Tastenfeld und öffnete die gepanzerte Tür. Es war ein halbes Jahr her, seit jemand an seiner Tür geklingelt hatte. Vor drei Jahren hatte er am Abzweig zu seinem Haus eine Schranke aufgestellt, und so war niemand mehr gekommen, der von der Hauptstraße falsch abgebogen war und ihn nach dem Weg fragen wollte. Vor einem halben Jahr war der Gerichtsvollzieher hier gewesen und hatte sich nach Vater erkundigt. Er hatte gelogen, dass er nicht zu Hause sei und dass er auch nicht wisse, wann er zurückkäme. Der Gerichtsvollzieher hatte ihn bedrängt, damit gedroht, ihm andere Behörden und die Polizei auf den Hals zu hetzen, doch das alles hatte ihn eher amüsiert. Er kannte seine Rechte. Danach war der Gerichtsvollzieher noch zweimal erschienen, doch er hatte ihm nicht mehr geöffnet. Schließlich hatten die Behörden aufgegeben.

Er wusste nicht genau, warum er die Tür jetzt öffnete. Später dachte er, dass es an seinem Traum gelegen haben musste – und an dem Gefühl, das der Traum in ihm hinterlassen hatte.

Der Gesandte schob sich in den sonnigen Sommerabend hinaus und zog die Tür hinter sich zu. Ein wolkenartiger Mückenschwarm verharrte im Gegenlicht und änderte unablässig seine Form. Der Mann und der Junge wichen zwei Treppenstufen zurück, sodass der Gesandte über ihnen stand. Der Anzugmann lächelte höflich und reichte ihm zwei Zeitschriften, *Erwachet!* und *Der Wachtturm*. Der Gesandte nahm sie ihm ab. Dabei sah der Anzugmann das blutdurchtränkte Küchenpapier, und seine Miene veränderte sich schlagartig. »Haben Sie sich verletzt?«

Der Gesandte verzog sein Gesicht zu jenem Lächeln, das am ehesten an ein echtes erinnerte und Ergebnis jahrelanger Übung war.

»Ich balge gerade einen Feldhasen ab.«

»Ich dachte, die werden nur im Winter gejagt?«

Der Gesandte behielt das Lächeln im Gesicht, es wurde noch honigsüßer: »Dieses Jahr ist eine Ausnahme, der Bestand ist ungewöhnlich dicht.«

Das Gesicht des Mannes blieb freundlich, obwohl der Gesandte meinte, eine kleine Veränderung darin zu bemerken. Dem Gesandten schoss der Gedanke durch den Kopf, die beiden zu töten. Der Mann zeigte auf die Zeitschriften und sagte: »In dieser Ausgabe von *Erwachet!* gibt es einen Artikel, der sich unter anderem mit der Frage der Homosexualität in der Bibel beschäftigt. Ein Thema, das in diesen Tagen viele interessiert.«

Der Gesandte sah auf die Zeitschrift und dann auf den Jungen, der ihn ansah, ohne ein einziges Mal zu blinzeln. Das empfand er als unangenehm, fast, als könnte der Junge ihn durchschauen.

»Meinen Sie den Gesandten?«, fragte der Gesandte.

»Es war heute das wichtigste Thema in den Nachrichten.«

Der Gesandte schlug die Zeitschrift auf und blätterte in ihr. Auf den Seiten blieben dicke Blutflecke zurück. Durch das Küchenpapier um seine Hände tropfte es dunkelrot auf die Stufen. Der Gesandte wurde gewahr, dass sowohl der Junge als auch der Mann ihre Blicke auf seine Hände richteten. Er tat so, als bemerke er nichts, und lächelte noch breiter. Er fand den Artikel, von dem der Mann gesprochen hatte, und tat so, als überfliege er ihn.

»Homosexualität beschäftigt die Menschen, verschiedene Kulturen und Zeitepochen stehen ganz unterschiedlich dazu. In der Zeitschrift wollten wir klarstellen, was in der Bibel dazu geschrieben steht.«

Der Gesandte antwortete nicht. Das Blut lief in die Falz des Heftes und bildete eine kleine Pfütze.

»Obwohl die Haltung der Bibel zur Homosexualität eindeutig ist, ruft sie nicht dazu auf, Homosexuelle zu hassen. Die Bibel ermutigt niemanden, andere zu hassen. Die Menschen sollten versuchen, mit allen in Frieden zu leben.«

»Und ... wenn man sich selbst zu Männern hingezogen fühlt? Sagt die Bibel, dass es möglich ist, ... geheilt zu werden?«

Das Blut floss jetzt aus der Falz und tropfte auf den Beton. Der Mann trat noch eine Treppenstufe zurück.

»Die Bibel sagt, dass man jedem Verlangen widerstehen kann, worauf auch immer es sich richtet. Der Mensch muss gegen seine Begierden ankämpfen ... Sind Sie sicher, dass es Ihnen gut geht? Ihre Hände ...«

»Die sind völlig in Ordnung. Was wollten Sie sagen?«

Um die Füße des Gesandten bildete sich ein Fleck, der an eine Ölpfütze erinnerte.

Der Junge stieg die Treppe ganz hinunter und wich langsam zurück. Auch der Gesichtsausdruck des Mannes hatte sich verändert und der Gesandte nahm Anzeichen von Panik wahr.

»Was denken Sie selbst über Homosexuelle?«, erkundigte sich der Gesandte und drehte die Zeitschrift zu einer Rolle. Als er die Blutmenge wahrnahm, wunderte er sich, keinen Schmerz zu verspüren.

»Ich ... hasse sie nicht, aber ihr Verhalten kann ich nicht gutheißen ...«

»Fachen Sie dann nicht Vorurteile gegenüber Homosexuellen an?«

Der Mann folgte dem Jungen und wich zum Auto zurück, ohne den Blick vom Gesandten zu wenden. Dieser stieg die Treppe hinunter und folgte ihnen langsam, Bluttropfen bildeten eine lange, dünne Linie und versickerten im trockenen Sand.

»Keineswegs ... Hören Sie, ich glaube, Sie haben sich beim Häuten des Hasen in die Hand geschnitten ... Es wäre besser, Hilfe zu rufen. Mein Sohn Veeti und ich können ...«

»Nein!«

Der Mann und der Junge blieben stehen. Aus ihren Gesichtern sprach das blanke Entsetzen. Der Gesandte rieb sich das Kinn, so wie er es immer bei seinem Vater gesehen hatte, wenn dieser vor einem schwierigen Problem stand. Seine untere Gesichtspartie färbte sich rot.

»Aber, gehen Sie doch noch nicht. Es gibt noch so viel zu besprechen«, sagte der Gesandte und blickte zum Jungen, der ihn immer noch direkt und ohne zu zwinkern anblickte. Etwas an diesem Jungen machte ihm Angst. »Hat dein Vater dir wehgetan?«, fragte er ihn.

»Wir fahren jetzt …«, sagte der Mann und tastete unsicher nach dem Griff an der Fahrertür.

»Schweigen Sie!«, brüllte der Gesandte. »Ich habe den Jungen gefragt, ob Sie ihm wehgetan haben. Lassen Sie ihn selbst antworten!«

»Nein«, antwortete der Junge leise.

»Das ist gelogen!«

Der Mann und der Junge standen dort wie versteinert, und der Gesandte musste unwillkürlich an Lemminge denken, die vor Schreck erstarrt waren. Er wusste selbst nicht, woher dieses Bild kam, aber es passte. Jetzt zog er die Pistole hervor, ihr Griff war glitschig wie ein Stück Seife.

Der Junge schrie. Der Gesandte richtete den Lauf der Pistole auf den Bauch des Mannes.

»Nicht … um Gottes willen!«, sagte der Mann. Der Junge schrie zum zweiten Mal.

Der Gesandte gab zwei Schüsse nacheinander ab. Sie hallten durch den klaren Sommerabend und durchschnitten die Stille. Dann war für einen Moment nur das Brummen der Außeneinheiten der Luft-Wärme-Pumpen zu hören. Selbst die Vögel waren verstummt.

Geräuschlos schwirrten die Mücken.

Lange stand der Gesandte reglos da, in der einen Hand die zu einer Rolle geformten Zeitschriften, in der anderen die rauchende Pistole. Der Junge stand zur Salzsäule erstarrt neben der Leiche seines Vaters, das Gesicht vor Furcht verzerrt.

Der Gesandte schaute zu den Fenstern im Obergeschoss und vergewisserte sich, dass sein Vater nicht herausschaute. Er griff nach der Hand des Jungen und zog ihn zur Tür. Jetzt fühlte er den Schmerz in den Händen.

Der Gesandte dachte, dass die Zeit knapp wurde. Gott hatte ihm diese beiden geschickt, um ihn zu prüfen.

Sie waren sein brennender Dornbusch.

Er hatte die Schranke geschlossen, jetzt war er sich ganz sicher.

Gott hatte den Vater und den Sohn zu ihm geschickt.

Das konnte kein Zufall sein.

Zum ersten Mal war sich der Gesandte nicht sicher, ob er durchgefallen war oder in Ehren bestanden hatte. Er zog den Jungen ins Innere des Hauses, in dem die Verdichter der auf maximale Kühlung eingestellten Wärmetauscher ohrenbetäubend dröhnten. Er öffnete die Tür, die zum Keller hinunterführte, und ging mit dem Jungen die Treppe hinab, so wie er selbst dutzende Male mit seinem Vater hinabgestiegen war.

»Hab keine Angst, dein Vater wird dir nie wieder wehtun. Keiner wird dir jemals wieder wehtun, das ist jetzt vorbei«, sagte er und öffnete den Riegel an der Tür zu einem Kellerraum, den er seit vielen Jahren nicht betreten hatte. Er schob den Jungen hinein und verschloss die Tür.

»Jetzt bist du in Sicherheit.«

Dann ging er wieder nach draußen und holte eine Schaufel aus dem Schuppen. Die Fliegen hatten sich schon auf das Blut gestürzt, das aus dem Körper getreten war, und stoben jetzt surrend davon.

11

Paloviita ging über den Flur in seiner Abteilung. Die Lichter waren ausgeschaltet, niemand war zu sehen. Sein Blick fiel auf eine Tür, die offen stand. Quer über das Linoleum fiel ein Lichtstrahl, der im rechten Winkel an der gegenüberliegenden Wand emporkletterte.

Offensichtlich war Linda doch noch bei der Arbeit.

Er ging auf die Tür zu. Je weiter er ging, umso länger schien der Weg, als ob er sich unter ihm in die Länge zöge. Er versuchte schneller zu laufen, doch seine Füße fühlten sich schwer an, so wie beim Stromaufwärtsstapfen in starker Strömung. Endlich erreichte er die Tür. Er atmete schwer. Linda saß am Schreibtisch und schaute konzentriert auf den Computerbildschirm. Sie war nur mit einem Satinnachthemd mit Spaghettiträgern bekleidet, das einen Ausschnitt in Herzform hatte. Sie schaute hoch und lächelte. Ein eigenartiger Schauder lief durch seinen Körper. Für einen Augenblick wusste er nicht, wo er war oder wohin er wollte. Unsägliche Verzweiflung und Ratlosigkeit erfassten ihn.

Er öffnete die Augen und sah sich einem schlanken, aber recht kleinen Mann in seinem Alter gegenüber, der mit einem Poloshirt und einem Jackett bekleidet war. Die Haare waren sorgfältig gekämmt und tadellos gescheitelt. Paloviita richtete sich auf. Er saß auf einer Bank am Bahnsteig, der Zug war bereits eingefahren, und Menschen mit Koffern strömten an ihm vorbei.

Der Mann im Jackett streckte ihm die Hand entgegen: »Johan Niemi, Zentrales Kriminalamt.«

Paloviita ergriff die ausgestreckte Hand. »Jari Paloviita, Polizei Südwestfinnland. Entschuldigung, ich bin wohl eingeschlafen.«

Johan Niemi lächelte. »Verstehe. Langer Tag. Ich habe mir schon gedacht, dass Sie es sind.«

Paloviita stand auf, sein Kopf fühlte sich an wie ein aufgeblasener Luftballon, der ein Loch hat. Er schaute zur Bahnsteiguhr und strich sich über die Augen, er hatte höchstens eine Minute geschlafen.

»Woher wussten Sie, dass ich es bin? Ich hätte auch irgendein Säufer sein können.«

»Ich habe eine besondere Begabung dafür und bin nicht umsonst aus einer Gruppe von über dreihundert Bewerbern ausgewählt worden.« Niemi machte eine Pause und grinste dann über das ganze Gesicht, seine weißen Zähnen blitzten. »Na, ich will ehrlich sein. Ich habe Ihr Gesicht eben im Zug gegoogelt.«

Paloviita wollte nach Niemis Koffer greifen, doch dieser bestand darauf, ihn selbst zu tragen. Er fuhr ihn ins Scandic-Hotel und blieb im Auto sitzen, bis Niemi eingecheckt und sein Gepäck aufs Zimmer gebracht hatte. Anschließend fuhren sie weiter ins Kommissariat. Unterwegs erzählte Niemi von sich, sein Lebenslauf war beeindruckend. Obwohl er nur zwei Jahre älter war als Paloviita, hatte er als Polizist bereits an verschiedenen Orten in Finnland und sogar schon bei internationalen Einsätzen gearbeitet. Er war ein echter Durchstarter und hatte seine Karriere in einem kleinen Polizeibezirk oben im Nordwesten Finnisch-Lapplands begonnen und war von dort stetig gen Süden gewandert: zunächst nach Rovaniemi, von dort über Oulu und Tampere nach Helsinki, wo er schließlich beim Zentralen Kriminalamt gelandet war.

Paloviita fühlte den Stachel des Neides in sich. Er war als Kriminaloberkommissar hier in Pori hängen geblieben, während Niemi eine auf Terrorismusbekämpfung spezialisierte Einheit beim ZKA leitete. Er überlegte, wie sein Leben verlaufen wäre, wenn er und Terhi nicht geheiratet hätten. Auf jeden Fall würde er nicht in Pori wohnen. Plötzlich erschien ihm alles furchtbar klein, ganz so, als ob sein Leben während der kurzen Fahrt auf die Größe einer Rosine geschrumpft wäre. Würde es weiter so schrumpfen, würde er sich noch in Atome auflösen.

Die erste gemeinsame Besprechung zwischen der Polizei Pori und dem ZKA fand knapp eine Stunde später statt. In der Zwischenzeit hatte Niemi sich mit den Akten vertraut gemacht.

Alle warteten gespannt, in welche Richtung Niemi die Ermittlungen führen würde. Einige von ihnen empfanden Unbehagen, weil sie die Ermittlungsverantwortung abgeben mussten, andere aus dem gleichen Grund Erleichterung. Das Schlimmste aber war die Ungewissheit. Die Zeit verging, und die Spuren wurden kälter. Verlorene Zeit war verlorene Wahrheit. Das gehörte zu den ersten Lehrsätzen auf jeder Polizeischule. Je mehr Zeit verging, umso weiter konnte der Täter entkommen – und umso mehr Beweise verschwanden.

Das Ermittlerteam, zu dem jetzt neben Jari Paloviita, Henrik Oksman, Linda Toivonen und Susanna Manner auch Johan Niemi gehörte, hatte sich im Auditorium des Polizeireviers versammelt. Niemi und Manner standen vorn und sprachen miteinander, die übrigen saßen in den Hörerreihen und warteten. Manner schaltete den Beamer ein, auf der Leinwand erschien ihr Desktophintergrund, ein schneebedeckter Berg, auf dem ein rot-weißer Zug abwärts tuckerte. Manner loggte sich ein und ging auf die Facebook-Seite von Suomi ensin – Finnland zuerst, auf deren Emblem der finnische Löwe prangte, darunter der Schriftzug: »Keine Unterwerfung, keine Kapitulation!«

Niemi machte einen Schritt auf das Publikum zu: »Susanna hat uns freundlicherweise Arbeitsplätze und die notwendigen IT-Anschlüsse zur Verfügung gestellt. Die Ermittlungen werden offiziell von meinem Vorgesetzten Marko Vasoniemi von Vantaa aus geleitet. Er und ich treffen alle strategischen Entscheidungen gemeinsam – natürlich unter Einbeziehung von Ihnen allen.«

Niemi wechselte das Standbein. »Es geht keineswegs darum,

die örtliche Polizei in den Hintergrund zu drängen, sondern eng mit Ihnen zusammenzuarbeiten. Sie verfügen über die beste Ortskenntnis und alle erforderlichen Mittel. Das ZKA konzentriert sich vorrangig auf die digitalen Netze.«

Paloviita und Linda sahen sich an.

Niemi ging zur Tafel und nahm ein Stück Kreide in die Hand: »Fangen wir damit an, alle Dinge aufzulisten, die wir vom Täter wissen, und alle, die wir noch genauer herausfinden müssen. Also zunächst zur Person des Gesandten selbst. Was wissen wir über ihn? Vergessen wir einmal das psychologische Profil und konzentrieren uns nur darauf, was wir sicher wissen.«

»Er ist jung und hat umfangreiche IT-Kenntnisse«, sagte Paloviita.

Niemi schrieb an die Tafel »jung« und »IT-Kenntnisse«. »Was noch?«

»Er ist sehr gläubig«, sagte Linda.

»Gut!«, sagte Niemi, schrieb »gläubig« an die Tafel und lächelte. »Oder er tut so als ob. Auf jeden Fall kennt er die Bibel gut und insbesondere alle Stellen, die sich auf Homosexualität beziehen, mit anderen Worten das 3. Buch Mose und den Brief des Paulus an die Römer.«

»Was soll das heißen, *er tut so als ob*?«, fragte Paloviita und merkte selbst, wie gereizt er klang. Er war sich nicht sicher, ob aus Müdigkeit oder vor Neid. Auf jeden Fall schien Niemi von seinem Tonfall unbeeindruckt.

»Agitatoren benutzen häufig populistische Mittel, um das Publikum zu beeinflussen. Der Zweck des Videos war nicht nur, eine Agenda zu veröffentlichen, der Gesandte wollte damit auch religiöse Konservative als Unterstützer um sich scharen.«

»Weil Homosexualität ein Übel ist, das an der Wurzel gepackt werden muss«, warf Linda ein.

»Genau«, stimmte Niemi zu und schrieb das Wort »Homosexualität« an die Tafel.

Paloviita drehte den Kugelschreiber zwischen den Fingern und drückte die Mine rein und raus. »Ich habe nie verstanden, warum Schwulsein immer noch so eine große Sache ist, dass man sogar bereit ist deswegen zu töten. Es ist doch längst nachgewiesen, dass die Bibel ein großes Märchenbuch ist.«

»Dazu kann ich nichts sagen«, sagte Niemi. »Vielleicht vermag ein Theologe das besser einzuordnen. Religiöser Fanatismus ist im Terrorismus keineswegs ein fremder Begriff. Kämpfe zwischen den Religionen haben Menschen zu allen Zeiten bewegt.«

»Vielleicht ist der Täter ja selbst homosexuell«, schlug Linda vor.

Niemi unterstrich das Wort »Homosexualität«, das schon an der Tafel stand, und malte ein Fragezeichen dahinter. »Auch dazu gibt es eine Theorie. Eine latente Homosexualität bedeutet, dass man sich seiner sexuellen Neigungen nicht bewusst ist. Der Mensch verspürt sexuelle Reize, lehnt sie aber unbewusst ab. Laut Sigmund Freund kann sich Homophobie aus einer derart unterdrückten Homosexualität entwickeln. Aber auch viele weitere Umstände tragen zur Herausbildung einer Schwulenfeindlichkeit bei, wie beispielsweise das Lebensumfeld, die sozialen Beziehungen oder möglicherweise als Kind erfahrene sexuelle Traumata.«

Niemi nickte Susanna Manner zu, die auf der Seite von Finnland zuerst nach unten scrollte, bis die Kommentare sichtbar wurden.

»Diese Beiträge geben uns einen kleinen Vorgeschmack auf das, was uns noch erwartet«, sagte Niemi und drehte sich zum Bild an der Wand um.

Alle im Raum lasen schweigend:

»Einige mögen Gleichgeschlechtliche, andere Kinder. Seltsam, dass nur die eine Gruppe eingewiesen wird.«

»*Früher wurde diese Krankheit behandelt und der größte Teil auch geheilt. Wer will, kann das immer noch tun, aber es ist heutzutage ja schick und im Trend, eine Schwuchtel zu sein.*«

»*Der Gesandte gibt sicher gern genauere Therapietipps.*«

»*Kann man Schwule nicht schon vor der Geburt mit einem Gentest aussortieren?*«

»*Widerlich, diese Tunten! Leckt doch die Titten eurer Mütter, ihr Schwuchteln!*«

»*Homo Pride gehört in die gleiche Kategorie wie die Slutwalks oder Misswahlen für Kinder. Alles Zeichen unseres moralischen Verfalls.*«

»*In Norwegen gibt es Schwulenparaden für Kinder ... und sicher auch bald bei uns.*«

»*Krankes Gehabe! Ich glaube, ich muss kotzen!*«

Oksman spannte beim Lesen der Kommentare die Kiefermuskeln an. Manner scrollte in der Kommentarspalte weiter nach unten, ohne das Ende zu erreichen, ununterbrochen erschienen neue Kommentare im Feed. Anschließend zeigte Manner den anderen die Onlinekommentare unter den Artikeln der beiden größten Boulevardblätter: Bei *Ilta-Sanomat* gab es zweihundertsiebenundachtzig Einträge, danach war der Kommentarbereich geschlossen worden, *Iltalehti* hatte das bereits nach einhundertvierundfünfzig Beiträgen getan. Die Kommentare hier waren polarisierter als die auf der Seite von Finnland zuerst. Ein großer Teil drückte sein Beileid mit den Angehörigen der Opfer aus, aber dazwischen gab es immer wieder vereinzelte Rufe nach dem Erschießungskommando.

»Traurig«, kommentierte Linda und durchbrach damit die Stille im Auditorium.

»Hirnloses Geschwätz«, sagte Paloviita. »Das Internet ist wie ein Freibrief für Diffamierungen. Die meisten Schreiber sind wahrscheinlich junge Idioten um die zwanzig, die ihren Frust als Trolle abreagieren.«

»Mag sein, aber wir können nicht sicher sein, dass darunter möglicherweise einer ist, der es ernst meint«, warf Niemi ein.

»Glauben Sie wirklich, dass das Video eines Verrückten einen x-beliebigen Familienvater dazu bringt, die Waffe zu zücken und auf der Straße Homos zu jagen?«

»Nein, aber es reicht, wenn es irgendwo einen zweiten Verrückten gibt. Das haben wir leider bei den Schulschießereien gesehen. Wenn sich einer traut, die Schwelle zu überschreiten und mit einer Waffe in der Hand eine Schule betritt – und wenn das dann auch noch für riesige Überschriften in allen Medien sorgt –, dann kann das der letzte Impuls für einen weiteren Verirrten sein. Und genau darauf zielt der Gesandte ab. Wir sehen schon jetzt besorgniserregende Anzeichen. Ganz abgesehen von all den religiösen Fundamentalisten, die in allen anderen Winkeln der Welt erwacht sind und den Nachtklubanschlag bejubeln. Hinzu kommen viele weitere rassistische und extremistische Organisationen, die auf der Sache herumreiten und Oberwasser gewinnen.«

»Was schert uns der Glaube, solange man ihn den anderen mit dem Baseballschläger einbläuen kann«, murmelte Oksman.

»Morgen findet im Zentrum von Pori eine Gedenkveranstaltung mit anschließendem Demonstrationszug für die Opfer des Nachtklubanschlags statt, die Teilnehmer tragen Kerzen durch die Stadt, um sie vor dem Nachtklub aufzustellen, jeder kann daran teilnehmen. Die Veranstaltung findet gleichzeitig mit einer nationalen Schweigeminute statt. Busse und Züge in allen Teilen Finnlands werden um Punkt neun Uhr für zwei Minuten anhalten.«

»Mit anderen Worten: Wir müssen uns auf Schwierigkeiten gefasst machen«, sagte Manner hinter ihrem Laptop hervor und startete ein Video. Obwohl erst vor anderthalb Stunden hochgeladen war es schon über tausend Mal angesehen worden. Das Video imitierte ganz eindeutig das des Gesandten. Der Mann, der dieses Mal hinter einem Tisch saß, trug keine Kapuze, sondern zeigte sein Gesicht offen. Oksman und Paloviita erkannten sofort Jarno Renlund, mit dem sie erst vor wenigen Stunden gesprochen hatten. An der Wand hinter ihm hing die schwarz-weiße White-Order-Fahne mit der geballten Faust.

Sie warteten.

Renlund hob den Blick in die Kamera. Wieder ging es Paloviita durch den Kopf, dass seine Augen in keiner Weise zu seiner Erscheinung passten. Sein Gesicht war hart und unnachgiebig, die Augen die eines Teddybären. Terhi würde so einen Blick als Welpenblick bezeichnen.

»Wenn mir jemand den Vorwurf entgegenhält, weshalb wir nicht die ordentlichen Gerichte zur Aburteilung herangezogen hätten, dann kann ich ihm nur sagen: In dieser Stunde war ich verantwortlich für das Schicksal der deutschen Nation und damit des deutschen Volkes oberster Gerichtsherr«, rezitierte Renlund und fuhr dann fort: »Diese Worte sprach Adolf Hitler am 13. Juli 1934 vor dem deutschen Reichstag unter Hinweis auf die Ereignisse in der ›Nacht der langen Messer‹, in der Deutschlands Straßen von Landesverrätern gesäubert wurden.«

»Die vergangene Nacht war Finnlands Nacht der langen Messer. Letzte Nacht hat der Gesandte die oberste richterliche Gewalt im Namen des finnischen Volkes ausgeübt und die Verantwortung für das Schicksal Finnlands übernommen.«

Pause. Renlunds Blick war weiter in die Kamera gerichtet.

»Es gibt Zeiten, in denen gehandelt werden muss. So wie in Deutschland im Jahre 1934, als das Land drohte in die Hände von Anarchisten zu fallen. Wenn der Staat zum Ziel einer Invasion wird und dessen duckmäuserische Führer ihren Kopf in den Sand stecken, dann müssen mutige Individuen wie der Gesandte aus der Masse heraustreten und im Namen der Selbstverteidigung des Landes als oberster Gerichtsherr agieren.«

»Die sich im Besitz der Machteliten befindlichen Medien haben auf der ganzen Welt die Tat des Gesandten verurteilt und ihn zu einem geisteskranken Mörder abgestempelt. Es lohnt sich, darüber nachzudenken, warum das so ist.«

Pause.

»Weil die Medien die Wahrheit fürchten. Weil sie fürchten, dass das Volk ihre Lügen durchschaut. Diese Furcht zieht sich durch die gesamte Weltgeschichte. Der schottische Freiheitskämpfer William Wallace wurde in Stücke gerissen, Robin Hood geächtet, Jesus von Nazareth ans Kreuz genagelt. Sie wurden zu Dieben und Landesverrätern erklärt, weil sie zu einer Gefahr für das Eigentum der Machthaber geworden waren. Edle Taten zu kriminalisieren ist das letzte Mittel, um das Volk einer Gehirnwäsche zu unterziehen, damit es an IHRE Wahrheit und nicht die Wahrheit DES VOLKES glaubt. Das Gleiche versucht man nun mit dem Gesandten. Die Propagandamaschinerie des Staates läuft.«

Renlund schluckte und hob das Kinn.

»Der Weg der Lügen endet jetzt und hier. Der Gesandte ist nicht allein. Der Großteil der Finnen ist der gleichen Meinung wie wir: Es muss eine Veränderung geben! Die systematische Verweichlichung unserer Gesellschaft muss ein Ende finden und die natürliche Gesellschaftsordnung wiederhergestellt werden. Wenn alle Zäune umgestürzt und alle Vorhänge beiseite gezogen wurden, werden die Menschen endlich die Wahrheit erkennen. Horchen Sie in sich hinein. Sind Sie nicht auch besorgt? Besorgt darüber, in was für einer Welt unsere Kinder aufwachsen, was man ihnen zumutet, sich anzusehen, zu lesen und zu denken? Das Normale wird ins Abnormale verkehrt. Bald wird ein gesundes heterosexuelles Kind eine Minderheit repräsentieren. Ist es das, was Sie wollen?«

»Nicht alle sind bereit, sich damit abzufinden. White Order wird dem Gesandten zur Seite stehen, wenn es um die Selbstverteidigung unserer Gesellschaft geht. Was wir hoffen, ist, dass das Licht aus unserem Leuchtturm bis in den letzten Winkel der Welt scheinen wird. Der Moment zu handeln ist angebrochen, wir dürfen unsere Augen nicht weiter verschließen, denn der Feind ist tief in das Fleisch unserer Nation eingedrungen. Die Usurpatoren reißen auf der Straße die Macht an sich. Wieder einmal wird in Poris Zentrum eine Parade der Perversen stattfinden, und der Gesandte soll ans Kreuz genagelt werden. Der Krieg hat schon begonnen, ob wir es wollen oder nicht. Nehmen Sie es nicht länger hin, entscheiden Sie sich, auf welcher Seite Sie stehen!«

Renlund stand übertrieben langsam auf, dann erzitterte das Bild, und das Video war zu Ende.

»Das darf doch nicht wahr sein«, schimpfte Paloviita. »Wir waren doch gerade erst vor ein paar Stunden bei ihm.«

»Wer ist das?«, fragte Linda und sah abwechselnd von Paloviita zu Oksman.

»Jarno Renlund, Boss von White-Order, Chapter Pori«, antwortete Paloviita.

Niemi ergänzte: »White Order gehört neben der Nordischen Widerstandsbewegung zu den vom ZKA und dem Staatsschutz am intensivsten beobachteten rechtsextremistischen Gruppierungen. Die WO ist eine relativ junge Vereinigung, die im Oktober 2015 während der großen Flüchtlingswelle angefangen hat, Straßenpatrouillen zu organisieren. Sie wendet sich offen gegen Einwanderung, Multikulturalismus, die EU und die Globalisierung.«

»Und gegen Homosexualität«, ergänzte Linda.

»Es handelt sich um eine reine Nazi-Organisation, auch wenn sie versucht, als nationalgesinnte Verteidigerin der Meinungsfreiheit aufzutreten«, fügte Niemi an. »Die große Herausforderung mit diesen extremistischen Gruppierungen ist, dass es nahezu unmöglich ist, sie komplett zu verbieten. Wird irgendeine Gruppe verboten, gründet sich eine gleichgesinnte unter neuem Namen.«

»Die Rede eben war pure Volksverhetzung, Unterstützung einer terroristischen Vereinigung und eine offene Drohung gegen die Gesellschaft«, fasste Paloviita zusammen.

»White Order möchte den Menschen Angst machen, damit sich möglichst wenige an dem geplanten Kerzenumzug beteiligen«, sagte Manner.

Niemi nickte. »Wir müssen die Sache ernst nehmen. Im Video wird nicht direkt zu Gewalt gegen die Veranstaltung aufgerufen, aber angedeutet, dass es nicht ratsam ist, dabei mitzumachen. Sollte es zu Zwischenfällen kommen, … wer weiß, was dann passiert.«

»Genau das ist es, was der Gesandte will: Unfrieden und Chaos stiften«, sagte Linda.

»Divide et impera. Teile und herrsche. Bringt man die Menschen dazu, sich zu entzweien und um ihre Vorteile und Werte zu streiten, haben radikale Gruppierungen leichtes Spiel, Fuß zu fassen, weil sie vorgeblich stark und mutig in ihren Meinungen auftreten. Je tiefer die wirtschaftliche Talfahrt, umso größeren Zuspruch haben die Extremisten. In den siebziger und achtziger Jahren hat man über die nationalsozialistische Vereinigung des Neonazis und Spinners Pekka Siitoin in Finnland noch gelacht, doch spätestens seit der Jahrtausendwende ist die radikale Rechte salontauglich geworden. Rechtspopulistische Parteien sind in ganz Europa auf dem Vormarsch.«

Alle nickten. Sie wussten, wovon Niemi sprach: von Bewegungen wie White Order, Grenzen dicht, Soldiers of Odin, Suomen Sisu, Finnische Widerstandsbewegung, Finnland zuerst und den von ihnen herausgegebenen Medien wie der alternativen finnischsprachigen Onlineplattform MV-lehti. Die Grenze zwischen Hassrednern, Gewaltverbrechern und politischen Vereinigungen war fließend geworden. Und das betraf keineswegs nur die offen faschistischen Gruppierungen, sondern die Gesellschaft im Ganzen. Demokratien, die traditionelle solidarische und gesellschaftliche Werte schützen, galten zunehmend als schwach, weil sie der Rezession nichts entgegenzusetzen hatten. Schimpfworte wie Gutbürger oder Grünlinke sind neben Rassist und Faschist als abwertende Bezeichnungen in den Wortschatz eingegangen.

»Während Pekka Siitoin noch mit Oberlippenbart und Hakenkreuzbinde auftrat, ist die heutige politische Rhetorik von den schlimmsten rassistischen Exzessen bereinigt. Gewöhnliche Menschen können kaum noch erkennen, wo die Grenze des Angemessenen verläuft. Im finnischen Parlament sitzen heute Abgeordnete, die wegen Volksverhetzung rechtskräftig verurteilt sind. Am Fackelmarsch Finnland 612 der Rechtsextremen zum 100. Unabhängigkeitstag Finnlands am 6. Dezember 2017 beteiligten sich mehr als dreieinhalbtausend Menschen, drei Jahre zuvor waren es nur knapp zweihundert.«

Die Gruppe brach auf. Susanna Manner sah ihrem Team zu, wie es den Raum verließ. Wankende, übermüdete Geistgestalten. Sie warf einen Blick auf die Uhr und konnte selbst ein Gähnen nicht unterdrücken. Irgendwo da draußen war der Gesandte, der Mann, den sie kriegen mussten.

12

Oksman versuchte Plätze, an denen sich viele Menschen aufhielten, zu vermeiden. So fuhr er nicht gern mit dem Bus oder Zug, ging nicht ins Kino oder Theater und eigentlich überhaupt nirgendwohin. Nirgendwohin, wo ihm Menschen nahekamen, ihn berührten oder anfassten, laut sprachen.

Mit einer Ausnahme, dem Kraftraum.

Dort fühlte er sich sicher. Dort war er einer von vielen, die etwas für sich taten.

Obwohl er total ausgelaugt war, war es für ihn keine Option, das Training ausfallen zu lassen. Es war wichtig, die Routinen beizubehalten, egal was um einen herum passierte. Ohne Routinen würde alles im unkontrollierten Chaos versinken.

Er ging im Polizeigebäude die Treppe hinunter, die in den Keller führte. Der Schießstand war besetzt, das Warnschild hing an der Tür. Er konnte das Geräusch zweier Pistolen ausmachen, die abwechselnd im Abstand von ein paar Sekunden ballerten. Er verharrte kurz, um zu lauschen, zu gern hätte er durch die Tür gelinst, wer drin war, aber er unterdrückte seine Neugier und ging weiter. Bei der nächstmöglichen Gelegenheit würde er auch zwei Serien abfeuern. Seit seinem letzten Training war schon viel zu viel Zeit vergangen.

Die Flügeltür des Kraftraums war angelehnt, das Licht brannte. Aus dem uralten, mit Klebeband notdürftig zusammengehaltenen CD-Spieler plärrte Rammsteins *Du hast*. Neben der Beinpresse standen zwei Polizisten. Eine Polizistin mit riesigen Kopfhörern machte in einer Ecke Klimmzüge, als wäre sie aus Watte. Oksman war erleichtert, dass nicht mehr Leute hier waren. Normalerweise war das um diese Tageszeit der Fall, aber der Nachtklubanschlag hatte auch die Schutzpolizei beansprucht. Außerdem stand die Gedenkveranstaltung bevor, und das bedeutete weitere Überstunden. Die Wenigsten hatten da noch Reserven, um Hanteln zu stemmen.

Oksman setzte seine Trainingstasche vor der Sprossenwand ab und dehnte seine Nackenmuskulatur. Keiner schenkte seinem Kommen Beachtung, und ihm war das nur recht. Er schätzte es, nicht beachtet zu werden. Ihm war klar, dass er nicht länger verheimlichen konnte, in jener Nacht vor Ort gewesen zu sein. Das Gefühl schnürte ihm den Brustkorb zu. Als ob er einen Sack voller Steine auf dem Rücken schleppte.

Er ließ die Schultern kreisen, streckte Beine und Arme und schnappte sich dann das Springseil, das über einer Sprosse hing.

Oksman begann ruhig, ließ das Seil langsam rotieren und gewöhnte Fußgelenke und Waden an den Rhythmus. Die Fußballen lösten sich vom Boden, Handgelenke und Schultern kreisten. Er ließ seinen Blick durch den Raum streifen. Jetzt hatten die beiden Männer ihn bemerkt, aber keiner von ihnen rührte sich, um ihn zu grüßen. Auch Oksman tat nichts dergleichen. Ihm war es völlig gleichgültig, ob er sich mit jemandem anfreunden konnte oder nicht. War man für sich, wusste man immer, mit wem man es zu tun hatte, was man dachte und wie es einem ging.

War man allein, konnte einem niemand ein Messer in den Rücken rammen.

Er erhöhte den Takt und fühlte, wie seine Beine den neuen Rhythmus aufnahmen. Der Kraftraum war recht geräumig, die Decke hoch und der Raum gut beleuchtet. Im hinteren Teil befand sich eine Tatamimatte, auf der die beiden Männer jetzt Abwehr- und Zugriffstechniken trainierten. Dort gab es auch ein paar Boxsäcke sowie im Regal Schutzhelme, Trittkissen und Handschuhe.

Die Rotation wurde schneller. Sein Körper lief jetzt auf Hochtouren, jede einzelne Muskelfaser zog sich zum richtigen Zeitpunkt zusammen. Schweiß lief ihm das Rückgrat hinunter. Er veränderte wieder den Rhythmus, ließ die Beine abwechselnd nach vorn pendeln und wechselte das Sprungbein, überkreuzte die Arme und drehte das Sprungseil seitlich neben seinem Körper. Das Seil schlug gegen das Linoleum, die Atmung ging in Keuchen über. Oksman registrierte, dass sich inzwischen alle im Saal zu ihm umgewandt hatten. Das Seil rotierte mit unglaublicher Geschwindigkeit. Seine Füße tanzten, hoben sich gerade so weit vom Boden wie nötig, damit das Seil unter den Schuhen hindurchzischen konnte. Das aufs Äußerste gespannte Springseil summte. Als sein Körper aufgewärmt war, ließ er die Rotationen langsamer werden und ganz auslaufen. Er hängte das Seil wieder an die Sprossenwand zurück und ging in die Mitte des Raums.

Die Polizistin hatte inzwischen ihre Klimmzüge beendet und war zur Hantelbank gewechselt. Oksman registrierte, dass sie ihn durch den Spiegel ansah, und er schaute zurück.

Sie war schön.

Oksman beneidete sie um ihre schlanke Taille, die trainierten Schultern, ihr Gesäß und ihre durch langes Training geformten Beine. Sich selbst empfand er als sperrig, eckig und linkisch.

Er sprang an die Klimmzugstange, senkte seinen Körper langsam ab und führte dann in kontrollierten Auf- und Abwärtsbewegungen ruhige Klimmzüge aus. Dabei dauerte das Absenken mindestens so lange wie der eigentliche Klimmzug. Als seine Kräfte nachließen, zog er sich unter Einsatz seines ganzen Körpers noch einmal hoch. Zu seinem Bedauern schaffte er nur fünfunddreißig Klimmzüge. Damit blieb er um einiges hinter seinem Rekord. Er runzelte die Stirn. An der Übermüdung konnte es nicht liegen, wahrscheinlich wurde er alt. Was bedeutete, dass er zukünftig noch härter trainieren musste, um seine Grenzen zu überwinden. Also zwang er sich zu drei weiteren Serien, bei denen er die Griffweite variierte. Zufrieden stellte er fest, dass er zwar etwas von seiner Maximalkraft verloren, dafür aber an Ausdauer gewonnen hatte.

»Fünfunddreißig«, sagte die Polizistin hinter ihm. Gesicht und Halsgrube glänzten vor Schweiß. Die pinkfarbenen Kopfhörer hingen um den Hals. Ihr Lächeln hätte jeden Mann zum Schmelzen gebracht. Oksman war über die plötzliche Gesprächseröffnung verdutzt, fasste sich aber schnell und wendete schnell seinen Blick ab, als er bemerkte, dass er sie auf eine unangemessene Weise anstarrte.

»Nur dreißig davon sauber.«

Ihr Lächeln intensivierte sich. »Nur dreißig«, wiederholte sie. »Was ist dein Rekord?«

Oksman war es nicht gewöhnt, dass jemand mit ihm schwatzte. Aber nicht zu antworten wäre unhöflich gewesen. »Sechsunddreißig.«

»Saubere?«

Oksman nickte. Sie stieß einen Pfiff aus. »Mein Rekord liegt bei zwölf.«

»Tolle Leistung.«

Sie zuckte mit den Schultern und strich mit dem Finger über ihre Augenbraue, auf der sich eine Schweißperle verfangen hatte. »Naja, wie man es nimmt. Nach sechs Jahren Training. Als ich anfing, habe ich keinen einzigen geschafft.«

Oksman erzählte ihr nicht, dass er selbst mit sechzehn angefangen hatte, Klimmzüge zu trainieren, also vor zweiundzwanzig Jahren. Damals wog er fünfundsechzig Kilo. Drei weniger als heute. Damals hatte er einen Klimmzug geschafft.

Sie schaute auf ihren Pulsmesser, kehrte vor den Spiegel zurück und trainierte stehend Bizeps Curls mit der Kurzhantel. Oksmans Blick fiel auf ihren langen Bizeps, auf dem bei jeder Kraftanstrengung die Ader anschwoll. Ihren Puls konnte man am Pulsieren der Halsschlagader erkennen. Zwei weitere Kollegen betraten den Kraftraum. Einer von ihnen hob die Hand, um

Oksman zu begrüßen. Oksman grüßte zurück und wandte sich schnell ab. Oksmans Gefühle Pasi Jaakola gegenüber waren widersprüchlich. Er fühlte sich in seiner Gegenwart wohl, versuchte aber gleichzeitig, sich von ihm fernzuhalten.

Oksman stellte sich auf die Matte, fasste die freie Gewichtstange mit ausgestreckten Armen und hob sie an. Er konzentrierte sich darauf, seine Wirbelsäule zu stabilisieren und die Spannung im ganzen Körper zu halten. Nach dem Anfangstraining machte er sechs Wiederholungen pro Satz und legte jedes Mal fünfzehn bis zwanzig Kilo mehr auf. Beim zehnten Satz lagen hundertachtzig Kilo auf der Stange, und Oksman musste ordentlich arbeiten. Seine Halssehnen waren aufs Äußerste gespannt, er presste die Zähne zusammen und stieß ein heftiges Ächzen aus. Das Eisen löste sich vom Boden, sein Rücken streckte sich, und die Gewichtsscheiben klirrten. Bei der letzten Wiederholung traten seine Augen hervor, kurzzeitig sah es so aus, als bliebe die Bewegung unvollständig, doch irgendwie konnte er noch einmal den Hebel umlegen und langsam, ganz langsam und am ganzen Körper zitternd schob er das Gewicht in die Höhe. Oksman ließ die Stange krachend auf die Matte knallen. Nach der Anstrengung pulsierte sein ganzer Körper. Als er wieder gleichmäßiger atmete, schob er jeweils noch eine weitere Gewichtsscheibe auf die Stange. Er hatte Publikum bekommen, und als er Pasi unter den Zuschauern entdeckte, ärgerte und freute es ihn gleichermaßen. Jetzt strengte er sich noch mehr an. Sein Rekord beim Kreuzheben lag bei zweihundertvierzig Kilo beim ersten Versuch, er hatte damals also nicht schon ein Dutzend vollständiger Serien hinter sich gehabt.

Er spannte seine Muskeln, rieb seine Handflächen mit Magnesium ein und trat hinter die Stange, auf der jetzt zweihundert Kilo lagen. Er blendete alle anderen Gedanken aus. Was zählte, waren allein sein Körper, den er sein ganzes Leben lang trainiert hatte, – und das Eisen, das seinem Willen gehorchen musste. Er ging in die Hocke, fühlte das kalte Gewicht der Stange und streckte seinen Körper. Die erste Wiederholung gelang ihm schnell, aber er wusste, dass erst die letzte Wiederholung die eigentliche Prüfung sein würde. Sein Gesichtsfeld verengte sich zu schmalen Röhren, sein erschöpfter Atem bemühte sich vergeblich um Gleichmäßigkeit. Vor dem letzten Heben glaubte er, jede einzelne Muskelfaser werde reißen, doch sie hielten stand wie Stahlseile. Speicheltropfen flogen, und Zoll um Zoll hob sich die Stange. Nur nebelhaft nahm er die Anfeuerungsrufe der Umstehenden wahr:

»Henrik, du schaffst das!«

»Hoch mit der Stange!«

»Gib nicht auf!«

Die Hantelstange war jetzt auf Hüfthöhe, dann streckte er Rücken, Beine und Arme durch. Zum Schluss ließ er die Hantelstange einen Moment an den ausgestreckten Armen hängen und erst nach einer kurzen Verzögerung auf die Matte krachen.

»Klasse! Super gemacht!«, rief einer der Umstehenden. »Du hast es geschafft!«

Oksman lehnte sich gegen die Wand, um nicht umzukippen, und wartete, bis das Blut wieder sein Gehirn durchströmte. Seine Kopf- und Gesichtshaut kribbelte, vor seinen Augen tanzten schwarze Flecke. Als der Schwindel nachließ, drehte er sich zu seinem Publikum um.

»Sauber ausgeführt«, sagte Pasi anerkennend und trat neben ihn. »Ich habe noch nicht mal beim ersten Satz so viel geschafft, obwohl ich zwanzig Kilo mehr wiege als du.«

Oksman nickte nur, zum Sprechen reichte seine Puste noch nicht.

»Lauri und ich trainieren jeden zweiten Tag, manchmal auch am Abend«, sagte Pari und zeigte auf den Mann, mit dem er gekommen war. »Wenn du willst, komm doch mal mit uns trainieren.«

Oksman nickte nur und fing an, die Gewichtsscheiben von

der Hantel zu nehmen. Dabei hörte er, wie einer der Polizisten dem anderen zuflüsterte:

»Überleg mal, wie viel der heben könnte, wenn er ordentlich essen würde. Sieht aus wie ein rachitischer Häftling. Jemand müsste ihm mal sagen, dass man seine Leistung nur mit Fertignahrung nicht steigern kann.«

Oksman war schon sicher, dass Pasi gegangen war, als er ihn hinter sich sagen hörte: »Wenn du willst, kann ich dir die Pratzen halten.«

Oksman drehte sich um. Pasi sprach weiter: »Lauri hat erzählt, dass du in der Regel allein am Sandsack trainierst. Ich dachte, vielleicht ist es angenehmer, in Gesellschaft zu boxen.«

Oksman wollte schon ablehnen, als er merkte, dass er nickte. Gemeinsam gingen sie auf die Tatamimatte. Oksman holte seine Sandsackhandschuhe aus der Tasche, zog sie an und wartete, bis Pasi im Regal passende Handpratzen gefunden hatte. Sie begannen ruhig und Oksman merkte, dass Pasi nicht zum ersten Mal Schlagpolster beim Boxtraining hielt. Sie wichen abwechselnd vor und zurück, Oksman ließ seine Geraden und Haken gegen das Leder hageln. Hin und wieder schlug Pasi auch zurück und konnte einmal sogar Oksmans Sicherung durchbrechen. Darüber mussten beide lachen. Danach wurde der Takt schneller. Schweiß lief ihnen über Gesicht und T-Shirt. Zu seiner eigenen Überraschung genoss Oksman das gemeinsame Training. Als sie fertig waren, griffen beide nach ihren Trinkflaschen und Pasi meinte:

»Du solltest in der Boxmannschaft des Polizeipräsidiums mitmachen. Vielleicht können wir mal gegeneinander boxen?«

Oksman nickte und schmiss sich seine Tasche über die Schulter. Als er den Kraftraum verließ, um duschen zu gehen, rief Pasi ihm noch nach: »Ach übrigens, morgen ist Fitnessschwimmen der Polizeikräfte in der Pihlava-Schwimmhalle in der Hafenstadt. Ich wollte hingehen.«

13

Jari Paloviita starrte auf die vor ihm liegenden Papiere. Er versuchte, das oberste, den Bericht über die technischen Ermittlungen im Nachtklub, zu lesen. Er hatte ihn bereits dreimal angefangen, aber bereits als er die erste Seite zur Hälfte gelesen hatte, war ihm klargeworden, dass er sich an nichts, was er gelesen hatte, erinnern konnte. Die Worte hüpften vor seinen Augen, aber sein Gehirn war nicht in der Lage, ein Gesamtbild daraus zu formen. Wenn er die Augen schloss, sah er einen bunten Strudel, der größer und größer wurde, bis er gezwungen war, die Augen wieder zu öffnen.

Es war Zeit nach Hause zu gehen, so müde wie er war, konnte man ihn zu nichts mehr gebrauchen. Außerdem hatte jetzt ja das ZKA das Sagen. Er arbeitete denen nur noch zu.

Paloviita schichtete die Papiere auf einen Stapel, schaltete seinen Computer aus und wollte gerade aufstehen, als Linda ihm von der Tür her zurief:

»Der Transporter wurde gefunden.«

Paloviita fingerte an seinem Hörgerät, das dieses Mal tatsächlich herausgerutscht war, und schob es in den Gehörgang zurück. Er starrte Linda verständnislos an: »Welcher Transporter?«

Linda lachte, als sie sein verdattertes Gesicht sah. »Ich habe gesagt, dass wir fahren, du Nachtolm. Pack deine Sachen, wir nehmen mein Auto.«

Paloviita griff nach Schlüsseln, Handy und Dienstmarke und zog sich die Jacke über. Sie liefen die Treppe hinunter. Paloviita stieg auf der Beifahrerseite ein und schob den Sitz zurück. Im Auto hing ein deutlich wahrnehmbarer Parfümduft. Erst als sie schon einige Minuten unterwegs waren, fragte er: »Wohin fahren wir?«

»In ein Waldstück westlich von Pori. Der Transporter ist in einer alten Kiesgrube in Brand gesetzt worden. Er brennt immer noch.«

»Wer ist vor Ort?«

»Alle. Wir sind die Letzten. Die Löscharbeiten laufen.«

»Warum hat mich keiner angerufen?«, fragte Paloviita und zog sein Handy aus der Tasche. Er sah, dass es immer noch auf lautlos gestellt war. Susanna Manner hatte vor einer Viertelstunde versucht, ihn anzurufen. Er stellte es wieder auf laut und steckte es wortlos zurück in die Tasche.

Linda fuhr durch die neu gebaute Eigenheimsiedlung Leppäkorpi aus der Stadt heraus. Sie fuhren nur wenige hundert Meter an Paloviitas Haus vorbei, dessen Dachfirst die anderen deutlich überragte. Paloviita fiel auf, dass Lindas Auto dringend mal saubergemacht werden musste. An den Rückenlehnen klebten Haare, im Fußraum des Beifahrersitzes häuften sich leere Pepsi-Max-Dosen, und die Mittelkonsole quoll über von leeren Schokoriegelpackungen. Es bereitete ihnen keine Schwierigkeiten, die richtige Kiesgrube zu finden, sie mussten nur dem Strom der Zivilisten folgen. Außerdem stieg über den Bäumen eine dicke schwarze Rauchsäule auf. Linda schaltete das Blaulicht hinter der Windschutzscheibe ein und hupte, um die Schaulustigen dazu zu bewegen, sie durchzulassen. Eine Staubwolke folgte ihnen wie ein Wirbelsturm.

Das letzte Stück, ein schmaler Waldweg, war mit einem quergestellten Einsatzfahrzeug versperrt, das jetzt für Linda zur Seite gefahren wurde. Der Fahrweg schlängelte sich zwischen Bäumen entlang, führte einen Hügel hinunter und dann wieder bergan. Der Kiefern-Heidewald war noch nicht sehr alt, aber dicht und hätte dringend eine Durchforstung nötig gehabt. Der Waldboden war von der Sonne ausgetrocknet, hätte jemand ein Streichholz auf die Flechten fallen lassen, wäre alles aufgelodert wie Zunder. Die Sonne brannte auch jetzt durch die Scheibe. Je weiter sie kamen, umso schlechter wurde der Weg.

Plötzlich tat sich vor ihnen eine mehrere Hektar große und mehrere Meter tiefe Kiesgrube auf, deren Boden mit verkrüppeltem Buschwerk bewachsen war. Der Weg führte in einer scharfen Kurve nach unten. Linda hielt am Rand des Kraters, und einen Moment lang schauten sie schweigend auf das apokalyptische Szenario, das sich ihnen bot. In der Kiesgrube standen kreuz und quer mehrere Polizei- und Zivilfahrzeuge, mittendrin die schwarze Rauchsäule, die den wolkenlosen Himmel befleckte. Linda löste die Kupplung und ließ das Auto langsam zu den anderen hinunterrollen. Am Rand hatten sich Neugierige versammelt, die aus allen Richtungen gekommen waren.

Die freiwillige Feuerwehr hatte den Brand inzwischen gelöscht. Übrig geblieben war nur ein schwarzes Wrack, dessen Türen und Motorhaube gerade gewaltsam geöffnet wurden. In der Luft hing ein übler Gestank nach verbranntem Gummi, Kunststoff und Motoröl. Paloviita lehnte sich mit gerunzelter Stirn gegen den Transporter der Technik. Er wartete, dass er mit seiner Arbeit beginnen durfte. Hinter ihm tigerte das Ermittlerteam des ZKA ungeduldig umher. Raunelas Gedanken zu erraten war nicht schwer: *Mussten die verdammt noch mal solche Unmengen Wasser verspritzen!*

Es waren tatsächlich *alle* vor Ort. Auch Bomben-Naukkarinen für den Fall, dass sich im Transporter Sprengstoff befand. Offensichtlich war das nicht der Fall, denn er packte seine Sachen gerade wieder ein, nahm den schweren Helm ab, zog den Bombenschutzanzug aus und warf alles in den Kofferraum.

Sie gingen um das Wrack herum. Obwohl es seit Langem trocken war, war der Sand rund um das Auto breiiger Matsch. Überall kreuzten Tierspuren: Elche, Füchse und Marderhunde.

»Ist das der vom Gesandten?«, erkundigte sich Paloviita.

»Ja«, antwortete Raunela, ohne sich umzudrehen.

»Könnt ihr noch Spuren sichern?«

Darauf gab Raunela keine Antwort und starrte nur finster auf das qualmende Gehäuse, das die Feuerwehrmänner gerade zerlegten.

Als die technische Untersuchung endlich beginnen konnte, setzte die im Sommer besonders langwährende Dämmerung ein. Der Himmel färbte sich glutrot und tunkte auch die Wipfel der Bäume in ein tiefes Rot. Es wurde kühler, und Paloviita war froh, seine Jacke mitgenommen zu haben. Der größte Teil der Herbeigeeilten hatte den Schauplatz inzwischen wieder verlassen. Nur noch ein paar Teenager saßen oberhalb der Böschung und rauchten. Die Technik hatte das Gelände in einem Umkreis von zwanzig Metern um das Fahrzeug abgesperrt, obwohl es ohnehin komplett von Stiefelabdrücken durchfurcht war. Raunela hatte Scheinwerfer und Aggregate herbeischaffen lassen, die rund um das Auto aufgestellt, aber noch nicht angeschaltet waren. Paloviita sah auf die Uhr und stellte fest, dass es schon viel zu spät war. Er zog sein Handy aus der Tasche und rief Terhi an. Er ließ das Telefon so lange klingeln, bis die Mailbox ansprang, dann legte er auf.

Raunela und Salminen waren ins Fahrerhaus gekrochen und lagen in ihren rußgeschwärzten Anzügen quer auf den Bänken. Ein zweites Technikerpärchen kratzte Spuren von einer geschmolzenen Gummimatte aus dem Laderaum, ein weiterer Techniker saugte Faserspuren von der Deckenverkleidung. Paloviita versuchte wieder, Terhi anzurufen, auch diesmal ohne Erfolg. Linda hatte sich in ihr Auto gesetzt, und Paloviita folgte ihrem Beispiel. Er stellte den Sitz noch weiter nach hinten, lehnte seinen Kopf zurück und stöhnte: »Das hier dauert den ganzen Abend.«

Linda nickte. »Ich kann dich ins Präsidium fahren, wenn du willst. Oder nach Hause.«

»Nein. Ich bleibe hier.«

Sie sahen zu, wie die Sonne weiter sank. Das Abendrot war unglaublich schön, aber keiner von ihnen hatte dafür ein Wort übrig. Das Abendlicht fiel auf Lindas Gesicht und brachte ihre Haare zum Leuchten. Linda drehte den Kopf und bemerkte seinen Blick. »Was ist?«, fragte sie und lächelte.

Paloviita lächelte ebenfalls. »Nichts. Ich vertrete mir ein bisschen die Beine. Kommst du mit?«

Sie stiegen aus. Der Gestank hatte sich fast ganz verflüchtigt. Der Widerschein der untergehenden Sonnenstrahlen traf auf Kiefernwipfel und spielende Mückenschwärme. Die Techniker waren dabei, den Boden der Kiesgrube zu untersuchen, und hatten Minensuchgeräte und zwei Handsiebe dabei. Paloviita dachte, dass ein Tag und eine Nacht nicht ausreichen würden, um das gesamte Gelände zu durchkämmen. Raunela telefonierte innerhalb der Absperrung. Er hatte die Kapuze zurückgeschoben und steuerte auf den letzten vor Ort verbliebenen Streifenwagen zu, der hier die ganze Nacht über Wache halten würde, um mögliche ungebetene Gäste fernzuhalten.

Auch die rauchenden Teenager waren aufgebrochen, langsam wurde es richtig dämmrig. Und kalt. Paloviita fiel auf, dass Linda nur mit einem dünnen Blouson bekleidet war. Er zog seine Jacke aus und hängte sie ihr um die Schultern. Als sie am Streifenwagen vorbeikamen, stiegen ein Mann und eine Frau, ein erfahrenes Streifenteam, aus, und sie begrüßten sich.

»Ein langer Tag«, bemerkte Paloviita.

Der Mann, ein wahrer Lulatsch, grummelte zustimmend.

Linda ließ ihren Blick über den Rand der Grube streifen. An einigen Stellen hatte die Erosion ganze Arbeit geleistet und die Steilhänge so ausgewaschen, das ganze Kiefern in die Tiefe gestürzt waren. »Der Gesandte muss hier ein zweites Auto geparkt haben«, sagte sie.

»Oder ein Motorrad oder Fahrrad – oder er ist durch den Wald zu Fuß gegangen«, warf die Polizistin ein.

Linda schüttelte den Kopf. »Er hatte es eilig. Wie schnell wurde der Brand bemerkt?« Alle sahen zu dem Kollegen mit den schon leicht ergrauten Schläfen. Er hatte den Kragen seines Overalls geöffnet, der den Blick auf ein goldenes Kreuz freigab. »Soweit ich weiß, hat das Auto beim Eintreffen der ersten Streife noch gebrannt.«

»Dann hatte der Täter keinen allzu großen Vorsprung.«

»Warum haben wir nicht alle Straßen abgeriegelt?«, fragte die Polizistin, und jetzt sahen alle Paloviita an.

»Ich war der Letzte, der informiert wurde«, sagte dieser, wohl wissend, dass es so nicht stimmte.

»Eine Sache verstehe ich nicht ganz«, sagte der Polizist. »Wenn es jemandem darum geht, Schwule zu klatschen, warum sprengt man dann einen ganzen Nachtklub in die Luft? Woher will man denn wissen, wen man da alles erwischt?«

»Das klingt fast, als wäre das Leben eines Heterosexuellen wertvoller als das eines Homosexuellen«, stellte Paloviita verwundert fest.

»Das habe ich nicht gesagt. Aber ich weiß, dass es viele in diesem Land gibt, die Hand in Hand spazierende Pärchen mit behaarter Brust nicht in ihrer Gegend haben wollen.«

Paloviita hatte schon eine heftige Erwiderung auf den Lippen, doch Linda legte ihm eine Hand auf die Schulter, als wollte sie sagen: *Lass gut sein, komm wir gehen!*

Sie ließen die beiden zurück und kraxelten den Abhang hinauf, der so steil war, dass sie sich mitunter am Boden festhalten mussten. Paloviita war als Erster oben und reichte Linda die Hand, um sie das letzte Stück hochzuziehen.

Linda setzte sich direkt am Rand in die Heide und schlang Paloviitas Jacke fester um sich. Paloviita setzte sich neben sie. Sie sahen von oben auf den Brandort. Die Scheinwerfer leuchteten, ihre Strahlen zerschnitten das Gelände keilförmig, und der umliegende Boden versank umso tiefer in schwarzer Dunkelheit.

Linda kramte ihre Zigaretten hervor, hielt sie Paloviita hin, doch er lehnte mit einem Kopfschütteln ab. Sie steckte sich eine Zigarette an, der Rauch stieg Paloviita in die Nase.

»Na, vielleicht kann ich doch ...«, sagte er nach einer Weile. Linda reichte ihm ihre und zündete sich eine neue Zigarette an.

»Mach dir nichts aus Rami«, sagte Linda und nickte in Richtung des Streifenpolizisten, mit dem sie gerade gesprochen hatten. »Der ist immer so, aber er meint es nicht böse.«

»Was meint er nicht so, dass er ein homophober Rassist ist?«, fragte Paloviita zurück.

Linda lachte. »Na gut, abgesehen davon.«

Paloviita inhalierte den Rauch und stieß ihn als schmalen Streifen wieder aus. Er hatte vor Jahren wegen Terhi mit dem Rauchen aufgehört. Seitdem er mit ihr zusammen war, hatte er höchstens noch mal bei einem Saunaabend mit Kollegen im angeheiterten Zustand hin und wieder eine geraucht, aber er spürte auch jetzt, wie leicht er wieder anfangen könnte.

»Ville möchte das alleinige Sorgerecht für Linnea beantragen«, sagte Linda, ohne den Kopf zu drehen.

Paloviita versuchte, ihr in die Augen zu schauen, aber sie vermied absichtlich jeden Blickkontakt. »Warum?«, fragte er, weil er nicht wusste, was er sonst sagen sollte. Und bereute sofort, überhaupt etwas gesagt zu haben. Er hatte noch nie im richtigen Moment seinen Mund halten können.

Linda gab vor, die Techniker zu beobachten, die unten das Gelände durchkämmten, aber ihr Blick war nach innen gerichtet: »Er findet, ich tauge nicht zur Mutter.« Paloviita rutschte näher an Linda heran und legte seinen Arm um sie. Linda lehnte den Kopf gegen seine Schulter. Er erschauerte und nahm ihren Geruch wahr. Es war ihm deutlich bewusst, dass neben ihm eine Frau saß, die nicht Terhi war.

»Du bist keine schlechte Mutter«, sagte er.

»Woher willst du das wissen?«

»Ich weiß es einfach.«

»Ville ist Jurist und auf Familienrecht spezialisiert. Ich weiß nicht, was ich machen soll.«

»Hast du mit ihm darüber gesprochen?«

»Tausendmal.«

»Und Linnea? Was will sie?«

»Wir streiten uns jedes Mal.«

Sie rauchten schweigend zu Ende und vergruben die Kippen im Sand. Er suchte nach Worten, mit denen er ihr Schweigen hätte brechen können. »Wir sind pleite«, sagte er dann. »Das Haus war viel zu teuer für uns, und jetzt sitzt mir Terhis Vater im Nacken, weil wir mit den Zahlungen im Verzug sind.«

Linda streckte ihren Rücken, ihre Oberkörper rückten voneinander ab. Paloviita zog seinen Arm zurück.

»Was geht das Terhis Vater überhaupt an?«, fragte sie.

Paloviita seufzte. Er hatte noch nie mit einem Außenstehenden darüber gesprochen, aber jetzt, wo die Mauer einmal eingerissen war, fühlte er Erleichterung. »Als wir angefangen haben zu bauen, gab sich Terhis Vater super großzügig und war bereit die Bürgschaft über jede beliebige Summe für uns zu übernehmen. Und jetzt schmiert er es uns bei jeder Gelegenheit aufs Brot, wie dankbar wir ihm sein sollten – natürlich sind wir das, aber ...«

»Aber jetzt verwendet er es als Waffe gegen dich«, vollendete Linda den Satz.

Paloviita nickte: »Er treibt einen Keil zwischen Terhi und mich – und in die ganze Familie.«

»Verkauft doch das Haus. Das sind nur Wände. Als Ville und ich uns getrennt haben, war die Hölle los. Wir haben uns haarsträubende Sachen an den Kopf geworfen und schreckliche Dinge getan, nur, weil wir es dem anderen heimzahlen wollten. Die Niederlage war auf beiden Seiten vollkommen, also glaub mir: Gib auf Terhi acht. Du würdest es dein Leben lang bereuen, wenn eure Familie wegen eines Hauses zerbricht.«

Die Sonne war jetzt fast ganz hinter den Bäumen verschwunden. Die letzten roten Strahlen fielen wie ein Fächer auf ihre Gesichter. Linda griff nach Paloviitas Hand und drückte sie, Paloviita erwiderte den Druck. Keiner wagte, dem anderen seinen Blick zuzuwenden, aus Furcht vor dem, was sie darin entdecken würden.

14

Oksman bremste vor der Kurve, sein Herz schlug schneller. Vaters Volvo stand in der Auffahrt. Oksman fluchte, er hatte in der Zeitung gesehen, dass die örtliche Entwässerungsgesellschaft zu einer Versammlung eingeladen hatte, und war sich sicher gewesen, Vater würde daran teilnehmen. Wahrscheinlich wurde Vater alt – oder, dachte Oksman und schluckte –, es war etwas Außergewöhnliches passiert, sodass Vater beschlossen hatte, zu Hause zu bleiben. Er hatte keine Ahnung, was dieses Außergewöhnliche sein könnte, auf jeden Fall hätte er am liebsten kehrtgemacht, um wieder nach Hause zu fahren. Aber der Gedanke, in seine leere Wohnung zurückzukehren, erschien ihm noch schrecklicher. Die Möglichkeit, dass sein Name im Zusammenhang mit den Ermittlungen rund um den Nachtklub auftauchen würde, fraß an seinem Inneren.

Er parkte neben dem Wagen seines Vaters und stieg aus. Riki, ein Dobermann mit Hüftschaden, sprang wütend kläffend zwischen den Gitterwänden seines Zwingers hin und her. Oksman würdigte ihn keines Blickes.

Das Heim seiner Eltern war ein verputztes Holzhaus aus den Sechzigern mit einem picobello gepflegten Garten. Auf dem Grundstück standen auch ein ehemaliger Kuhstall mit Natursteinsockel, der zu einer Werkstatt umgebaut worden war, und eine Blechhalle, in der Vater seine Landmaschinen unterstellte.

Die Haustür wurde geöffnet, und Vater trat heraus. Er trug eine Hose mit Bügelfalten und ein weißes Hemd, dessen Kragen vergilbt war und um den eine schwarz-rot-weiße Krawatte geschlungen war, die er in Oksmans Erinnerung schon immer getragen hatte.

Einen Moment lang musterten sie sich gegenseitig, dann ging Oksman auf ihn zu, sie gaben sich die Hand, und Vater bedeutete ihm einzutreten.

»Schnauze!«, brüllte Vater in Richtung Riki, der aufjaulte, als hätte er einen Stiefeltritt erhalten, und die kupierten Ohren anlegte. Oksman zog die Schuhe aus und trat ein. Mutter war gerade dabei, die Küchenoberflächen mit einem feuchten Lappen abzuwischen, neben der Spüle röhrte die Kaffeemaschine.

»Hallo«, sagte Oksman, woraufhin Mutter sich umdrehte. Hinter ihm betrat Vater die Küche: »Gibt es diesen verfluchten Kaffee noch dieses Jahr?«

Mutter sah erst zur Kaffeemaschine und dann zu Oksman. »Raimo, nicht doch, jetzt wo Henrik da ist.«

»Ich helfe dir, den Tisch zu decken«, schlug Oksman vor, trat vor den Küchenschrank und stellte Kaffeetassen auf den Tisch. Mutter warf ihm einen dankbaren Blick zu. Oksman schaute zum Vater, der wie schon tausende Male zuvor in der Tür stand, sie beobachtete und darüber wachte, dass alles richtig gemacht wurde. Er hatte immer noch eine stählerne Kondition: keine Spur von Bauchansatz, die Schultern breit und aufrecht, die Arme, so stark wie Stahlseile, in die Hüften gestemmt. Sein Gesicht kantig, als wäre es aus Hartholz geschnitzt.

Plötzlich drehte er sich um und ging aus dem Haus. Die Tür fiel knallend ins Schloss. Durchs Fenster sah Oksman, wie Vater mit großen Schritten zum Zwinger ging und Riki kraulte. Der Schwanzstummel wedelte hin und her wie ein abgebrochener Scheibenwischer. Vater fasste ihn an der Schnauze und presste seine Lefzen zusammen, die Zähne wurden sichtbar. Die Rute ging nach unten, verharrte eingeklemmt zwischen den Beinen, bis Vater den Hund weiterkraulte und der Schwanz wieder wackelte. Mutter sah ebenfalls aus dem Fenster und sagte immer noch nichts.

»Wie geht es deinem Magen?«, fragte Oksman sie.

»Besser. Vater hat mir aus der Apotheke solche Kautabletten geholt. Er hat sich auch Sorgen gemacht«, antwortete sie und hielt ihm eine Packung Rennie hin. »Warst du beim Arzt?«, fragte er, nachdem er einen kurzen Blick darauf geworfen hatte. Sie sah erst aus dem Fenster, um sich zu vergewissern, dass ihr Mann noch am Zwinger stand, ging dann zu einem Schrank in der Ecke und nahm einen Briefumschlag heraus. »Ich habe angerufen und einen Termin für Dienstag bekommen.«

Oksman zog den Brief aus dem Umschlag und überflog ihn. »Das ist ein Termin zur Spiegelung von Speiseröhre und Magen«, stellte er fest. »Wie kommst du hin?«

»Vater fährt mich«, sagte sie, um schnell hinzuzufügen: »Oder ich fahre mit dem Fahrrad. Vater hat immer so viel zu tun. An dem Tag trifft sich der Jagdverein. Er ist der Vorsitzende.«

»Ich komme und fahre dich«, sagte Oksman schnell und gab ihr den Umschlag zurück.

Mutters Gesicht erhellte ein Lächeln, das aber sofort erlosch: »Und wie geht es dir? Du bist ganz blass.«

»Im Dienst ist … ich habe … alles gut.«

Sie standen sich gegenüber und sahen sich an. Gern hätten sie sich berührt oder sonst eine Geste gemacht, aber beider Arme hingen schlaff herab. Zwischen ihnen stand eine unsichtbare Mauer, die beide beharrlich und seit langer Zeit zwischen sich errichtet hatten. Die Tür ging, Vater trat sich im Eingang die Schuhe ab. Mutter fuhr herum, schob den Umschlag eiligst zurück in den Schrank, griff nach der Kaffeekanne und schenkte Vater ein. Vater setzte sich auf seinen Platz vor dem Fenster und Oksman neben ihn.

»Und, was habt ihr diesmal ausgeheckt, während ich draußen war?« Bei seiner Frage fuhren Oksman und seine Mutter unmerklich zusammen. Ein Grinsen in Vaters Gesicht verriet, dass er es – diesmal – nicht ernst gemeint hatte.

»Wie wird die Ernte?«, fragte Oksman.

»Es könnte mehr regnen.«

Vater trank den brühheißen Kaffee in drei Zügen und stellte die Tasse scheppernd zurück auf die Untertasse. Mutter schoss hoch und goss ihm nach. Sie bot ihnen Jaffa-Kekse aus der Großpackung an, aber keiner nahm einen. Mutter steckte sich selbst einen in den Mund und nahm endlich auch am Kaffeetisch Platz.

Vater sah Mutter an und sagte mit einem gemeinen Grinsen: »Du solltest dir die lieber verkneifen. Dein Arsch braucht schon jetzt zwei Stühle.«

Mutter lächelte, als hätte sie einen Witz gehört, aber Oksman presste die Lippen zu einem schmalen Strich zusammen.

Mutter hatte in den letzten zwei Jahren mindestens zehn, es waren wohl eher an die zwanzig, Kilo abgenommen, und ihre ganze Erscheinung war durchscheinender geworden. Und das lag nicht am Älterwerden. Oksman hatte noch andere Veränderungen an ihr bemerkt: Sie musste bei ihren Verrichtungen immer öfter eine Pause einlegen, ihre ganzen Bewegungen waren irgendwie mechanisch geworden. Ihr Gesicht war angespannt, und hinter ihren Augen wohnten heftige Schmerzen, auch wenn sie die zu verbergen suchte.

Vater knüllte seine Serviette zusammen und stopfte sie in seine zum zweiten Mal geleerte Tasse. Er schaute auf die Uhr. »Nachrichten«, sagte er, ging ins Wohnzimmer, schaltete den Fernseher ein und setzte sich in den Schaukelstuhl. Oksman gesellte sich zu ihm und nahm auf dem Sofa Platz. Mutter kam nach, aber erst nachdem sie das Geschirr abgewaschen, abgetrocknet und zurück in den Schrank geräumt hatte.

Die Nachrichten drehten sich hauptsächlich um den Nachtklubanschlag. In der Sendung wurde alles berichtet, was bis jetzt bekannt war. Interviewt wurde diesmal der Direktor des Zentralen Kriminalamts, der die Zuschauer aufforderte, bitte jeden noch so kleinen Hinweis der Polizei zu melden.

Vater schaukelte mit übereinandergeschlagenen Beinen vor und zurück, sein Fuß wippte.

»Machst du da mit?«, fragte er Oksman. Sein Fuß hielt inne.

»Nein, das ZKA ermittelt.«

»Wieso verschwenden die ihre Zeit mit so was? Sollen sie doch den Jungen doch ruhig rumballern lassen. Er tut der Gesellschaft damit nur einen Gefallen.«

»Einen Gefallen?«, fragte Oksman.

»Ja sicher, indem er diese widerlichen Kreaturen aus dem Weg räumt. Diese Tunten kriechen immer öfter aus ihren Löchern. Ich habe die Rede im Fernsehen gehört, bin aufgestanden und habe applaudiert.« Vater wandte sich zu Mutter um. »Und du hast mit mir Beifall geklatscht, stimmt's?«

Mutter nickte, und Oksman zweifelte nicht eine Sekunde, dass es sich so abgespielt hatte. Auch jetzt erhob sich Vater. Sein Gesicht und Hals waren gerötet. »Endlich hat einer den Mut, die Dinge beim Namen zu nennen. Jedes Wort, das er gesagt hat, ist wahr. Homosexualität ist unnatürlich und eine Sünde, die viel zu frei und zügellos wuchern konnte. Was für eine Sittenlosigkeit.«

Vater begann vor dem Fernseher auf und ab zu laufen und Oksman erinnerte sich, dass er das schon immer so gemacht hatte, wenn ihn eine Nachricht in Rage brachte. »Das eine sage ich euch. Wäre ich jünger, würde ich höchstpersönlich in die Stadt gehen, wo sie diese … diese Lesbenparade organisieren. Unfassbar! Mich kotzt dieses Treiben an. Die zwingen sogar ihre Kinder, dabei mitzumachen. Krank ist das!«

»Das ist doch keine Lesbenparade«, warf Oksman ein. »Der Kerzenumzug wird zum Gedenken an die Opfer des Anschlags veranstaltet, und es werden über tausend Teilnehmer erwartet. Darunter auch Politiker, einfache Angestellte und sogar Pfarrer.«

»Pfarrer!«, stieß Vater verächtlich aus. »Wenn ich auch nur einmal sehe, dass du bei so was mitmachst, dann kannst du sicher sein, dass du keinen Fuß mehr über diese Schwelle setzt.«

Jetzt wurde aus dem Nachrichtenstudio live nach Pori geschaltet. Ein Reporter stand vor dem überbordenden Blumenmeer vor den rußgeschwärzten Stufen des Nachtklubs, neben ihm die Vorsitzende des Vereins für sexuelle Gleichberechtigung der Provinz Satakunta, die berichtete, dass die Zahl der Mitglieder des Vereins nach dem Anschlag enorm gestiegen sei und dass sie große Mengen an Spenden erhalten hätten, die sie an die Angehörigen der Opfer weitergeben wollen. Dann wurde zurück ins Studio gegeben, in dem schon der nächste Interviewgast wartete: Der in einen eleganten Anzug samt Weste gekleidete, auch international bekannte Star-Designer Kristian Ramberg aus Pori.

Als die Kamera eine Großaufnahme von Rambergs lächelndem Gesicht mit dem gepflegten Dreitagebart zeigte, erstarrte Oksman jäh auf seinem Platz. Rambergs Blick schien sich über den Flüssigkristallbildschirm direkt in sein Innerstes zu bohren. Jegliches Gefühl war aus seinem Körper gewichen, sein Adamsapfel hüpfte auf und ab, und die Gesichtsmuskeln zuckten.

Auch Vater hatte sich wieder zum Fernseher umgewendet: »Schaut euch nur dieses Gesocks an! Und so was wohnt hier ganz in der Nähe. Stolziert umher, als gehörte ihm die Welt, dieser schmierige Hinterlader!«

Vater deutete an, vor dem Fernseher auf den Teppich zu spucken.

Oksman schwieg, er brachte keinen Ton heraus, und starrte unverwandt auf den Bildschirm. Ihm lief es heiß und kalt über den Rücken, die Härchen auf seinen Unterarmen stellten sich auf. Was, wenn Ramberg gleich sagte, dass er kurz vor dem Anschlag selbst im Nachtklub gewesen war – und diesen in Begleitung verlassen hatte?

In seiner Begleitung.

»Kristian Ramberg, Sie als Prominenter sind einer der eifrigsten Fürsprecher sexueller Minderheiten. Würden Sie sagen, dass die anhaltende gesellschaftliche Diskussion über Homosexualität der Auslöser für diese Tat sein könnte?«, fragte die Moderatorin.

Ramberg war ernst, aber in seinen Augen wohnte dieser sanfte Ausdruck, den Oksman bereits in jener Nacht im Halbdunkel des Hotelzimmers wahrgenommen hatte und an den er sich nur zu gut erinnern konnte. Und er erinnerte sich an noch so viel mehr: an den Geruch des Rasierwassers, an das Kratzen der Bartstoppeln an seiner Wange, an die sicheren, fordernden Hände auf seiner Haut, an die Küsse auf seinen Lippen, zärtlich und erregend.

»Ich verfolge seit Langem und in tiefer Sorge die Entwicklung des religiösen Fundamentalismus in Europa und anderen Teilen der Welt und habe befürchtet, dass so etwas eines Tages auch in Finnland passieren könnte. Dennoch ist dieser Anschlag ein Schock.«

»Sie bekennen sich offen zu Ihrer Homosexualität. Welche Gefühle ruft der Anschlag in Ihnen hervor?«

»Welche Gefühle?! Zuallererst Trauer und Mitgefühl mit den Angehörigen der Opfer«, antwortete Ramberg. »Aber auch Verbitterung, weil es der Gesellschaft immer noch nicht gelungen ist, dem Hass gegen Homosexuelle in Finnland entgegenzuwirken.«

»Der Gesandte beschuldigt die Gesellschaft, ›Schwulenpropaganda‹ zu betreiben, Machthaber und Behörden würden Homosexuelle begünstigen, so meint er. Was könnte Ihrer Meinung nach hinter einer derartigen Behauptung stecken?«

Ramberg sah die Moderatorin ihm gegenüber sanftmütig an. Sie war mindestens zehn Jahre jünger als er. »Die Botschaft des sogenannten Gesandten ist an sich nichts Neues. Die gleichen Äußerungen hören wir seit Jahrzehnten, seit Jahrhunderten aus dem Mund ganz unterschiedlicher Menschen. Die Behauptung an sich ist völlig absurd und unhaltbar. In Finnland war die Homosexualität bis 1971 kriminalisiert, bis 1981 wurde sie offiziell als Krankheit eingestuft. Danach hat sich in der Gesetzgebung bis 2017 nichts Entscheidendes zugunsten der Homosexuellen getan.

Erst dann wurde die gleichgeschlechtliche Ehe zugelassen, alle Versuche, das Gesetz schneller zu ändern, scheiterten am Hickhack der Politiker.«

»Der Anschlag hat aus extremistischen Kreisen Beifall erfahren. Macht Ihnen das Angst?«

»Ich bin des Fürchtens müde. Es hat schon immer Gruppierungen gegeben, die Hass und Vorurteile gegenüber Minderheiten säen. Wir Homosexuellen sind eine sehr kleine Gruppe, die leicht zu diskriminieren ist. Keiner interessiert sich wirklich für unsere Rechte. Es erfordert Mut, offen als der aufzutreten, der man ist. Allerdings ist die Lage in anderen Teilen der Welt noch sehr viel schlechter. Homosexualität ist nach wie vor in über siebzig Ländern gesetzlich verboten, und vielerorts wird man dafür mit bis zu zehn Jahren Haft bestraft. In Saudi-Arabien, dem Sudan, Mauritius, dem Iran oder Jemen droht sogar die Todesstrafe.«

Oksman schaute zu Vater, dessen Blick am Bildschirm klebte. Auch sein Adamsapfel hüpfte, und seine Gesichtsmuskeln zuckten, doch nicht aus Nervosität wie bei Oksman, sondern aus blankem Hass.

»Einen besonders schweren Stand haben Homosexuelle in Afrika, wo homosexuelle Handlungen in über 30 Ländern als illegal gelten. Mit Ausnahme von Südafrika ist der gesamte afrikanische Kontinent durch und durch homophob. Im Jahr 2011 outete die Wochenzeitschrift *Rolling Stone* aus Uganda einhundert Prominente als homosexuell mit Foto und forderte ihre Erhängung«, fuhr Ramberg fort. »Einer der Männer wurde im darauffolgenden Januar ermordet. In den Jahren 1980 bis 2000 wurden allein in Brasilien über zweitausend schwulenfeindlich motivierte Morde begangen, und das ist Alltag auch in anderen Ländern. Von der Homophobie ist es ein kurzer Weg zum Schwulenhass, der sich oft auch auf Männer in Frauenkleidern erstreckt.«

»Also steht der Gesandte mit seinen Äußerungen nicht alleine da?«

Ramberg holte tief Luft. »Leider nein. Schwulenhass wird immer noch an vielen Orten angefacht. Es handelt sich um einen Informationskrieg, der ständig tobt. Die eine Seite stachelt zum Hass auf, und die Regenbogengemeinschaft fordert ihre Rechte ein. Wir müssen nur über die Grenze in unser Nachbarland Russland schauen, das extrem strenge Anti-Homosexuellen-Gesetze erlassen hat. Untersuchungen zufolge halten drei Viertel aller Russen Homosexualität für eine Krankheit oder psychische Störung. Gewalttaten gegen Homosexuelle sind dort an der Tagesordnung, und die Polizei zeigt sich in den meisten Fällen sehr gleichgültig.«

Vater schaltete den Fernseher mit der Fernbedienung aus, sein Körper zitterte vor Hass. Oksman und seine Mutter sahen sich an. Auch wenn sie an Vaters Ausbrüche gewöhnt waren, fürchteten sie seine Unberechenbarkeit und waren auf der Hut. Vater wendete sich mit zuckenden Gesichtsmuskeln und Halsschlagadern zu ihnen um, die Hände zu Fäusten geballt.

»Diese ... Widerlinge!«, schnaubte er. »Das ist ... widernatürlich ... der ... der Junge sollte sie alle zur Hölle schicken.« Vater stapfte vor ein Ikonengemälde, das den Messias darstellte. Jesus hielt eine Kerze in der Hand, deren Flamme die Form einer Taube hatte. Er zeigte mit ausgestrecktem Finger auf das Bild und zischte: »Widerlinge in den Nachrichten, Pfarrer auf der Schwulenparade. Sie entehren den Sohn Gottes! Das Ende naht. Wir beten!«

Vater faltete die Hände zum Gebet, bevor er die Augen schloss, vergewisserte er sich, dass Mutter und Oksman ihre Hände ebenfalls verschränkten. Er betete: »*Vater unser im Himmel, geheiligt werde dein Name. Dein Reich komme. Dein Wille geschehe, wie im Himmel, so auf Erden ...*«

Oksman starrte ausdruckslos auf die vergilbte Tapete an der Wand, auf die das hereinfallende Licht ein Viereck zeichnete.

»Amen«, sprach Vater.

»Amen«, wiederholte Mutter.

»Amen«, sagte auch Oksman.

Vater schlug die Augen auf, aus denen selige Zufriedenheit sprach.

»Gut«, sagte er und schaute seinen Sohn an. »Es wird Zeit für dich zu gehen.«

Oksman erhob sich und ging gefolgt von Mutter in den Flur. Er zog seine Schuhe an und streifte die Jacke über.

»Bis Dienstag«, flüsterte er ihr zu.

Als er die Tür öffnete und die Treppenstufen herabging, begann Riki wieder wütend zu kläffen. Durch das Fenster sah er Vater und Mutter, wie sie da nebeneinanderstanden und ihm nachschauten. Er setzte sich in sein Auto, fuhr rückwärts auf die Straße und zurück Richtung Stadt. Der Himmel schimmerte pastellblau, die Sonne brannte goldorange und sah aus wie eine geschmolzene Münze. Der Regen, den Vater erhoffte, war nicht in Sicht, zumindest nicht in dieser Nacht.

15

Vater sitzt im Sessel, den Kopf zurückgelehnt. Die Augen geschlossen. Sein rechter Fuß, in den der Diabetes immer tiefere Druckstellen gekerbt hat, ruht auf einem Hocker wie ein knochiges Hühnerbein, das allmählich verfault.

»… sind in Begierde zueinander entbrannt und haben Männer mit Männern Schande über sich gebracht und den Lohn für ihre Verirrung, wie es ja sein musste, an sich selbst empfangen.«

Der Junge kann nicht weiterlesen, er muss die Seite umblättern, aber die Binden um seine Hände hindern ihn daran, die Finger zu bewegen. Bohrender Schmerz peinigt seinen Körper. Er hat hohes Fieber, fühlt sich, als hätte jemand feurige Kohlen in ihn hineingeschaufelt. Vater öffnet die Augen und schaut zu seinem Sohn, der mit bebenden Fingern gegen die dünnen Seiten der Bibel ankämpft.

»Du bist ein guter Junge, nicht wahr?«

»Ja, Vater.«

Seine Hände zittern. Heftige Schmerzen durchzucken ihn wie Blitze, von den Handflächen in die Armbeugen, von den Füßen in die Kniekehlen und von dort weiter ins Gehirn. Schweiß läuft ihm als dünnes Rinnsal die Wirbelsäule hinunter, Schweiß fällt in Tropfen von der Stirn auf das Papier und wird von den Seiten des Buches aufgesaugt.

»Du brauchst jetzt eine Weile nicht in die Schule zu gehen.«

»Danke, Vater.«

Die Seite klappt um.

»Ich bin doch kein schlechter Mann? Es ist nur zu deinem Besten. Du hasst mich doch nicht?«

»Nein, bist du nicht … ich hasse dich nicht, Vater.«

Vater lehnt sich wieder zurück und schließt die Augen. Die Lippen des Jungen bewegen sich wieder und versuchen die Worte zu formen:

»… Oder wisst ihr nicht, dass die Ungerechten das Reich Gottes nicht ererben werden? Täuscht euch nicht! …«

Der Junge wickelt die geschälten Kupferkabelenden um die Pole der Batterie. Die Augen der unbekleideten Ken-Puppe leuchten auf. Der aus einem ferngesteuerten Auto ausgebaute Motor surrt, der Plastikkopf der Puppe dreht sich wild hin und her. Der Junge betrachtet die Puppe eine Weile, nimmt sie in die Hand und legt sie auf ein grob geschnitztes Holzkreuz, breitet gewaltsam ihre Arme aus, setzt die Spitze eines Stahlnagels auf die Handinnenfläche der Puppe und schlägt mit einem Hammer den Nagel durch die Hand.

»Du warst ein böser Junge.«

16

Es war halb elf Uhr abends, als Paloviita zu Hause ankam. Seine nach Rauch, Motoröl und Zigarettenqualm riechenden Klamotten brachte er zum Lüften auf die Terrasse hinter dem Haus und ging duschen. Er zog seinen Flanellpyjama an und betrat das Wohnzimmer, wo Terhi auf dem Sofa saß und Kreuzworträtsel löste. Sie legte Zeitschrift und Stift auf den Tisch. Paloviita ließ sich in einen ihrer beiden Relaxsessel fallen und legte einen Fuß auf den Sofatisch. Statt etwas zu sagen, seufzte er tief.

»Es kam im Fernsehen«, sagte Terhi.

Paloviita sah zur Uhr. »Fast elf Stunden in einer Schicht. Ich habe ein paar Mal versucht, dich anzurufen.«

»Ja, aber ich konnte nicht rangehen.«

Paloviita nahm den Fuß vom Tisch und erhob sich, ging um den Tisch herum und setzte sich neben seine Frau. Das war jetzt wieder möglich. Im vergangenen Herbst, als er für kurze Zeit die Leitung des Kommissariats vertretungsweise übernommen hatte und zum Leiter der Ermittlungen in einer Messerstecherei geworden war, hatten sie sich unentwegt gestritten, was dazu führte, dass Terhi mit den Kindern für ein paar Tage zu ihren Eltern gezogen war. Jetzt wusste Paloviita, dass dies als Nasenstüber für ihn gemeint gewesen war. Und es hatte funktioniert. Er hatte sich zusammengerissen, sich mehr in den Alltag der Familie, die Hausarbeit und das Leben der Kinder eingebracht, und peu à peu hatte sich das Vakuum zwischen Terhi und ihm wieder gefüllt. Noch Weihnachten hätte er seine Frau nicht ohne Knurren in den Arm nehmen können, aber jetzt ließ Terhi die Berührung ihres Ehemannes wieder zu.

»Die hellen Sommernächte sind vorbei«, sagte Paloviita.

»Ja, es sind nur noch ein paar Wochen bis zum Schulanfang. Dann müssen wir die Mädchen auch wieder in die Kita kutschieren.«

Das war Paloviita klar. Ihm war auch klar, in was für einer glücklichen Lage sie waren, da Terhi Lehrerin war, sparten sie den ganzen Sommer über die Kitagebühr, denn Terhi konnte dann selbst bei den Kindern sein.

Im Fernsehen begannen die Nachrichten, Hauptthema war der Anschlag auf den Nachtklub und das in der Kiesgrube gefundene Auto. Offensichtlich war der über der Kiesgrube kreisende Helikopter von der Presse gewesen. Paloviita versuchte, sich unter den kleinen Punkten auszumachen, war sich aber nicht sicher, ob er richtiglag.

»Die Welt ist aus den Fugen. Vor fünfzehn Jahren sah alles noch so aus, als ob der eingeschlagene Weg richtig wäre und zu mehr Toleranz und Freizügigkeit führte. Was ist dann nur passiert? Wie kann es sein, dass das Töten heute immer noch als Wille Gottes bezeichnet wird? Manchmal denke ich, es wäre besser gewesen, keine Kinder in diese Welt zu setzen. Was, wenn eine unserer Töchter lesbisch wird, oder beide? Müssen wir dann die ganze Zeit Angst haben, dass irgendein Verrückter sie deswegen in die Luft sprengt?«, sagte Terhi.

Paloviita erwiderte nichts. Er war der gleichen Meinung. In der Welt brodelte es an allen Ecken und Enden. Die sozialen Netze schwirrten vor Anti-Impfkampagnen, Warnungen vor Chemtrails, Leugnungen des Klimawandels und Fake News. Die unkontrollierte Diskussion im Internet hatte die Nation entzweit. Er zog Terhi näher zu sich heran. Sie wehrte sich nicht. Paloviita drehte ihren Kopf zu sich und küsste sie. Sie erwiderte den Kuss. Er fühlte, wie eine warme Welle seinen Körper durchströmte und zu einem angenehmen Druck im Unterleib führte. Er legte seine Hand auf Terhis Brust und fühlte durch den dünnen Nachthemdstoff ihr festes Fleisch. Als er mit der anderen Hand auf ihrem Oberschenkel nach oben wanderte, schob Terhi sie weg und entzog sich ihm.

»Heute nicht, Liebling, ich bin müde. Vielleicht morgen«, sagte sie und zog den Saum ihres Nachthemdes nach unten. Paloviita schluckte und nickte ergeben.

»Okay«, sagte er mit belegter Stimme und bemühte sich, so zu klingen, als wäre die Entscheidung eine gemeinsame gewesen. »Ich schaue noch mal nach den Mädchen und gehe dann ins Bett. Kommst du auch?«

Terhi griff wieder nach der Kreuzworträtselzeitschrift und lehnte sich zurück. »Ich bleibe noch etwas auf. Gute Nacht.«

»Gute Nacht.«

17

Paloviita stieg aus und sog begierig die frische Luft ein. In der östlich von Pori gelegenen Kleinstadt Kankaanpää hatte es in der Nacht geregnet. Der Boden war noch nass, Nadelbäume und Heidekraut verbreiteten einen angenehmen Duft, der ihn an die Spiele seiner Kindheit erinnerte, damals in einem Wäldchen namens Paradieshügel zusammen mit seinem besten Freund Antti.
»Hier habe ich zwischen Sommer und Winter 1996 so einige Nächte verbracht«, sagte Paloviita und sah sich um. »Obwohl sich hier in zwanzig Jahren einiges verändert hat. Na, die Kanonen standen immerhin schon da. Und die Unterkünfte sehen immer noch so aus wie damals.« Er drehte sich zu Oksman um. Dieser starrte unbeteiligt auf die Schranke hinter dem Parkplatz, die sich gerade öffnete, um einen Schwarm gurkensalatfarbener Gestalten einzulassen. »Wo warst du bei der Armee?«
»In Upinniemi.«
»Ah, am Finnischen Meerbusen! Warst du bei der Marine?«
»Bei der Militärpolizei.«
Paloviita lachte: »Das hätte ich mir denken können.«
Sie liefen zum Tor, an dem zwei Wachsoldaten standen. Junge Kerle mit strengem Blick, ums Kinn kaum der erste Flaum. Paloviita und Oksman zeigten ihre Dienstausweise vor. Einer der beiden begleitete sie quer über ein riesiges Asphaltfeld zu einem grauen, dreistöckigen Betonblock.
»Und? Wie lange noch?«, fragte Paloviita
»Noch neunzig Tage«, antwortete er.
»Mein Beileid.«
Kurz bevor sie das Gebäude erreichten, trat ein etwa fünfzig-

jähriger, relativ kleiner, aber breitschultriger Mann, dessen Igel an den Schläfen schon leicht ergraute, aus der Tür. Sein Gesicht war schmal und pockennarbig mit schwarzen, tiefliegenden Augen. Der Mann wurde von einer Frau im tarnfarbenen Feldanzug begleitet, am Kragenspiegel trug sie die Streifen eines Hauptmannes. Der Mann sagte etwas zu ihr und wendete sich dann ihnen zu. Die Frau setzte ihren Weg zu den Unterkünften fort. Als der Mann ihre Hände schüttelte, verzog sich sein Gesicht zu einem fast natürlich aussehenden Lächeln, das aber nicht ehrlich gemeint war. *Das erfordert viel Übung*, dachte Paloviita. Er sah der Frau nach. Es war ungewohnt für ihn, eine Frau im Kampfanzug zu sehen. 1996 gab es hier gerade mal ein, zwei Stuben mit Frauen. Sonst sah man Frauen nur auf den Seiten der heimlich vom Heimaturlaub eingeschmuggelten Zeitschriften. Es gab immerhin ein paar Dinge, die besser wurden.

Der mit den grauen Schläfen war der Kasernenkommandant, Oberst Simo Saariluoma. Mit seinem wortkargen Gesicht und seiner drahtigen Statur sah er genauso aus, wie Paloviita sich immer einen Offizier vorgestellt hatte: ständig unter Strom und kurz davor auszurasten.

Er führte sie ins Gebäude. Obwohl es schon etliche Jahre auf dem Buckel hatte, war alles frisch renoviert, die Büros modern und in frischen Farben gestrichen. Paloviita und Oksman schauten sich interessiert um, in einigen Büros arbeiteten Offiziere in Dienstuniform, doch mehr als die Hälfte trug Zivil. Von den polierten Dienstgradabzeichen abgesehen, hatte man das Gefühl, durch eine ganz normale finnische Behörde zu laufen. Nirgends waren Karten oder Luftaufnahmen von der Grenze mit Russland zu sehen. Das Einzige, was einen militärischen Kontext erzeugte, war eine Glasvitrine in der Mitte des Korridors mit den Modellen von Geschützen aus verschiedenen Epochen. Das Dienstzimmer des Obersts befand sich am Ende des Flurs in der ersten Etage. Es war geräumig. Die über die gesamte Wand reichende Fensterfront gab den Blick auf den Fahnenplatz frei, auf dem gerade eine Exerzierübung stattfand. Die gegenüberliegende Wand wurde von einem langen Besprechungstisch eingenommen, darüber hing ein Brustporträt von Mannerheim. Der Schreibtisch stand an der dem Eingang gegenüberliegenden Seite. Hinter dem Arbeitsplatz des Obersts befand sich ein Regal voller Bücher, die wie Soldaten ordentlich in Reih und Glied standen. Oksman registrierte, dass nirgends ein Blatt Papier oder ein Aktenordner, geschweige denn ein Staubkorn zu sehen waren.

Paloviita ging zum Fenster und verfolgte, wie die Soldaten in Formation antraten und schließlich geschlossen wie Ameisen abtraten. Er konnte sich gut an den Exerzierplatz und die Übungen dort erinnern. Damals hatte er jede Stunde seines Wehrdienstes gezählt. Jetzt sehnte er sich zurück und hätte gern einige seiner Stubenkameraden wiedergesehen, von denen er seitdem nichts mehr gehört hatte. Die Erinnerung vergoldete, was ihm seinerzeit als Strafe erschienen war. Der Oberst bedeutete ihnen, in den Gästestühlen – imposanten Sesseln aus Leder – Platz zu nehmen.

»Vielen Dank, dass Sie kommen konnten«, sagte der Oberst. »Ich hätte kaum die Zeit gefunden, um nach Pori zu fahren. Möchten Sie einen Kaffee?«

Paloviita und Oksman schüttelten den Kopf.

»Sie verstehen sicher, dass diese Granatenangelegenheit äußerst heikel ist. Nicht nur für unseren Standort, sondern für die gesamte finnische Armee. Das Verschwinden der Granaten und Schusswaffen an sich war schon extrem unangenehm, und an verschiedenen Stellen sind Köpfe gerollt«, sagte der Oberst und klickte zweimal nachdenklich mit dem Kugelschreiber. »Und jetzt wurden diese Granaten bei einem Terroranschlag innerhalb der finnischen Grenzen benutzt.«

»Ich verstehe«, sagte Paloviita.

Der Oberst betrachtete sie mit zusammengekniffenen Lippen.

»Sagen Sie mir, was Sie wissen wollen. Ich helfe mit allen mir zur Verfügung stehenden Mitteln. Und wenn ich Ihnen nicht weiterhelfen kann, werde ich jemanden rufen lassen, der dazu in der Lage ist. Die Angelegenheit hat für uns höchste Priorität.«

»Die Ermittlungen den Diebstahl betreffend sind abgeschlossen«, merkte Paloviita an. »In den Untersuchungsprotokollen gibt es nur sehr wenig Konkretes.«

Der Oberst nickte. »Der damals für das Manöver zuständige Kommandeur dient nicht mehr in der finnischen Armee.«

»Wurde er entlassen?«, fragte Oksman.

»Die Verantwortung bei den Streitkräften ist groß. Die Wehrdienstleistenden sind ein Querschnitt der Gesellschaft. In jedem Rekrutenjahrgang gibt es Intellektuelle, Dumme, Stille, Raufbolde und Komiker, Reiche und Arme, Durchtrainierte, Dicke und Dünne. Und wir geben jedem von ihnen eine Waffe und scharfe Munition. Das Risiko können Sie sich ausmalen. Der zuständige Kommandeur war nicht mal in der Nähe, als der Diebstahl passierte. Er schlief zu Hause in seinem Bett hier in Kankaanpää über zwanzig Kilometer vom Truppenübungsplatz entfernt. Aber das ist egal. Was zählt ist: Er hatte die Verantwortung. Die interne Untersuchung hat gravierende Mängel in der Sicherung des Manövers ergeben.«

»Gravierende Mängel?«

Der Oberst verlagerte sein Gewicht. »Zu allererst: Nicht an allen Straßen, die auf das Gelände führten, gab es einen festen Wachposten, nur an den Haupttoren, aber die waren nicht verschlossen. Genau genommen hätte jeder in den militärischen Sicherheitsbereich hineinfahren können, er hätte nur das Schloss an einer Schranke auf einem der Nebenwege knacken müssen.«

»Aber es war kein Schloss aufgebrochen«, stellte Oksman fest.

»Nein. Aber als der Diebstahl ans Licht kam, wurde die Sache sehr ernst genommen. Zweitens war der Laderaum des Munitionsfahrzeugs nicht ordnungsgemäß verschlossen.«

»Warum nicht?«

»Nach den damals geltenden Bestimmungen hätte das Auto rund um die Uhr bewacht werden müssen. Der Feldkommandant war der Ansicht, die Bewachung der Zufahrtswege durch die Posten reiche aus, um sicherzustellen, dass niemand unbemerkt ans Fahrzeug gelangen könnte.«

»Laut Bericht erfolgte die Bewachung durch Wehrdienstsoldaten.«

»Heute darf kein Munitionsauto mehr während des Manövers im Gelände warten, sondern muss in die Kaserne zurückgefahren werden.«

»Zu welchem Ergebnis kam die interne Untersuchung?«

»Zu dem gleichen wie die Polizei auch, dass es sich mit hoher Wahrscheinlichkeit um einen sorgfältig geplanten und professionell durchgeführten Diebstahl handelte. Die Täter wussten, wo sich das Munitionsfahrzeug befand und was es transportierte. Scharfe Handgranaten werden bei Manövern äußerst selten verwendet. Eigentlich nur zweimal im Jahr während der Grundausbildung: im Sommer und im Winter.«

»Die Täter?«, fragte Oksman.

»Die Ermittlungen kamen zu dem Schluss, dass es sich um grenzüberschreitende Kriminalität handeln musste. Zeitgleich gab es vergleichbare Waffendiebstähle in anderen Ländern Skandinaviens und ganz Europa.« Der Oberst machte eine Pause. »Aber der Nachtklubanschlag rückt das alles natürlich in ein neues Licht.«

»Wurde in Betracht gezogen, dass einer der an dem Manöver beteiligten Wehrsoldaten der Täter sein könnte?«, erkundigte sich Oksman.

Der Oberst schaute ihn an. Paloviita konnte seine Gereiztheit förmlich riechen.

»Selbstverständlich hat die Polizei auch in dieser Richtung ermittelt. Alle am Manöver Beteiligten wurden befragt. Über dreihundert Soldaten haben sich an der Suche nach der Kiste mit den Handgranaten beteiligt und sechzehn Sprengstoffspürhunde. Noch ein halbes Jahr nach dem Manöver wurde das Gelände stichprobenartig durchkämmt.«

»Aber diese Möglichkeit konnte nie ganz ausgeschlossen werden?«

»Nichts kann ausgeschlossen werden. Wie ich schon gesagt habe, der Vorfall war für uns extrem unangenehm. Und noch schlimmer wird es durch den Umstand, dass die Granaten benutzt worden sind, um … Menschen zu ermorden. Zur Stunde bereitet der Oberkommandeur der Streitkräfte eine Stellungnahme für die Medien vor. Es werden sicher wieder Köpfe rollen. Vielleicht sogar mein eigener.«

Oksman war die kurze Pause des Obersts nicht entgangen. Er fasste zusammen: »In einer Kiste wurden acht Granaten aufbewahrt, zwei Kisten wurden entwendet, zwei Granaten benutzt. Bleiben noch vierzehn. Außerdem verschwunden sind sechs Sturmgewehre. Die Möglichkeit ist groß, dass es weitere Opfer geben wird.«

Hals und Gesicht des Obersts liefen rot an, auch wenn er sich um einen beherrschten Gesichtsausdruck bemühte. Es war unschwer zu erkennen, dass er nur wenige Herzschläge davon entfernt war, die Beherrschung zu verlieren. Er war es gewohnt, Befehle zu geben, nicht dass ihm jüngere Zivilpersonen die Leviten lasen.

»Hoffen wir, dass die Polizei ihn dingfest macht, bevor etwas Schlimmeres passiert.«

»Etwas Schlimmeres?«, fragte Oksman erstaunt zurück.

Der Oberst, hochrot im Gesicht, krächzte: »Nun, ja. Wenn Sie mich fragen, der Anschlag hätte auch viel schlimmer sein können, wenn er an einem anderen Ort verübt worden wäre als in einem Nachtklub für Randgruppen, zum Beispiel in einer Grundschule oder einem Kindergarten.«

»Nachtklub für Randgruppen?«, wiederholte Paloviita und runzelte die Stirn.

Erst jetzt ging dem Oberst auf, was er gesagt hatte. Der Unmut wich aus seinem Gesicht, und er versuchte, es wieder auszubügeln: »Sie picken sich ein einzelnes Wort heraus. Was ich meine, ist, dass Kinder als Opfer immer tragischer sind. Im zivilen Leben genauso wie im Krieg.«

»Sind homosexuelle Soldaten bei den Streitkräften willkommen?«, fragte Paloviita.

»Selbstverständlich. Die finnische Armee diskriminiert niemanden.«

»Also: Gleiche Regeln für alle, ganz gleich welche sexuelle Orientierung jemand hat. Für alle die gleichen Aufstiegschancen und dergleichen?«

»Wie gesagt, die Streitkräfte interessieren sich nicht für die sexuelle Orientierung, allein die Taten entscheiden. In Finnland gibt es keine ›Don't ask, don't tell‹-Praxis, bei der nur Homosexuelle im Militär willkommen sind, die ihre Homosexualität nicht öffentlich gemacht haben.«

Oksman hielt den Blick unverwandt auf den Oberst gerichtet, der sich jetzt vorbeugte und die Hände auf dem Tisch verschränkte.

»Okay, reden wir Klartext. Ist mir recht. Sie kommen aus der zivilen Welt, einer Idealwelt.« Der Oberst nickte in Richtung Exerzierfeld. »Die Welt, in der ich lebe, ist alles andere als ideal. Innerhalb der Kasernenmauern lebt eine Gesellschaft im Kleinformat, für die die gleichen Gesetze gelten, wie in der Welt draußen – und außerdem noch eigene, ungeschriebene Regeln.« Jetzt betrachtete der Oberst die Kommissare genau, um ihre Reaktion zu erraten. Doch keiner von beiden zeigte eine Regung. Also fuhr er fort: »Ich habe mir diese Regeln nicht ausgedacht, aber die Regeln gibt es seit ewigen Zeiten. Sie stammen schon aus der Antike und wurden von Generation zu Generation weitergegeben. Das hier ist immer noch eine männlich dominierte Welt, ungeachtet der Tatsache, dass jetzt auch Frauen zum Dienst zugelassen werden. Ich denke, Sie haben beide gedient und wissen, wovon ich rede?«

Als keiner von ihnen antwortete, nickte er: »Bei der Armee herrscht Disziplin. In diesem Sinne unterscheiden sich die Streitkräfte von jedem anderen Arbeitsplatz in der Welt. Eine Kampfeinheit ist genauso stark und leistungsfähig wie ihr schwächstes Glied. Deshalb wird immer daran gearbeitet, genau dieses Glied zu stärken. Manchmal auch mit harten Methoden.«

»Meinen Sie Mobbing und Schikane?«

Der Oberst zuckte die Schultern. »Mobbing gegenüber zeigen wir Nulltoleranz. Schwören, dass es ungeachtet aller Versuche, genau das zu verhindern, im Kleinen dennoch dazu kommt, kann ich natürlich nicht. Der Mensch ist grausam. An einem Ort mit extremer physischer und psychischer Belastung wird der eigene Frust an anderen ausgelassen – und das sind bedauerlicherweise häufig die Schwächsten in der Gruppe.«

»Wollen Sie damit sagen, dass Homosexuelle häufiger Opfer von Mobbing und Schikanen werden?«

»Natürlich gibt es bei der Fahne auch Schwule, unter den Soldaten und auch beim Stammpersonal. Die Armee ist kein Eldorado frei von Diskriminierung. Es gibt hier immer noch welche, die gegen den Dienst von Frauen an der Waffe sind – so wie es auch immer noch Gegner von Frauen im Pfarramt gibt.«

»Ich habe geglaubt, dass das inzwischen überwunden wäre«, merkte Paloviita an.

Der Oberst lachte trocken: »Man spricht nicht darüber, weil das Thema tabu ist. Es wäre beruflicher Selbstmord, die Sache ans Licht zu bringen. Doch nur, weil man über etwas nicht spricht, heißt es nicht, dass es nicht existiert. Von außen betrachtet erscheint die Armee homogen, obwohl es sich um eine Ansammlung von Individuen handelt. Was ich meine ... die Truppe sieht es nicht gern, wenn sich jemand von der Masse unterscheidet, auch wenn die Leistungen stimmen. Mit einem Wort – die Sache ist für die Truppe zu privat. Die jungen Männer sprechen auf ihren Stuben über Muschis, selbst wenn sie noch nie eine gesehen haben – und erzählen sich Schwulenwitze. Das ist einfach so. Persönlich denke ich, dass ein Homosexueller ein großes Risiko eingeht, wenn er sich während seines Dienstes outet.«

»Verstehe ich es richtig, Sie hätten nichts gegen eine Fragnicht-sag-nichts-Praxis auch in Finnland?«

»Ehrlich? Nein.«

»Sie würden offen homosexuell Lebende vom Wehrdienst ausschließen?«

»In ihrem eigenen Interesse – und dem der anderen. Der Wehrdienst funktioniert am besten ohne Störfaktoren.« Schnell fügte er hinzu: »Das ist natürlich nicht der offizielle Standpunkt der Streitkräfte, nur meine persönliche Meinung.«

Paloviita warf einen Blick auf Oksman, der finster dreinschaute. Nicht nur Paloviita störte sich an der Einstellung des Obersts, die sicher noch viel härter war, als er es zeigte.

»Haben Sie eine Liste aller Wehrpflichtigen, die an dem Manöver teilgenommen haben?«, fragte Oksman jetzt.

»Sicher. Ich glaube zwar, dass Sie die auch in den Polizeiakten finden, aber selbstverständlich stellen wir Ihnen alle Unterlagen zur Verfügung. Wir sind wenigstens ebenso sehr daran interessiert wie Sie, dass der Fall aufgeklärt wird.«

»Werden die Rekrutenjahrgänge immer noch fotografiert?«, fragte Oksman weiter.

Der Oberst nickte: »Ja. Wir haben hier vier Kompanien und eine Unteroffiziersschule. Von allen wird ein Foto gemacht.«

»Werden die Fotos archiviert?«

»Ja.«

»Ist es möglich, die Fotos zu bekommen?«

»Selbstverständlich«, sagte er und griff zum Telefon. Kurze

Zeit später trat ein junger Stabsgefreiter mit vier Schrägstreifen auf den Schulterklappen ein. Die Hacken klackten auf der Schwelle.

»Rühren!«

Sie erhoben sich. Der Oberst zeigte auf den Stabsgefreiten und sagte: »Nielikäinen wird dafür Sorge tragen, dass Sie alle Dokumente und Fotos erhalten, die Sie brauchen.« Dann reichte er Paloviita die Hand. Oksman steckte seine demonstrativ in die Tasche, woraufhin der Oberst unwillkürlich grinste.

Als der Stabsgefreite sie zwei Stunden später mit einem Jeep zum Tor fuhr, beide mit einem Stapel Unterlagen auf dem Schoß, atmeten sie erleichtert auf, diesen Ort hinter sich lassen zu können. Paloviita schaute noch einmal in Richtung Stabsgebäude und sah den Oberst, der durch das Fenster verfolgte, wie sie die Kaserne verließen.

18

Im Besprechungsraum waren in aller Eile Arbeitsplätze für die Ermittler vom ZKA eingerichtet worden. Das gesamte Präsidium war in Aufruhr, das Zentrale Kriminalamt tauchte in einer mittelgroßen Stadt wie Pori nicht alle Tage auf. Niemand konnte sagen, wie lange die Ermittlungen andauern und die Kollegen aus Helsinki bleiben würden. Auf der gegenüberliegenden Straßenseite lagen die weißen Übertragungswagen der Medienanstalten auf der Lauer, aufgereiht wie bei einem Caravantreffen im Stau, was absolut nicht zur Entspannung der Situation beitrug.

Paloviita hatte das Gefühl, dass die Stimmung auf ihrem Revier einer entsicherten Handgranate glich, die jeden Augenblick hochgehen konnte.

Die Nervöseste von allen war Susanna Manner, die zwischen den Seiten vermitteln und nicht nur das ZKA unterstützen, sondern auch alles andere regeln musste, vom Budget bis hin zum Dienstplan. Das normale Geschäft ging schließlich weiter: Es gab Verkehrsunfälle, Raubüberfälle, Ladendiebstähle und einige Körperverletzungen, die vor Gericht gebracht werden mussten. Ihre Personaldecke war schlichtweg zu dünn. Obwohl das ZKA offiziell für die Ermittlungen zuständig war, forderte es auch von ihnen vollen Einsatz. Es war klar, wer zuerst ins Feld geschickt wurde: Paloviita, Linda und Oksman – wie immer.

Jetzt saßen Paloviita, Raunela, Manner, Toivonen und Oksman zusammen mit Johan Niemi und zwei weiteren ZKA-Ermittlern im Besprechungsraum, und Paloviita fielen mindestens hundert Plätze ein, an denen er weitaus lieber gewesen wäre. Die Aktenberge auf dem Besprechungstisch lähmten schon bei ihrem bloßen Anblick allen Tatendrang. An der Rückwand des Raumes waren alle Bilder abgehängt worden, und stattdessen prangte dort ein buntes Sammelsurium von über hundert Fotoausdrucken. Zumindest hatte das ZKA ein ordentliches Durcheinander zustande gebracht.

»Gibt es etwas Neues vom Transporter?«, erkundigte sich Manner bei Raunela, der in den zwei Tagen um zehn Jahre gealtert zu sein schien – was ziemlich viel für einen Mann kurz vor der Rente war. Paloviita hatte sich am Morgen gar nicht erst getraut, in den Spiegel zu schauen.

Raunela hob eine Plastiktüte auf den Tisch, in der ein verbranntes Plastikteil steckte, aus dem mehrere verkohlte Kabelenden herausragten wie die Fangarme eines Kraken. Alle beugten sich vor.

»Alle Identifikationsmerkmale sind entfernt worden: Kennzeichen, Fahrgestellnummer, Herstellerschlüssel. Wir haben keine Fingerabdrücke gefunden, keine DNA, keine Haare, nichts. Das Innere ist vollständig ausgebrannt, was eventuell noch übrig war, wurde vom Wasser zerstört. Trotzdem können wir mit Sicherheit sagen, dass es das Auto ist, das beim Nachtklubanschlag benutzt wurde.«

Oksman zeigte auf die Plastiktüte: »Was ist das?«

Raunela gab die Tüte in der Runde herum: »Ein Zeitzünder.«

»Ein Zeitzünder?«, wiederholte Manner ungläubig.

»Der Täter hat nicht, wie angenommen, ein brennendes Streichholz durchs Fenster geworfen, sondern das Feuer zu einem vorher festgelegten Zeitpunkt gelegt. Das hier sind die Überreste einer Fernbedienung, einer Neun-Volt-Batterie und eines Weckers. Erreichen die Zeiger einen bestimmten Punkt, bringt die Batterie die dünnen Kupferdrähte zum Glühen und dann … paff!«

Mit den Händen demonstrierte Raunela, wie die Mischung aus Benzin und Rapsöl in einer Stichflamme aufging.

»Was können wir daraus schließen?«, fragte Paloviita.

»Zwei Dinge. Erstens: Mithilfe des Zeitzünders stellte der Täter sicher, dass er sich in ausreichender Entfernung vom Auto befand, sobald man den Brand bemerken würde. Zweitens zeigt uns der selbstgebaute Zeitzünder, dass der Täter von Technik etwas versteht. Obwohl einfach im Aufbau, braucht die Herstellung so eines Zeitzünders Geschicklichkeit und Übung.«

»Eine Frau mit dem Namen Virpi Aho hat gestern ihren Mann Kalevi Aho und ihren gemeinsamen zehnjährigen Sohn Veeti Aho als vermisst gemeldet«, warf Manner ein. »Der diensthabende Polizist hat mir gerade die Anzeige reingegeben.«

»Was hat das mit unserem Fall zu tun?«, schnauzte Niemi sie an.

»Sie sind Zeugen Jehovas.«

»Ja und?«

Manner reichte ihm die Zeitschriften *Erwacht!* und *Der Wachtturm*, die sie bereits aufgeschlagen hatte: »Diese Zeitschriften haben sie verteilt. Die Ausgaben enthalten lange Artikel über Homosexualität im Licht der biblischen Lehre.«

»Ja?«

»Die Leitstelle dachte, dass es vielleicht mit unserem Fall zu tun haben könnte.«

»Wie soll das denn verdammt noch mal zusammenhängen?«

Manner holte tief Luft und tauschte einen bedeutungsschwangeren Blick mit Paloviita aus: »Vielleicht gar nichts, aber die Kollegen dachten, dass das Video des Gesandten vielleicht jemanden angestiftet haben könnte. Ich finde, das ist eine ernstzunehmende Theorie. So etwas befürchten wir doch schon die ganze Zeit.«

»Angestiftet zu was?«

Manner hob ergeben die Schultern. »Auf jeden Fall sind sie verschwunden. Seit gestern.«

»Ich habe keine Zeit, nach Vermissten zu suchen«, entgegnete Niemi unwirsch. »Davon abgesehen glaube ich nicht, dass die beiden Ereignisse zusammenhängen. Neunzig Prozent aller Vermisstenfälle lassen sich ganz einfach erklären, wahrscheinlich hat sich der Vater aus dem Staub gemacht und den Jungen mitgenommen ... Also lasst uns zum Thema zurückkommen: Wir müssen uns damit befassen, wie der Bau dieses Zeitzünders ins Profil des Täters passt.«

Niemi zeigte auf die Fotowand: »Außerdem: Auf diesen Fotos sind die Personen, die in der Tatnacht den Nachtklub besucht haben. Der größte Teil von ihnen hat sich bereits gemeldet, aber einige konnten wir bisher noch nicht ausfindig machen. Raunela und sein Team haben großartige Arbeit geleistet und die Aufzeichnungen aller Überwachungskameras im Stadtzentrum ausgewertet.«

»Ich dachte, alle Gäste des Nachtklubs wurden direkt nach dem Anschlag befragt?«, wunderte sich Paloviita.

»Im Moment konzentriert sich unser Interesse auf Personen, die das Venus kurz vor dem Anschlag verlassen haben. Es sind ungefähr zwanzig«, fuhr Niemi fort. »Auf den Fotos sind einige Personen zu sehen, mit denen wir gern ein paar Worte wechseln würden.«

Niemi ging zur Fotowand und deutete auf zwei nebeneinander hängende Vergrößerungen, die einen schlanken Mann jüngeren Alters zeigten, der den Nachtklub gegen halb eins verließ. Er war mit einer engen Jeans und Lederjacke bekleidet und hielt den Blick fest auf den Boden gerichtet. Das erste Bild zeigte ihn von vorn, das zweite von hinten, als er auf der nördlichen Seite des Markts in die Antinkatu einbog.

»Der Mann entspricht in seinen äußeren Merkmalen dem Körperbau und der Größe des Gesandten. Außerdem hat er sich nur etwa eine halbe Stunde im Inneren aufgehalten. Möglicherweise hat er die Örtlichkeiten im Vorfeld in Augenschein genommen.«

»Gibt es keine Aufnahmen von den Kameras auf dem Markt?«

»Die Kameras filmen die Bussteige. Wir vermuten, dass er auf der Antinkatu bis zum Fluss weitergegangen ist. Dort verlieren sich seine Spuren.«

»Falls dieser Mann der Gesandte ist, hatte er ausreichend Zeit, den Transporter an jedem x-beliebigen Ort in der Stadt abzuholen, um beim Nachtklub vorzufahren.«

»Lassen Sie uns keine übereilten Schlüsse ziehen«, schraubte Niemi die Erwartungen herunter.

»Aktuell wird der Mann keiner Tat verdächtigt, aber es wäre wichtig, ihn befragen zu können.«

Niemi ging einen Schritt weiter und zeigte auf Fotos in der oberen Reihe, die Oksman schon beim Betreten des Raumes schreckensbleich erkannt hatte. Es gab insgesamt drei Aufnahmen, die ihn mit rotem Kleid und Perücke zeigten: Auf dem Weg zum Nachtklub, die rote Handtasche über der Schulter, die knochigen Schultern hervorstechend, in der Schlange vor dem Eingang sowie beim Verlassen des Nachtklubs Richtung Markt Arm in Arm mit einem Mann. Oksmans Herz raste, sodass er befürchtete, es könnte jede Sekunde zerbersten. Er hatte am ganzen Körper Gänsehaut.

Niemi drehte sich zu den Kommissaren um, und für einen Moment war sich Oksman absolut sicher, dass Niemi Bescheid wusste, wer die Frau auf dem Foto war. Denn dessen Blick suchte den seinen und bohrte sich in sein Gehirn wie ein brennender Laser. Oksman wurde schwindelig. Er stand auf, umklammerte die Tischkante, bis die Knöchel weiß hervortraten. Ihm liefen kalte und heiße Schauer über den Rücken, er konnte kaum atmen, seine Kopfhaut kribbelte, ihm wurde schwarz vor Augen.

»Alles in Ordnung?«, fragte Linda, als sie Oksmans kreidebleiches Gesicht sah. Oksman hörte die Frage, aber sie klang wie aus weiter Ferne und verhallte in seinem Schädel.

Dann wurde es plötzlich dunkel.

Er schwankte gegen den Tisch, bekam einen Stuhl zu fassen

und riss ihn mit sich zu Boden. Gedämpft wie unter Wasser hörte er Lindas Aufschrei.

Sein Körper schwamm, ein Hund bellte. Der Gitterzaun rasselte, und ihm war unsagbar kalt.

Nur langsam kehrte sein Sehvermögen zurück. Er fühlte sich wie beim Aufsteigen nach einem langen Tauchgang. Das Licht war grell, die Stimmen schneidend. Sein Gesicht kribbelte. Als er das Bewusstsein endlich wiedererlangt hatte, lag er mit dem Gesicht nach oben auf dem Boden des Besprechungsraums. Linda und Paloviita beugten sich mit besorgten Mienen über ihn.

»Er wacht auf«, sagte Paloviita erleichtert. »Henrik, hörst du mich?«

Oksman bewegte die Augen und ließ sie über die Gesichter gleiten. Er öffnete die Lippen, um etwas zu sagen, brachte aber keinen Ton heraus. Sein Körper war wie taub. Anstelle einer Antwort konnte er nur blinzeln.

Dann versuchte er sich aufzurichten, doch Linda drückte ihn wieder zurück: »Nun mal langsam. Du bist ohnmächtig geworden. Raunela holt dir ein Glas Wasser. Ruh dich kurz aus.«

Langsam kehrte die Kraft in seinen Körper zurück. Beim nächsten Versuch, sich aufzusetzen, ließ er sich von Linda dabei helfen. Alle starrten ihn an. Auch an der Tür hatte sich Publikum versammelt. Raunela zwängte sich durch die Kollegen hindurch, Linda nahm ihm das Glas Wasser ab und hielt es Oksman an die Lippen. Er trank gierig, er konnte sich nicht erinnern, wann er zuletzt so durstig gewesen war. Nicht eine Sekunde lang überlegte er, aus welchem Hahn das Wasser stammte und welche Verunreinigungen es möglicherweise enthielt.

Als sein Körper sich an die aufrechte Haltung gewöhnt hatte, stand er auf. Linda und Paloviita wollten ihn stützen, merkten aber schnell, das Oksman allein klarkam. Manner zog einen Stuhl unter dem Besprechungstisch hervor und schob ihn Oksman hin.

»Wie fühlen Sie sich?«, fragte sie, als er sich gesetzt hatte.

»Gut. Was ist passiert?«

»Sie waren kreidebleich. Linda hat gefragt, ob alles in Ordnung ist, und dann sind Sie umgekippt.«

»Ich wollte versuchen, dich aufzufangen, doch bevor ich auch nur einen Schritt machen konnte, lagst du schon da. Glücklicherweise bist du zuerst gegen den Tisch getaumelt, das hat deinen Fall gedämpft. Sonst wärst du mit dem Kopf hart aufgeschlagen«, erklärte Linda.

Oksman fasste sich an die Schläfe. Sie war empfindlich, tat aber nicht allzu weh.

»Ist dir das schon mal passiert?«, fragte jetzt Paloviita.

Oksman schüttelte den Kopf. »Noch nie. Vielleicht habe ich schlecht gegessen.« Bei diesem Satz mussten alle Umstehenden mehr oder weniger offen grinsen.

»Vielleicht haben Sie sich einen Virus eingefangen. Auf jeden Fall gehen Sie jetzt zum Betriebsarzt und dann nach Hause«, sagte Manner.

»Es ist wieder alles okay«, sagte Oksman. Sein Blick fand das Bild von ihm an der Wand, und erneut krampfte sich sein Magen vor Übelkeit zusammen.

»Ist es nicht! Dann sagen wir es so: Ich ordne an, dass Sie sich untersuchen lassen. Kommen Sie allein klar, oder soll Jari Sie begleiten?«

»Ich komme allein klar. Ich ruhe mich nur noch kurz aus.«

Manner nickte, sah Oksman noch einmal scharf an und bedeutete dann Niemi fortzufahren.

»Die Person im roten Kleid ist unserer Meinung nach ein Mann. Mit anderen Worten ein Transvestit.«

Jetzt trat Jari direkt vor die Fotos. Wieder wurde Oksman von Panik erfasst. Er hatte das Bedürfnis, diesen Raum so schnell wie möglich zu verlassen. Aber er konnte sich nicht bewegen, sein Körper kribbelte wie unter tausend Ameisen. Er saugte seine Lunge voll Sauerstoff, um nicht schon wieder in Ohnmacht zu fallen. Plötzlich runzelte Jari die Stirn und drehte sich zu Oksman um. Das Herz rutschte Oksman in die Hose. Der Blick ruhte nur gut eine Sekunde auf ihm, und Oksman wurde klar, dass es purer Zufall gewesen war.

»Dieser Mann in Blazer und Hemd, der einen Filzhut trägt. Den kenne ich irgendwoher.«

»Zeig mal«, sagte Raunela und trat neben Paloviita. Auch die anderen drängten sich um sie.

»Das könnte Kristin Ramberg, der Designer, sein. Aber aus der Entfernung kann man das nicht mit Sicherheit sagen.«

»Das passt ins Bild«, sagte Paloviita. »Er lebt offen als Homosexueller.«

»Wenn das wirklich Ramberg ist, warum hat er sich dann nicht gemeldet?«

»Würden Sie sich in dieser Situation melden?«, fragte Niemi. »Wenn man bedenkt, was das für einen Skandal verursacht hätte.«

»Und ein Skandal ist das Letzte, was wir wollen«, sagte Paloviita. »Wir haben schon genug Medienrummel. Ramberg wohnt etwas außerhalb in Lattomeri, ist das noch Pori oder gehört das heute schon zu Ulvila? Ich kann Kontakt zu ihm aufnehmen und ein Treffen vereinbaren. Wir sollten diskret vorgehen.«

Niemi nickte. »Gute Einstellung. Ich würde mich gern auch mit dem Mann im roten Kleid unterhalten.«

»Weil er sich als Frau verkleidet hat?«

»Weil er sein Äußeres verändert hat«, sagte Niemi mit Nachdruck. »Ich will die Personalien von allen, die in jener Nacht im Venus waren.«

»Falls der andere Ramberg ist, kriegen wir auch die Identität dieser mysteriösen Frau heraus«, sagte Paloviita.

»Wir haben schon veranlasst, dass die Fotos von dem jungen Mann und der Frau im roten Kleid morgen in der Zeitung veröffentlicht werden«, gab Niemi bekannt.

»Gut«, sagte Manner und drehte sich wieder zu Oksman um. »Sie sind immer noch ganz blass. Und jetzt los mit Ihnen, ab zum Arzt!«

Oksman erhob sich und stellte zufrieden fest, dass seine Beine ihn trugen. Vorerst war sein Geheimnis bewahrt, aber für wie lange? Er hatte keine Ahnung, was er tun würde, wenn alles ans Licht käme. Gemeinsam mit den anderen verließ er den Raum. Nur Manner, Paloviita und zwei Polizeimeister, die kurz vor Oksmans Zusammenbruch hereingekommen waren, blieben zurück. Der eine blieb vor dem Foto mit der mysteriösen Frau stehen. Es zeigte sie in voller Größe, langer Rock, breite Schultern, schmale Hüften, kräftige Arme. Das Gesicht war im Pixelbrei nicht zu erkennen, lediglich seine kantige Form wurde deutlich. Ebenso, dass es ein Mann und keine Frau war.

»Hey, Jungs«, frotzelte er. »Scheiße, der sieht fast aus wie Oksman.« Alle vier traten näher und starrten auf das Bild. Der zweite Polizeimeister stimmte grinsend zu: »Das ist ganz klar der Ochse!«

Im Raum wurde es still. Dann brachen alle gleichzeitig in hysterisches Lachen aus.

»Raus!«, brüllte Manner, und die beiden Polizisten stolperten immer noch lachend und sich die Tränen aus den Augen wischend auf den Flur.

19

Der Mann, der sich der Gesandte nannte, stand im gut gefüllten Einkaufszentrum. Menschen schubsten und drängten sich an ihm vorbei. Eine gesichtslose, blinde Masse.

Der Gesandte schloss die Augen. Das Bild verschwand, aber die übrigen Sinne schärften sich. Schritte, das Rascheln der Kleidung, Gesprächs- und Lachfetzen – und über allem monotone Kaufhausmusik aus Lautsprechern. Eine widerwärtige Melange aus Pommes-Frittieröl, frisch gebackenen Donuts und Bagels sowie Hackbällchen mit Sauce.

Die Ausdünstungen einer verdorbenen Welt.

Der Gesandte öffnete die Augen wieder. Jetzt waren die Farben klarer, die Schatten schärfer. Als Kind hatte er sich so oft die Zeit damit vertrieben: Augen schließen, horchen, riechen, fühlen – und wenn er es sich dann gestattete, die Lider wieder zu öffnen, hatte er jedes Mal die Welt mit neuen Augen gesehen. Als wäre er neu geboren.

Er ging zu einer Bank und beobachtete das Treiben der Leute. Dort eine Mutter mit zwei Kindern. Sie zerrte sie in großer Hast hinter sich her zum Ausgang. Da ein Mann im dunkelblauen Anzug mit braunen Lederschuhen. Er sprach ins Smartphone und wirkte wie die lebende Schaufensterpuppe eines Business-Ausstatters. Hier ein Mann in verschlissenen Klamotten, der zum Alko-Geschäft schlurfte, so wie jeden Tag – ein Sklave der Flasche.

Wo er auch hinsah, überall entdeckte der Gesandte Menschen, die sich von Gott abgewendet hatten und auf ihr Smartphone starrten, Einkaufstaschen schleppten, schnieften, Geld ausgaben, hohl lachten.

Es widerte ihn an.

Die Welt hatte sich in ein Hurenhaus verwandelt, gefüllt mit gesichtslosen, willenlosen Hüllen. Roboter, die vergessen hatten, worauf es im Leben ankam. Er steckte die Hand in die Tasche und spürte die gekerbte Oberfläche der Handgranate. So kalt und hart – so todbringend. Wann immer er wollte, konnte er sie hervorziehen und in die Masse schleudern. Er konnte die Mutter mit den Kindern in die Luft jagen, das blitzende Lächeln des Ken-Verschnitts am Handy auslöschen und den Boden des staatlichen Alkoholgeschäfts mit einem übelriechenden Brei aus Blut, Scherben und verspritzten Spirituosen bedecken.

Er hatte die Macht zu töten und zu zerstören.

Die Macht zu geben und zu nehmen.

Doch er wusste, dass mit großer Macht auch eine große Verantwortung verbunden war. Ihm war eine Aufgabe aufgetragen worden, die er zu Ende führen würde.

Als Gott ihn gezeichnet und seinen Nagel in ihn geschlagen hatte, war er zehn gewesen. Damals hatte es Schmerzen verursacht, schrecklich weh getan, und er hatte Jahre gebraucht, um zu verstehen, was dieser Moment wirklich bedeutet hatte. Was der wahre Sinn aller Heiligkeit war.

Als die Menschheit verrottete und ihren Schöpfer aufgab, ertränkte Gott die Völker und versetzte die Welt zurück in ihren wässrigen Ausgangszustand. Und als Jesus in Jerusalem eintraf, säuberte er zuerst einen Tempel, zertrümmerte die Tische der Geldwechsler und jagte sie davon.

So musste auch er handeln.

Aber dann, mitten in seiner Mission, hatte Gott ihm den Vater und seinen Sohn geschickt, und er wusste nicht, was er davon halten sollte. Es konnte kein Zufall sein, alles hatte einen Sinn.

Er und der Junge.

Den er in jenen Keller gesperrt hatte, in dem er so lange die Welt geordnet hatte.

Der Junge war sein Weg in die Wüste, sein brennender Dornbusch, seine große Versuchung, sein Engel des Herrn.

Er erhob sich, rieb sich die behandschuhten Hände, die heute mehr schmerzten als sonst, und lief durch das Gedränge. An der frischen Luft ließ er sich einen Moment die Sonne ins Gesicht scheinen. Niemand hatte ihn beachtet. Niemand hatte sich für ihn interessiert. Er stieg in sein Auto und fuhr aus der Stadt, die sich immer mehr in alle Richtungen ausbreitete wie ein unförmiges Muttermal. Er überquerte den großen Entwässerungsgraben und fuhr den bewaldeten Hügel hinauf. Die Sonne flimmerte zwischen den Bäumen hindurch und blieb hinter ihm zurück. Als er sein Grundstück erreichte, überprüfte er das Schloss an der Zufahrtsschranke und die Funktion der Alarmanlage, sah dann die Aufnahmen der Überwachungskameras auf dem Handy durch, bevor er an der Tür den Sicherheitscode eintippte, der die elektrische Verriegelung öffnete.

Der Gesandte betrat den halbdunklen Windfang und horchte, konnte aber außer dem Brummen der Kühlkondensatoren kein Geräusch ausmachen. Sein Atem kondensierte. Er ging weiter in den Flur und rief. Vater antwortete nicht. Wahrscheinlich schlief er, wie meistens um diese Tageszeit.

Alles war, wie es sein sollte. Die Kellertür war abgeschlossen. Er stieg die steile Treppe hinunter. Unten stand mitten im Raum sein ganzer Stolz: ein Tisch voller Monitore und summender Transistorplatten, zu denen sich dicke Kabel schlängelten wie Nervenfasern durch einen Rückenmarkskanal. Auf einem kleineren Nebentisch lagen eine schwarze Sturmhaube, Handgranaten und eine belgische Pistole. Der Riegel an der Nebentür war vorgeschoben. Er zögerte kurz. Zu gern hätte er die Tür geöffnet und zu dem Jungen gesprochen. Er ging einen Schritt näher, aber die Courage verließ ihn. So legte er nur sein Ohr an das kalte Holz, hörte aber nichts außer dem Surren der Ventilation. Wenn die Zeit reif wäre, würde Gott ihm mitteilen, was er zu tun hätte. So lange würde er seine Mission fortsetzen. Es war Zeit, das Heer Gottes zu bewaffnen und zum Kampf zu rufen.

Der Gesandte setzte die Sturmmaske auf, schaltete die digitale Videokamera auf einem Stativ ein, die mit dem Prozessor des Computers verbunden war, ging um den Tisch herum und begann, den Blick in die Linse gerichtet, zu sprechen.

20

Dunkelheit. Nur durch den Lüftungsschacht fiel ein schmaler Streifen Licht, in dem sich die Konturen des Raums schwach abzeichneten. Es roch nach einer Mischung aus vermoderten Lumpen, vergammeltem Zeitungspapier, Staub und Erde.
Der Mann hat Vater erschossen.
Vater ist tot.
Veeti Aho fühlte, wie sich sein Magen in einem nahenden Weinanfall verkrampfte, den er vergeblich zurückzuhalten versuchte. Wie eine tosende Brandung brach es über ihm zusammen und schüttelte seinen Körper. Er hörte immer noch, wie das Knallen die Sommernacht durchschnitt, und sah Vater vor seinen Augen zusammensacken.
Immer und immer wieder: Vater in der Blutlache.
Tot.
Irgendeine große Maschine dröhnte hinter der Wand, das Geräusch drang durch Holz und Wände und versetzte alles in Schwingungen, wie den Resonanzkörper einer riesigen Gitarre. Auch an diesem heißen Sommertag war es im Keller kühl.
Wieder wurde er von Weinkrämpfen geschüttelt. Er saß auf einer Pritsche, stützte den Kopf in die Hände und ließ die Tränen laufen. Als die größte Panik vorüber war, stand er auf und lief in dem Kellerloch umher. Es handelte sich um einen niedrigen, fensterlosen Raum, kaum sechs Quadratmeter groß. Die Wände aus rotem Ziegel, der Boden Zement. Ein altes, verrostetes Eisenbett mit Federboden, auf dem eine von Mäusen angenagte Matratze lag. Decke oder Laken gab es nicht. In einer Ecke stand ein uraltes Emaillegefäß, in das er seine Bedürfnisse verrichten konnte.

Veeti kletterte auf das Bettgestell und stellte sich auf die Zehenspitzen, um einen Blick durch das Lüftungsloch werfen zu können, war aber zu klein dafür. Doch er fühlte den Hauch frischer, nach Sommer duftender Luft.

Erneut erfasste ihn ein Weinkrampf. Er hatte sich auf etwas Hartes gesetzt. Er zog ein Buch hervor und hielt es in einen Lichtstrahl: ein uraltes, zerfleddertes Tarzan-Groschenheft. Dann noch ein anderes: ein *Lustiges Taschenbuch* mit Donald-Duck-Geschichten aus dem Jahr 2007. Er schleuderte beide frustriert gegen die Wand und versuchte zum hundertsten Mal, sich gegen die Tür zu werfen, aber sie gab keinen Zentimeter nach.

Seine Gedanken kehrten zurück zu dem Weg, wo der Mann mit den blutenden Händen seinen Vater erschossen hatte. Er sah die Augen des Mannes vor sich, mit diesem Glimmen, wie er es nie zuvor gesehen hatte. Er versuchte sich daran zu erinnern, wo er sich befand. Das war wichtig. Irgendwo hinter Tuorsniemi, in einem Haus umgeben von Feldern und Wald. Nachdem sie die Stadt verlassen hatten, war Vater von der Asphaltstraße abgebogen und einem Waldweg gefolgt, der in einen Feldweg überging und hinab zu einem einsam stehenden Haus geführt hatte, auf dessen Dach die größte Antenne stand, die Veeti jemals gesehen hatte. Veeti versuchte sich zu konzentrieren, seine Gedanken purzelten wild durcheinander, aber er zwang sich, sie zu fokussieren, und schließlich sah er das Türschild vor sich und was darauf gestanden hatte: Helle.

Veeti vermutete, dass der Mann ihn nicht lebend gehen lassen würde. Er hatte in der Zeitung von Menschen gelesen, die Kinder entführten, sie in solch einem Kerker ewig gefangen hielten und ... oh Gott ... schreckliche Dinge mit ihnen machten. Sein Blick suchte die Tarzan- und Donald-Duck-Hefte. Er war nicht der erste Junge – oder das erste Mädchen –, das sich hier in der Zelle aufgehalten hatte. Irgendjemand – oder vielleicht sogar mehrere – hatten vor ihm hier in diesem Loch hausen müssen.

Diese Erkenntnis löste eine Welle der Panik in ihm aus, die ihn zu zermalmen drohte, und er musste alle Kraft aufbieten, um nicht den Verstand zu verlieren. Er fing an zu beten, so wie sein Vater es ihn gelehrt hatte:

»Jehova Gott, Schöpfer des Himmels und der Erde, ich bete zu dir durch deinen Sohn Jesus, ich danke dir für deine Güte ...«

Veeti hatte sich ein wenig gesammelt und konnte nun klarer denken. Seine einzige Chance war die Flucht, aber wie sollte er das anstellen? Er befand sich in einem unterirdischen Keller, keiner würde ihn hier suchen kommen – und er war erst zehn. Er konnte es mit einem erwachsenen Mann nicht aufnehmen.

Plötzlich hörte er ein Geräusch, das das dumpfe Dröhnen durchschnitt. Jemand stieg die Kellertreppe herunter. Der Mann!

Veeti sprang auf und blickte sich fieberhaft um, aber nirgends war etwas, hinter dem er sich verstecken oder mit dem er sich verteidigen konnte. Wie ein aufgeschrecktes Reh huschte er hin und her. Das Bett stieß gegen die Wand. Ein metallisches Klirren erklang laut und schrill. Er erstarrte und lauschte. Die Schritte endeten vor der Tür. Im Lichtschein unter der Tür zeichneten sich zwei Schatten ab. Veeti hielt den Atem an. Er rechnete jeden Augenblick damit, dass der Mann den Riegel zurückschob, in den Raum kam und ihm etwas antat – ihn vergewaltigte oder tötete. Doch dann verschwand der Schatten, und Veeti atmete aus. Leise schlich er zur Tür und presste sein Ohr dagegen. Der Mann hielt sich noch immer im Nebenraum auf. Als er heruntergebracht worden war, hatte er kurz die Computer, die vielen Kabel und den Tisch mit der Kamera davor gesehen. Er dachte an die riesige Antenne draußen. Dann versuchte er, sich die Gegenstände auf dem Tisch in Erinnerung zu rufen. Da war noch etwas gewesen.

Eine Pistole und Handgranaten.

Er hatte den Tisch schon einmal gesehen.

Im Fernsehen!

Veeti ging leise zurück zum Bettgestell und setzte sich. Wieder stieß das Bett gegen die Wand, und wieder gab es einen klirrenden Ton. Die Gedanken begannen immer schneller in seinem Kopf zu kreisen. Als sie ihre Zeitschriften ins Auto luden, hatte Vater zu ihm gesagt, dass man dem Hass nicht die Herrschaft überlassen dürfe, weil der Gesandte genau das wolle, und dass sie losziehen müssten, um den Menschen die Wahrheit mitzuteilen. Das einzige Mittel gegen den Hass sei die Liebe Gottes. Und dann waren sie aufgebrochen, um das Wort zu den Menschen zu bringen, so wie sie es schon Dutzende Male zuvor getan hatten. Vater und er gemeinsam.

Der Gesandte, dachte Veeti. Er bekam Gänsehaus, als er die ganze Tragweite der Umstände begriff. Er wurde vom Gesandten im Keller gefangen gehalten. Jenem Mann, der eine Handgranate in einer Bar gezündet und Menschen getötet hatte.

Seinen Vater getötet hatte.

Er stand auf und zwang sich, wieder zur Tür zu gehen. Der Mann war noch da. Veeti legte sich auf den Boden, drückte sein Gesicht fest gegen den staubigen, kalten Beton und versuchte, durch den Schlitz unter der Tür etwas zu erkennen. Viel war es nicht, aber er konnte die Füße sehen, wie sie neben dem Stativ standen, dann verschwanden sie aus seinem Blickfeld. Kurz darauf hörte er den Gesandten sprechen, als er eine neue Videobotschaft aufnahm.

Veeti stand wieder auf und ging zurück zum Bett, das klirrend gegen die Wand stieß, als er sich setzte. Er stützte seine Ellbogen auf die Knie und saß einen Moment lang unbeweglich da. Dann hob er plötzlich den Kopf. Er beugte sich vor und zurück, das Bett schepperte wieder und wieder gegen die Wand. Schrill und scharf. Nun ruckelte Veeti gezielt hin und her und ließ das Bettgestell gegen die Ziegelwand schlagen.

21

»Machen Sie den Oberkörper frei und setzen Sie sich dorthin«, forderte ihn die Ärztin auf und zeigte auf einen Stuhl neben der Tür.

Zuerst dachte Oksman gar nicht daran und tat, als hätte er nicht gehört oder verstanden, besann sich dann aber und knöpfte sein Hemd auf. Dabei schielte er zu der Ärztin hinüber, die nicht viel älter als zwanzig sein konnte. Sie sah zu, wie er sich auszog. Oksman drehte ihr den Rücken zu. Er legte das Hemd ordentlich gefaltet über die Stuhllehne und wendete sich schüchtern der Ärztin zu. Er versuchte, in ihren Gedanken zu lesen, aber ihr Gesicht glich einer Maske.

Oksman setzte sich, die Ärztin rollte mit dem Sattelhocker hinter ihn und drückte ihm ein eiskaltes Stethoskop auf den Rücken. »Tief einatmen«, sagte sie und bewegte das Stethoskop. Ein schrecklicher Gedanke erfasste Oksman. Womöglich war eben jenes Instrument schon über tausende verschwitzte und kranke Rücken gefahren – vielleicht war es sogar benutzt worden, um damit den Tod festzustellen.

Die Ärztin hängte es sich wieder um den Hals, legte Oksman die Blutdruckmanschette um den Oberarm und drückte einen Knopf. Er fühlte einen unangenehmen Druck im Ellennerv. Sie warteten, dass das Messgerät piepte. Die Ärztin las die Werte von der Digitalanzeige ab und befreite ihn von der Manschette.

»Hundertachtzehn zu fünfundsiebzig, mit anderen Worten – ideal«, sagte sie.

Dann überprüfte sie seine Beinreflexe, testete die Druckkraft seiner Hände, untersuchte seine Augen, nahm eine Speichelprobe für eine Bakterienkultur und bat ihn dann, sich auf die Waage zu stellen. Sie notierte Gewicht und Größe, maß seinen Taillenumfang und erlaubte ihm dann, sich wieder anzuziehen. Währenddessen tippte sie die Werte in den Computer.

Als er wieder neben ihr saß, sagte sie: »Sie sind rundum gesund, allerdings leicht untergewichtig.«

Sie zeigte ihm eine Tabelle mit einer roten, gelben und grünen Kurve und zeigte mit einem Stift auf den roten Bereich: »Das Normalgewicht eines Mannes Ihrer Größe liegt zwischen zweiundsiebzig und achtundachtzig Kilo. Sie wiegen siebenundsechzig Kilo.«

Die Ärztin sah Oksman an, doch dieser zeigte keine Regung.

»Sie sind ausgesprochen sportlich und haben viel Muskelmasse, von einer akuten Mangelernährung kann also keine Rede sein. Allerdings kann ein so niedriger Körperfettanteil verschiedene Allgemeinsymptome wie Gelenkschmerzen, Frösteln und Schlafstörungen verursachen. Zu wenig Körperfett verursacht Hormonschwankungen und kann zu Organinsuffizienz führen.«

Die Ärztin machte eine Pause. Als Oksman nicht antwortete, nicht einmal nickte, fuhr sie fort: »Eine Ohnmacht kann viele Ursachen haben, die häufigsten sind Durchblutungsstörungen, aber es kann auch an einer Stoffwechselstörung oder an einem Spurenelementmangel liegen. Höchstwahrscheinlich ist es nichts Ernstes, aber wir müssen der Sache auf den Grund gehen. Auch Stress kann sich auswirken, ebenso die Menge und Qualität des Schlafes – und eine vielseitige Ernährung. Ich rate Ihnen, dass Sie mehr auf Ihre Ernährung und regelmäßige Mahlzeiten achten. Und ein paar Kilo mehr würden Ihnen nicht schaden, ganz im Gegenteil.«

»Kann ich jetzt gehen?«

»Ich habe einen Termin für ein großes Blutbild und ein EKG vereinbart. Folgen Sie der roten Linie zur Station M und nehmen Sie im Wartebereich Platz. Sie werden aufgerufen. Anschließend gehen Sie zum Empfang und lassen sich einen neuen Termin in einer Woche bei mir geben.«

»Einen neuen Termin?«

Der Drucker sprang an und spuckte ein Papier aus. Sie griff danach und kritzelte ihre Unterschrift darunter, die aussah wie ein verbogener Angelhaken. »Ich schreibe Sie zwei Tage krank. In dieser Zeit vermeiden Sie große Anstrengungen, ruhen sich aus und versuchen herauszufinden, wie es Ihnen geht. Sollten Sie Bewusstseinstrübungen feststellen, kontaktieren Sie umgehend den Notruf. Die Ergebnisse der Blutuntersuchung liegen in zwei Tagen vor. Ich rufe Sie an, wenn es Auffälligkeiten gibt.«

Die Ärztin streckte ihm die Hand entgegen, aber Oksman schlüpfte an ihr vorbei zur Tür hinaus.

Auf dem Weg Richtung Labor tanzten schwarze Flecke vor seinen Augen. Der Gedanke, dass ihm jemand eine Metallkanüle ins Fleisch rammte und sein Blut in Röhrchen abfüllte, war unerträglich.

Im Wartezimmer saßen etwa ein Dutzend Personen, größtenteils ältere. Eine unbeschreibliche Geruchsmischung aus Desinfektionsmitteln, abgegangenem Urin und Essen hing in der Luft. Oksman machte auf der Stelle kehrt, knüllte die Krankschreibung zusammen und ließ sie in den Mülleimer vor dem Eingang fallen. Sein Telefon klingelte.

22

»Es wurde vor sechs Minuten hochgeladen«, sagte Susanna Manner und sah Oksman streng an, der gerade im Laufschritt durch die Tür hereinkam.

»Es wurde bereits einhundertfünfzig Mal angeschaut«, setzte Paloviita fort, der gegen den Schreibtisch gelehnt dastand. »In einer Stunde werden es einhundertfünfzigtausend sein. Es wird in den sozialen Medien mit unglaublicher Geschwindigkeit geteilt und verbreitet sich schneller als eine Tröpfcheninfektion oder die Pest über den Globus.«

»Ich hatte Sie zum Betriebsarzt geschickt«, sagte Manner zu Oksman.

»War ich schon, alles in Ordnung.«

Manner sah ihm fest in die Augen, und als Oksman ihrem Blick nicht auswich, wandte sie sich schließlich ab und wieder ihrem Computer zu, dessen Bildschirm sie so gedreht hatte, dass alle draufschauen konnten. Sie drückte den Startknopf. Das Video begann genauso wie das erste. Der schwarz gekleidete und mit Handschuhen und Sturmmaske bekleidete Gesandte stellte die Kamera an, ging um den Tisch herum und setzte sich hinter den Tisch, auf dem die schon bekannten Gegenstände lagen: drei Handgranaten und eine FN-Pistole.

»Die Menschheit ist verkommen und hat ihre Vorväter verraten. Wir sollen Homo sapiens sein? Eher ein Homo idioticus! Journalisten und internationale Fernsehkanäle, die ihre Seele dem Teufel verschrieben haben, stempeln meine Arbeit als die Tat eines geistesgestörten Verrückten ab, weil sie den Gedanken nicht ertragen, dass ihr Lügengebäude einstürzen könnte.

Wir müssen jetzt handeln! Allein kann ich nicht viel bewegen, aber ich hoffe, dass mein Beispiel viele Gleichgesinnte inspiriert. Eine Gesellschaftsordnung, die das Naturgegebene kriminalisiert, ist mein Feind, ebenso die Menschen, die diese Ordnung unterstützen. Der göttliche Wind fegt nicht nur jene hinweg, die in Unzucht leben, sondern auch diejenigen, die für sie Partei ergreifen.

Die Lesben- und Schwulenverbände befinden sich schon lange im offenen Krieg, aber man darf sie nicht dafür kritisieren, denn dann hebt sofort jemand den Finger und ruft: ›Rassismus!‹ ›Volksverhetzung!‹ Wir werden durch Einschüchterung zum Stillhalten gezwungen. Wir werden unterliegen! Die Wertschätzung der normalen Kernfamilie gilt heute als Homophobie. Die korrupten, im Besitz der Machtelite befindlichen Medien kastrieren uns!

Noch vor zwanzig Jahren wäre das nicht möglich gewesen, aber das Heer des Herrn ist verkümmert. Zusammenkünfte, bei denen für unnatürliche Lebensformen demonstriert wird, sind zur neuen Normalität geworden. Diese perversen Orgien sind der Abglanz eines abgrundtief kranken Phänomens. Zwischen Männer, die als Frauen verkleidet sind, und solchen mit Lederhalsbändern, Peitschen, Dildos und Regenbogenfahnen marschieren Frauen oben ohne und mit kleinen Kindern. Das ist gottlos! Noch Anfang des Jahrtausends standen religiöse Gruppierungen und nationalgesinnte Parteien gemeinsam mit ganz normalen Familienvätern in vorderster Front, um sich gegen eine derart kranke Invasion zu stellen. Christlich gesinnte Vereinigungen fürchten längst die Mainstream-Medien oder wurden mundtot gemacht. Pfarrer, Priester und Politiker beteiligen sich an diesen perversen Märschen und bringen damit ihre Billigung des Niedergangs zum Ausdruck.«

»Aber noch ist es nicht zu spät. Gott ruft die ganz normalen Familienväter und -mütter, die nicht länger wollen, dass ihre

Kinder manipuliert werden. Hört auf, die Hände zu Fäusten zu ballen, und erhebt euch gegen diese Krankheit, bei der Jungen gezwungen werden, Kleider zu tragen, bei der eure Dorfpfarrer, Polizisten, Journalisten und Kommunalvertreter Seite an Seite mit unbekleideten Dildomännern an perversen Paraden teilnehmen. Dieses Video ist für all jene, die genug haben. Schließe dich dem Heer Gottes an – schließe dich dem Kampf gegen die korrumpierten Medien und kranken Institutionen an. Es geht um eure Kinder, euer Vaterland, eure Kultur und euren Glauben. Wenn ihr euch uns anschließt, verspreche ich, meine Truppen zu bewaffnen. Lieber sterbe ich im Kampf, als ein langes unglückliches Leben zu leben.«

Der Gesandte befeuchtete seine Lippen und schaute in die Kamera. Sein Starren war auch diesmal so grimmig, dass es fast schien, als könnte er durch den Bildschirm in ihr Innerstes schauen.

»Die Sünder marschieren morgen. Zeigen wir der Welt, dass wir uns nicht unterwerfen. Derjenige, der Seinem Ruf folgt, wird es nicht bereuen, sondern in den Himmel aufsteigen.«

Damit endete das Video. Paloviita durchbrach als Erster die Stille: »Er fordert dazu auf, den Kerzenumzug anzugreifen.«

»Dann sagen wir die Veranstaltung ab«, schlug Manner vor.

Johan Niemi schüttelte den Kopf. »Die kann keiner mehr stoppen. Die Leute reisen schon aus allen Teilen Finnlands an.«

»Wenn etwas passiert, wird es der Polizei angelastet.«

Wieder waren alle still. Natürlich müssten sie die Veranstaltung eigentlich abblasen, aber ihnen war auch klar, dass er trotz Verbot auf die eine oder andere Art dennoch stattfinden würde, nur dann würde keiner das Geschehen noch kontrollieren können. Außerdem hieße das, sich dem Willen des Gesandten zu beugen. Mit Terroristen wurde nicht verhandelt.

»Dieses Mal hat er nicht die Bibel zitiert«, stellte Paloviita fest.

»Der Ton war insgesamt ein anderer«, gab Manner zu. »Auch wenn Homosexuelle nach wie vor im Fokus seiner Erklärung standen, richtete sich sein Hass gegen eine breitere Front.«

»Gegen alle und alles. Er will Anarchie schüren.«

»Der Gesandte ist ein Populist. Er weiß, dass die Unterstützung durch religiöse Fanatiker allein nicht ausreicht. Also versucht er, Menschen, die egal aus welchen Gründen Groll empfinden, hinter sich zu scharen«, sagte Niemi.

»Rassistische, extremistische Organisationen. Solche wie White Order«, sagte Manner.

»Ja, aber auch Randgruppen, Menschen, die aus den verschiedensten Gründen von der Gesellschaft ausgeschlossen wurden. Normale Menschen, die das Gefühl haben, sie wären zu kurz gekommen. Nichts vereint die Menschen so sehr wie ein gemeinsamer Feind. Angehörige der Mehrheitsbevölkerung, die mit dem, was sie haben, unzufrieden sind, bringt man dazu, sich aufgrund ihrer Nationalität, ihrer Hautfarbe, ihrer Religion, ihrer Geschlechtszugehörigkeit oder ihrer sexuellen Orientierung als etwas Besseres zu fühlen. Und Angehörige von Minderheiten werden aus genau denselben Gründen verfolgt. Ein Mensch, der in Schwierigkeiten geraten ist, empfindet es als Erleichterung zu hören, dass er den Schlamassel, in dem er steckt, nicht selbst verschuldet hat, sondern die anderen, die ihm den Arbeitsplatz oder das Geld wegnehmen und sein Kind vergewaltigen wollen. Also muss man diese anderen vernichten und die Dinge wieder in ihren ursprünglichen Zustand zurückversetzen.«

»Ziemlich schräg«, fand Linda. »Und ich habe immer gedacht, dass gerade der Terrorismus unser aller Feind ist, und dass er alle Völker vereint.«

»Im Video hat der Gesandte insbesondere Medienvertreter und Politiker aufs Korn genommen.«

»Er erpresst die Medien und Entscheidungsträger, indem er mit neuen Anschlägen droht.«

»Er hat verkündet, dass er bereit ist, für seine Ideale zu sterben«, warf Oksman ein.

»Märtyrertum. Für den Glauben sterben. Das eint wohl alle Terroristen. Töte möglichst viele Falschgläubige, dann kommst du in den Himmel.«

»Wenn doch nur jemand endlich sagen würde, wer nun der wahre Gott ist: Allah oder Jesus, Ganesha oder das Spaghettiungeheuer«, meinte Linda.

»Es ist leichter zu verkünden, dass man zu sterben bereit ist, als tatsächlich zu sterben.«

»Da fällt mir ein Science-Fiction-Roman ein, von Stanislaw Lem oder so. Ein Missionar kommt zu einem isolierten Stamm und glorifiziert schwärmerisch das schreckliche Schicksal der Märtyrer. Tja, und die Stammesangehörigen machen dann das Gleiche mit ihm, damit der Missionsprediger zum Märtyrer werden und zum Heiligen aufsteigen kann. Sie tun das aus reiner Nächstenliebe, auch wenn der Prediger zum Schluss seine Worte bereut und seinen Glauben verflucht.«

»Wir haben jetzt zwei Dinge«, sagte Niemi. »Zuerst die Gedenkveranstaltung. Ich will alles über die Organisatoren und den Stand der Vorbereitungen wissen. Die Sicherheitsvorkehrungen müssen mit allen Einsatzkräften gemeinsam durchgegangen werden. Wir müssen Straßen absperren und Betonpoller aufstellen. Wir brauchen Leute auf den Dächern und entlang der Straßen. Kümmern Sie sich darum?« Niemi sah Manner an, und Manner nickte. »Zweitens«, fuhr er fort, »müssen wir die Identität des Gesandten klären. Ich will immer noch mit der Frau im roten Kleid und dem jungen Mann reden, die beide kurz vor dem Anschlag den Club verlassen haben.«

»Darum kümmern wir uns, nicht wahr, Henrik?«, antwortete Paloviita, sah zu Oksman und fügte hinzu. »Der Filialleiter des Modekaufhauses Ratsula hat sich gemeldet. Er hat das rote Kleid erkannt, das aus ihrem Sortiment stammt. Allerdings wird es nicht mehr verkauft. Sie gehen die Verkaufsunterlagen durch. Wenn es mit Karte bezahlt wurde, kriegen wir die Identität des Käufers heraus.«

»Sehr gut«, sagte Niemi. »Es sieht so aus, als ob wir alle Hände voll zu tun hätten.«

23

»Gibt es etwas Neues zu den Videos?«, fragte Oksman.

Teemu Salminen, der Oksmans Kommen nicht bemerkt hatte, drehte sich mit seinem Stuhl um, nahm die Kopfhörer ab und legte sie neben die Tastatur. Sein Haar stand wild vom Kopf ab, wie gegen den Strich gebürstet. Er rieb sich die geröteten Augen.

Oksman zog einen freien Bürostuhl heran. Auf dem Tisch vor Salminen standen nebeneinander drei große Bildschirme. Auf dem rechten lief das vom Gesandten ins Netz gestellte Video, über den mittleren zuckten in schneller Reihenfolge verschieden lange Codes, und der linke zeigte vielfarbige Audiokurven.

»Ich dachte, du bist umgefallen und nach Hause geschickt worden«, sagte Salminen.

»Was Neues?«, wiederholte Oksman seine Frage.

Salminen lehnte sich zurück, sein Stuhl knarzte, ein herzhaftes Gähnen erfasste ihn. Er strich sich durch die Haare und über das Gesicht. Oksman lehnte sich so weit es ging zurück, um den herumfliegenden Schuppen zu entgehen.

»Ich starre seit zwei Tagen auf diese Monitore«, sagte Salminen und klickte zweimal auf die Tastatur. Er zeigte auf eine lange ausgefranste Reihe aus Nummern und Symbolen: »Beide Videos wurden von Melbourne aus auf YouTube hochgeladen.«

»In Australien?«

»Die IP-Adresse des Rechners ist von dort.«

»Was heißt das?«

»Dass keiner weiß, mit welchem Computer die Videos ins Netz geladen wurden. Es ist unmöglich, die Route nachzuverfolgen, die Ländercodes sind umgangen worden.«

»Sprich verständlich.«

»Jeder mit dem Internet verbundene Rechner verfügt über eine eigene digitale Adresse, so wie jedes Haus eine Postanschrift hat. So können die Netzbetreiber jederzeit den Standort des betreffenden Computers lokalisieren. Der Gesandte weiß das, und um den Standort seines Rechners zu verschleiern, hat er freie IP-Adressen aus dem Internet verwendet. Meistens handelt es sich dabei um ganz normale Heimcomputer, deren Besitzer keinen Schimmer haben, dass ihr Rechner fremde Daten übermittelt. Diese Rechner können überall auf der Welt stehen, und über sie wird alles mögliche Material versendet, von dem man nicht möchte, dass es auf dem eigenen Rechner Spuren hinterlässt.«

»Also haben wir es mit einem Hacker zu tun?«

»Zumindest kennt er sich mit Computertechnik aus. Sagen wir mal so: Dumm ist der Mann auf keinen Fall. Er kann einen Wecker zu einem Zeitzünder umbauen und weiß, über welche Ressourcen die finnische Polizei verfügt, um Internetadressen nachzuverfolgen.«

»Gibt es irgendeine Möglichkeit, die tatsächliche Adresse herauszubekommen?«

»Nicht mit meinen Möglichkeiten. Vielleicht kann das ein anderer Hacker, einer, der diese Wurmlöcher über Ländergrenzen hinweg einrichtet. Aber unser Täter hat das Video höchstwahrscheinlich über ein Dutzend verschiedene IP-Adressen laufen lassen. Selbst die Spezialisten vom ZKA haben die Flinte ins Korn geworfen. Aber eines ist sicher: Der Gesandte muss über eine leistungsfähige Sendeanlage verfügen, um die Daten unter Umgehung der Netzanbieter zu übertragen.«

»Ein eigener Sendemast?«

Salminen zuckte mit den Schultern. »Oder zumindest eine große Antenne, so wie sie Radioamateure benutzen.«

»Welche Möglichkeiten gibt es sonst noch, die Adresse herauszubekommen?«

Salminen zog die Kopfhörer aus dem Rechner. Oksman fuhr zusammen, als aus dem Lautsprecher auf dem Tisch die Stimme des Gesandten donnerte: *Es ist Zeit aufzubegehren. Für die wahren Jünger Jesu. Heute werden viele Sünder den Zorn Gottes zu spüren bekommen. Heute Nacht werde ich der Wind Gottes sein, der feurig ...*

Salminen drehte den Ton leiser.

»Ich gehe gerade die Tonspur des zweiten Videos Frequenz für Frequenz durch und vergleiche sie mit der des ersten. Ich versuche, die Hintergrundgeräusche herauszufiltern.«

»Zum Beispiel?«

»Was auch immer. Flugzeuggeräusche oder Fabriklärm, das Trompeten der Kraniche, Stimmen, Pferdewiehern, Kirchenglocken. Alle Laute erzählen irgendetwas, auch die Stille. Daraus können wir zum Beispiel schließen, ob das Video in einer Stadt, am Meer oder im Wald aufgenommen wurde. Bewegt sich in der Wohnung eine weitere Person, regnet es draußen und so weiter.«

»Und, hast du etwas gefunden?«

Salminen schüttelte den Kopf, sagte dann aber: »Eine Sache vielleicht. Ich weiß aber nicht, ob sie wichtig ist. Moment, ich suche die richtige Stelle ...« Salminen drehte die Lautstärke wieder auf, ging die Tonspur durch und entfernte einen Frequenzbereich nach dem anderen, um ein einzelnes Hintergrundgeräusch herauszufiltern.

»Das findet sich auf dem zweiten Video kurz nach der Mitte. Sag mir, was du hörst.«

Salinen drückte auf Play. Aus den Lautsprechern drang vor allem Rauschen und Brummen. An einer Stelle machte die Kurve einen Sprung, aber Oksman war sich nicht sicher, was da zu hören war. Salminen spielte die Stelle dreimal vor.

»Hast du es gehört? Was könnte das deiner Meinung nach sein?«

»Das Brummen?«

»Das ist mit Sicherheit irgendeine Lüftung oder Klimaanlage, auch wenn ich sagen muss, dass sie ungewöhnlich laute Geräusche macht. Das ZKA war der Meinung, dass es sich um ein Industriegebläse handeln müsse. Aber eigentlich meine ich das Klirren. Das ist auf dem ersten Video nicht zu hören.«

Sie hörten sich die Stelle ein weiteres Mal an. Auf der Tonspur erschien bei jedem Schlag eine deutliche Spitze, insgesamt mehrere Dutzend.

»Ein Lager oder so?«, schlug Salminen vor.

»Spiel es noch mal ab.«

Sie hörten den Ausschnitt noch zweimal. Salminen lehnte sich zurück und verschränkte die Hände im Nacken. Wieder ein Gähnen, aber diesmal verzog er nur das Gesicht. »Ich habe mir es bestimmt schon hundertmal angehört, komme aber nicht dahinter, was es sein könnte. Ich denke, das Geräusch kommt nicht aus dem gleichen Raum, es ist viel gedämpfter. Wie ein Pochen in einem Lager, aber eigentlich auch das nicht.«

»Vielleicht gibt es in der Nähe eine Baustelle? Das könnte von einem Presslufthammer stammen.«

Salminen justierte die Regler, um die Stöße besser herauszufiltern.

Oksman runzelte die Stirn. »Das Klopfen kommt mir irgendwie bekannt vor. Ich bin mir sicher, dass ich es schon mal irgendwo gehört habe.«

»Dito. Deswegen lässt es mich auch nicht los«, sagte Salminen. »Ich bin wohl zu müde. Meine Gehirnzellen sind total verklebt. Ich bin in Gedanken alle möglichen Geräusche durchgegangen, vom Kompressor eines Kühlschranks bis zum Hamsterlaufrad.«

»Ein Windrad?«, unternahm Oksman einen weiteren Versuch.

»Daran habe ich auch schon gedacht. So eine Kleinwindanlage, wie sie die Leute heutzutage auf ihren Grundstücken haben und die klappern. Aber das ist es nicht, das Geräusch kommt von innen.«

Salminen stand auf und schob den Stuhl vor den Schreibtisch. »Ich muss mal an die frische Luft.«

Auch Oksman erhob sich und rollte den Stuhl zurück an seinen Platz, als er plötzlich innehielt. Sein Gesicht erstarrte konzentriert, sein Blick war ins Leere gerichtet. Salminen sah ihn erstaunt an. »Was ist jetzt?« Oksman furchte die Stirn, als ob er mit größter Anstrengung versuchte, einen vagen Gedanken zu fassen zu kriegen. Doch dann schüttelte er nur den Kopf.

»Nichts. Ich hatte nur kurz so ein Gefühl.«

»Kenne ich«, antwortete Salminen. »Ich weiß exakt, wovon du sprichst.«

24

Paloviita wachte zeitig auf, putzte sich die Zähne, rasierte sich, wusch sein übernächtigtes Gesicht. Alle im Haus schliefen noch. Das süße Grunzen der Mädchen war bis in den Flur zu hören. Paloviita wagte einen Blick in den Spiegel und erblickte einen ergrauten Mann mittleren Alters, der um Augen und Mund deutliche Falten aufwies und dessen Haare strubbelig zu Berge standen. Ihm kam es so vor, als wäre die Zeit im Galopp vergangen seit dem Moment, als Sara geboren wurde, und raste nun so schnell, dass die Federn aus der Uhr sprangen. In knapp zehn Jahren wurde er fünfzig, und mit der Jugend war es endgültig vorbei. Wenn er versuchte, sich selbst in der Zukunft vorzustellen, begegnete er nichts von Interesse, und schlagartig wurde ihm klar, dass er aufgehört hatte zu träumen. Der Gedanke war erschreckend. Früher hatte er sich immer klare Ziele gesteckt: einen Beruf ergreifen, eine feste Arbeit bekommen, eine Familie gründen, ein Haus bauen, Karriere machen.

Auf einmal gab es nichts mehr.

Die Zeit hatte ihn eingeholt und war an ihm vorübergeeilt, er steckte in einem viel zu engen Raum fest und konnte sich nicht bewegen. Vor ihm lag nur ein einziger, schnurgerader Weg in Richtung Alter. Sein Leben würde Runde um Runde weiter schrumpfen, nur damit er eines Tages feststellen musste, dass er im Kreis lief.

Er gähnte, kochte Kaffee und trank ihn im Stehen. Er machte sich ein Brot, nahm es mit ins Auto, aß es beim Fahren und fluchte über die herabfallenden Krümel, die auf Hemd und Hose Flecken hinterließen. Die Straßen lagen verlassen vor ihm und sahen ebenso erstarrt aus wie sein ganzes Leben. Es war kurz nach sechs, der Berufsverkehr hatte noch nicht eingesetzt. Auf dem Polizeirevier herrschte allerdings schon emsige Betriebsamkeit, und er hatte sogar Schwierigkeiten, einen Parkplatz zu finden. Im Innenhof parkten Reihen von Polizeitransportern, Streifenwagen und Motorrädern. Paloviita sah, dass sie aus mehreren Polizeibezirken zusammengetrommelt waren: aus Pori, aus Kokemäki und sogar aus Turku. Polizisten in Helm und Schussweste luden schwere Schutzausrüstungen in die Autos. Offensichtlich waren alle verfügbaren beweglichen Kräfte herbeizitiert worden.

Trotz der frühen Stunde betrat Paloviita als Letzter den Raum zur Lagebesprechung. Vor der Fotowand sprachen Niemi, noch mit nassem Haar vom Duschen, und Manner miteinander. Linda saß neben Oksman hinter dem Tisch und hielt sich gähnend wie ein Nilpferd die Hand vor den Mund.

»Guten Morgen«, rief Paloviita. Lindas Gähnen steckte ihn an, und obwohl er alles tat, um es zurückzuhalten, konnte er nicht verhindern, dass seine Kiefer auseinanderklafften. »Tut mir leid, dass ich zu spät bin.«

»Guten Morgen«, sagte Manner. »Schließen Sie bitte die Tür hinter sich?«

Paloviita zog die Tür zu und setzte sich Linda gegenüber. Linda lächelte ihm zu, und er lächelte zurück.

Manner zog die Leinwand herunter und schaltete den Beamer ein. Auf der Leinwand erschien eine Straßenkarte von Poris Zentrum.

»Der Demonstrationszug beginnt um neun Uhr am Strand auf der Flussinsel Kirjurinluoto. Vorher gibt es eine Andacht zum Gedenken an die Opfer des Nachtklubanschlags im Biergarten der Jazzterrassen. Hier entzünden die Teilnehmer die mitgebrachten Kerzen. Dann setzt sich der Kerzenumzug in Bewegung, geht über die Raumansilta-Brücke in die Stadt, zieht über die südliche Uferpromenade und biegt in Höhe Antinkatu ab in Richtung Zentrum, dann links durch die Valtakatu und schließlich rechts in die Yrjönkatu bis zum Markt und vor den Nachtklub. Dort werden die Kerzen auf vorbereiteten Podesten abgestellt«, führte Niemi aus. »Die Organisatoren des Demonstrationszugs sind der Verein für sexuelle Gleichberechtigung Seta der Region Satakunta sowie der evangelisch-lutherische Kirchengemeindeverband Pori. Seta hat die Veranstaltung ordnungsgemäß bei allen zuständigen Behörden angemeldet und die erforderlichen Genehmigungen eingeholt.«

Paloviita runzelte die Stirn. »Seta und die Kirche?«, fragte er. »Da sind Schwierigkeiten ja vorprogrammiert.«

»Ich finde das genau richtig«, meinte Linda. »Eine Absage der Veranstaltung käme einer Kapitulation gleich. Dass die Gemeinden mit dabei sind, sehe ich als einen hoffnungsvollen Schritt in Richtung toleranterer Kirche.«

»Diese Ansicht wird nicht von allen geteilt.«

»Die können mich mal«, erwiderte Linda.

»Wer hält die Andacht?«

Niemi sah in den Unterlagen nach: »Pfarrer Mikael Fredriksson aus der Gemeinde West-Pori. Er wurde extra darum gebeten. Ist er bekannt?«

Paloviita nickte. »Und ob. Er war im Fernsehen, in der Talkshow einen Tag vor dem Anschlag. Letzten Winter hat er ein homosexuelles Paar vor dem Altar getraut und dafür eine ernsthafte Rüge vom Kirchenvorstand erhalten.«

»Er vertritt zurzeit die Pfarramtsstelle in der Gemeinde West-Pori. Eine schillernde Persönlichkeit mit einer Menge Fans in den sozialen Medien«, sagte Niemi.

»Es werden über tausend Teilnehmer erwartet. Alle Straßen im Zentrum werden für die Dauer der Veranstaltung gesperrt. An der Kreuzung Valtakatu Ecke Yrjönkatu werden Nizza-Sperren aufgestellt«, erklärte Manner.

»Wir rechnen auch mit Gegendemonstrationen«, ergänzte

Niemi. »Mit anderen Worten, wir müssen uns auf einen hitzigen Tag einstellen.« Niemi klickte auf seinen Laserpointer und fuhr damit die Strecke auf der Karte ab: »Der Kerzenmarsch zieht über diese etwa anderthalb Kilometer lange Route. Seit gestern trudeln Busse mit Teilnehmern aus der Hauptstadt ein. Auch reichlich Medienvertreter und Fernsehkameras sind vor Ort. Alles in allem ein perfektes Ziel für einen Terroranschlag. Finnland und ganz Europa verfolgen die Veranstaltung live. Ein Anschlag auf die Menschenmenge hätte eine gewaltige mediale Aufmerksamkeit.«

»Motorradpolizisten und Polizisten auf dem Fahrrad führen den Demonstrationszug an und fahren ihm auch hinterher«, ergänzte Manner.

Niemi zeigte auf einige mehrstöckige Wohnblöcke beidseits der Yrjönkatu, in einem davon befand sich im Untergeschoss der Nachtklub. »Hier werden wir Polizisten auf dem Dach postieren.«

»Vom ZKA?«, vergewisserte sich Oksman.

»Die Bären sind gestern Nacht eingetroffen. Sie übernehmen die operative Leitung während der Demonstration. Sie sind für solche Situationen ausgebildet und haben ausreichend Erfahrung.«

Die Kollegen aus Pori warfen sich ungläubige Blicke zu. Bei den Bären handelte es sich um ein mit Scharfschützengewehren ausgerüstetes Spezialeinsatzkommando der finnischen Polizei, das nur in äußerst komplexen Gefährdungslagen zum Einsatz kam. Paloviita wollte seine Zweifel äußern, hielt sich aber zurück, die Sache war ohnehin schon entschieden. In zweieinhalb Stunden würde die Demo auf der grünen Insel Kirjurinluoto beginnen. Vielleicht ginge ja alles gut – oder aber es würde völlig aus dem Ruder laufen. Es gab zu viele Variablen in der Gleichung: mögliche Gegendemonstranten am Straßenrand, die Furcht vor einem neuen Anschlag, Scharfschützen der Polizei auf den Dächern. Alles konnte passieren.

»Was ist unsere Rolle?«, erkundigte sich Linda.

Manner kam Niemi zuvor: »Wir nehmen alle in Zivil an der Demonstration teil.«

»Auch ZKA-Ermittler sind dabei«, beeilte sich Niemi zu ergänzen.

»Wir sollen uns unter die Demonstranten mischen?«, fragte Oksman und war kurz verunsichert.

»Hast du Angst, dass du ein Kleid anziehen musst?«, witzelte Paloviita, traf aber auf kein Echo.

»Tragen Sie Ihre ID-Karten sichtbar. Die Polizei will sich zeigen und gesehen werden. Entlang der Strecke parken Einsatzfahrzeuge mit eingeschaltetem Blaulicht. Schusswaffen sind verdeckt zu tragen.«

Niemand sagte etwas. Einsätze, zu denen sie mit Kanone unter der Achsel mussten, mochte Paloviita gar nicht. Und Terhi noch viel weniger. Das hatte schon mehrmals zu Streit geführt.

»Punkt acht gibt es im Auditorium eine Einweisung. Der Einsatzleiter informiert über die Aufgaben und den Einsatzort der einzelnen Einheiten. Teilnahme ist Pflicht. Wenn das Briefing zu Ende ist, begeben wir uns unverzüglich auf die Insel Kirjurinluoto. Noch Fragen?«

Als sich keiner meldete, klatschte Manner einmal in die Hände: »An die Arbeit.«

Als sie auf der Kultur- und Freizeitinsel im Zentrum Poris eintrafen, waren dort schon viele Menschen versammelt. Der Parkplatz des beliebten, nach dem Zirkusclown Pelle Hermann benannten Abenteuerspielplatzes war rammelvoll mit PKW und drei Charter-Bussen. Die Fahrradständer am Ufer und neben der Wiese quollen über. Oksman registrierte, dass alle großen TV-Sender mit Übertragungswagen angerückt waren. Paloviita klemmte ihre Sondergenehmigung hinter die Windschutzscheibe und parkte kurzerhand zwischen zwei Bäumen. Sie stiegen aus. Trotz der frühen Morgenstunde war es schon angenehm warm, der Fluss führte ungewöhnlich viel Wasser. Die Sonne stand wie immer im Sommer um diese Zeit bereits hoch am wolkenlosen Himmel.

»Hier ist ja was los«, sagte Manner ganz ohne Begeisterung. Vielmehr lag Angespanntheit in ihrer Stimme, so wie sie sie alle empfanden.

»Es ist noch nicht einmal halb«, konstatierte Paloviita.

»Das sind mindestens schon tausend«, stimmte ihm Manner zu.

Sie gingen über den Uferwall zum Badestrand, an dem sich noch mehr Menschen versammelt hatten. Bisher waren nirgends Gegendemonstranten zu sehen. Der größte Teil der Versammelten war schwarz gekleidet, einige trugen eine Trauerbinde am Arm, einige waren in Regenbogenfarben gekleidet oder hatten sich eine Regenbogenfahne umgehängt. Die meisten schauten ernst, einige aufsässig.

Etwa die Hälfte der Menge schlenderte zu den Jazzterrassen hinüber, um der Andacht beizuwohnen, der Rest blieb und wartete am Strand. Manner, Paloviita und Oksman schlossen sich der ersten Gruppe an. Paloviita spürte das Gewicht der Waffe unter der Jacke. Egal wie sehr er versuchte, sich auf die bevorstehende Aufgabe zu konzentrieren, seine Gedanken wanderten immer wieder zu seinen kleinen Töchtern Sara und Sini – und etwas unschärfer auch zu Terhi. Er wünschte aus tiefstem Herzen, dass nichts Schlimmes passieren möge.

Sie schoben sich durch bis in die vorderen Reihen. Der Tontechniker war gerade dabei, einem Mann mit schwarzem Bart ein Mikro am Jackett zu befestigen. Der Schwarzbärtige hatte erstaunlich breite Schultern. Wüsste man es nicht besser, man hätte ihn nicht für einen Pfarrer gehalten. Er war mit einem einfachen Blazer und einem hellblauen Hemd bekleidet. Er trug mehrere Ringe an den Fingern und goldene Creolen in den Ohren. Im aufgeknöpften Hemd war der Ausschnitt eines Tattoos sichtbar, was das Symbol im Ganzen darstellte, blieb allerdings verdeckt. Am stärksten ins Auge fielen allerdings seine mit Metall beschlagenen Cowboystiefel. Paloviita fand, dass seine äußere Erscheinung viel eher zu einem Moderator, Radiojournalisten oder Country-Musiker gepasst hätte, trotz der kleinen Taschenbibel, die er in seiner gewaltigen Pranke hielt. Jetzt sagte er etwas zum Tontechniker, wies in Richtung Publikum und flüsterte dann einer Frau, die neben ihm stand, etwas zu. Diese nickte, dann trat der Schwarzbärtige an den Rand der Bühne und erhob seine Stimme:

»Zuallererst möchte ich mich dafür entschuldigen, dass ich Ihnen keine Worte des Trostes bieten kann, denn in einer Situation wie dieser verhallen alle Worte. Deswegen versuche ich es erst gar nicht. Worte wie Trost und Gnade klingen wie Hohn. Es gibt keine Worte, die uns erklären oder helfen könnten zu verstehen, warum fünf Menschen sterben mussten – und warum Dutzende verletzt wurden.«

In der Menge herrschte Totenstille. Der Kontrast zwischen Erscheinung und Stimme des Mannes hätte größer nicht sein können: Der Mann, der aussah wie ein Pirat, sprach mit einer hohen, fast weiblichen Stimme, aber Paloviita war sofort klar, dass jemand mit seiner Ausstrahlung, mit einer solch charismatischen Aura, keine tiefe, sonore Stimme brauchte, um Aufmerksamkeit zu erhalten. Alle lauschten ihm gebannt, einschließlich Paloviita und, wie er feststellen konnte, auch Manner, Linda und Oksman.

»Am 10. Juli hat ein Mann, der sich selbst der Gesandte nennt, erklärt, der göttliche Wind zu sein. Diese Bezeichnung haben vor ihm schon andere für sich in Anspruch genommen. Kamikaze zum Beispiel heißt übersetzt ›göttlicher Wind‹, und diesen Namen wählten während des Zweiten Weltkrieges die japanischen Piloten, die sich mit ihren mit Sprengstoff beladenen Flugzeugen auf Schiffe stürzten. Einige dieser jungen Selbstmordflieger glaubten, im Falle ihres Erfolges selbst zu Göttern zu werden. Als die Christen Jerusalem von den Muslimen eroberten, wurden die ›Falschgläubigen‹ an den Mauern der Stadt aufgehängt. Im Namen Gottes sind Frauen in Brunnen versenkt und als Hexen auf Scheiterhaufen verbrannt worden. In seinem Namen sind ganze Völker vernichtet, Dörfer verbrannt und Kinder ermordet worden.«

Der Pastor hob die Bibel in die Höhe.

»Dieses hier ist das gefährlichste Buch der Welt. Denn es gibt die Erlaubnis zu töten, zu zerstören und zu unterwerfen. Ich kenne kein zweites Buch, aus dem so viel dickflüssiges Opferblut hervorsprudelt wie aus diesem! In der Bibel wird ununterbrochen gemordet, ertränkt und verbrannt. Mit diesem Buch wurden sowohl der Faschismus, der Antisemitismus, die Rassentrennung, die Unterdrückung von Frauen und Kindern als auch die Sklaverei gerechtfertigt. Das Alte Testament mit seiner blutrünstigen Gewalttätigkeit schlägt mit Leichtigkeit jedes andere Buch. Es ist eine Aufzählung von Massenmorden, Gotteshass, Rache und Tötungen.«

Er schlug das Buch auf und las: »Gott, der Heilige, spricht: *Die Rache ist mein, ich will vergelten. Auge um Auge, Zahn um Zahn, Hand um Hand, Fuß um Fuß* ... Gott will also Rache nehmen.«

»Ist der noch bei Trost?«, entrüstete sich Linda.

»Pssst!«, zischte es wütend hinter ihnen.

Der Pfarrer klappte die Bibel zu und sprach mit ruhigerer Stimme weiter:

»Genau dieses Buch, in dem von Rache und Zorn die Rede ist, zitiert der Gesandte in seiner Videobotschaft, wenn er verkündet, dass Homosexualität eine Sünde und es rechtens sei, diese Sünder zu töten.

Aber ich sage: Die Bibel ist nicht Gott. Sie ist das gefährlichste Buch der Welt, denn sie liefert Rechtfertigungen für alle Grausamkeiten der Welt: ethnische Säuberungen, Kriege, Vergewaltigungen, Hinrichtungen. Das alles steht hier geschrieben! Die Bibel zeigt den Menschen einen grausamen, vollkommen willkürlichen Gott, unter dessen kleinlichen Launen alle zu leiden haben: die Demütigen ebenso wie die Stolzen. Man weiß niemals, ob man der Vernichtung anheimfällt oder ob Manna vom Himmel regnet.«

Der Pfarrer lief an der Rampe auf und ab, die Cowboystiefel klirrten.

»Die Bibel ist nicht vom Himmel gefallen. Sie wurde nicht von Engeln geschrieben, sie wurde nicht von einem Gott verfasst, der seinen Finger durch die Wolken stößt – und sie ist nicht unfehlbar. Der Gesandte liest uns aus der Bibel vor und rechtfertigt damit das Töten von Menschen, dabei begreift er nicht mehr von Gottes Willen als ein Bakterium vom Universum. Die Gräueltaten in der Bibel sagen absolut nichts über Gott oder Seinen Willen aus, sondern zeugen einzig vom unvollkommenen Begriffsvermögen des Menschen.«

Klirrende Boots und ein Blick, der über die Menge glitt.

»Es gibt Zeiten, in denen es keine Worte mehr gibt. Der Anschlag auf das Venus hat sich nicht nur gegen sexuelle Minderheiten gerichtet, vielmehr war es ein Anschlag auf die Menschlichkeit. Es war ein weiteres Zeichen dafür, wie unvollkommen wir sind. Ich stehe hier als ein Vertreter der Kirche und sollte Worte des Trostes spenden. Aber, was ich vor allem empfinde, ist Scham. Scham über die Kirche und ihre Feigheit. Die Kirche sollte mit lauter Stimme verkünden, dass Homosexualität keine Sünde ist! Stattdessen biedert sie sich an und sucht Zuflucht hinter ihren Ritualen und ihrer Magie, um nur ja keinen Kirchensteuerzahler zu verlieren. Die Kirche, deren Aufgabe es eigentlich wäre, die Schwachen zu verteidigen, schließt diese vielmehr aus ihren Kreisen aus.«

Paloviita bemerkte, dass er Gänsehaut hatte, und er war sich sicher, dass auch alle anderen Anwesenden wie elektrisiert zuhörten. Er hatte niemals zuvor einen Pfarrer so reden hören. Ganz sicher war er sich allerdings nicht, ob hier über Gott und die Kirche gelästert wurde, oder ob es sich um einen wie auch immer gearteten Versuch handelte, die menschliche Fehlbarkeit zu verteidigen. Auf alle Fälle verlief diese Freiluftandacht komplett anders, als er es sich vorgestellt hatte.

»Ich bin Theologe. Ich glaube an einen guten Gott und daran, dass die Menschen die Fähigkeit haben, sich zu entwickeln. Doch hat die Kirche jene vergessen, die ihres Beistandes am dringendsten bedürfen. Sie interessiert sich nicht für Gerechtigkeit, nicht für die immer länger werdenden Schlangen vor den Tafeln und auch nicht für die Menschen, die auf der Straße Not leiden. Diese Dinge sind für die Kirche offenbar völlig bedeutungslos. Stattdessen streitet sie lieber darüber, wer das Recht hat zu lieben und wem dies verwehrt werden sollte. Wenn Despoten Völker abschlachten und ganze Kulturen vernichten, schweigt die Kirche. Wenn jedoch zwei Menschen gleichen Geschlechts verkünden, dass sie sich lieben, erheben sich die Konservativen in der Kirche entrüstet und rufen: ›Das ist Sünde!‹

Nach Meinung der Kirche ist für die Erlösung vor allem entscheidend, mit wem man Sex hat. Die Kirche, deren wichtigste Aufgabe es ist, die Schwachen zu stützen, ist nicht bereit, jenen beizustehen, die als Angehörige einer sexuellen Minderheit ohnehin schon benachteiligt sind. Vielmehr vermehrt sie ihren Schmerz noch, indem sie ihnen die Segnung Gottes verweigert, wenn sie den Bund des Lebens eingehen wollen. Doch ich sage: Es ist absolut nichts falsch daran.«

Der Pastor hob erneut die Bibel hoch und schleuderte sie über die Terrasse. Das Buch klatschte auf die Bretter und schlitterte darüber hinweg, bis es am Rand hängenblieb. Ein Aufschrei gellte durch das Publikum.

»Unsere heutige Gesellschaft fußt nicht auf den Lehren der Bibel, ebenso wenig wie die Ehe zwischen Mann und Frau. Es gibt nicht die eine Norm in der Ehe, die sich aus der Bibel ableiten ließe. Wollten wir getreu der Bibel leben, könnte jeder Mann sich eine oder mehrere Frauen kaufen. Der Gesandte hat gesagt, dass Homosexuelle in die Hölle kommen, doch ich sage es wie Jesus: Was Gott zusammengefügt hat, das soll der Mensch nicht scheiden.«

Jetzt kam er ganz bis an den Rand der Terrasse und beugte sich zu den Menschen hinunter. Zwischen Pastor und Publikum waren nur ein paar Meter. Paloviita blickte sich um: Keiner schüttelte den Kopf, keiner gab einen Mucks von sich, keiner protestierte. Seine Worte tröpfelten in die Menge:

»An niemandem hier ist irgendetwas falsch! Homosexualität ist eine Erscheinungsform der Liebe Gottes. Egal was der Gesandte behauptet. An niemandem hier ist irgendetwas falsch!«

Die Andacht endete in absoluter Stille. Keiner hustete, keiner schnäuzte sich, keiner sagte ein Wort. Der Pastor zog den Mikrofon-Klipp vom Revers. Eine Frau in der ersten Reihe, die eine Trauerbinde am linken Arm trug, zündete ihre Kerze an. Weitere Menschen folgten ihr, und um die Polizisten flammten hunderte Kerzen auf.

Die Sonne stand jetzt über den Kronen der Ahornbäume und wärmte ihre Gesichter. Paloviita hatte das seltsame Gefühl, als hätte ein unsichtbarer Finger ihn berührt. Er sah zu Oksman, der die Ansprache des Pfarrers ebenso schweigend verfolgt hatte wie alle anderen, und glaubte, in seinen Augen ein Schimmern zu erkennen. Sicher war er allerdings nicht. Der Pfarrer mischte sich unter die Menge. Viele wollten ihn offenbar berühren. Langsam formte sich ein Zug und setzte sich Richtung Strand in Bewegung, wo die übrigen Demonstranten sich ihm anschlossen. Der Marsch überquerte die Raumansilta, die über den Fluss in die Stadt führte, und füllte sie bis auf den letzten Meter aus. Vor und hinter dem Zug fuhr die Polizei auf Motorrädern und Fahrrädern. Polizisten in Zivil, mit Funkkopfhörern im Ohr, hatten sich gleichmäßig unter die Leute gemischt. Die ersten Gegendemonstranten warteten in Höhe des Strandcafés Cafe Jazz am Südufer. Gut ein Dutzend junger Männer, alle in Lederkutte und mit White-Order-Patches, standen am Rand der Promenade. Sie trugen die schwarz-weißen Fahnen mit der Faust und auf einem zwischen zwei Holzstäben aufgespannten Laken stand: SCHWUL = KRANK!

Obwohl es sich nur um zwei Handvoll Leute handelte, flammte in Paloviita ein Hauch von Panik auf. Auch wenn es nur einige Wenige waren, die Gegenkräfte hatten mobilgemacht. Außerdem konnten auch zwei Schwachköpfe schon eine Menge Unheil anrichten. Wenn in der ohnehin angespannten Menge Panik ausbrach, konnte die Situation schnell aus dem Ruder laufen.

Unruhe breitete sich unter den Marschierenden aus. Bei den Kuttenbehangenen stand bereits eine Bereitschaftseinheit der Polizei, um die Massen zu beruhigen.

»So«, sagte Linda, die neben Paloviita lief, »jetzt geht es los.«

Und dann ging es los. Innerhalb von Sekunden brach eine etwa zwanzigköpfige Gruppe von Männern und Frauen aus dem Demonstrationszug aus und stürzte sich auf die Gegendemonstranten. Die Lederkutten warfen sich ihnen entgegen, und es entstand ein Handgemenge, das die Polizei zu klären versuchte.

»Oh, Scheiße«, schimpfte Paloviita. Er hatte mit Beschimpfungen und Schmähen gerechnet, nicht aber mit handfesten Schlägereien. Als er einem Impuls folgend dazwischen gehen wollte, hielt Susanna Manner ihn am Ärmel fest: »Wir laufen weiter!« Paloviita sah augenblicklich ein, dass seine Chefin recht hatte. Auch wenn neben ihnen eine Prügelei im Gange war, setzte der Großteil der Demonstranten seinen Weg wie geplant fort. Der Verkehr entlang der Uferpromenade war gestoppt worden, und der Zug bog nach rechts in die Antinkatu Richtung Zentrum ein. Paloviita entdeckte Pastor Fredriksson etwa zwanzig Meter vor sich in der Mitte der Menge.

An der mit Betonpollern und einem Linienbus abgeriegelten Kreuzung Valtakatu Ecke Antinkatu standen die nächsten Gegendemonstranten: etwa fünfzig Männer und ein knappes Dutzend Frauen. Viele von ihnen WO-Rocker, aber auch einige normal Gekleidete, Hans und Lieschen Müller von nebenan. Auf der gegenüberliegenden Straßenseite hatte sich ebenfalls eine Gruppe versammelt, in der sich auch ältere Menschen und Kinder befanden. Sie trugen Schilder und riefen Schmähparolen, viele von ihnen hielten eine Bibel in der Hand.

»Homosexuelle kommen in die Hölle!«

»Gotteslästerung!«

»Perverse, verpisst euch!«

»Abartig!«

Manner schüttelte den Kopf. Es war schwer, dafür Worte zu finden.

Der Hauptzug der Demonstranten versuchte, den Rufern keine Beachtung zu schenken. Einige jedoch konnten nicht an sich halten:

»Gott ist tot«, schrie einer von ihnen.

»Steckt euch doch eure Bibel in den Arsch!«, ein anderer.

»Ihr gehört in die Hölle, ihr Hurensöhne!«

Einzelne Teilnehmer entfernten sich vom Demonstrationszug, ob aus Angst oder Vorsicht, wusste Paloviita nicht zu sagen. Wie Aasgeier, die auf ihre Beute warteten, lagen Journalisten mit Fernsehkameras am Straßenrand auf der Lauer.

Völlig unerwartet, genau wie beim ersten Mal, begann vor ihnen eine Schlägerei, als ein junger Mann aus der Demo ausscherte, auf einen Mann in Bomberjacke zuraste und ihm eine Glasflasche auf den Kopf schlug. Die Flasche zerbrach, Scherben und Limonade prasselten auf die Straße. Unmittelbar auf das Klirren folgte der Aufschrei einer Frau. Aus dem Kopf des Getroffenen floss Blut, es rann ihm über das Gesicht und tropfte auf den Asphalt. Dann sackte er auf die Knie und fiel bewusstlos zu Boden. Der Schläger wurde sofort von zwei WO-Typen in die Mangel genommen.

Weitere Personen eilten zu Hilfe, um die Kämpfenden zu

trennen, stattdessen kam es jedoch zu immer mehr und immer neuen Rangeleien am Rande des Demonstrationszuges. Es wurde geschubst, an der Kleidung gezerrt, geschoben. Entgeistert beobachtete Paloviita, wie sich Panik unter den Demonstranten ausbreitete. Wenn sie weiter um sich greifen würde, konnte es noch mehr Verletzte geben.

Er warf einen Blick nach vorn. Bis zum Nachtklub waren es noch mehrere hundert Meter. Zu viel. Der Demonstrationszug stockte dort, wo die Straße am engsten war, und begann sich in die Seitenstraßen zu zerstreuen. Die zivilen ZKA-Ermittler waren darum bemüht, die Kämpfenden voneinander zu trennen. Paloviita versuchte, sich einen Überblick zu verschaffen, doch alles ging viel zu schnell. Er sah, wie eine rothaarige Frau, die sich eine Regenbogenfahne umgebunden hatte, auf die Bibelgruppe zustürmte, eine etwa sechzigjährige Frau umrannte und ihr die Bibel aus der Hand schlug. Dann nahm die Rothaarige die Bibel, riss einzelne Seiten heraus und schmiss sie in den Wind.

Der Ehemann der Frau, die gestürzt war, umklammerte die Rothaarige von hinten, diese befreite sich, in dem sie ihm heftig mit dem Ellbogen gegen die Kehle schlug. Er sank röchelnd zu Boden. Dann griff der Tumult auch auf der anderen Straßenseite um sich. Junge und Alte, Frauen und Männer rissen sich an den Haaren, traten und schlugen sich die Fäuste ins Gesicht – und Paloviita dachte, dass es genau das war, was der Gesandte erreichen wollte.

Wenn jetzt noch jemand das Feuer eröffnete oder eine Handgranate in die Menge warf, dann wäre die Katastrophe perfekt.

»Der Zug muss vorrücken«, rief Manner. »Wir müssen die Leute zum Weitergehen bewegen!«

Paloviita musste anerkennen, dass Manner die ganze Zeit den Überblick behalten hatte und in der Lage war, klar zu denken. Die Überlegenheit seiner Chefin wurmte ihn. Jetzt staute sich das Mittelfeld zwischen den Häuserzeilen, von hinten drängten die Nachfolgenden heran. Plötzlich fing der mittlere Block an, sich rückwärts zu bewegen. Paloviita und Manner wurden eingequetscht. Eine Frau hinter ihnen stöhnte, als Paloviita gegen sie stieß. Er war völlig hilflos. Wenn jetzt jemand sein Gleichgewicht verlieren würde und stürzte, könnte er leicht verletzt werden oder im schlimmsten Fall sein Leben verlieren.

»Und wie?«, schrie Paloviita, doch seine Chefin war bereits aus seinem Blickfeld verschwunden. Als er sich umsah, entdeckte er Oksman, der sich windend aus der Umklammerung der Menge befreite, um einem jungen Mann beizustehen, den ein Glatzkopf in Bomberjacke in die Mangel genommen hatte. Die Glatze schüttelte den schmächtigen Jüngling hin und her wie eine Stoffpuppe. Oksman fasste den Glatzkopf von hinten an den Schultern und schleuderte ihn beiseite wie einen Sack Mehl, obwohl der Mann mindestens das Doppelte auf die Waage brachte. Der Bomberjackentyp ließ den Jüngling los, der zusammensackte und nach Luft schnappte, dann drehte er sich zu Oksman um. Den Bruchteil einer Sekunde maßen sie sich mit Blicken, dann stürmten sie aufeinander los. Paloviita wollte helfen, konnte sich aber nicht rühren. Der Druck hunderter Menschen nagelte ihn an seinem Platz fest. Er wollte Oksman warnen, denn der glatzköpfige Stiernacken würde Oksman unter sich begraben wie ein Panzer einen Heuhaufen, aber sein Ruf ging im Kreischen der Menge unter.

Oksman und der Glatzkopf prallten gegeneinander wie zwei Stiere auf der Weide und versuchten, sich gegenseitig aus dem Gleichgewicht zu bringen. Kurz sah es so aus, als ob Oksman zur Seite gefegt würde wie ein trockenes Blatt, doch dann geschah das Unglaubliche. Als eine Faust so groß wie ein Brotlaib heranschwirrte – und Paloviita schon den Blick abwenden wollte, um den Treffer nicht mit ansehen zu müssen –, duckte Oksman sich plötzlich zur Seite weg und der Schlag zischte vorbei. Der Glatzkopf strauchelte, versuchte sich zu halten, doch bevor er sein

Gleichgewicht wiederfand, hatte Oksman ihn schon von hinten gepackt und seine Arme um die Taille des Mannes geschlungen. Alles geschah so unglaublich schnell und flink, beinahe wie Magie. Und nun hob Oksman den mindestens einhundert Kilo schweren Kerl in die Höhe, als wäre er ein Sack Kartoffeln. Der Typ strampelte, wand und krümmte sich, doch Oksmans Arme hielten ihn umschlungen wie Stahlseile. Dann schleuderte er ihn auf den Asphalt.

Panik ergriff die Massen, als die Ersten keine Luft mehr bekamen, und der Fluchtinstinkt siegte.

»Bleibt ruhig!«, schrie Paloviita, doch niemand reagierte.

Ein Mann, der an der Stirn blutete, versuchte von links auf die andere Seite zu gelangen, doch es gab kein Durchkommen.

Eine vollautomatische Schusswaffe feuerte.

Da haben wir es, das Worst-Case-Szenario!

Totales Chaos brach aus. Das Rattern der Gewehrsalve hallte zwischen den Häusern wider und begrub das Schreien der Menge unter sich. Wer konnte, hatte sich auf die Erde geworfen und hielt schützend die Hände über den Kopf. Einige irrten ziellos umher. Auch Paloviita warf sich zu Boden und zerrte eine Frau, die neben ihm stand, mit sich. »Auf den Boden!«, rief er und versuchte die Richtung auszumachen, aus der die Schüsse gekommen waren. Schmauchgeruch breitete sich aus. Paloviita fühlte das kalte Gewicht seiner Waffe und öffnete den Reißverschluss der Jacke, um sie im Bedarfsfall schnell hervorziehen zu können. Eine Schießerei auf offener Straße, auf der sich mindestens tausend Menschen aufhielten, war die sichere Katastrophe. Dutzende, wenn nicht Hunderte würden sterben.

»Feuerwerk! Nicht schießen! Das war Feuerwerk!«, schrie eine Stimme von vorn.

Es dauerte einen Moment, bis Paloviita den Sinn der Worte begriff. Das Geknatter hatte aufgehört.

»Chinaböller!«, rief ein anderer, und jetzt konnte es auch

Paloviita riechen: In der Luft roch es nicht nach Schießpulver, sondern nach gewöhnlichem Schwarzpulver wie in der Silvesternacht. Er erhob sich und versuchte vergebens die Umstehenden zu beruhigen. Auf ihren Gesichtern lag der leere Ausdruck von Schrecken und Erstarrung.

Wieder setzte Gedränge ein.

»Vorwärts! Setzt euch in Bewegung!«, befahl Paloviita.

Doch nichts geschah. Die Zugspitze drängte nach hinten, und die im hinteren Teil schoben sich immer weiter nach vorn. Wieder stürzten Menschen zu Boden.

»Halt! Aufhören!«

Mit einem Mal ruckte der Zug vorwärts, als hätte jemand einen Dammschieber geöffnet, es war, als würde Wasser sprudelnd ein Flussbett hinunterströmen. Der Druck ließ nach, die Leute holten tief Luft. Der Schwarzpulvergeruch drang ihnen stechend in die Nase, wurde aber vom Wind davongetragen. Paloviita bewegte sich mit der Masse. Sein Blick suchte nach Oksman, Linda oder Manner, aber er konnte keinen von ihnen entdecken. Dafür sah er jetzt, was die Menge in Bewegung versetzt hatte:

Ganz vorn an der Spitze des Zuges schritt die große, breitschultrige Gestalt von Pastor Mikael Fredriksson ruhig und bestimmt voran. Er hielt die Frauen an den Händen, die links und rechts von ihm gingen. Vor ihnen war noch immer eine Prügelei im Gange, und Paloviita war sich sicher, dass der Zug gleich wieder zum Stehen kommen würde. Doch als der Pastor die Kämpfenden erreichte, hielten diese inne und ließen den Zug passieren. Es wurde still. Keine Rufe mehr. Der Demonstrationszug bog in die Yrjönkatu ein und füllte sie bis zu ihrem Ende. Die Straße vor dem Nachtklub war mit einem Meer aus Blumen und Kerzen bedeckt, und die Demonstrierenden stellten immer noch weitere auf den vorbereiteten Podesten ab.

Jetzt konnte sich auch Paloviita endlich aus der Menge befreien. Er ging an den Rand und lehnte sich gegen eine Häuserwand. Der Beton war kühl, er drückte sein Gesicht dagegen. Es glänzte vor Schweiß. Der Reißverschluss seiner Jacke war noch geöffnet, und er dachte daran, wie kurz er davor gestanden hatte, seine Dienstwaffe zu ziehen. Er konnte nur vermuten, wie vielen seiner Kollegen es ebenso ergangen war. Ihm wurde ganz schwindelig bei dem Gedanken. Sie waren nur knapp einer Katastrophe entgangen. Die Spannung fiel langsam von ihm ab, seine Beine zitterten noch immer.

Inmitten der Menschenmenge sah Paloviita den Pastor stehen. Sie mussten unbedingt mit ihm reden. Als Theologe konnte er ihnen vielleicht helfen, die Gedankenwelt des Gesandten zu verstehen. Und er hatte sich mit seiner Rede selbst in Gefahr gebracht. Die gesamte Situation war weitaus explosiver, als sie bisher angenommen hatten.

Der Gesandte hatte alles ordentlich auf den Kopf gestellt.

Der Anschlag auf den Nachtklub, der eigentlich die Menschen hätte zusammenschweißen sollen, riss sie vielmehr auseinander, und Paloviita versuchte zu ergründen, woher all der Hass und die Bitterkeit kamen. Irgendwie war er sich sicher, dass Vergleichbares vor fünfzehn Jahren nicht hätte passieren können. Damals hätten mittrauernde Unbeteiligte einen solchen Kerzenumzug begleitet. Aber heute standen mit Bibeln bewaffnete, religiöse Fanatiker und rassistische Extremisten mit ihren Bannern und Parolen am Straßenrand.

»Sind Sie in Ordnung?«, fragte Susanna Manner und legte ihm eine Hand auf die Schulter. Paloviita fuhr zusammen, er hatte ihr Kommen nicht bemerkt. Auch ihr Gesicht war schweißüberströmt, einzelne Haarsträhnen klebten auf der Haut, die sie jetzt hinters Ohr strich.

Paloviita hob eine Hand. Beide sahen, dass sie zitterte. Manner hielt ihre daneben – sie zitterte nicht. Jetzt trat auch Oksman zu ihnen. Er schaute noch finsterer drein als sonst. In seinem linken Nasenloch steckte ein zusammengeknülltes Papiertaschentuch. Es war blutdurchtränkt. An der Braue auf der gleichen Seite hatte er eine Abschürfung, die zwar nicht blutete, aber schmerzhaft aussah.

»Was ist passiert?«, fragte Manner.

»Ich habe im Gedränge etwas abgekriegt«, antwortete Oksman.

Paloviita präzisierte Oksmans Aussage nicht.

»Hat jemand Linda gesehen?«, fragte Manner.

Sie schauten in die Menge, konnten sie aber nirgends entdecken. Paloviita ging bis zur Ecke und schaute die Straße hinunter. Abgesehen von etwa zwanzig Bereitschaftspolizisten, die in einer Kette die komplette Straßenbreite absperrten, war niemand zu sehen. Die meisten Gegendemonstranten hatten sich aus Angst vor einer Festnahme aus dem Staub gemacht. Mitten auf dem verlassenen Asphalt lag eine aufgeschlagene Bibel, der Wind fuhr durch die zerfledderten Seiten.

Paloviita beschloss, höchstpersönlich alle Kameraaufzeichnungen, auch die der Fernsehkameras, durchzugehen und dafür Sorge zu tragen, dass jeder einzelne Randalierer aufs Revier gebracht und befragt wurde.

Er kehrte zu den anderen zurück.

Manner wies auf die Stelle mit den Kerzen, zu der immer mehr Menschen strömten. Dort entdeckten sie auch Linda, die gerade in die Hocke ging, um eine Grabkerze auf das Podest zu stellen. Sie gingen zu ihr. Als Linda Oksman an der Stirn berühren wollte, wich er ihr aus, und sie ließ es dabei bewenden. Sie standen einfach da und sahen dem nicht enden wollenden Zug von Menschen zu, die schweigend brennende Kerzen aufstellten.

25

Der Mann, der sich selbst der Gesandte nannte, stand vor der hölzernen Zellentür, den Schlüssel hielt er in der Hand. Ohne genau zu wissen, warum, fürchtete er sich davor, den Schlüssel in das Schloss zu stecken und die Tür zu öffnen. Dahinter war der Junge.

Vor langer Zeit war er selbst jener Junge gewesen, der endlose Nächte in dieser Kammer zugebracht hatte. Er wusste noch zu gut, wie sich das angefühlt hatte. Er erinnerte sich an die Einsamkeit. Und vor allem erinnerte er sich an die Winter, in denen es nur wenige Stunden am Tag Licht gab und es so eiskalt in der Arrestzelle wurde, dass er ernsthaft glaubte, sterben zu müssen.

Jetzt war Vater schon zu alt und krank, um noch in den Keller zu gehen.

Der Keller war jetzt sein Reich.

Er wusste noch, wie sehr Dunkelheit die Sinne schärfte. Das kleinste Knacken, der eigene Atem oder das Geräusch seines schlagenden Herzens – all das klang im Dunkeln wie der Schlag eines Schmiedehammers.

In der Dunkelheit und in der Stille wohnten die gefährlichsten Ungeheuer.

Er wusste nicht genau, warum er den Jungen ausgerechnet hier eingesperrt hatte. Diese Tür hatte er nie mehr öffnen wollen. Er wollte dem Jungen gern sagen, dass er keine Angst zu haben brauchte, dass er nicht in Gefahr wäre.

Der Gesandte holte tief Luft, drückte mit einer Hand das Essenstablett fester an sich und drehte mit der anderen den Schlüssel im Schloss, öffnete den Riegel und öffnete die Tür.

Der Raum war leer.

Das war unmöglich.

Das Bettgestell stand neben der Wand. Auf dem Boden lagen zwei Taschenbücher, an die er sich nur zu gut erinnern konnte. Er hatte sie dutzende Male von Anfang bis Ende verschlungen. Dann fiel sein Blick in die Ecke, in der normalerweise das Emaillegefäß stand. Jetzt war dort nichts. Zu spät schrillten bei ihm die Alarmglocken.

Der Gesandte machte einen Schritt in den Raum, bemerkte aus den Augenwinkeln eine Bewegung und fuhr herum. Mehr vermochte er nicht zu tun, bevor ihn das Emaillegefäß mit voller Wucht im Gesicht traf. Das Tablett fiel scheppernd zu Boden. Milchglas und Porzellanteller zerbrachen, die Fleischsuppe schwappte auf den Boden. Blut floss aus der Nase auf seine Oberlippe. Er strauchelte rücklings gegen den Türrahmen. Im Bruchteil einer Sekunde duckte sich der Junge unter seinem Arm durch und verschwand aus der Tür.

Er brauchte einen Augenblick, bevor er sich gesammelt hatte und dem Jungen nachstürzte. Doch der Junge war schon auf der Treppe und rannte sie so schnell hinauf, wie es nur ein Zehnjähriger vermochte.

»Halt!«

Er eilte dem Jungen hinterher und versuchte sich daran zu erinnern, ob er die Haustür wieder abgeschlossen hatte. Zumindest die Kellertür war nicht verschlossen, denn durch diese verschwand der Junge gerade. Er musste ihn unbedingt aufhalten, und so stürmte er hinter ihm her in den Hausflur. Als Erstes überprüfte er die Haustür, aber das Elektroschloss leuchtete rot. Erleichtert seufzte er auf. Nach draußen konnte er nicht, zumindest nicht, ohne dass er es bemerkte. Er hielt inne und versuchte zu lauschen, aber das Dröhnen der Lüfter übertönte jedes Geräusch. Er zog sein Telefon aus der Tasche und schaltete alle Wärmepumpen ab. Nachdem das letzte Brausen verklungen war, breitete sich im Haus eine gespenstische Stille aus.

Der Gesandte ging langsam in Richtung Küche und spähte hinein. In der Küche war nichts außer dreckigem Geschirr und verrottendem Papier. Durch die Pappe und die Sperrholzplatten vor den Fenstern drang gerade genug Licht herein, um das Innere des Raums erkennen zu können. Staub tanzte in dem einfallenden Lichtstrahl. Kaum waren die Pumpen abgeschaltet, schlug ihm der Gestank ungehindert entgegen.

Er ging von der Küche weiter in das hintere Zimmer, immer bereit, den Jungen zu packen, aber auch hier war niemand. Alles sah unberührt aus. Von der Wand über dem Arbeitstisch starrte ihn ein lidloses und allsehendes Auge an, das direkt auf die Wand gemalt war. Die letzte Handgranatenkiste stand mit geöffnetem Deckel da – so, wie er sie zurückgelassen hatte. Wieder lauschte er kurz, und als er nichts hörte, setzte er seinen Weg langsam zum Wohnzimmer fort. Er betrat es durch die hintere Tür, hörte ein Knacken und Brummen, dann plärrte Mozarts Requiem in d-Moll in voller Lautstärke, hallte von Wänden und Decken wieder. Er stürzte durch die Tür ins Zimmer, vom Jungen keine Spur. Der CD-Spieler lief in der Ecke. Er ging und schaltete ihn aus. Die Musik verstummte und das Licht an der hinteren Wand erlosch.

»Du kommst hier nicht raus!«, rief er so laut er konnte. Seine Worte fielen in die Stille. »Ich tue dir nichts.«

Der Gesandte stand nun wieder im Flur. Hier gab es zwei Türen, hinter denen eine Treppe in den Keller und eine nach oben führte.

Zu Vaters Zimmer.

Nach einem kurzen Augenblick der Unentschlossenheit wandte er sich der Tür zu, die ins Obergeschoss führte. Sie war nur angelehnt. Die erste Stufe knarrte unter seinem Gewicht, dann setzte er seinen Fuß auf die zweite und die dritte Stufe. Er hoffte, dass Vater nicht wach war. Wenn er den Jungen sähe, konnte keiner sagen, was geschehen würde. Er, der Gesandte, war der Einzige, der den Jungen beschützen konnte.

Im Obergeschoss war es kühl. Nach dem Abschalten der Kompressoren hatte sich der üble Gestank, den die Pumpen vertreiben sollten, bereits wieder ausgebreitet. Vaters Rollstuhl stand im Flur, ein durch das Fenster einfallender Lichtstrahl ließ dessen verchromte Teile silbern aufblitzen. Vater schlief anscheinend.

Die Tür zu seinem Zimmer war nur angelehnt.

»Junge!«, rief der Gesandte verhalten nach dem Jungen.

Dieser taumelte rücklings aus der Tür in den Flur, das Gesicht kreidebleich, die Augen schreckgeweitet.

»Psst«, bedeutete ihm der Gesandte und hielt den Finger vor den Mund. »Weck ihn nicht auf. Glaub mir, du willst nicht, dass er aufwacht.«

26

Susanna Manner schaltete den Fernseher aus und schüttelte den Kopf. Die Nachrichten hatten allen im Raum die Sprache verschlagen.

»Mir fehlen die Worte«, brach Niemi schließlich das Schweigen. »Ich hätte mir nicht in meinen schlimmsten Träumen ausmalen können, dass der Gesandte mit seinen Videos so etwas auslöst.«

»Es herrscht Krieg«, meinte Linda.

»Genauso fühlt es sich an«, pflichtete ihr Paloviita bei.

»Ich muss zugeben, das hat uns alle überrascht. In den letzten Jahren haben wir uns zu sehr auf die Migranten konzentriert, was die Bedrohung der inneren Sicherheit angeht. Für so etwas hier gibt es keinerlei Krisenplan«, stellte Niemi fest.

Manner las jetzt die Überschriften aus den Zeitungen vor: »Pro-Schwule Journalistin in Paris auf offener Straße neben ihrem Auto erschossen, Verteidiger von Homo-Rechten in Bonn an Brückenpfeiler erhängt, Molotowcocktails auf Geschäftsstelle einer Regenbogen-Community in Warschau, Schwere Ausschreitungen gegen friedliche Demonstranten in Pori, Helsinki, Moskau, Zürich und Prag.

Die österreichische Polizei gab bekannt, vor wenigen Stunden am Rande einer friedlichen Demonstration in Wien an die Hundert randalierende Neonazis verhaftet zu haben. Sechsundzwanzig finnische Parlamentarier und sechs lutherische Pfarrer erklären, Morddrohungen erhalten zu haben, weil sie sich für die Sache der Homosexuellen eingesetzt haben. Wohnsitz des lutherischen Erzbischofs in Turku mit Eiern beworfen, Pressehaus Sanomatalo in Helsinki in der Nacht nach einer Bombendrohung evakuiert.«

»Der Gesandte hatte recht«, sagte Oksman und zog alle Blicke auf sich. »Wir befinden uns im Krieg.«

»Das ist doch genau das, was er will, Anarchie verbreiten«, ereiferte sich Linda.

»Dieser Mann muss aus dem Verkehr gezogen werden«, verkündete Johan Niemi. »Egal mit welchen Mitteln! Wir müssen diesem Wahnsinn ein Ende bereiten!«

»Da müssten schon alle extremistischen Organisationen verboten werden«, sagte Oksman, »ihre Propagandaseiten geschlossen und ihre Klubhäuser mit all den widerwärtigen Zyklon-B-Dosen vernichtet werden.« Seine Augen glänzten wie im Fieber.

»Glaubst du wirklich, dass es so einfach ist?«, fragte ihn Paloviita. »Rassismus und fundamentalistische Anschauungen kursieren im Netz völlig ungezügelt. Das ist absolut unkontrollierbar geworden.«

»Und was soll man dann tun?«, mischte sich auch Linda ein. »Parlamentarier werden bedroht. Paramilitärische Schlägertrupps patrouillieren auf Europas Straßen.«

Keiner wusste darauf etwas zu sagen. Fast schien es, als hätten die Nachrichten, die sie aus der ganzen Welt erreichten, und die Intensität des Hasses gegen den Kerzenumzug alle im Raum paralysiert. Oksman konnte sich nicht erinnern, je so müde gewesen zu sein. Er war sowohl physisch als auch psychisch total erschöpft. Seit Beginn der Ermittlungen stand er unter höchster Anspannung, und allmählich gab sein Körper auf.

Plötzlich wurde ihm klar, dass nicht nur er am Ende seiner Kräfte war. Dass er etwas sagen musste, um sie alle wieder aufzurütteln. Die Situation war neu für ihn, er war kein geborener Anführer. Er suchte nach dem passenden Wort oder Satz, bekam aber nur lose Satzfetzen zu fassen. Dann räusperte er sich und fing an zu sprechen:

»Wir müssen noch mal von vorne anfangen«, sagte er und registrierte erstaunt, dass alle sich ihm aufmerksam zuwandten. Er sprach einfach weiter, ohne Plan, die Worte fanden wie von selbst zu ihm:

»Wir haben einen jungen Mann, der sich selbst der Gesandte nennt. Wir kennen seinen richtigen Namen nicht, aber wir haben ein psychologisches Profil von ihm. Glauben wir dem Profil, plant er höchstwahrscheinlich neue Anschläge. Unsere Aufgabe, ja unser oberstes Ziel ist es, das zu verhindern. Wir müssen ihn uns schnappen. Wir gehen davon aus, dass er allein agiert, aber wirklich wissen tun wir auch das nicht.«

Keiner unterbrach ihn. Nicht einmal Johan Niemi. Oksman beteiligte sich so gut wie nie aktiv an ihren Diskussionen, aber wenn er es doch einmal tat, hatte er sie stets vorangebracht. Jeder wusste, dass großer Scharfsinn hinter seiner stillen Fassade schlummerte.

»Unser Mann verfügt über Splitterhandgranaten vom Typ Mk 2. Sicher wissen wir von sechs Stück, die sich in seinem Besitz befinden. Fest steht außerdem, dass diese gemeinsam mit sechs RK 62-Sturmgewehren bei einem Manöver in Niinisalo gestohlen wurden. Über den Verbleib der übrigen Handgranaten wissen wir nichts, ebenso wenig über den der Gewehre. Wir tun klug daran, zum gegenwärtigen Zeitpunkt davon auszugehen, dass sich alle Waffen in seinem Besitz befinden.«

Oksman machte eine kurze Pause, um den anderen Gelegenheit zu Reaktionen zu geben, als keiner das Wort ergriff, strich er sich über das Gesicht und sprach weiter:

»Er hat von sich ein Video aufgenommen und es über verdeckte Wege hochgeladen. Wir wissen nicht, wo das Video gedreht wurde. Der Gesandte trägt eine Maske und Handschuhe. Er will nicht erkannt werden. Aber warum verbirgt er auch seine Hände?«

»Vielleicht hat er ein Tattoo«, schlug Linda vor.

»Möglich. Oder eine Narbe oder etwas anderes, an dem man ihn erkennen könnte«, ergänzte Oksman.

»Oder er will einfach Handschuhe tragen«, meinte Linda.

»Menschen lassen sich auch an ihren Händen erkennen«, warf Paloviita ein. »Jede Hand ist verschieden. Als ich klein war, hat mein Vater sich einmal als Weihnachtsmann verkleidet. Er hatte einen dichten Bart und eine Brille und hat die Stimme verstellt, trotzdem habe ich fünfjähriger Knirps ihn erkannt, und zwar an seinen Händen. Allerdings habe ich ihm das nie gesagt, auch später nicht.«

Über Oksmans Gesicht huschte die Andeutung eines Lächelns.

»Um die Handschuhe kümmern wir uns später«, mischte sich Johan Niemi ein und bedeutete Oksman fortzufahren.

Oksman sammelte sich kurz und setzte seine Überlegungen fort: »Auf dem Tisch befanden sich die Handgranaten und eine Pistole, die nicht aus dem Munitionsfahrzeug in Niinisalo stammt. Wir wissen nicht, wo er sie sich besorgt hat. Aber warum liegt die Pistole auf dem Tisch? Sie wurde bei dem Anschlag nicht benutzt.«

»Zur Abschreckung«, warf Paloviita ein.

Oksman sagte nicht, dass zwei Handgranaten, die in einen Nachtklub geschleudert wurden, eigentlich Abschreckung genug waren. Stattdessen fuhr er fort: »Auf dem Video zitiert er die Bibel und verkündet, Homosexualität sei eine Krankheit. Er erklärt, er sei der göttliche Wind. Dann fährt er mit einem weißen VW-Transporter vor den Nachtklub, wirft zwei Splitterhandgranaten durch die Tür und verlässt die Stadt. Am darauffolgenden Tag brennt das Tatfahrzeug in einer Kiesgrube bis auf die Karosserie aus, bevor der Brand gelöscht werden kann. Im Inneren des Wagens finden wir einen Zeitzünder, den er aus einer Fernbedienung und einem Wecker konstruiert hat.«

Oksman verstummte und sah die anderen an.

Niemi ergriff das Wort: »Danach lädt der Gesandte ein neues Video hoch, in dem er dazu auffordert, sich dem Kampf gegen all diejenigen anzuschließen, die auf der Seite sexueller Minderheiten stehen. Wozu das führt, haben wir heute den Nachrichten entnehmen können. Wir müssen herauskriegen, wie es ihm gelingt, seine Videos an den Netzbetreibern vorbei hochzuladen. Wenn wir das herauskriegen, haben wir ihn«, verkündete er, als wäre es eine große Neuigkeit. Paloviita kam der Gedanke, dass Niemis rasanter Aufstieg in einen gutbezahlten Job weniger auf seiner großen Intelligenz als vielmehr auf seiner Fähigkeit beruhte, die Ideen anderer als seine eigenen auszugeben. Paloviita und seine Kollegen grinsten hinter vorgehaltener Hand.

»Wir sollten mit dem Pastor von der Gedenkveranstaltung sprechen«, sagte Paloviita. »So habe ich noch nie einen Pfarrer reden hören.«

»Mikael Fredriksson«, präzisierte Niemi. »Er vertritt eine Pfarrstelle in West-Pori. War auch Gast bei der Talkshow des Privatsenders MTV am Abend vor dem Anschlag.«

»Das war die mutigste Rede, die ich seit Langem gehört habe«, gab Linda zu. »Gäbe es in der Kirche mehr von seiner Sorte, könnte selbst ich darüber nachdenken, wieder einzutreten.«

»Er hat sich in Gefahr gebracht. Auf jeden Fall müssen wir ihn warnen.«

»Gut«, sagte Niemi und strich sich übers Kinn, als trüge er einen Bart wie ein weiser Mann. »Je schneller, desto besser.« Er machte eine kurze Pause. »Um ehrlich zu sein, ich habe lange darüber nachgedacht, und ich bin mir inzwischen sicher, dass der Pfarrer kein unbeschriebenes Blatt sein kann. Genau genommen sehe ich in ihm sogar einen unserer Hauptverdächtigen.«

Oksman und Paloviita warfen sich einen verdatterten Blick zu. »Das kann nicht Ihr Ernst sein. Es gibt keine Übereinstimmung: anderer Körperbau, andere Stimme, völlig andere Botschaft – nichts, was dem Täter ähnelt!«

Niemi schaute sie streng an: »Nun ist es allerdings so, dass die Zentrale Kriminalpolizei und damit ich die Richtung der Ermittlungen festlege. Allein schon das Auftreten dieses Pastors zeigt, dass mit ihm etwas nicht stimmen kann. Dafür bedarf es nicht einmal eines psychologischen Profils. Sobald uns Fredriksson den kleinsten Anlass liefert, laden wir ihn zum Verhör. Davon abgesehen haben einige Personen, die auf den Überwachungskameras zu sehen sind, immer noch keine Namen.« Niemi sah Paloviita an. »Morgen werden die Fotos von der Frau im roten Kleid und dem jungen Mann in der Zeitung veröffentlicht. Haben Sie Kristian Ramberg schon erreicht?«

»Bin noch dran«, log Paloviita. Er hatte die Sache völlig vergessen. »Komm, Henrik!«

»Wohin?«, fragte dieser, erhob sich aber.

»Wann warst du zuletzt in einer Kirche?«

27

Pastor Mikael Fredriksson empfing sie an der Kirchentür. Er musste über fünfzig sein, sein genaues Alter ließ sich angesichts seiner breiten Schultern und der sportlichen Figur nur schwer abschätzen. Der schwarze, ungetrimmte Bart, in dem sich vereinzelt schon Grau zeigte, bildete einen auffallenden Kontrast zu seiner durchtrainierten Erscheinung. Er trug die gleichen Sachen wie auf der Gedenkveranstaltung: eine Jeans und ein hellblaues Hemd, die Ärmel hochgekrempelt, die beiden oberen Knöpfe geöffnet. Im Ausschnitt zeigte sich eine üppige, bereits ergraute Brustbehaarung.

Paloviita musste wieder auf seine goldenen Ohrringe, die Ringe an seinen Fingern und die metallbeschlagenen Cowboystiefel starren. Stünden sie hier nicht vor einer Kirche, hätte es so ausgesehen, als würden sie vom Anführer einer Motorradgang empfangen. Sie gaben sich die Hand, der Händedruck des Pastors war kräftig. Jetzt fiel ihnen auch ein Tattoo am Unterarm ins Auge, in römischen Buchstaben stand dort »Honneur et Fidélité«.

»Danke, dass Sie sich die Zeit nehmen, uns zu empfangen.«

»Für die Polizei habe ich immer Zeit. Allerdings hat es diesmal länger gedauert als sonst. Sie sind die Ersten, seit ich hier angefangen habe.« Sein breites Lächeln offenbarte eine Reihe blitzend weißer Zähne. Paloviita sah ihm zum ersten Mal in die Augen, die türkisfarben waren und durchscheinend wie Glasmurmeln.

»Was meinen Sie mit länger gedauert?«

Immer noch lächelnd antwortete er: »Meistens liegt bereits nach spätestens vier Wochen die erste Beschwerde, Anzeige oder sonst eine Unmutsbezeugung gegen mich vor. Um es lustig zu formulieren.«

»Sie sind zur Vertretung auf dieser Pfarrstelle?«

»Seit Mai. Mein Dienstauftrag geht bis Weihnachten. Vorausgesetzt natürlich, dass mein Dienstverhältnis nicht schon vorher aufgelöst wird. Auch das ist schon vorgekommen.«

»Wir waren heute Vormittag bei dem Kerzenumzug«, sagte Paloviita.

»Verstehe«, sagte der Pfarrer und betrachtete Oksmans zerschundenes Gesicht.

»Ihre Andacht ...« Paloviita zögerte und suchte nach der passenden Formulierung. Sein Zaudern amüsierte den Pfarrer ganz offensichtlich, zumindest versuchte er nicht, ihm zu helfen, sondern ließ ihn zappeln. »Die war mutig«, überwand sich Paloviita endlich.

»War sie das?«

»Ich habe noch nie etwas Vergleichbares gehört. Zumindest nicht aus dem Mund eines Pastors.«

»Nein? Das ist bedauerlich«, entgegnete der Pfarrer.

Paloviita sah sich um. An der Kirche waren umfangreiche Sanierungsarbeiten im Gange. Er war im Laufe des vergangenen Jahres einige Male hier vorbeigefahren und hatte sich immer gefragt, wie lange die Gerüste noch stehen würden. Jetzt sah es so aus, als wären die Arbeiten allmählich abgeschlossen. Ein vierköpfiger Bautrupp montierte gerade das Gerüst ab und lud Gerüstrohre auf die Ladefläche. Metall klirrte.

»Gibt es hier einen Raum, in dem wir uns unterhalten können?«

»Mein Dienstzimmer im Pfarrhaus. Es ist ziemlich chaotisch, aber ein paar Stühle und Kaffeetassen werden wir schon finden.«

Sie gingen nicht durch die Kirchentür, sondern am Gebäude vorbei, und betraten auf der Rückseite einen schmalen Flur mit einer langen Kindergarderobe, der zu den Gemeinderäumen führte. Hier waren unter anderem ein Kindergarten und ein Sportraum untergebracht, der inzwischen anscheinend als Probenraum für eine Band diente.

»Die Kirche wurde in den Sechzigerjahren gebaut«, erklärte der Pastor. »Damals war es unvorstellbar, dass hier mal jemand E-Gitarre und Schlagzeug spielt. Und Konfirmandenunterricht war nichts anderes als Eintrichtern und Einschüchtern. Jetzt baut die Gemeinde für teures Geld ihre Räumlichkeiten um, damit wieder mehr Leute kommen. Die kirchlichen Entscheidungsträger denken, die Flut an Kirchenaustritten stoppen zu können, indem sie Strickzimmer für Großmütter einrichten. Unsere meistbesuchten Aktivitäten sind im Moment die Singeabende für Rentner sowie der Bibelkreis. Am sonntäglichen Abendmahlsgottesdienst nimmt eine Handvoll Leute teil, Durchschnittsalter: deutlich über siebzig.«

Am Ende des Flurs öffnete sich eine Tür in das Dienstzimmer des Pfarrers, in dem ein heilloses Durcheinander herrschte: überall, auch auf den Stühlen häuften sich Papierstapel und Aktenordner unterschiedlicher Farbe. Der Pfarrer fing an, eilig zwei Stühle leerzuräumen und die Papierhaufen in einer Zimmerecke zu stapeln.

»Wie Sie sehen, bin ich kein besonders ordentlicher Mensch. Ich lebe die ganze Zeit in der Furcht, dass das Bistum bei mir auftaucht und das Archiv inspiziert. Ich wäre verloren.«

»Hat man in der Fremdenlegion nicht gelernt, Ordnung zu halten?«, fragte Paloviita.

Der Pfarrer hob überrascht den Blick und lächelte. »Sie haben das Tattoo erkannt. Das ist kein Geheimnis. Ich habe mich als Achtzehnjähriger bei der französischen Fremdenlegion beworben und dort fünfzehn Jahre lang gedient. Lang genug, um die lebenslange Pension für ehemalige Legionäre zu beziehen. In der Legion war ich nicht Mikael Fredriksson, sondern Malik Adamsson. Vielleicht habe ich da ja eine Überdosis in Sachen Ordentlichkeit abbekommen, und an zeitigem Wecken. Heutzutage kann ich mit Leichtigkeit bis in die Mittagsstunden schlafen.«

Endlich war es dem Pastor gelungen, die beiden Stühle freizuräumen, sodass Paloviita und Oksman Platz nehmen konnten. Er selbst setzte sich auf der anderen Seite des Schreibtisches auf einen Bürostuhl mit einem ausgeblichenen grünen Bezug. Auf dem Fensterbrett stand eine Kaffeemaschine, die wohl schon seit einigen Stunden in Betrieb war und aus der er jetzt Kaffee in Pappbecher einschenkte und ihnen je einen auf eine freie Ecke des Schreibtisches stellte. Der Kaffee war brühend heiß, pechschwarz und wirklich schlecht.

»Milch oder Zucker?«

Paloviita schüttelte den Kopf, nahm einen Schluck und befand den Kaffee für ungenießbar. Oksman rührte seinen Pappbecher gar nicht erst an.

Dann lehnte sich der Pfarrer zurück, verschränkte die Arme vor seinem flachen Bauch, und sie schauten sich abwartend an. Der Anflug eines Lächelns huschte durch seinen Bart:

»Heben Sie Gewichte?«, fragte er Oksman, um das Schweigen zu brechen.

»Hin und wieder.«

»Das sieht man. Joggen Sie auch?«

»Ab und zu.«

An Paloviita gewandt sagte er: »Ihr Kollege ist keiner von der schwatzhaften Sorte.«

»Ihre morgendliche Predigt hat uns alle aufgewühlt«, sagte Paloviita.

»Es ist ja auch die Absicht, mit einer Predigt Gefühle zu wecken. Bedauerlicherweise ist das heute nicht mehr so. Die Zeiten, in denen die Kirche noch Eier hatte und Stellung bezog, sind vorbei. Heute lautet die Devise: Nur ja keine Duftmarken setzen. Die Kirche beschwichtigt, um nur ja niemanden zu verärgern. Es gilt, gleichzeitig konservativ und liberal zu sein. Jede Menge heiteres Himmelsgeplapper und graue Gnade. Die kleinste politische Rede wird sofort verurteilt.«

Er betrachtete die Kommissare, die ihn leicht verwirrt anschauten.

»Bitte verzeihen Sie, wenn meine Direktheit Sie verletzt, aber ich sage lieber, was ich meine, um Missverständnissen vorzubeugen. Ich bin es leid, mir den Kopf darüber zu zerbrechen, was man über mich denkt. Das, wofür die Kirche steht, wertschätze ich, aber ich sage auch offen, dass mein Arbeitgeber keineswegs vollkommen ist. Die lutherisch-evangelische Kirche Finnlands ist in Panik. Jedes Jahr treten durchschnittlich fünfzigtausend Menschen aus der Kirche aus. Und was ist die Antwort der Kirche? Sie schleimt vor jedermann, buckelt nach links und rechts. Die wichtigsten Kunden sind selbstverständlich die Gutverdiener, nicht etwa jene, die die Kirche am dringendsten benötigen: die Ausgeschlossenen, Alkoholabhängigen und psychisch Kranken. Die Pfarrer palavern jeden Sonntag vor leeren Sälen, während sich gleichzeitig die Straßen mit Bedürftigen füllen. Aber dorthin gehen wir Pfarrer natürlich nicht!«

»Sie sind sich sicher im Klaren, dass Ihre Reden eine Menge Leute erzürnen. Und dass Sie sich damit auch selbst in Gefahr bringen? In einer solchen Situation ...«

»Selbstverständlich weiß ich das. Aber ich finde, wer um seine eigene Sicherheit besorgt ist, sollte nicht Pfarrer werden. Für mich ist es leicht, offen zu reden, ich habe hier nur eine Vertretungsstelle. Danach gehe ich wieder an einen anderen Ort. Ich habe keine Familie, keinen festen Wohnsitz, so gut wie keinen Besitz. Es ist leicht, öffentlich seine Meinung zu sagen, wenn man keinen Wohnungskredit abbezahlen und keine Schar Kinder versorgen muss.«

»Was haben Sie gemacht, bevor Sie hierherkamen?«, fragte Paloviita.

»2002 habe ich mein Studium als Magister der Theologie abgeschlossen. Seitdem habe ich Pfarrstellen in verschiedenen Teilen des Landes vertreten. Von Zeit zu Zeit habe ich auch Vorlesungen gehalten, nichts getan oder mich irgendwo ehrenamtlich engagiert. Ein paar Monate lang bin ich sogar Taxi gefahren. Beförderung und Sündenvergebung in einem. Ich bin wie eine Heuschrecke: heute hier, morgen da, ich wechsele ständig den Ort, verschlinge, was mir vor den Kiefer kommt, und dann ziehe ich weiter. Ein Wanderprediger.«

»Und jetzt sind Sie hier«, stellte Oksman fest.

»Und jetzt bin ich hier.«

»Sie haben Partner gleichen Geschlechts getraut. Wenn ich das richtig verstehe, haben Sie damit gegen das Kirchenrecht verstoßen?«

»Ich bin dafür vom Kirchenvorstand ernsthaft gerügt worden.«

»Werden Sie weiter Homosexuelle trauen?«

»Selbstverständlich.«

»Fürchten Sie nicht, dass Sie nicht mehr als Pfarrer arbeiten dürfen?«

Er schüttelte den Kopf. »Die Kirche kann denken, was sie will. Der Umstand, dass ich Homosexuellen ermögliche, sich ebenso zu lieben wie alle anderen auch, ist allein eine Angelegenheit zwischen mir und dem Herrn.«

»Sie widersetzen sich offen Ihrem Arbeitgeber?«

Der Pfarrer wies zur Decke. »Mein Arbeitgeber herrscht dort oberhalb des Dachbalkens und des Blechdaches. Nur ihm bin ich Rechenschaft schuldig, niemandem sonst.«

»Sie wollen also ein Märtyrer sein, ein Nazarener?«

Er lachte. Das Lachen des Pfarrers war überraschend sanft und passte in keiner Weise zu seiner ansonsten so robusten Erscheinung. »Nazarener? Ich wünschte, ich wäre es. Lassen Sie es mich so sagen: Ein sicheres Einkommen und das Austeilen von

Brot und Wein interessieren mich nicht. Ich bin nicht zum Pfarrer geweiht worden, um das offizielle Mantra der Kirche wiederzugeben.«

»Warum dann?«

»Ich möchte dort sein, wo man normalerweise keine Pfarrer trifft. Der christliche Glaube ist nicht als Religion der Oberschichten entstanden, sondern als Folge von Verfolgung und Grausamkeit. Aber er ließ sich nicht aufhalten, weil er auch die Allerelendesten in seinen Reihen akzeptierte. Heute wendet sich die Kirche von jenen ab, für die sie seinerzeit entstanden ist.«

Ihr Gespräch wurde unterbrochen, als ein schmächtiger junger Mann, eher noch ein Jugendlicher, in der Tür erschien. Er trug eine Cordhose und darüber ein viel zu großes Polohemd. Über den Lippen kräuselte sich ein Schnurrbartflaum, das Haar stand ihm wirr vom Kopf ab. Er blickte unruhig auf die Polizisten, den Mund zu einem schwachsinnigen Grinsen verzogen.

Der Pfarrer betrachtete ihn und hob fragend die Brauen.

Während er die Gäste weiter musterte, verbreitete sich das Grinsen des Jüngelchens und brachte übernatürlich große Zähne zum Vorschein. »Der Gemeinderaum ist gereinigt«, tat er kund und streckte dabei das Kinn vor.

»Prima, Pekka«, antwortete der Pfarrer. »Gut gemacht. Von mir aus kannst du jetzt nach Hause gehen, aber gib Erkkilä Bescheid.«

Der junge Mann blieb unschlüssig in der Tür stehen, seine Armen hingen wie verwaiste Lianen herab. Der Pfarrer wartete. Der Bursche trat von einem Fuß auf den anderen, kreuzte die Hände erst hinter dem Rücken, dann vor dem Bauch, und knetete seine Finger, die in Arbeitshandschuhen steckten: »Da war eine Maus.«

»Eine Maus?«, wiederholte der Pfarrer.

Der Junge nickte. Seine Miene wurde ernst. »Sie hat in der Box mit den Sport- und Spielgeräten rumort.«

Der Pfarrer sah den jungen Mann aufmerksam an, der offensichtlich nicht wusste, was er sagen sollte. »Wo ist die Maus jetzt?«

»Ich habe sie in den Eimer gesteckt. Ich wollte sie rausbringen, aber sie ist ...«, seine Stimme brach und er fing an zu weinen. Der Pfarrer stand auf und nahm ihn in den Arm. Der junge Mann schluchzte noch heftiger. »Ertrunken ... ich wollte das nicht, aber im Eimer war noch Wasser ... sie hat gestrampelt ...«

»Alles gut, Pekka«, tröstete ihn der Pfarrer. »Du hast das nicht gewollt, das war ein Unfall.«

»Kommt sie jetzt in den Himmel?«, fragte er immer noch schluchzend.

»Die Maus? Aber sicher.«

»Werde ich jetzt gefeuert?«

Der Pfarrer schob den Jungen eine Armeslänge von sich weg. Über seine Wangen kullerten Tränen, seine Augen glänzten und der ganze Körper bebte vor unterdrücktem Schluchzen.

»Sieh mich an«, sagte der Pfarrer.

Der Junge hob den Blick.

»Du hast nichts falsch gemacht. Du verlierst deine Arbeit nicht. Wir alle wollen, dass du morgen wiederkommst.«

»Erkkilä auch?«

Der Pfarrer lächelte. »Erkkilä auch.«

Der Junge wischte sich mit dem Handschuhrücken die Tränen ab. »Ich habe die Maus unter der Fichte begraben.«

»Das hast du gut gemacht. Du hast ein mitfühlendes Herz.«

Der Junge schielte noch einmal verlegen zu den Polizisten hinüber und verschwand dann im Flur. Der Pfarrer setzte sich wieder und erklärte: »Pekka ist bei uns in einer Arbeitsmaßnahme beschäftigt. Er arbeitet in einem Sozialprojekt, das Jugendlichen mit Problemen eine Chance bietet, zurück ins normale Leben zu finden. Pekka hat eine lange Heimkarriere hinter sich. An Verstand mangelt es ihm nicht, aber er fürchtet sich sogar vor seinem eigenen Schatten. Wir versuchen ihm zu helfen, sich selbst wieder zu vertrauen. Er hilft Erkkilä, unserem Küster, übernimmt Reinigungs- und Gartenarbeiten. Wir beschäftigen außer ihm noch zwei weitere Jugendliche.«

Paloviita nickte. »Haben Sie die Reaktionen auf den Kerzenumzug in den sozialen Medien verfolgt?«

»Ich bin aktiv im Netz unterwegs. Ich weiß, dass es brodelt, aber das ist nichts Neues. Der Glaube weckt immer Gefühle – positive und negative.«

»Was sagt die Bibel wirklich zur Homosexualität?«

»Das Alte Testament verurteilt sie bedingungslos«, antwortete er. »Im Neuen Testament wird sie mit keinem Wort erwähnt.«

»Das heißt, die Stellen, die der Gesandte in seinem Video zitiert, sind so richtig wiedergegeben?«

»Es gibt Menschen, die halten die Bibel für unfehlbar. Unter den Christen wird immer noch darüber debattiert, ob die Bibel eine Offenbarung Gottes oder Menschenwerk ist. Oder anders gesagt: Wie viel Göttliches im Erdichteten steckt.«

»In einer Reihe von Posts wird damit gedroht, Sie zu töten. Befürchten Sie nicht, in Gefahr zu sein?«, fragte Paloviita. Der Pfarrer lachte sein sanftes Lachen und lehnte sich vor. Seine Augen mit der seltsamen Farbe waren unverwandt auf die Kommissare gerichtet. »Wenn jemand mich töten will, dann nur zu. Ich bin hier. Die Türen stehen offen.«

»Sie und der Gesandte haben etwas gemeinsam: Sie wollen beide Märtyrer sein«, warf Oksman ein.

Zum ersten Mal während ihres Gesprächs wurde der Pfarrer ernst. Obwohl er schon die ganze Zeit aufrecht gesessen hatte, schien er sich jetzt noch weiter aufzurichten. »Mit Sicherheit nicht. Das Leben ist zu einzigartig, um es wegzuschmeißen. Aber ich habe es satt, Angst zu haben. Ein Leben in Angst ist die größte Vergeudung.«

In seinen Augen blitzte etwas Undefinierbares auf. Er sah auf seine Hände, und als er den Blick wieder hob, schauten sie in eine versteinerte Miene.

»Als Kind habe ich mich vor allem und jedem gefürchtet. Vor allem vor meinem Vater, der ein versoffener Scheißkerl war. Er hat Abend für Abend in seinem Schaukelstuhl neben dem Kamin gesessen, eine Pulle zwischen den Beinen, und mit einem großen Schlüsselbund in seiner Hand gespielt. Damit konnte er einem so heimtückisch auf den Hinterkopf hauen, dass einem die Tränen in die Augen schossen.«

Er änderte seine Haltung. Seine Gesichtszüge waren immer noch hart, und seine Augen glänzten dunkel.

»Eines Tages war er total betrunken. Er ist mir auf der Treppe entgegengewankt, als ich aus der Schule kam. Seine Ärmel waren bis zu den Ellenbogen hinauf voller Blut. Er befahl mir, zum Nachbarn zu laufen und einen Krankenwagen zu rufen. Wir haben draußen vor dem Haus gewartet, bis die Ambulanz und die Polizei eintrafen. Das war das letzte Mal, dass ich meinen Vater gesehen habe. Man hat ihn auf die Rückbank eines Saabs geschoben und davongefahren. Er hatte meiner Mutter mit dem Schürhaken die Hände so zugerichtet, dass sie nie wieder die Finger zur Faust ballen konnte. Vater ist im gleichen Herbst gestorben. Die Säuferbude, in der er hauste, ist abgebrannt, und er und seine Saufkumpel mit.«

»Das tut mir leid«, sagte Paloviita.

Der Pfarrer nickte. »Ich war verbittert. In der Oberstufe kam Alkohol ins Spiel. Ich habe Schnaps gebrannt und die Schule geschwänzt. Im Leben gab es nur noch Glücksmomente im Rausch. Wir haben Autoradios und Fahrräder geklaut. Erst in der Armee wurde ich klar im Kopf. Plötzlich merkte ich, dass ich zurechtkam. Ich habe mich auf der Hindernisbahn geschunden. Dann habe ich in der Rekrutenzeitung einen Artikel über Aarne Juutilainen, den ›Schrecken Marokkos‹ gelesen. Seine Geschichte hat mich wie ein Blitz getroffen, und als der Wehrdienst um war, bin ich über Dänemark bis nach Paris getrampt und habe mich in Paris bei der Fremdenlegion beworben. Und daraus wurden dann fünfzehn Jahre.«

»Warum sind Sie Pfarrer geworden?«, fragte Oksman.

Die Mundwinkel des Pfarrers zuckten leicht. »Das war in einer Nacht in Gabun. Wir waren die ganze Nacht über marschiert, es hatte eine Woche durchgeregnet. Die Flüsse traten über die Ufer, und alle waren komplett durchnässt. Der Regenwald war voller Geräusche: Vögel, Frösche, Insekten. Wir errichteten unser Lager an einem Fluss, dessen Namen keiner von uns kannte. Wir waren übermüdet und bis aufs Äußerste angespannt, der Feind saß uns die ganze Zeit im Nacken. Unsere Operation war gründlich schiefgegangen. Wir hatten unsere Fahrzeuge und unsere Ausrüstung zurücklassen müssen, weil die Flut die Wege weggespült hatte, das Essen war knapp, wir hatten keine Zeit zu schlafen, und die versprochene Verstärkung ließ auch auf sich warten. Mein Wachdienst begann in den frühen Morgenstunden. Da riss der Himmel plötzlich auf, der Regen setzte aus, und über dem Fluss lag dichter Nebel. Man konnte absolut nichts sehen, aber alles hören: Nachtgeräusche im Dschungel sprengen das Bewusstsein. Ich tat alles, um wach zu bleiben, aber es war ungemein schwer. Die Wolken klarten auf, und die Sterne traten hervor. Ich habe die Sterne betrachtet und den Geräuschen gelauscht. Es war so ungemein schön, dass mir schwer ums Herz wurde. Und gleichzeitig so unglaublich unheimlich und bedrohlich, dass mein Geist zu bersten drohte. In jenem Augenblick habe ich beschlossen, sollte ich lebend aus dieser Sache herauskommen und sollte ich je wieder nach Hause finden, dann würde ich versuchen, all meine schlechten Taten in der Legion wiedergutzumachen. Und als meine Dienstzeit in der Legion dann um war, bin ich nach Finnland zurückgekehrt und habe begonnen Theologie zu studieren.«

»Ihnen ist sicher klar, dass sich der Hass des Gesandten gegen Menschen wie Sie richtet«, sagte Paloviita.

»Das ist mir egal. Ich werde deshalb nicht aufhören, die Welt zum Besseren zu wenden, soweit das in meiner Macht steht.«

»Trotzdem, seien Sie vorsichtig. Es gibt schon genug Opfer, und ich möchte nicht, dass Sie das nächste sind.«

Der Pfarrer erhob sich. »Ich bin dankbar für Ihre Fürsorge, aber ich kann auf mich selbst aufpassen.«

Er begleitete sie durch den Kirchenraum hinaus. Die Decke wölbte sich hoch über ihnen. Lichtstrahlen fielen durch die hohen Fenster, einige aus klarem Fensterglas, andere aus buntem Bleiglas. Paloviita hatte sich in hohen Kirchenräumen immer unwohl gefühlt. Er hatte noch nie verstehen können, wieso die Menschen über Jahrhunderte hinweg ihre wenigen Ressourcen für den Bau von Kathedralen verschwendet haben. Egal wie arm ein Volk war, Geld zum Bau dieser gewaltigen Steinkolosse zur Verehrung irgendeines Gottes fand sich immer.

Paloviita sah, dass die Restaurierungsarbeiten im Kircheninneren weitergingen. Die Wand hinter dem Altar sollte gestrichen werden, und zwei Männer in Maleranzügen standen auf einer Hebebühne und nahmen das fast zwei Meter hohe Kruzifix ab.

»Ganz schön umfangreiche Arbeiten, oder?«, erkundigte sich Paloviita, um das Schweigen zu durchbrechen. Die Handwerker drehten sich zu ihnen um.

»Alles sollte bis Weihnachten fertig sein, aber es zieht sich in die Länge. Als ich zuletzt gefragt habe, konnte mir keiner sagen, wann sie fertig sind oder was es kosten wird.«

»Vielleicht wird es ein zweites Ewigkeitsprojekt, wie die Isaakskathedrale in Sankt Petersburg?«

Der Pfarrer lachte.

Sie gingen an dem blutüberströmten Jesus vorbei, den die Arbeiter gerade vorsichtig gegen den Altar lehnten. Sie gingen dabei äußerst behutsam und bedacht vor. Das Kruzifix war fast lebensgroß, und beim Anblick des leidenden Gesichtes, der Dornenkrone und des himmelwärts gerichteten Blicks schauderte es Paloviita. Der Pfarrer bemerkte seine Reaktion.

»Das Kruzifix wird zur Restaurierung nach Oulu geschickt«, erklärte er ihnen.

»Ist es alt?«

»Ich wünschte, es wäre so. Es ist aus Kunststoff. Die Sonne hat die Farben ausgeblichen, und jetzt braucht es ein neues Make-up, um wieder ebenso leidend auszusehen wie beim Verlassen der Fabrik in Taiwan.«

»Ich finde es grauenhaft«, sagte Oksman und sprach aus, was Paloviita dachte.

Sie blieben vor dem Gekreuzigten stehen. Aufgemalte Blutrinnsale liefen von den Dornen, die in die Kopfhaut eingedrungen waren, über das ganze Gesicht. An der Seite hatte die Figur eine schrecklich klaffende Wunde, die ihm der Speer des römischen Legionärs zugefügt hatte.

»Ich habe nie verstanden, warum Menschen vor einem blutüberströmten, an ein archaisches Folterinstrument genagelten Mann ihr Gebet verrichten wollen«, sagte Oksman.

»Interessanter Gedanke«, erwiderte der Pfarrer. »Und dann essen wir sein Fleisch und trinken sein Blut.«

Paloviita und Oksman sahen den Pfarrer an. Auch die Handwerker lauschten mit gespitzten Ohren. Zum wiederholten Mal dachte Paloviita, dass er nie zuvor einen Kirchenmann wie diesen getroffen hatte, und er überlegte, was wohl die über Siebzigjährigen bei der Sonntagsmesse denken mochten, wenn der Pfarrer mit seinen Tattoos in die Kanzel stieg. War die Kirche im Umbruch, dann waren Pfarrer wie dieser der deutlichste Beweis dafür.

»Ein Plastik-Jesus am Kreuz«, sagte der Pfarrer. »Das ist vielleicht noch geschmackloser als das ewige Krippenspiel, das hier zu jedem Weihnachtsfest aufgeführt wird. Ich kann gar nicht sagen, was ich schrecklicher finde.«

Die Kommissare und die Handwerker starrten den Pfarrer mit ungläubig aufgerissenen Augen an. Paloviita räusperte sich unangenehm berührt.

»Mit so einer Plastikfigur erniedrigt die Kirche Jesus endgültig«, sagte der Pfarrer, sah erst die Kommissare und dann die Handwerker an, die näher gekommen waren, um besser hören zu können. Theatralisch erhob der Pfarrer die Stimme.

»Ich meine es wirklich ernst. Der wahre Jesus war kein schlappschwänziger Feigling, sondern ein grimmiger Radikaler, ein Anarchist, eine nicht aufzuhaltende Naturgewalt, der sich nichts und niemandem beugte. Er ist weder Pfarrern noch Vorgesetzten in den Hintern gekrochen und hat sich auch nicht um seine eigene Sicherheit gesorgt. Er war ein Aufbegehrender, der alle gesellschaftlichen Normen missachtet, gegen Autoritäten aufbegehrt und Hurenhäuser besucht hat, er küsste Aussätzige und hinterfragte das Ansehen der Eliten – sodass diesen nichts anderes übrigblieb, als ihn zu kreuzigen. Würde Jesus leben, also nicht dieser Plastik-Jesus, sondern der wahre, echte Jesus, würde er nicht einen Augenblick zögern und alle Homosexuellen in die Arme schließen und sie zu sich ins Himmelreich rufen. Er hätte keine Angst um seine Rente, würde nicht über die Zahl der Kirchenaustritte oder die Höhe der verlorenen Steuereinnahmen nachdenken – und sich einen Dreck um die ›ernsthafte Rüge‹ irgendeines Kirchenvorstandes scheren.«

Der Pastor sah die gequälten Gesichter seiner Zuhörer und hielt inne. Seine Miene war gutmütig und keinesfalls aufbegehrend oder trotzig. Er sah zum Kruzifix.

»Es heißt, gekreuzigt zu werden, sei der qualvollste aller Tode. Es ist in seiner Grausamkeit und Erniedrigung die mit Abstand schändlichste Hinrichtungsart und war den Elendsten der Elenden vorbehalten: den Sklaven, Aufständischen, Landesverrätern und anderen verachtungswürdigen Kriminellen. Bürger Roms wurden nicht gekreuzigt, sondern gnädig enthauptet. Ein Verurteilter konnte tagelang am Kreuz leiden, unter Hitze, Kälte, Flüssigkeitsmangel und Muskelkrämpfen, bis er schließlich erstickte. Die Leiche wurde am Kreuz belassen, der Verwesung und den Aasvögeln zum Fraß überlassen. Das Ziel einer Kreuzigung war nicht das Töten allein, sondern die Verstümmelung und Schändung der Leiche.«

Sie standen einen Moment lang dort und blickten auf das schiefe Kruzifix, bevor sie weitergingen. An der Tür gaben sie sich die Hand, und Paloviita warnte den Pfarrer ein weiteres Mal: »Ich habe Hochachtung vor dem, was Sie tun, aber lebend können Sie mehr bewirken als tot.«

Auf dem Weg zum Auto kam ihnen der junge Mann entgegen, der zum Pfarrer gekommen war, um ihm vom Tod einer Maus zu berichten. Er hatte Fichtenzapfen zusammengeharkt und eine Schubkarre damit beladen. Kurz trafen sich Oksmans Blick und der des Mannes, dann schauten sie irritiert zur Seite. Oksman schielte zu Paloviita hinüber, ob dieser etwas bemerkt hatte. Doch der beobachtete zwei Teenager mit Fahrrädern, die auf der gegenüberliegenden Straßenseite probierten, auf dem Hinterrad. Noch aus dem Auto warf Oksman einen verstohlenen Blick zurück, doch der junge Mann war verschwunden. Nur die Schubkarre stand noch an ihrem Platz.

28

Paloviita entdeckte Sini und Sara sofort in der Schar der Kinder, die auf dem Spielplatz Fangen spielten. Er lehnte sich gegen den Zaun, um einen Augenblick zuzuschauen, und spürte, wie sich die Erschöpfung in allen Gliedern ausbreitete. Als junger Mann hatte er gedacht, der Mensch sei wie ein Dieselmotor, der Tag für Tag und Monat für Monat vor sich hin tuckerte, solange er ausreichend Kraftstoff und Ruhepausen bekam. Inzwischen hatte er begreifen müssen, dass der Mensch ein so kompliziertes Wesen war, dass niemand es je ganz durchschauen konnte. Im Moment fühlte er sich so schwach, dass selbst das Öffnen der Pforte eine übermenschliche Kraftanstrengung für ihn war. Er hatte bereits ein paar Minuten so dagestanden, als Sini ihn endlich entdeckte und auf ihn zu gerannt kam.

Paloviita betrat den Spielplatz, winkte der Spielplatzaufsicht zu und schwenkte Sini zur Begrüßung durch die Luft. Jetzt hatte auch Sara ihn bemerkt, unterbrach ihr Spiel und stürmte auf ihn zu. Paloviita drehte auch sie ein paar Runden und stellte sie dann zurück auf den Boden. Die Mädchen hielten seine Beine umklammert. Paloviita wechselte ein paar Höflichkeitsfloskeln mit der Spielplatztante. Fünf Minuten später saßen die Mädchen im Auto.

Im Kreisverkehr bog Paloviita plötzlich ab und hielt vor einem ABC-Tankstellenshop. »Wie wäre es mit einem Eis?« Die Mädchen kreischten vor Begeisterung. Paloviita fuhr auf den Familienparkplatz, sie gingen in das Bistro, und Paloviita kaufte ein Vanille-Softeis für die Mädchen und einen Kaffee, schwarz, sowie eine Schachtel Marlboro, White, für sich. Die Zigaretten ließ er rasch in seiner Tasche verschwinden und vergewisserte sich mit einem Blick über die Schulter, dass kein Bekannter in der Nähe war. Dann trug er das Tablett zu dem Tisch am Fenster, an dem schon die Mädchen saßen. Er ließ sich auf den Stuhl fallen und lehnte sich zurück, genoss den Moment ohne Hast. Er konnte sich nicht erinnern, wann er zuletzt die Routine durchbrochen und sich einfach irgendwo hingesetzt und seinen Gedanken hingegeben hatte. Die Mädchen schleckten schweigend ihr Eis. Es schmolz und tropfte auf ihre Sachen, aber Paloviita unternahm nichts, um es abzuwischen. Er sah aus dem Fenster auf die Autos, wie sie vor den Zapfsäulen anstanden und vom Parkplatz wieder herunterfuhren. Sein Blick glitt über die Tische, an denen Menschen allein oder in kleinen Gruppen saßen, und blieb an den Jugendlichen vor den Spielautomaten hängen. Keiner schien sich um sie oder die herrschende Altersbegrenzung zu kümmern. Vielleicht waren sie tatsächlich alle unsichtbar, dachte Paloviita, gesichtslose Durchreisende, die sich am Bistrotresen begegneten, sich aber nur wenige Augenblicke später nicht mehr aneinander erinnerten.

Als das Eis aufgegessen war, wischte Paloviita den Mädchen Mund und Pulli ab und brachte das Tablett zum Geschirrwagen. Auf dem Weg zum Auto fühlte er, ob die Zigaretten noch an Ort und Stelle waren. Sie glühten wie Uranstäbe in seiner Tasche. Neben dem Eingang entfernten zwei Männer in orangefarbenen Overalls ein Graffiti von der Wand. Erst sah er es nur im Vorbeigehen, drehte sich dann noch einmal um, wollte den Schriftzug genauer lesen. In etwa ein Meter großen, leicht schiefen Druckbuchstaben stand dort der schwarze Schriftzug: Schwule in die Hölle! Dabei war das »ö« wie eine Handgranate dargestellt, und das »u« stellte eine herabfallende Bombe dar. Normalerweise hätte er sich nicht mit einem Graffiti aufgehalten, aber in der aktuellen Situation veranlasste es ihn zu einem Stirnrunzeln.

Schließt euch dem Heer Gottes an – schließt euch dem Kampf gegen die Sünde und den Niedergang der Menschheit an.

Sini zerrte an seinem Arm: »Papi, komm!«

Paloviita warf noch einen Blick auf den Text, überlegte, ob er es fotografieren sollte, entschied sich dagegen und setzte die Kinder ins Auto.

»Was stand da?«, fragte ihn Siri.

»Nichts.«

»Darf man an die Wand kritzeln?«

»Nein, das ist sehr ungezogen.«

»Kommt der Mann, der das gemacht hat, ins Gefängnis?«

»Das weiß ich nicht.«

Als sie nach Hause kamen, war Terhi noch nicht da. Paloviita schmierte den Kindern ein Brot und schickte sie spielen, dann sortierte er die Wäsche, stellte eine Maschine Buntwäsche an und fing an, das Essen zu kochen. Er nahm Eier, Tomaten, Frühlingszwiebeln, Schinken und Blauschimmelkäse aus dem Kühlschrank und stellte sie auf die Arbeitsfläche. Er war kein begnadeter Koch, aber dieses Rezept beherrschte er. Also schnitt er Schinken, Zwiebeln und Tomaten in kleine Stücke, röstete sie kurz in der Pfanne, schlug die Eier und mischte Milch darunter und würzte das Ganze mit Pfeffer und Salz. Die Mischung kippte er in die Pfanne, fügte den Gorgonzola hinzu. Während das Ganze zu einem goldbraunen, dampfenden Omelett briet, deckte er den Tisch. Ihm fiel ein, dass er vor zwei Wochen eine Flasche Riesling gekauft hatte, und drückte auf einen Knopf an der Wand: Ein Weinschrank fuhr aus einer Versenkung im Küchenboden nach oben. Jedes Mal, wenn er diesen Knopf betätigte, schoss ihm der Preis in den Kopf, den sie dieser Spaß gekostet hatte. Sie hatten immer davon geträumt, sich ein Haus zu bauen, und dann jahrelang um die Umsetzung gestritten, weil ihre Vorstellungen komplett verschieden waren. Und so hatte am Ende keiner einen Kompromiss gemacht.

Die Tür ging, Terhi kam nach Hause. Die Mädchen liefen ihr

freudig entgegen, drückten sie und gaben ihr ein Küsschen. Paloviita trocknete sich die Hände ab und ging ebenfalls in den Flur. Er versuchte, an ihrer Miene abzulesen, in welcher Stimmung sie war, hatte aber keinen Erfolg damit.

»Hast du alles erledigen können?«

Terhi antwortete nicht, stellte nur ihre Handtasche auf die Flurgarderobe.

»Ich habe gekocht, die Mädchen haben schon gegessen.«

Terhi antwortete immer noch nicht, und Paloviita ahnte, dass sie den Abend nicht aneinander gekuschelt auf dem Sofa verbringen würden. Terhi ging in die Küche, sah den gedeckten Tisch, griff nach der Weinflasche, drückte auf den Knopf, stellte die Flasche zurück ins Weinregal und ließ den Weinschrank ohne ein Wort zu sagen wieder in der Versenkung verschwinden. Sie setzten sich einander gegenüber zum Essen an den Tisch. Terhi las in *Kodin Kuvalehti*, einer Wohnzeitschrift, und Paloviita klickte sich auf dem Handy durch die Schlagzeilen des Tages. Die Waschmaschine piepte, und Paloviita lud die Wäsche in den Trockner um.

Als er wieder in die Küche kam, hatte Terhi schon aufgegessen.

»Vater hat angerufen«, sagte sie endlich.

Paloviita antwortete nicht. Er wusste, was jetzt kommen würde. So fingen ihre Streitereien immer an: *Vater hat angerufen.*

»Die Genossenschaftsbank hat sich bei ihm gemeldet«, fuhr Terhi fort. »Sie wollen, dass langsam mal wieder Rückzahlungen getätigt werden. Es reicht nicht mehr, nur die Zinsen zu tilgen. Vater ist gelinde gesagt in Sorge. Um mich.«

Als Paloviita und Terhi heirateten, hatten sie sich ein kleines Reihenhaus mit zwei Zimmern in dem alten Holzhausviertel Vanhakoivisto gekauft. Damals hatten sie beide so viel gespart, dass sie keinen Bürgen brauchten. Aber für dieses Eigenheimprojekt hatte der Verkauf ihrer Reihenhausanteile nicht gereicht, und für den Rest waren Terhis Eltern als Bürgen eingesprungen. Die

Höhe dieses Rests erschien ihm auch nach so vielen Jahren noch astronomisch.

Anfangs hatte Paloviita sich energisch dagegen gewehrt, sich von Terhis Eltern unter die Arme greifen zu lassen, aber schlussendlich hatte er Terhis Drängen nachgegeben. Nicht, dass sie das Geld nicht gebraucht hätten, aber er wollte sich von niemandem ans Gängelband legen lassen. Und als sie die Kreditunterlagen bei der Bank unterschrieben, war es Paloviita so vorgekommen, als unterzeichne er sein eigenes Gefängnisurteil.

»Nur die Zinsen zu zahlen ist für die Bank ein Supergeschäft«, entgegnete Paloviita. »So verdienen sie viel mehr an dem Kredit. Wir sind Traumkunden.«

»Das geht jetzt schon ein Jahr so. Die Bank will wissen, wann es mit den Rückzahlungen weitergeht.«

Ihre Augen blitzten.

Paloviita breitete die Arme aus. »Die monatlichen Raten für die Autos, die Kita-Beiträge für die Mädchen, Essen, Strom, Wasser, Versicherungen – all das muss bezahlt werden. Dazu kommt noch die Grundsteuer. Mein Gehalt reicht nicht für alles.«

»Soll ich etwa alles bezahlen? Oder meine Eltern? Wenn die Bank ihre Schulden einfordert, dann müssen Vater und Mutter alles ausbaden.«

»Dann verkaufen wir das zweite Auto. Wir brauchen nicht zwei Luxuskarossen. Der Bus fährt jede Viertelstunde in die Stadt. Er hält direkt an deiner Schule. Du fährst praktisch von Tür zu Tür.«

Terhi stand auf und zitterte vor Wut. Ihr Knie stieß gegen den Tisch, das Geschirr klimperte. »Ich soll mit dem Bus fahren, wie irgendeine Sozialhilfeempfängerin? Und wie soll ich dann die Mädchen abholen? Hast du darüber mal nachgedacht? Ist das deine Lösung für unsere Probleme: der Alten die Ausgaben kürzen?«

Paloviita war sich nicht sicher, ob er sich auf den Streit einlassen sollte oder nicht. Eine Hälfte in ihm war dagegen und riet ihm zur Gelassenheit, die andere kochte vor Wut. Genau den gleichen Streit hatten sie schon so viele Male ausgefochten, dass Paloviita das Drehbuch schreiben konnte. Nicht mehr lange und sie würden sich gegenseitig beschuldigen, sich ihr Leben verkorkst zu haben, und mit Scheidung drohen. Es ging inzwischen vor allem darum, sich gegenseitig zu verletzen. Er holte tief Luft und sagte:

»Wir kriegen das schon hin. Die Mädchen sind keine Babys mehr. Die Dinge werden sich regeln. Irgendwann werde ich Leiter eines Kommissariats, und dann wird es leichter.«

Auch Terhi holte Luft, aber nicht, um sich zu beruhigen, sondern um neue Fahrt aufzunehmen: »Ich habe die Nase voll von deinen Träumereien. Kommissariatsleiter hier, Kommissariatsleiter da. Fakt ist, dass du die Beförderung, die du schon so gut wie in der Tasche hattest, selbst vermasselt hast. Du bist wieder ein stinknormaler Polizist, weil man lieber so eine provinzielle Tussi auf deine Stelle gesetzt hat. Aber du träumst immer noch davon, Kommissariatsleiter zu werden.«

»Ganz so war es nicht ...«

»Red dich nicht raus! Ich begreife es einfach nicht, da drängt man dir die Kommissariatsleitung geradezu auf, und du hast nichts Besseres zu tun, als dir mit dem Angebot den Hintern abzuwischen. Wie würdest du dich fühlen, wenn man mir das Amt als Direktorin anbietet und ich einfach nein, danke sagen würde?«

Paloviita wollte etwas entgegnen, kam aber nicht dazu. Terhi war jetzt richtig in Fahrt:

»Ich kenne die Wahrheit. Du hattest Schiss vor der Beförderung, weil du keinen Arsch in der Hose hast. Lieber drückst du dich vor der Verantwortung und lässt dir Befehle erteilen. Und dann wagst du es auch noch, die Unterstützung meiner Eltern schlechtzureden. Es schert dich einen Dreck, wenn sie deinetwegen als Bürgen die Hölle durchmachen. Wahrscheinlich spekulierst du darauf, dass der Blutdruck das Herz meines kranken Vaters sprengt wie eine Granate. Manchmal hofft man wirklich, es würde etwas passieren, dass dich wachrüttelt.«

Paloviita ging nicht auf die Anschuldigung ein. Er wusste, das würde alles nur noch schlimmer machen.

»Lass uns alles verkaufen. Das Haus und die Autos. Wir waren auch in zwei Zimmern glücklich. Weißt du noch? Die Wände waren aus Pappe, wir konnten hören, wenn die Nachbarn ein Bier aufploppten, und einen eigenen Fernseher brauchten wir auch nicht.«

»Alles verkaufen?! Das ist ein wahrhaft männlicher Vorschlag! Verflucht, was bist du bescheuert! Ist es das, was du willst? Zurück in diese Bruchbude, aus der wir um jeden Preis rauswollten? Gib doch einmal zu, dass du versagt hast. Dieses Haus ist viel teurer geworden als geplant, weil du noch nicht mal einen Nagel in die Wand schlagen kannst. Für jede Kleinigkeit mussten wir eine Firma ins Haus holen. Jaanas Mann Sami hat bei ihrem Haus alles selbst gemacht, er hat es im Prinzip alleine hochgezogen. Ihr Haus hat halb so viel gekostet wie unsers, obwohl es genauso groß ist. Ach was, größer!«

»Sami ist Zimmermann.«

»Und du bist ein schwuler Bulle!«

Jetzt mussten beide unbeabsichtigt grinsen. Terhi sagte nichts mehr, ging nach den Mädchen schauen und schloss die Tür. Als sie zurückkam, hatte sich der größte Ärger gelegt. Offensichtlich war auch sie die ständigen, sich immer wiederholenden Auseinandersetzungen leid.

»Ich weiß auch nicht, aber irgendetwas müssen wir unternehmen«, sagte Terhi. »Ich verstehe meinen Vater. Sie bürgen mit ihrem kompletten Leben – ihren Häusern und ihrer Firma – für unseren Kredit.«

Paloviita nickte. Er wusste haargenau, dass ihr Haus auf wackligen Füßen stand. Die Situation war ihnen entglitten. Er hatte dutzende Male auf dem Papier nachgerechnet, was die Tilgungsrate für sie bedeuten würde: Entweder bräuchten sie tausend Euro mehr im Monat, oder sie müssten ihre Ausgaben um den gleichen Betrag kürzen. Beides war möglich, aber es würde ihnen einiges abverlangen. Die Rasenmähermethode würde sich auf jeden ihrer Lebensbereiche auswirken. Auf der Liste stand unter anderem die Anschaffung billigerer Autos, außerdem mussten alle Hobbys, Mitgliedsbeiträge und Zeitschriftenabos auf den Prüfstand. Wenn sie ihre Ausgaben drastisch reduzierten, könnten sie siebenhundert im Monat zusammenklauben. Die restlichen dreihundert müssten sie durch Überstunden und Zusatzverdienst auftreiben. Paloviita könnte beispielsweise einen Nebenjob als Sicherheitsberater annehmen. Oder am Wochenende Werbung austragen. Die Alternativen waren nicht rosig. Aber wenn sie über die Runden kommen wollten, dann mussten sie zu radikalen Einschnitten bereit sein.

»Ich weiß«, seufzte Paloviita. »Und du weißt, dass ich versuche, dir ein guter Ehemann und den Mädchen ein guter Vater zu sein. Lass uns morgen gemeinsam den Taschenrechner in die Hand nehmen. Ich bin sicher, wir finden eine Lösung.«

Terhi sagte nichts dazu, und Paloviita deutete ihr Schweigen als Waffenstillstand. Es war wahrscheinlich das Beste, wenn sich der Staub erst einmal ein paar Tage legen konnte. Paloviita betrachtete den geschmeidigen Körper seiner Frau. Sie war ihr ganzes gemeinsames Leben lang rank und schlank geblieben und in jeder Hinsicht immer noch eine attraktive Frau. Ganz im Gegensatz zu ihm. In den letzten zehn Jahren hatte er mindestens zehn Kilo zugelegt. Seine stählerne Verfassung aus Zeiten der Polizeischule war längst Vergangenheit, und er musste den Gürtel ein paar Zoll weiterstellen.

Der Rest des Abends verging ohne weitere Worte. Sie sahen fern, und Terhi löste Kreuzworträtsel. Paloviita gähnte und nickte ein. Er träumte davon, dass er in einem Bleisarg eingeschlossen war, in dem es so eng war, dass er nur die Finger und Zehen bewegen konnte. Die Luft war so schwer, als würde er durch Stoff atmen.

Er fuhr auf, als Terhi ihn mit dem Fuß anstubste. Er riss die Augen auf und tastete nach seinem Hörgerät. »Du schnarchst. Ich gehe jetzt duschen und dann ins Bett.«

Er sah auf die Uhr und schaltete den Fernseher aus, streckte seine Glieder, ging in die Küche und trank ein Glas Wasser. Er hörte, wie Terhi die Badezimmertür öffnete. Paloviita sah nach draußen. Es war dämmrig, aber noch nicht dunkel. Der Herbst rückte immer näher. Er stellte sein Glas in den Geschirrspüler und ging in den Hauswirtschaftsraum. Terhis Nachthemd hing neben der Heißmangel. Hinter der Tür rauschte die Dusche. Paloviita zog sich aus und betrat das Bad, das voller Wasserdampf war. Terhi stand mit dem Rücken zu ihm, Seifenwasser lief ihr in Strömen aus den langen Haaren über Rücken und Pobacken. Er wusste, dass sie ihn kommen gehört hatte, auch wenn sie sich nicht umdrehte. Er schlang seine Arme um ihre Taille und beugte sich über ihren Hals, um ihn zu küssen. Zunächst versteifte sie sich, doch dann schmiegte sie sich an ihn. Sein behaarter Bauch berührte ihren Rücken, und einen Augenblick überkam ihn Scham, wie fett er geworden war. Doch das Gefühl verflog schnell und machte purem Verlangen Platz, als Terhi sich umdrehte und sich an ihn drückte.

Als Terhi eingeschlafen war, klappte Paloviita seinen Roman zu, setzte die Lesebrille ab und ging die Treppe hinunter. Leise, um die Mädchen und Terhi nicht zu wecken, öffnete er die Hintertür, schlüpfte in seine Filzpantoffeln und ging über den Rasen zum See, an den ihr Grundstück grenzte. Der Abend war noch lau. Paloviita kramte die Schachtel aus der Jackentasche, zündete sich eine Zigarette an und setzte sich auf die Bank am Ufer. Im Nachbarhaus brannte noch Licht und fiel in schmalen Streifen über den still daliegenden See. Genussvoll inhalierte er den Rauch und stieß ihn langsam wieder aus. Er dachte an das Liebesspiel mit Terhi und dass es sich nicht mehr so anfühlte wie vor zehn Jahren. Er dachte an den Hauskoloss in seinem Rücken und wie sehr ihnen sein Schwiegervater im Nacken saß. Und er stellte fest, dass seine Gedanken zu Linda abglitten. Wo sie jetzt wohl war und was sie gerade machte? Er schnipste das glühende Ende der Zigarette ab, trat die Glut aus und warf die Kippe ins Wasser. Wieder im Haus wusch er sich die Hände und putzte die Zähne, so wie er es als Teenager getan hatte, um den Tabakrauch vor seinen Eltern zu verbergen. Er kam sich albern vor. Dann kroch er unter die Decke und konnte lange nicht einschlafen. Terhi neben ihm grunzte sanft im Schlaf.

29

Ohne anzuklopfen, betrat Oksman das Zimmer des Schichtleiters. Nurminen, der diensthabende Polizist, hatte sein Kommen nicht gehört und fuhr erschrocken mit dem Stuhl herum, sodass ihm der Kaffee über die Hose schwappte. Nurminen sprang auf und tupfte die Flecken mit einer Serviette ab: »Scheiße!«

Er bearbeitete die Stelle noch eine Zeitlang wütend, dann sah er auf zu Oksman, der immer noch unbeweglich in der Tür stand: »Was darf es sein?«

»Eine Razzia im White-Order-Quartier draußen in Uusiniitty.«

»Schon wieder? Mit welcher Begründung?«

»Dieses Mal wollen wir sie wegen der Ereignisse beim Kerzenumzug und ihres Videos im Netz drankriegen.« Oksman reichte Nurminen einen Papierausdruck, den dieser überflog.

»Sechs Personen hat die KT identifiziert.«

Nurminen runzelte die Stirn und spitzte die Lippen. »Und wann soll das stattfinden?«

»Am besten heute, spätestens morgen.«

Nurminen erwiderte nichts, nahm sich eine weitere Serviette und wischte erneut über die feuchte Stelle am Hosenlatz. Endlich hielt er inne und sagte: »Wir sind dünn besetzt und haben nicht mal genug Leute für die Streife. Sie müssen schon selbst mitkommen. Ich kläre das mit Ihrem Vorgesetzten.«

Oksman nickte. Dann folgte er Nurminen auf den Gang und weiter zum Pausenraum. Dort saß eine von der Nachtschicht zurückgekehrte Streife, füllte den Stundenzettel aus und aß ihren Proviant. Oksman erkannte in den beiden die Polizisten, die auch vor dem Venus patrouilliert hatten, als er nach dem Anschlag dort angekommen war. Einer der beiden Streifenpolizisten war auch bei ihrem letzten Besuch im Clubhaus von White Order dabei gewesen. Die Begegnung war wohl auch den Streifenpolizisten noch in frischer Erinnerung, zumindest brach ihr fröhliches Gespräch abrupt ab, als Oksman den Raum betrat. Sie schauten ihn mit hochgezogenen Brauen an.

Nurminen reichte ihnen das Papier, das ihm Oksman gegeben hatte. Der erste Streifenpolizist las es und hielt es dann seinem Partner hin.

»Die Kripo will, dass wir sechs Typen aufs Revier bringen. Macht untereinander aus, wann ihr fahrt, und sagt mir Bescheid. Ich organisiere dann ein Fahrzeug und bespreche die Sache mit Manner. In den Zellen sollte Platz sein.«

Die Polizisten sahen sich an. Einen Moment lang sagte keiner etwas. Dann ergriff einer der beiden das Wort: »Was soll's. Setz dich, dann besprechen wir, wann.«

Oksman setzte sich nicht, sondern blieb in der Tür stehen. Nurminen ließ die drei allein und ging zurück in seinen Raum.

Als sie die Details der Razzia besprochen hatten, verließ Oksman den Pausenraum wieder. Einer der Streifenpolizisten grinste ihm hinterher und sagte zu seinem Partner:

»Manchmal habe ich so eine Lust, dem Ochsen die Fresse zu polieren. So selbstverliebt wie der ist, und das obwohl er so ein Hänfling ist.«

»Wir lassen ihn morgen einfach ein paar Minuten zappeln. Wieso sollen wir immer sofort springen, wenn die Kripo pfeift. Lassen wir ihn einen Moment schwitzen.«

Sein Partner grinste und zuckte die Schultern. »Tja, es kann schließlich immer etwas dazwischenkommen. Wir sind nicht deren Hampelmänner.«

30

»Gibt es etwas Neues zu den vermissten Zeugen Jehovas?«, fragte Paloviita.

»Grabesstille auf allen Ebenen. Es sieht ganz so als, als hätten die beiden Ahos ihre Meinung geändert und ihre Zeitschriften woanders verteilt als ursprünglich geplant«, sagte Manner, um gleich darauf fortzufahren: »Niemi glaubt nicht, dass das Verschwinden von Vater und Sohn etwas mit dem Gesandten zu tun hat. Wir hatten dazu gerade erst eine ziemlich heftige Auseinandersetzung. Niemi ist nicht bereit, Ressourcen für die Suche nach den beiden Jehovas abzustellen.«

Paloviita holte Luft und nickte: »Ich sollte das lieber nicht sagen, aber Niemi schadet mehr, als dass er nutzt.«

Keiner erwiderte etwas.

»Wir brauchen die Hilfe der Öffentlichkeit. Ich habe die starke Befürchtung, dass das Verschwinden von Kalevi und Veeti Aho kein Zufall ist«, erklärte Oksman.

»Allerdings. Niemi will auf keinen Fall, dass ihr Verschwinden mit dem Gesandten in Zusammenhang gebracht wird. Er will noch nicht einmal die Möglichkeit in Betracht ziehen. Schon jetzt kriegen wir mehr Hinweise aus der Öffentlichkeit, als wir bearbeiten können. Im Laufe des Morgens und Vormittags haben wir mehr als achthundert Hinweise zu der Frau auf dem Foto bekommen«, sagte Susanna Manner und schob Paloviita die Satakunta-Morgenzeitung über den Tisch. Auf der Titelseite prangte ein riesiges pixeliges Farbfoto von Henrik Oksman mit rotem Kleid und Perücke.

Oksman warf einen Blick auf das Bild und biss sich auf die Unterlippe.

»Achthundert?«, fragte Paloviita ungläubig.

»*Mehr* als achthundert«, berichtigte ihn Manner. »Und es kommen ständig weitere rein. Ich kann mich an keinen vergleichbaren Fall erinnern. Der CvD wollte schon den Dienst quittieren, weil er zu nichts anderem mehr kommt, als Namen und Adressen von möglichen Verdächtigen aufzunehmen. Die Mailserver der Polizei sind heute früh um neun abgestürzt.«

Paloviita schüttelte den Kopf. »Lasst mich raten. Jeder verdächtigt den Neffen des Cousins vom Namensvetter seines Patenkindes?«

»So ungefähr. Wir tappen im Dunkeln. Erstens ist das Foto so schlecht, dass darauf jeder zu sehen sein könnte. Und zweitens handelt es sich bei der Hälfte aller Hinweise um böswillige Scherzanrufe. Der Gesandte bringt die Leute dazu, sich gegenseitig zu verdächtigen.«

»Und dann gibt es noch diejenigen, die sich wünschen, die Anschläge würden weitergehen«, sagte Paloviita.

»Das ist das Schlimmste. Ich hätte nie im Leben geglaubt, dass das im Finnland des Jahres 2019 noch möglich ist.«

»Dann sind Sie noch nicht zynisch geworden, so wie ich. Ehrlich gesagt habe ich auf etwas Derartiges gewartet, seit 2014 der Flüchtlingsstrom nach Europa einsetzte. Jetzt hat sich der ganze Hass auf einmal Bahn gebrochen. Mit einem Unterschied: Es hat einen Schwulenklub getroffen und kein Flüchtlingsheim, wie ich erwartet hätte.«

»Vielleicht sollte ich dann ja auch zynisch werden«, sagte Manner.

»Auf keinen Fall. Man muss dagegen ankämpfen, zynisch zu werden. Wenn man den Glauben an die Menschen verliert, macht unsere Arbeit keinen Sinn mehr.«

»Und, haben Sie Ihren Glauben verloren?«

Paloviita musste über die Frage nachdenken. Dann schüttelte er den Kopf. »Nein, noch nicht. Zumindest noch nicht ganz.«

Paloviita betrachtete das Foto der mysteriösen Frau. »Warum ist Niemi ausgerechnet so an dieser Frau interessiert. Und nicht an dem Mann, den wir auch noch nicht identifiziert haben. Sich so auf einen Transvestiten einzuschießen, leistet Hass und Vorurteilen nur noch mehr Vorschub.«

»Ich sehe das genauso. Aber Niemi sieht in dieser Person die Schlüsselfigur des ganzen Falls. Über seine Motive kann ich nichts sagen.«

»Anfangs habe ich geglaubt, Niemi hat die Situation im Griff, aber er konzentriert sich immer auf die falschen Dinge«, stellte Paloviita fest. »Wir sollten die Suche nach Veeti und Kalevi Aho intensivieren. Doch Niemi scheint nur auf diesen Mann im Kleid und Pastor Fredriksson fixiert zu sein.«

Manner nickte. »Sie wissen, dass mir die Hände gebunden sind.«

Paloviita sah erneut auf das Foto. »Ich bin immer noch davon überzeugt, dass der Mann, bei dem sich diese Frau unterhakt, Kristian Ramberg ist.«

»Offen gesagt, viele Anrufer sehen das genauso wie Sie.«

»Es ist ja an sich nichts Ungewöhnliches, dass ein schwuler Mann eine Schwulendisco besucht.«

»Das nicht. Aber warum meldet er sich nicht bei der Polizei?«

Paloviita reichte Oksman die Zeitung. »Sag du mal. Das ist doch Ramberg, oder?«

»Schwer zu sagen«, sagte dieser und schob die Zeitung zurück, ohne einen Blick auf das Foto geworfen zu haben.

»Das wird sich gleich herausstellen«, sagte Paloviita. »Wir statten ihm einen Besuch ab. Du fährst.«

Oksman erbleichte. »Jetzt? ... Ich muss ...«

»Gute Idee«, mischte sich Manner ein. »Fahren Sie sofort los. Falls er abstreitet, im Venus gewesen zu sein, machen Sie ihm Druck.«

Paloviita erhob sich. Oksman tat nichts dergleichen. Sowohl Manner als auch Paloviita betrachteten Oksman verdutzt.

»Geht es Ihnen nicht gut?«, fragte ihn Manner.

Oksman stand auf. »Doch, aber ... ich kann jetzt nicht. Morgen, einverstanden?«

Manner und Paloviita tauschten einen Blick.

»Einverstanden, dann morgen. Gehen Sie sensibel, aber entschieden vor«, mahnte sie Manner.

31

Oksman stieg aus dem Auto und schaute zum Himmel, an dem sich einzelne Wolken bildeten. Der Wetterdienst hatte heftige Gewitter zum Ende einer langandauernden Schönwetterlage vorausgesagt. Er riss die Haustür auf, nahm immer zwei, drei Stufen auf einmal, lief die Treppe bis in den sechsten Stock hinauf, schloss seine Wohnungstür auf und ging hinein, ohne wie sonst die Straßenschuhe auszuziehen. Er stürmte in die Küche, riss einen schwarzen Müllsack von der Rolle und kniete sich vor die Holztruhe im Wohnzimmer. Er kippte den Inhalt der Truhe auf den Boden und begann eilig, alles in den Müllsack zu stopfen: Kleider, Handtaschen, Stöckelschuhe, Unterwäsche, Büstenhalter, Strumpfhosen. Alle Make-up-Utensilien, Puderdöschen und Cremes auf dem Spiegeltisch schob er mit einer Armbewegung in den Sack, stopfte die Perücken mit hinein, knotete ihn fest zu und trug ihn aus der Wohnung.

Er packte den Sack in den Kofferraum, schlug die Kofferraumhaube zu und setzte sich auf den Fahrersitz. Angestrengt versuchte er, seinen Puls zu beruhigen. Er spürte, wie er hyperventilierte, und kramte eine Papiertüte aus dem Handschuhfach. Kurz befürchtete er, wieder das Bewusstsein zu verlieren. Er atmete in die Tüte, der Partialdruck des Kohlenstoffdioxids in seinem Blut stieg an, und er wurde langsam ruhiger.

Er musste klar denken.

Die Polizei suchte ihn und wollte ihn im Zusammenhang mit dem Anschlag auf den Nachtklub vernehmen. Paloviita war ein hervorragender Polizist, und über kurz oder lang würde er herausfinden, dass er die Frau im roten Kleid war. Dann würde alles zusammenstürzen. Er hatte sein ganzes Leben lang alles getan, um sich im Griff zu haben. Er lebte ein geregeltes, diszipliniertes Leben, das sich auf Alltagsroutinen stützte. Das war seine Überlebensstrategie. Jetzt gab die einzige Schwachstelle in diesem Gebilde nach, drohte aufzuplatzen und den ganzen Damm zum Einsturz zu bringen.

Er blickte sich um. Niemand war zu sehen, kein Auto, kein Mensch. Schaute da jemand vom Balkon oder aus dem Küchenfenster? Er wohnte hier seit vier Jahren, kannte aber immer noch keinen einzigen Hausbewohner – und keiner kannte ihn. Nicht seinen Beruf, sein Alter, nichts. Er setzte mit dem Saab aus der Parkbucht zurück und bog in die Jokisatamantie am Ufer jenseits des Zentrums ein. Seine Hände zitterten, sein Mund war trocken, als hätte er Sandkörner gelutscht. Ihm war bewusst, dass er sich im Schockzustand befand. Das Gefühl war neu für ihn, und er versuchte, es mit seinem Verstand in den Griff zu bekommen.

Er verließ Pori über den dörflichen Stadtteil Ruosniemi und überquerte den Kokemäenjoki in Höhe der Kalaholma-Brücke weit außerhalb des Zentrums. Erst als er die Umgehungsstraße erreichte, umklammerte er das Lenkrad nicht mehr ganz so heftig. Als Polizist war er gewöhnt, auch in unerwarteten Situationen ruhig und besonnen zu reagieren, dennoch fühlte er immer noch Panik in sich aufsteigen. Wenn er die Panik nicht in den Griff bekam, würde sie bald völlig von ihm Besitz ergreifen. Ein Mensch in Panik beging törichte Fehler, das konnte sich Oksman nicht leisten.

Er hielt neben dem Fußweg und ging die Ereignisse noch einmal durch. Besonderen Augenmerk legte er darauf, sein Verhalten zu analysieren. Hatte er in Paloviita oder den anderen Ermittlern Zweifel gesät? Wie wahrscheinlich war es, dass man die mysteriöse Frau mit ihm in Verbindung brachte? Wie sehr er es auch drehte und wendete – er kam immer zu dem gleichen Schluss: Früher oder später würde er mit Sicherheit auffliegen.

Paloviita hatte schon Ramberg auf dem Bild erkannt, in dessen Begleitung er den Nachtklub verlassen hatte. Oksman hatte Ramberg zwar seinen Namen nicht genannt, aber er würde ihn genau beschreiben können. Sie waren zusammen ins Hotel Vaakuna gegangen. Dort gab es Dutzende Überwachungskameras, auf den Aufzeichnungen war er mit Sicherheit zu erkennen. Das Personal an der Rezeption würde sich ebenfalls an ihn erinnern. Dazu kam noch das Zimmer, in dem er mit Ramberg Sex gehabt hatte, und das voller Fingerabdrücke von ihm sein würde, selbst wenn man es schon gereinigt hatte. Wenn Johan Niemi und das Zentrale Kriminalamt tatsächlich herausbekommen wollten, wer die mysteriöse Frau war, dann würden sie es auch herausbekommen.

Er hatte einen Punkt erreicht, an dem es keinen Ausweg mehr gab.

Er würde auffliegen, es war nur eine Frage der Zeit.

Und was dann?

Oksman konzentrierte sich auf seine Gedanken, obwohl er spürte, wie die Übelkeit in ihm hochstieg. Ihm wurde schwarz vor Augen.

Als Allererstes würde er seinen Job verlieren.

Er hatte gegen sämtliche ethischen Grundsätze der Polizeiarbeit verstoßen: Er hatte die Ermittlungen behindert, wichtige Informationen unterschlagen und sich unehrlich verhalten. Sein Arbeitgeber würde nicht umhinkönnen, interne Ermittlungen gegen ihn einzuleiten. Polizeibeamte aus einem anderen Polizeibezirk würden ihn wegen des Verdachts auf ein Amtsdelikt vernehmen.

Er würde *eines Verbrechens verdächtigt* werden.

Er war ein Verbrecher.

Doch das alles war noch gar nichts im Vergleich zu dem, was darüber hinaus geschehen würde. Sein ganzes Geheimnis würde ans Licht gezerrt werden. Danach wäre nichts mehr von ihm übrig als eine leere Hülle.

Und dann war da noch Vater.

Irgendwann würde Vater es erfahren.

Es gab drei Möglichkeiten. Die erste und einzig richtige war, alles zuzugeben. Er konnte jetzt gleich zu Paloviita nach Hause fahren und mit ihm reden. Paloviita würde ihn verstehen und sich taktvoll verhalten. Dann würden sie gemeinsam Manner und das ZKA informieren. Er würde eine vertrauliche Aussage machen. Er würde sich auf Paloviita verlassen können, und auch dessen Frau schien ein offenherziger Mensch zu sein. Alles in allem standen die Chancen gar nicht so schlecht, dass man die Sache ruhen lassen würde, wenn sich herausstellte, dass er mit dem Anschlag nichts zu tun hatte.

Doch diesen Weg würde er nicht wählen. Es war ihm schlicht nicht möglich, mit Paloviita zu sprechen. Und erst recht nicht mit seinen anderen Kollegen. Also blieben nur noch zwei Alternativen.

Nummer zwei: alle Beweismittel vernichten, so wie es Jari Paloviita in dem Messerstecherfall im vergangenen Herbst getan hatte. Oksman war sich sicher, das Paloviita die Mordwaffe aus der Asservatenkammer gestohlen hatte, um seinen Kindheitsfreund vor einer Mordanklage zu bewahren. Aber er hatte es nicht beweisen können. Das war eine Sache, die er seinem Partner nie würde verzeihen können.

Vertrauen verlor man nur einmal. Doch jetzt war Oksman selbst dabei, seine Vertrauenswürdigkeit als Polizist aufs Spiel zu setzen. Auf dem Revier wurde er vielleicht nicht unbedingt gemocht, aber von seinem Team auf jeden Fall anerkannt und geschätzt. Das war die Kraft, die ihn zusammenhielt.

Er war dabei, all das zu zerstören.

Die letzte Alternative war, sich umzubringen. Dann wäre es völlig gleichgültig, ob sein Geheimnis ans Licht käme oder nicht. Dann brauchte er weder Angst noch Scham zu empfinden.

Ein Motorengeräusch näherte sich. Ein entgegenkommendes Auto hielt neben ihm, und er wandte das Gesicht ab. Es war Zeit, seine Fahrt fortzusetzen. Er fuhr über die Vanhankoivistontie an der Trabrennbahn vorbei und weiter Richtung Flughafen. Der Abend war hell und windstill. Hier und da sah er einzelne, späte Jogger oder Hundebesitzer. Selten kam ihm ein Auto entgegen. In Höhe des Krankenhauses bog er zum Gelände der Finnischen Luftfahrtakademie ab. Die Straße schlängelte sich durch den Wald, führte am Maschendrahtzaun des Flugplatzes vorbei und ging in einen Schotterweg über. Erst hier traute sich Oksman, vom Gaspedal zu gehen. Der Abend ging in die Nacht über. Einzelne Wolken zogen über den Himmel, und es wurde dämmrig. Aber ganz erlosch das Licht dennoch nicht, das tat es nie im finnischen Sommer. Es blieb als blauer Schimmer zwischen den Häusern, in stillen Gassen und inmitten der Bäume hängen und wartete auf den nahen Tag. Über den Feldern schwebte ein flacher Nebelvorhang. Oksman fuhr am Haus seiner Eltern vorbei. Das Licht im Untergeschoss brannte ebenso wie der mit einem Bewegungsmelder ausgestattete Strahler im Hof. Hier standen nur noch vereinzelt Häuser, die Straßenbeleuchtung endete, und der Weg wurde schmaler. Er bog in einen Waldweg ein, der zum Ferienobjekt Toiveen maja – Haus der Hoffnung – führte, einer Sport- und Freizeithütte, die schon seit Generationen Menschen an die frische Luft lockte. Auf der linken Seite sah er die Kiesgruben, in denen das Wasser schimmerte wie eine offene Wunde. Er dachte daran, wie er als Junge zum Baden hierher geradelt war. Damals war das Wasser klar gewesen und hatte ihm bis zum Hals gereicht. Jetzt stand und stank es und ginge ihm höchstens noch bis an die Knie.

An einer Wegkreuzung hielt er an und stieg aus. Die Nacht war still, ein dunkler Fichtenwald ragte vor ihm auf. Dünner Nieselregen benetzte sein Gesicht. Es war der dunkelste Moment einer Julinacht. Irgendwo in der Nähe raschelte ein Vogel, Zweige knackten. Oksman holte den Müllsack aus dem Kofferraum, schleppte ihn in die Mitte der Kreuzung, und schüttete ihn aus. Kleider, Perücken und Unterwäsche landeten im staubigen Sand. Wieder lauschte er in die Nacht, doch sie blieb still. Dann holte er einen Benzinkanister aus dem Auto, öffnete den Verschluss und goss ihn über dem Haufen aus. Im Auto drückte er auf den Zigarettenanzünder und wartete, bis er knackte und der spiralförmige Draht glühte. Er nahm ein Papiertaschentuch, knüllte es zusammen und hielt es gegen den rotglühenden Draht. Das Taschentuch wurde schwarz, der beißende Geruch nach verbranntem Papier stieg ihm in die Nase. Plötzlich loderte das zerknüllte Taschentuch auf, und Oksman warf es auf den Haufen. Das verdampfende Benzin entzündete sich explosionsartig. Die Flammen schossen meterhoch empor. Er fühlte den heißen Widerschein im Gesicht und trat einen Schritt zurück. Der Explosionsdruck erstickte den Brand, der Kleiderhaufen qualmte drohend, dann entfachte der Sauerstoff die Flammen erneut, und alles brannte lichterloh. Oksman betrachtete die Flammen und sah sorgenvoll auf die dichte schwarze Rauchsäule, die gen Himmel stieg und sich weit über die Bäume erhob. Er holte einen Stock aus dem Wald, stocherte in den Fetzen herum und stellte zufrieden fest, dass die Sachen gut brannten. Das rote Kleid war schon ganz schwarz. Das Feuer umspielte es, bis sich eine Flamme züngelnd ihren Weg durch den Stoff fraß. Oksman wartete, bis auch die letzte Plastikdose und der letzte Träger zu Asche geworden waren und von seinen Kleidern nicht die kleinste Faser übriggeblieben war. Er schleuderte den Stock zurück in den Wald.

Er fühlte sich gleichzeitig leicht und so, als würden dunkle Wolken über ihm hängen. Ihm war klar, dass er eine Grenze überschritten hatte, hinter die er nicht zurückkonnte. Er hatte Beweise vernichtet. Das Schlimmste war jedoch, dass er sich selbst betrogen hatte. Er hatte sich auf Paloviitas Niveau herabbegeben, der, um seinen Freund zu schützen, Beweise gestohlen hatte. Vielleicht war er sogar noch tiefer gefallen, ging es ihm doch nur um sich selbst. Paloviita hatte das alles immerhin für einen anderen Menschen riskiert.

Als Oksman sicher sein konnte, dass keine Waldbrandgefahr mehr bestand und sich in der Asche nichts finden würde, was Rückschlüsse auf ihn zuließ, stieg er wieder in sein Auto und fuhr zurück Richtung Stadt. In Höhe der vertrauten Kreuzung fuhr er langsamer. Im Haus seiner Eltern brannte immer noch Licht. Vaters Auto stand im Hof.

In der Ferne war nahendes Donnergrollen zu hören.

Einer plötzlichen Eingebung folgend hielt Oksman am Straßenrand gegenüber. Er sah seine Mutter im Lichtkegel der Flurbeleuchtung stehen. Sie hatte irgendein Papier in der Hand, das sie in die Höhe hielt. Oksman war sich sicher, dass es die Benachrichtigung mit dem Termin für die Magenspiegelung war. Offensichtlich hatte Vater davon erfahren. Mutter erklärte aufgeregt etwas, er sah, wie sich ihre Lippen bewegten. Er spürte das Verlangen, auf den Hof zu fahren, auszusteigen und Mutter zu verteidigen. Aber er wusste, dass er das nicht tun würde. Die Begegnung mit Vater jagte ihm zu viel Unbehagen ein.

Er wartete, ohne zu wissen, worauf. Vielleicht hoffte er, Mutter käme ans Fenster, so wie damals, als er klein war und im Hof gespielt hatte. Damals hatten sie sich immer durchs Fenster zugelächelt.

Doch Mutter kam nicht.

Stattdessen drängte sich Vater ins Licht, riss Mutter den Brief aus der Hand, zerriss ihn in kleine Schnipsel und schleuderte sie ihr ins Gesicht. Vater brüllte, das Gesicht ganz rot, Spucke flog. Mutter ging in die Knie, um den Papiermüll aufzusammeln.

Vater glaubte nicht an Krankenhäuser. Ärzte vergifteten die Menschen nur. Krankheit rührte aus der Sünde. War man demütig, erbarmte sich Gott und heilte. Oksman erinnerte sich, wie er als Fünfzehnjähriger an einer Hirnhautentzündung erkrankt war. Sein Zustand hatte sich schlagartig verschlechtert. Die infernalen

Kopfschmerzen linderte nur die Bewusstseinstrübung. Mutter wollte mit ihm zum Arzt, doch Vater hatte es verboten und befahl ihnen zu beten. Am vierten Tag hatte Mutter gegen Vaters Widerstand einen Rettungswagen gerufen, und er war mit Blaulicht auf die Intensivstation eingeliefert worden, wo ihm intravenös Antibiotika verabreicht wurden.

Später verloren sie nie wieder ein Wort darüber. Nicht Mutter, nicht Vater und auch er selbst nicht. Als er aus dem Krankenhaus nach Hause kam, war alles wie immer – so als ob er nicht um Haaresbreite dem Tod entronnen wäre.

Oksman drückte das Gas durch. Die Reifen gruben tiefe Furchen in den Kies. Er hielt auf das Haus zu, bremste und fuhr zurück auf die Straße. Das Hoflicht sprang an, ebenso der Strahler mit dem Bewegungsmelder an der Maschinenhalle, als Vater auf den Hof gestürzt kam. Riki fing an zu kläffen.

32

Die Wolken wurden immer schwerer und der Himmel dunkler. Wind kam auf. Über Ulvila leuchtete der erste Blitz auf und verscheuchte den letzten Zweifel daran, dass ein Gewitter aufkommen und über Pori in Richtung Meer ziehen würde.

Gegen zehn parkte Oksman seinen Saab am Straßenrand gegenüber der Kirche. Der Regen trommelte gegen die Windschutzscheibe. Auf dem Asphalt brodelte es, als würde er kochen. Ein Blitz zuckte über den Himmel, und kurz darauf ging ein Donner nieder, der die Welt in Stücke zu reißen drohte. Die Straßenlaternen waren angegangen, der Wind fegte durch die Baumwipfel und sprühte die Tropfen waagerecht vor sich her.

Oksman blickte über die Straße. Im Verwaltungstrakt der Kirche brannte noch Licht. Er umklammerte das Lenkrad, lehnte die Stirn dagegen und verharrte lange in dieser Position. Er fühlte die Kühle des Leders und lauschte dem Auf- und Abschwellen des Regens. Das Gewitter war direkt über ihm, Blitze flackerten am Himmel, es donnerte jetzt ununterbrochen.

Er öffnete die Autotür und trat in den Regen hinaus.

Die Tropfen waren schwer und durchnässten augenblicklich Haare und Kleidung. Die Schuhe versanken im Wasser. Langsam lief er zur Kirche hinüber. Je näher er der Tür kam, umso schwerer wurden seine Beine. Kurz hatte er das Gefühl, seine Beine würden ihm den Dienst versagen und er würde hier auf dem Weg zur Kirche zusammensacken. Er war psychisch am Ende. Widerstrebende Kräfte in seinem Inneren, Schuldgefühle, seine einsame Scham und die Angst, entlarvt zu werden, rissen ihn entzwei.

Wieder ein Blitz, diesmal von hinten. Das Leuchten warf seinen Schatten auf die Kirchentür, der aussah wie schmales, trockenes Langholz. Einen Herzschlag später folgte der Donnerknall. Der Lärm war so ohrenbetäubend, dass Oksman fürchtete, sein Trommelfell könnte platzen. Seine Sachen hingen ihm nass und schwer am Leibe, um überhaupt etwas zu sehen, musste er sich das Wasser aus dem Gesicht wischen. Er legte die Hand auf die Klinke der Kirchentür. Tief in seinem Inneren hoffte er, sie wäre verschlossen, doch sie ließ sich leicht herunterdrücken. Im Eingangsbereich brannte Licht. Oksman sah auf die Uhr, fast zehn. Offensichtlich hatte Pfarrer Mikael Fredriksson es ehrlich gemeint, als er sagte, dass die Türen bei ihm niemals verschlossen wären. Diese Selbstaufopferung fand Oksman eigentlich nur töricht. Den Granatsplittern war es gleichgültig, ob sie in Pfarrer, Veterane der Fremdenlegion oder unbedeutende Weichtiere wie ihn eindrangen.

Oksman trat ein und sah, wie das Wasser, das aus seiner Kleidung tropfte, Pfützen auf dem Linoleum hinterließ.

Die Tür fiel ins Schloss.

Er wurde aus seiner Erstarrung gerissen. Was in aller Welt suchte er hier? Warum war er hergekommen? Er hatte das dringende Verlangen, kehrtzumachen und hinaus in den Regen zu verschwinden.

Doch dann stand der Pfarrer plötzlich im Raum. Direkt vor ihm. Er trug ein dunkelblaues Polohemd, um den Hals baumelte die Lesebrille. Er sah auf die Lache zu Oksmans Füßen, dann auf Oksmans hilflosen Gesichtsausdruck, den dieser nicht verbergen konnte.

»Mir war, als hätte ich ein Geräusch gehört«, sagte der Pfarrer. »Was für ein Wetter.«

Oksman nickte.

»In der finnischen Mythologie ist Ukko der höchste Gott, die mächtigste aller Gottheiten und der Herrscher über das Wetter.

Er wurde gefürchtet und verehrt. In Blitzen sah man seine Strafe und im Regen seine Gunstbezeugung«, sagte der Pastor.

»Im baltischen Volksglauben heißt der Donnergott Perkele, Teufel«, entgegnete Oksman.

Der Pastor lächelte. »Gott oder Beelzebub, wer weiß das schon. An Ihrer Stelle würde ich die Jacke ausziehen.«

Oksman sah auf den Fußboden und die Wasseransammlung zu seinen Füßen. »Der Boden ist nass«, sagte er.

»Er trocknet wieder.«

Oksman hängte seine Jacke an die Garderobe. Sie fühlte sich schwerer an als ein frisch gewaschener Teppichläufer. Dann gingen sie in das Dienstzimmer des Pfarrers.

»Ich fühle mich geschmeichelt. Möchte die Polizei sichergehen, dass es mir gut geht? Wie gesagt, ich habe keine Angst vor dem Tod oder irgendjemandem sonst ... außer vielleicht vor Gewittern.«

»Die Tür«, stammelte Oksman. »Sie war nicht verschlossen. Licht brannte.«

»Ich arbeite oft abends oder nachts. Ich weiß nicht, seit wann. Vielleicht seit ich Legionär war. Schon damals habe ich die Nachtwachen am meisten genossen. Die Gedanken laufen leichter. Allerdings könnte ich morgens dann auch bis mittags schlafen. Ich habe es mir angewöhnt, die Kirchentür offen zu lassen. Vielleicht braucht ja jemand Schutz – oder einen Gesprächspartner.« Jetzt betrachtete er Oksman vom Scheitel bis zur Sohle. »Offensichtlich ist das gerade der Fall. Möchten Sie einen Kaffee?«

Oksman erinnerte sich an die Brühe auf der Fensterbank und schüttelte den Kopf. Der Pfarrer räumte einen Papierstapel, der sich neu gebildet hatte, vom Stuhl. Blitze zuckten, das Licht flackerte. Sie warteten, ob der Strom ganz ausfallen würde, aber er fing sich wieder.

»Sie sind nicht gekommen, um sich nach meinem Befinden zu erkundigen«, machte der Pfarrer den Anfang.

»Woraus schließen Sie das?«

»Ich kann in den Menschen lesen. Das wurde mir als Talent – oder Fluch – mitgegeben. Ich weiß, wann jemand zu mir kommt, um zu reden. Meistens geschieht das unter irgendeinem Vorwand. Hier sind nur wir beide, keiner hört uns, außer vielleicht Er.« Der Pfarrer wies zur Decke. »Gott oder Perkele.«

Oksman holte tief Luft, so wie er es eben im Auto getan hatte. »Ich war dort, in jener Nacht.«

»Im Nachtklub?«

Oksman nickte. Das kühle Nass, das ihm über die Haut lief, fühlte sich auf einmal an wie kochendes Wasser. Ihm war gleichzeitig kalt und heiß.

Der Pfarrer erwiderte nichts, sondern wartete ruhig, bis Oksman seine Gedanken geordnet hatte. Das Donnergrollen kam jetzt von weiter weg, der Regen wurde schwächer und trommelte träge gegen das Fensterblech.

»Ich war dort, bin aber gegangen.« Oksman sah die Satakunta-Morgenzeitung, die in einer Ecke des Schreibtischs auf einem Stapel unterschiedlicher Papiere lag. Er griff danach, faltete sie auseinander und zeigte auf das Foto: »Ich bin … diese Frau.«

Der Pfarrer betrachtete das Bild und dann Oksman. Dieser legte die Zeitung zurück auf den Tisch und versuchte im Gesicht des Pastors einen Hinweis zu erhaschen, der ihm seine Gedanken verraten hätte, doch er blieb so gelassen wie eh und je – und wich Oksmans Blick nicht aus.

»Was haben Sie jetzt vor?«

»Ich habe die Sachen verbrannt.«

»Keiner weiß also etwas?«

»Nein, außer einem.«

»Der Mann, mit dem Sie den Nachtklub verlassen haben.«

Oksman nickte.

»Und jetzt fürchten Sie, Ihr Geheimnis wird ans Licht kommen.«

Oksman antwortete nicht.

»Was macht Ihnen am meisten Angst?«

»Alles.«

Der Pfarrer lehnte sich zurück und trommelte sich mit den Fingerspitzen auf den Lippen. Draußen riss die Wolkendecke auf und gab Streifen hellen Himmels frei. »Knifflige Situation«, stellte er fest. »Was glauben Sie, würde passieren, wenn Sie morgen zu Ihrem Vorgesetzten gehen und ihm die ganze Sache erzählen?«

»Ich werde suspendiert.«

»Von den Ermittlungen oder ganz?«

»Ich habe meine Dienstpflicht verletzt.«

»Aber Sie fürchten noch etwas anderes, Größeres.«

Oksman nickte.

»Was alle über Sie denken werden – wenn Ihr Geheimnis ans Licht kommt. Dass Sie ein Transvestit und Homosexueller sind. Was, glauben Sie, wird das mit Ihnen machen?«

Oksman sagte nichts, er dachte an Vater und dessen Bluthunde.

Der Pastor sah aus dem Fenster. Es regnete jetzt nur noch leicht, der helle Himmel kam allmählich wieder hinter den Wolken zum Vorschein. Die Wipfel der Fichten auf dem Kirchhof leuchteten in einem eigenartigen Glanz.

»Geheimnisse können mitunter barmherzig sein«, sagte der Pfarrer.

Sie sahen sich über den Tisch hinweg in die Augen.

»Ich habe Menschen getötet. Das ist mein Geheimnis. Diejenigen, die meine Geschichte kennen, haben manchmal versucht, mich im berauschten Zustand auszuhorchen. Das interessiert die Leute. Ob ich im Krieg getötet habe und wie es sich anfühlt, einem anderen das Leben zu nehmen. Die Menschen denken vor allem immer daran, dass im Krieg Soldaten getötet werden. Aber ich weiß nicht, wie sie reagieren würden, wenn sie die Wahrheit erführen: dass ich auch auf Frauen und Kinder geschossen habe, auf alles, was rennt, läuft oder kriecht.«

Über den Raum legte sich Schweigen. Es wurde allmählich heller, und obwohl das Licht noch eher fahl war, drang es durch die Fensterscheiben und beschien ihre Gesichter.

»Manchmal kommt es mir so vor, als käme ich von außerhalb, als wäre Malik Adamsson jemand anderes und nicht ich gewesen. Ich trinke mit den Diakonen Kaffee. Wir lachen zusammen. Ich mag sie, und sie mögen mich. Wir erzählen uns Witze, und sie zeigen mir Fotos von ihren Enkeln. Würde ich ihnen erzählen, dass ich 1999 im Kongo mitten im Dschungelkrieg, als alles um uns herum loderte und keiner mehr wusste, wo die eigenen und wo die feindlichen Truppen standen, einer Mutter, die ihr Kind trug, mit dem Sturmgewehr in den Rücken geschossen habe, sähe mich keiner mehr auf diese Art an. Oder was würde mein Vorgesetzter sagen, wenn ich ihm erzählte, dass wir in der Elfenbeinküste auf dem Rückzug vor dem Feind alle Dörfer, durch die wir kamen, niederbrannten?«

»Wie können Sie damit leben?«, fragte Oksman.

»Taten kann man nicht ungeschehen machen. Aber ich versuche nach besten Kräften etwas wiedergutzumachen. Es ist niemals genug, aber eine andere Möglichkeit habe ich nicht.«

Der Pfarrer sah Oksman an. »Jetzt kennen wir beide unsere Geheimnisse. In meinen Augen haben Sie sich nicht im Geringsten verändert. An Ihnen ist nichts falsch.«

Der Pfarrer erhob sich und kam um den Tisch herum. Unvermittelt klammerte Oksman sich an ihn. Tränen schossen ihm in die Augen. Der Pfarrer schloss Oksman in die Arme. Als Oksman sich nach einer Weile vom Pfarrer löste, war dessen Hemd voll dunkler Flecke.

33

Pastor Mikael Fredriksson streckte sich und dehnte seinen Rücken. Wirbel knackten, und der Druck hinter dem Brustbein ließ nach. Er warf einen Blick auf die Uhr an der Wand, es war fast Mitternacht. Es wurde Zeit für ihn, die Arbeit zu beenden. Er klopfte einen Stapel Papiere an der Tischkante glatt und sah hinaus. Finster. Der Sommer neigte sich dem Ende zu. Noch war es warm, aber Abend für Abend wurde es kühler, es wurde wieder dunkler, und die Blätter färbten sich tiefgrün.

Der Pfarrer dachte an das Gespräch mit dem schweigsamen Polizisten, der ihn vor zwei Stunden verlassen hatte. Warum war er zu ihm gekommen? Warum kamen so viele zu ihm, um zu reden? Am Beffchen allein konnte es nicht liegen. Die Menschen hatten schon seine Nähe gesucht, bevor er ein Gottesmann geworden war. Er hatte keine Antworten, auch nicht auf die Frage, warum er dem Polizisten sein Geheimnis anvertraut hatte. In ihrer Begegnung hatte eine unausgesprochene Kraft gelegen.

Der Asphalt glänzte nach dem Regen nass im Licht der Straßenlaternen.

Er dachte an sein Leben, an die Wege, die ihn in diese Kirche und dieses Büro geführt hatten. Es hätten so viele Dinge anders laufen können. Er hätte im Geschützfeuer des Gegners sterben oder in einem unbekannten afrikanischen Land auf eine Schützenmine treten können. Töte oder du wirst getötet. Daran hatte er geglaubt.

In der Legion hatte er insgesamt an sieben Einsätzen teilgenommen. Von seinen fünfzehn Jahren Dienst hatte er nur vier auf Korsika verbracht. Den Rest der Zeit hatte er in Dschibuti, im Kongo, in der Elfenbeinküste, in Gabun und in Somalia zugebracht. Anfangs war ihm alles wie ein Abenteuer erschienen. Reisen in tausende Kilometer entfernte Länder, Sprünge aus Flugzeugen und Fahrten mit der Kolonne durch namenlose Gebirgsdörfer. Er hatte so herrliche Landschaften gesehen, dass es ihm noch in der Erinnerung den Atem verschlug: endlose Wüsten, wie bewegliche Sandskulpturen, Dschungel, so dicht wie eine Mauer, schneebedeckte Bergketten, unermesslich weite Savannen – und Flüsse groß wie Seen. Er war Reichtum begegnet und Armut, die weit über sein Verständnis hinausreichten. Er hatte drei Tage und drei Nächte ohne Pause in einem Dschungel gekämpft, der so undurchdringbar war, dass er den Kameraden neben sich nicht ausmachen konnte. Und unaufhörlich hatte der Kampf um sie herum getobt. Er hatte in einer sternklaren Nacht auf einer riesigen Sanddüne gesessen und über die mondbeschienene Wüste geschaut, die leer und kalt war wie das Weltall. Und er hatte das Bajonett seines Gewehres einem jungen Mann in die Kehle gestochen und in seine flehenden Augen geschaut, während die Klinge sein Fleisch aufschlitzte. Falls Gott schon damals bei ihm war, so hatte er Seine Anwesenheit kein einziges Mal gespürt. Wohin auch immer er geschaut hatte, wohin auch immer er gegangen war, immer waren es nur Verrohung, Tod und Leid, die ihm begegneten. Verbrannte Dörfer, Kinder, denen ein Bein, ein Arm oder ein Auge fehlte, Fliegen, Hoffnungslosigkeit und Menschen, denen man alles genommen hatte.

Trotzdem wollte er daran glauben, dass jenseits des Verstandeshorizonts des Menschen eine andere Welt existierte. Eine unerklärliche, bindende Kraft, die alles in Bewegung versetzte. Denn gäbe es sie nicht, dann wäre da keinerlei Hoffnung für die Menschen.

Der Pfarrer stand auf und ließ die Schultern kreisen. Er spürte die Punkte, wo die Sehnen in die Muskeln übergingen. Jahrelang hatte er nur seiner Physis gedient. Jetzt hatte er seit fünf Jahren keine Hantelstange mehr angefasst. Sein Gewicht war gleich geblieben, aber seine Muskelmasse geschrumpft. Er überlegte, wieder mit dem Joggen anzufangen.

Ein erneutes Gähnen ließ sein Kinn erzittern. Es wurde Zeit, nach Hause zu gehen.

Die Außentür klappte. Er hörte, wie sich der Riegel öffnete. Kurz darauf schnappte er wieder ins Schloss. Er versteifte sich. Seine in der Fremdenlegion geschärften Instinkte waren schlagartig geweckt. Einige Sekunden war es vollkommen still, dann näherten sich über den Flur Schritte in seine Richtung. Er lauschte und entspannte sich, er kannte den, der da kam. Ein Schatten verdeckte die Türöffnung.

»Hast du etwas vergessen?«, fragte er, doch sein Lächeln erstarb. In der Tür stand eine völlig andere Person. Der Mann streifte die Kapuze vom Kopf: »Guten Abend, Pastor.«

Der Pfarrer suchte nach einer passenden Erwiderung, fand aber keine. Sein Kopf war vollkommen leer.

»Die Tür war offen, also dachte ich, ich komme mal vorbei, um Hallo zu sagen.« Über das Gesicht der Person, dessen eine Hälfte im Schatten lag, huschte ein Grinsen. Er trat über die Schwelle ins Licht.

Der Pfarrer konnte ihm nur noch einen einzigen Schritt entgegengehen, als ihn eine unvorstellbare Kraft in der Brust traf und alle Luft aus seinen Lungen wich. Seine Gedanken glitten in die Stadt Abidjan, als eine schwere Artilleriegranate in ein mehrgeschossiges Gebäude neben ihnen einschlug und er über die Straße geschleudert wurde, wie ein Stück Abfall. Das würde sein letzter klarer Gedanke bleiben, denn im gleichen Moment verließ ihn das Bewusstsein. Er trieb durch schwarze Leere, in der beängstigende Traumfetzen trieben: im Dschungel lauernde Bestien und aus dem Dunkel starrende Augen. Der Himmel, den ein Donnerschlag entzweiriss. Und aus noch größerer Tiefe das Klirren des Schlüsselbundes in den Fingern seines Vaters im Schaukelstuhl.

Der schwarz gekleidete Mann fasste den Pfarrer an den Knöcheln und zog ihn über den Flur in die Kirche. Beim Verrichten seiner Arbeit pfiff er vor sich hin.

34

Das Gelände um die Kirche war mit blauweißen Bändern abgesperrt. Polizisten in Uniform standen im Abstand von zwanzig Metern um den Rasen. Paloviita parkte im Schatten einer Stech-Fichte und nahm in düsterer Stimmung wahr, dass alle Polizisten Helme und Sturmgewehre trugen. In seiner ganzen Dienstzeit konnte er sich an nichts Vergleichbares erinnern.

Auf der Fahrt hierher hatte Oksman kein Wort gesprochen, nur schweigend aus dem Fenster gesehen. Hier und da erinnerten noch vereinzelte Pfützen an das Gewitter vom vergangenen Abend. Auch Paloviita wusste nichts zu sagen. Oksmans Kopf war so voller leerer Gedanken, dass er allein unter ihrem Gewicht zusammenzubrechen drohte.

Der Weg vom Auto zum Haupteingang fiel ihnen so schwer, als stapften sie durch tiefen Schlamm. Pasi Jaakola, der auch diesmal an der Tür wachte, lächelte nicht, sondern blickte ins Leere. Paloviita zögerte, als er seine Hand auf die Klinke legte, doch dann zog er beherzt die Tür auf. Schweren Schrittes betraten sie die Kirche, in der sie erst am Vortag zusammen gewesen waren. Der Pfarrer hatte sie durch den Kirchensaal hinausbegleitet und zu ihnen über das Kreuzigen gesprochen.

Jetzt war es der Pfarrer selbst, der ans Kreuz genagelt war. Obwohl Paloviita gewusst hatte, was sie erwartete, konnte er ein Ächzen nicht unterdrücken. Oksman starrte wie gelähmt in Richtung Altar:

Der Oberkörper des Pfarrers war entblößt, die tätowierten Arme und der Brustkorb leuchteten nackt. Paloviita sah, dass das Tattoo auf der Brust eine Taube darstellte, die teilweise von ergrauten Brusthaaren verdeckt wurde. Auf seinem Kopf saß eine aus Stacheldraht geformte Dornenkrone, die tief in die Kopfhaut gedrückt worden war. Rinnsale von Blut waren über seine Wangen in den Bart gelaufen und hatten dort schwarze Klumpen gebildet. Das Weiß der Augen war hervorgetreten, und der Mund hatte sich zu einem fratzenhaften Grinsen verzogen.

Die Nägel waren riesig. Sie waren durch die Handflächen und die Fußsohlen geschlagen worden, ohne dass die Hände an diesen Stellen heftig geblutet hatten. Anders die Wunde an der Seite, aus der so viel Blut gespritzt war, dass Jeans, Wand und Altar über und über damit besudelt waren.

Man war gerade dabei, das Kreuz mithilfe des Personenlifts abzunehmen, mit dem es aller Wahrscheinlichkeit nach auch an die Wand gehievt worden war.

»Guter Gott«, stöhnte Oksman.

Paloviita brachte keinen Ton heraus, seine Zunge war wie Sandpapier und klebte am Gaumen. Als er sie kommen sah, löste sich Raunela aus einer Gruppe von Technikerkollegen, die unter der Kanzel standen, und schritt ihnen entgegen. Die Hosenbeine seines Schutzanzugs raschelten.

»Jesus, gedenke an mich, wenn du in dein Reich kommst!«, zitierte Raunela.

»Ist er …«, Paloviita musste schlucken, um weiterreden zu können. »War er am Leben, als …«

»Das wissen wir noch nicht. Möglich, dass er betäubt oder vergiftet wurde, andere äußere Verletzungen hat er nicht.«

»Die Wunde an der Seite«, sagte Oksman. »Tote bluten nicht so stark.«

Sie verfolgten schweigend, wie der Leichnam hinter dem Altar abgelegt wurde.

»Ich glaube, nach dem hier mache ich lange Urlaub«, sagte Raunela. »Und dann denke ich über alles nach.«

»Aber jetzt noch nicht«, sagte Paloviita.

Raunela schüttelte den Kopf. »Jetzt noch nicht.« Er nickte in Richtung Leiche. »Es sei denn, er steht von den Toten auf.«

»Ans Kreuz genagelt zu werden ist eine schändliche Strafe«, sagte Oksman, und aller Blicke richteten sich auf ihn. »Das waren seine Worte. Das Kreuz war den Elendsten der Elenden vorbehalten: den Abtrünnigen, Verrätern und Ausgestoßenen. Der Täter wollte den Pfarrer erniedrigen, indem er ihn ans Kreuz nagelte.«

»Ich halte es eher für eine Ehrerweisung, schließlich ist Jesus selbst so gestorben«, sagte Paloviita.

»Eine Ehrerweisung«, ereiferte sich Raunela. »Ich frage mich, wer hier durchgeknallter ist.«

»Auf den Philippinen schlagen sich jedes Jahr zu Ostern Menschen mit Peitschen, fügen sich Schnittwunden zu und lassen sich anschließend ans Kreuz nageln, um Jesu Leiden nachempfinden zu können«, erwiderte Paloviita. »Es ist eine Ehre, ans Kreuz geschlagen zu werden.«

»Eins kann ich sicher sagen, der Pfarrer hat sich nicht selbst ans Kreuz genagelt und an die Wand gehängt«, entgegnete Raunela.

»Ist das die Tat des Gesandten oder eines anderen Fanatikers? Darum geht es hier schließlich im Moment«, sagte Oksman.

»Wir haben versucht, ihn zu warnen. Er hat sich selbst in Gefahr gebracht, indem er an dem Kerzenumzug teilgenommen hat. Ehemaliger Legionär hin oder her. Entweder waren es mehrere Täter, oder er ist böse überrascht worden.«

»Oder er kannte den Täter«, warf Oksman ein.

»Wer hat ihn gefunden?«, fragte Raunela.

Paloviita zog ein Papier aus der Tasche, faltete es auseinander und las: »Taisto Erkkilä, der Küster und Hausmeister der Gemeinde.«

»Wo ist er jetzt?«, fragte Oksman.

»Das weiß ich nicht. Aber wir müssen ohnehin jeden Mitarbeiter der Kirche befragen.«

Raunela ging zu der Leiche. Paloviita blieb im hinteren Teil der Kirche stehen. Die Techniker machten Fotos, und Raunela gab lautstark Anweisungen. Blitzlicht zuckte.

»So viel zu Niemis Verdacht«, murmelte Oksman.

Paloviita fühlte eine Welle der Übelkeit in sich aufsteigen. Beim Geruch nach frischer Farbe und dem Anblick des blutbespritzten Altartisches wurden seine Beine schwach. »Ich muss mal kurz raus an die frische Luft«, sagte er zu Oksman, wankte nach draußen, wo er sich an einen Stützpfeiler der Eingangsüberdachung lehnte und tief Luft holte. Als er sein Gleichgewicht wiedergefunden hatte, lief er weiter hinter die Absperrbänder. Die Polizisten an der Absperrung beobachteten ihn neugierig. Paloviita wusste, dass er total bleich war, alles Blut war ihm aus dem Kopf gewichen. Er hatte immer gedacht, als Polizist schon alles gesehen zu haben, wozu Menschen fähig waren. Er hatte Kinder gesehen, die bei einem Autounfall total zerquetscht worden waren, eine Frau, der ihr Ehemann Nase und Ohren abgeschnitten hatte, und eine junge Studentin, deren Leiche von ihrem Freund mit Rohrreiniger beseitigt werden sollte. Er hatte sich geirrt, als er angenommen hatte, nichts könnte ihn mehr aus der Bahn werfen. Beim Anblick des Pfarrers, der dort über dem Altar hing, war ihm die Luft weggeblieben. Vielleicht konnte er sich gerade noch vorstellen, wie es dazu kam, dass ein erschöpfter Vater seinen Sohn vor Wut mit dem Kopf in den kochend heißen Saunakessel tunkte – oder dass ein nichtiger Streit um eine Flasche Schnaps immer wieder in einem Gewaltverbrechen endete. Aber er konnte absolut nicht begreifen, was einen Menschen dazu trieb, einen anderen an Händen und Füßen an die Wand zu nageln. Das entsprang nicht mehr dem Gefühl der Wut oder einer spontanen Eingebung – da war das Böse selbst am Werk.

Er kramte nach der Zigarettenschachtel, steckte sich mit unsicheren Fingern eine Zigarette zwischen die Lippen und versuchte sie anzuzünden. Ohne Erfolg. Seine Hände zitterten zu stark. Die Polizistin, die in der Nähe stand, trat auf ihn zu, nahm ihm das Feuerzeug aus der Hand, entzündete es und hielt es ihm hin. Paloviita nahm zwei kräftige Züge und stieß den Rauch wieder aus. Das Kohlenmonoxid und das Nikotin beruhigten seinen Puls. Die Polizistin gab ihm das Feuerzeug zurück.

»Danke«, sagte Paloviita und blickte auf das Schild mit ihrem Nachnamen, wobei er sich an ihren vollständigen Namen erinnerte: Kaisa Saarni.

»Sie sind heute nicht der Erste, der kreidebleich aus der Kirche gewankt kommt«, sagte sie.

Paloviita nickte und inhalierte mehr Rauch. Der Druck im Hals ließ nach.

»Wer tut so etwas?«, fragte die Polizistin.

»Ich weiß es nicht«, antwortete Paloviita. »Aber wir werden es herauskriegen.«

Sein Telefon klingelte. Zuerst zog er sein Diensthandy aus der Tasche, stellte dann aber fest, dass der Ton von seinem Privathandy kam. Er zog es aus der Gesäßtasche und schaute auf das Display – und sah den Namen seines Schwiegervaters.

»Mist.«

Er zögerte einen Moment, ob er rangehen sollte, dachte dann aber an das unweigerliche Nachspiel, wenn er nicht antwortete, und drückte die grüne Taste.

»Jari.«

»Wo bist du gerade?«

Paloviita hatte nicht übel Lust, ihm zu antworten, dass er gerade einer Kreuzigung beiwohnte, ob er vielleicht in einer Viertelstunde wieder anrufen könnte, doch dann besann er sich:

»Bei der Arbeit.«

Sekundenlanges Schweigen. »Die Genossenschaftsbank hat mich mit einem Brief beehrt«, sagte sein Schwiegervater dann.

Paloviita antwortete nicht. Er sah in Richtung Kirchentür,

aus der gerade eine Mitarbeiterin der KT trat, deren Anzug und Handschuhe voller Blut waren.

»Die Geduld der Bank ist am Ende. Wenn du nicht bald mit der Tilgung beginnst, fordert die Bank die komplette Kreditsumme zurück. Hast du das verstanden?«

Gern hätte Paloviita gesagt, dass er und Terhi den Kredit gemeinsam aufgenommen hatten, biss aber die Zähne zusammen. Seine Schwächeattacke verflog, als ihm das Adrenalin in die Adern schoss.

»Ich habe mit der Bank gesprochen. Vorläufig reicht es, wenn wir nur die Zinsen zahlen. Die Höhe der monatlichen Zahlungen besprechen wir im Herbst. Wir haben mit der Bank schon einen Termin ausgemacht«, erwiderte Paloviita.

Schweigen. Paloviita ahnte, dass sein Schwiegervater mit der Antwort nicht zufrieden war. Er war jener Typ Mann, der immer das letzte Wort haben musste. Paloviita wusste, dass es für Terhis Eltern keine große Sache war, für ihren Kredit zu bürgen. Es war vielmehr ein Mittel gewesen, ihn an die Kandare zu nehmen. Und von Zeit zu Zeit zog sein Schwiegervater nur zu seinem Vergnügen die Zügel straff.

»Jari, jetzt hör mir mal zu. Du hast die ganze Hausgeschichte gründlich vergeigt. Soweit ich mich erinnere, habe ich dich damals gewarnt, dass dieses Eigenheimprojekt nichts für dich ist. Das ist anders bei Männern, die zupacken können. Ein eigenes Haus für einen Mann, der einen Handwerker rufen muss, um ein Bild aufzuhängen, ist einfach zu teuer.«

Paloviita holte tief Luft. Er hoffte, der Rauch würde seine Nerven beruhigen. »Wie gesagt, die Kreditangelegenheit ist geklärt. Ich habe mit der Bank eine Einigung erzielt, und du weißt das nur zu gut. Und zweitens: Ich arbeite gerade. Also können wir das Gespräch zu einem späteren Zeitpunkt fortsetzen, am besten persönlich?«

»Wage es ja nicht aufzulegen«, donnerte Terhis Vater. »Vergiss nicht, mit wem du sprichst. Ich möchte, dass du eine Sache weißt, also, Jari, höre mir gut zu: Ich war von Anfang an gegen die Beziehung zwischen Terhi und dir. Ich habe schon damals gesehen, was für ein Schlappschwanz du bist. Ich habe mich damals zurückgehalten, aber ich wünschte, ich hätte meine Klappe nicht gehalten. Dass Terhi einen einfachen Polizisten geheiratet hat, war schon peinlich genug, aber dabei konnte es ja nicht bleiben: Anschließend ist dir nichts Dümmeres eingefallen, als die ganze Familie in dein Geldchaos mit hineinzuziehen.«

Paloviita biss die Zähne zusammen. Er sah Oksman aus der Kirche kommen, auch er kreidebleich und mit abwesendem Blick. So hatte er seinen Partner noch nie erlebt.

»Ich sage es geradeheraus. Die Ehe von Terhi und dir war ein Fehler. Ich wünschte, Terhi würde endlich aufwachen und das auch erkennen. Dann noch das Projekt mit dem Haus, das so ein Versager wie du gar nicht zu stemmen vermochte. Als Sini und Sara geboren wurden, war alles schon zu spät. Mit Terhi spreche ich schon gar nicht mehr darüber, weil ich den Mädchen das Leben nicht schwer machen will. Aber dich warne ich: Wenn du dich nicht endlich wie ein Mann verhältst, werde ich persönlich dafür Sorge tragen, dass dir im Falle einer Scheidung nichts bleibt: Kein müder Pfennig, kein Sorgerecht für die Kinder, rein gar nichts. Hast du das verstanden? Wenn du weiter alles vermasselst, wenn du mir noch ein einziges Mal Anlass dazu gibst, dann mache ich dich fertig. Und wenn ich alle Rechtsanwälte Finnlands hinzuziehen muss!«

Stille.

Oksman setzte sich unter eine riesige Fichte und lehnte die Stirn gegen die Knie.

»Hast du gehört, was ich gesagt habe?«

Paloviitas Wut kochte über wie ein Milchtopf. Er schnipste die Kippe auf den Bürgersteig. Seine Gesichtsmuskeln zitterten. »Verdammt, Risto, du kannst mich mal! Es ist mir scheißegal, was so ein seniles Arschloch wie du von mir denkt. Von mir aus kannst du dir dein Handy in den Arsch stecken, deine Sendezeit ist gerade abgelaufen!«

Damit beendete Paloviita das Telefonat und schaltete das Handy gleich ganz aus. Erst jetzt wurde ihm bewusst, dass die Polizistin immer noch in Hörweite neben ihm stand. Er grinste ihr zu, strich sich die Haare glatt, bückte sich und trat unter dem Polizeiband durch. Das Gefühlschaos legte sich langsam, ein angedeutetes Lächeln umspielte seine Mundwinkel. Er wusste, dass dem Telefonat ein langes Nachbeben folgen würde, aber es hatte sich gut angefühlt. Er ließ sich seine Worte noch einmal durch den Kopf gehen. Die Aufforderung, sich das Handy in den Hintern zu stecken, war vielleicht nicht besonders originell gewesen, aber ach was, er hatte es genossen, dem eitlen Kerl mal die Meinung zu sagen. Er wünschte, er hätte sein Gesicht dabei sehen können. Das hätte dem Genuss die Krone aufgesetzt.

Paloviita lief über den Rasen zu Oksman. Oksman hob den Blick, und zum ersten Mal in ihrer gemeinsamen Zeit sah Paloviita in den Augen seines Partners blankes Entsetzen. Er überlegte, wie er selbst aussehen mochte.

»Lass uns weitermachen.«

Oksman erhob sich und klopfte sich die Kleider ab. Dann gingen sie Seite an Seite Richtung Haupteingang und zurück in die Kirche, auf deren Boden der geschändete Körper von Pfarrer Fredriksson lag.

35

Halb eins verließ Paloviita die Kirche und versprach, in einer Stunde wieder da zu sein. Gegen zwei erklärte Oksman, er gehe frische Luft schnappen. Zu dem Zeitpunkt hatte die kriminaltechnische Untersuchung der Kirche schon drei Stunden angedauert. Raunela hob die Hand zum Gruß, aber nicht den Blick und saugte weiter den Teppich im Mittelgang.

Als er vor die Kirche trat, stellte Oksman fest, dass die Medien offensichtlich Wind von den Vorkommnissen bekommen hatten, zumindest schwirrten dutzende Reporter hinter der Absperrung herum. Er hatte sich schon oft gefragt, wie die immer so schnell von allem erfuhren. Er hoffte, es werde irgendwann mal eine interne Untersuchung bei der Polizei dazu geben, wer alles Informationen durchsickern ließ.

Die Leiche des Pfarrers war schon vor geraumer Zeit in die Pathologie überführt worden und wartete auf die Obduktion. Leiche und Kreuz hatten nicht in einen normalen Leichenwagen gepasst, also hatte man sie mit einem Kleintransporter weggeschafft. Die Nägel würden erst in der Rechtsmedizin entfernt werden. Oksman war insgeheim dankbar, dass es zu diesem Zeitpunkt vor der Kirche noch nicht von fotohungrigen Reportern gewimmelt hatte.

Oksman ging um das Gebäude herum bis zu einer Tür, an der TECHNIK stand. Er ging die paar Stufen hinauf und betätigte die Türklinke: Sie war verschlossen. Also ging er weiter und probierte sein Glück am Gemeindekindergarten. Auch der war verschlossen. Eine Tür zwischen Kirche und Verwaltungsflügel dagegen war geöffnet, ein Ziegelstein verhinderte, dass sie ins Schloss fiel.

Neben der Treppe stand ein großes Gurkenglas, das als Aschenbecher diente. Oksman steckte den Kopf durch die Tür und rief Hallo, bekam aber keine Antwort. Er betrat den Flur, links lag eine kleine Küche, rechts eine Besenkammer sowie ein Klo. Dahinter teilte sich der Gang. Oksman vermutete, dass es links zu Sakristei und Kirche ging und der rechte Gang irgendwann zu den Büro- und Gemeinderäumen führte. Im Falle eines Brandes würden wohl alle sterben, da man sich unmöglich in diesem Labyrinth zurechtfinden konnte.

Er rief noch einmal Hallo, aber alles blieb still, obwohl überall Licht brannte. Ein unangenehmes Gefühl beschlich ihn: Es war unnatürlich still dafür, dass nur wenige Stunden zuvor ihr Pastor an der Wand gehangen hatte. Auf einem verschlungenen Weg durch das Gebäude gelangte er in den Verwaltungstrakt. Alle Türen bis auf eine waren geschlossen. Oksman ging zu der geöffneten Tür und sah eine Frau, die ihm den Rücken zugewandt hatte und angestrengt auf den Bildschirm schaute. Auf dem Türschild stand »Niina Ihalainen«. Oksman räusperte sich, die Frau fuhr mit einem kleinen Aufschrei herum. Sie war aufgestanden und sah zunächst nur eine knorrige Gestalt mit fahlem Gesicht im Türrahmen stehen. Sie kreischte erneut. Diesmal so laut, dass Oksman vorsichtshalber einen Schritt zurückging. Er hatte nicht mit dieser Reaktion gerechnet und war für einen Augenblick sprachlos. Die Augen der Frau weiteten sich vor Schreck, und sie erbleichte.

Oksman kramte in seiner Jackentasche. »Polizei«, stammelte er. »Henrik Oksman. Ich bin Polizist.« Endlich hatte er seinen Dienstausweis gefunden und hielt ihn der Frau hin. Sie hatte sich gegen das Fensterbrett gelehnt und klopfte sich auf die Brust. Oksman trat über die Schwelle und befürchtete, sie könnte wieder schreien.

»Ich habe Sie nicht kommen hören«, sagte sie außer Atem.

»Die Hintertür, sie stand offen. Ich habe gerufen …«

Jetzt zeichnete sich die Spur eines Lächelns auf ihrem Gesicht ab und sie maß ihn von Kopf bis Fuß mit einem prüfenden Blick. »Ich bin total von der Rolle. Einer unserer Kollegen ist ermordet worden.«

»Ich weiß. Sind Sie allein hier?«

»Wir wurden alle nach Hause geschickt, und ich wollte auch gleich gehen, musste aber noch eine Sache fertig machen.« Sie zeigte auf den PC und sah zur Uhr. »Die Zeit rennt.«

»Ich würde gern mit dem Hausmeister reden. Er hat die Leiche gefunden.«

»Mit Taisto?«

»Ist das sein Name?«

Sie nickte: »Taisto Erkkilä. Es gibt hinter der Kirche einen eigenen Zugang zu seinen Räumlichkeiten. Aber ich denke, er ist auch schon gegangen. Er war sehr geschockt.«

»Ich verstehe.«

»Wer tut so etwas nur? Mikael war der sanftmütigste Mann, den ich kenne.«

Oksman ging durch den Kopf, wie der Pfarrer ihm erzählt hat, dass er eine Frau erschossen hatte, die ihr Kind auf dem Arm trug.

»Ich kann ihn anrufen«, sagte sie und kramte in ihren Papieren. »Seine Nummer steht hier irgendwo.«

»Nicht nötig«, beeilte sich Oksman zu sagen. »Aber wenn möglich, würde ich gern seinen Arbeitsplatz sehen.«

Sie zögerte kurz, griff dann aber nach einem Schlüsselbund, der in einer Ecke des Schreibtisches lag, ging an Oksman vorbei in den Flur und führte ihn den gleichen Weg zurück, den er gerade gekommen war. Oksman bemerkte, dass die Tür, durch die er gekommen war, jetzt verschlossen und der Ziegelstein entfernt war. Sie öffnete eine weitere Tür auf halbem Weg, hinter der eine Treppe hinunter in den Keller führte.

»Alles ist so still«, sagte sie und knipste das Licht auf der Treppe an. »Hier wird es nie wieder wie früher sein.«

Die Treppe war steil, und sie mussten sich beim Herabsteigen am Geländer festhalten. Unterhalb der Treppe befand sich eine Brandschutztür, die zu einem breiten Gang führte, der unter dem gesamten Kirchengebäude hindurch verlief. Das Licht brannte. Unter der Decke hingen Wasser- und Heizungsrohre, isolierte Kältemittel- und Stromleitungen. Es roch nach Erde und Staub, Oksman runzelte die Stirn.

»Taistooo?«, rief die Frau.

Links und rechts befanden sich vier Metalltüren mit blauen Schildern: Elektrik, Heizung, Wasserversorgung, Lüftung. Die hintere Tür am Ende des Ganges war angelehnt. In dem Raum dahinter brannte Licht. Die Mitarbeiterin klopfte mit dem Fingerknöchel an den Türrahmen. »Hallo, ist hier jemand?«

Oksman betrat hinter ihr das Büro des Hausmeisters. Der Raum war geräumig, aber offensichtlich ursprünglich nicht als Arbeitsraum geplant, denn er war fensterlos, dunkel und es roch eigenartig. Auf dem Schreibtisch stand ein uralter PC-Röhrenmonitor, dessen Einschaltknopf völlig schwarz und verdreckt war. Die hintere Wand wurde von einem Lundia-Regal eingenommen, das mit farbigen Aktenordnern bestückt war. Auf einem zweiten Tisch lag allerlei Werkzeug und ein teilweise auseinander gebauter Wasserhahn. Beim Anblick von mindestens drei Pin-up-Wandkalendern wandten sowohl Oksman als auch die Mitarbeiterin peinlich berührt den Blick ab. Alles im Zimmer war staubig, fettig und alt. Oksman fühlte sich hier extrem unwohl und wollte so schnell wie möglich zurück an die Erdoberfläche.

Er ging ein paar Schritte tiefer in den Raum hinein. Die Mitarbeiterin blieb an der Tür stehen. Oksman blätterte durch den Papierstapel, der neben der Tastatur lag, Tabellen und gebäudetechnische Kennziffern. Dann ließ er seinen Blick über die Rückendeckel der Ordner schweifen.

»Darf ich fragen, wonach Sie suchen?«

Er antwortete nicht, sondern umkreiste den Schreibtisch, hinter dem ein zweiter Bürostuhl mit einem Rucksack stand.

»Benutzt noch jemand diesen Raum?«, fragte Oksman.

»Pekka. Erkkiläs Gehilfe.«

»Hat Pekka auch einen Nachnamen?«

»Ja, ich habe ihn mal gehört, erinnere mich aber nicht.«

Oksman dachte an den jungen Mann, der im Dienstzimmer des Pfarrers erschienen war, als Paloviita und er den Pfarrer aufgesucht hatten. Er hob den Rucksack auf den Tisch und zog den Reißverschluss auf.

»Dürfen Sie das? Haben Sie eine … wie heißt das gleich … einen Durchsuchungsbefehl?«, fragte sie.

Oksman durchsuchte den Inhalt des Rucksacks, fand aber nichts außer einem Notizblock und einer Federtasche, in der sich drei Bleistifte, ein Spitzer und ein Radiergummi befanden. Er blätterte durch den Notizblock, aber auch dieser war leer und enthielt nichts außer zwei ungelösten Integralgleichungen. Oksman beherrschte sein Verlangen, die Gleichungen zu lösen, und packte die Sachen wieder in den Rucksack.

Dann fiel sein Blick auf eine Schneekugel, die in einer Schreibtischecke stand. Normalerweise sah man sie eher zu Weihnachten, mit einem Weihnachts- oder Schneemann oder einer verschneiten Weihnachtskirche darin. Diese Kugel enthielt allerdings keine Winterlandschaft, sondern eine Darstellung von Golgatha, mit den drei Kreuzen auf dem Hügel. Die Kugel sah selbstgemacht aus. Oksman nahm sie in die Hand und schüttelte sie, aber statt eines Schneegestöbers, ging in der Kugel ein Licht an, das die Gestalt Jesu von unten anstrahlte. Dann erlosch das Licht langsam wieder, und Dunkelheit senkte sich wie ein Vorhang über die Gekreuzigten.

Oksman stellte die Glaskugel zurück auf ihren Platz. »Gehen wir!«, sagte er und machte sich auf den Weg in den Gang. Sie schaltete das Licht im Büro aus, ebenso das Licht im Gang, als sie die Treppe erreicht hatten. Oben im Flur dankte er der Mitarbeiterin für ihre Hilfe, und als sie ihn noch hinausbegleiten wollte, wehrte er ab: »Nicht nötig. Ich finde allein raus.«

Er ging noch einmal zu der Tür, durch die er hineingekommen war, und sah, dass jetzt wieder ein Ziegelstein in der Tür lag. Draußen war niemand zu sehen. Das Kreuz des Kirchturms schlitzte die niedrig ziehenden Wolken auf. Es wehte ein starker Wind.

36

»Immer noch nichts?«

Manner schüttelte resigniert den Kopf. »Keiner hat Vater und Sohn beim Verteilen des *Wachtturms* gesehen.«

»Irgendjemand muss sie gesehen haben«, sagte Manner. »Wir müssen uns auf die Möglichkeit gefasst machen, dass die Suche sich hinzieht und wir sie vielleicht niemals finden.«

Jetzt war es an Oksman, den Kopf zu schütteln. »Wir haben einfach zu wenig Personal. Niemis Leute fressen uns bei lebendigem Leibe, und uns sind die Hände gebunden. Ich weiß wirklich nicht, was ich Virpi Aho noch sagen soll, sie ruft aller paar Stunden hier an. Und außerdem …«

»Und außerdem was? Wenn Sie eine Idee haben, dann spucken Sie sie aus«, forderte Manner.

Oksman hob den Blick und schaute seiner Vorgesetzten direkt in die Augen, die ihn sanftmütig und auffordernd anschauten. An so etwas war er nicht gewöhnt. Er sagte: »Ich halte es immer noch für möglich, dass das Verschwinden von Kalevi und Veeti Aho irgendetwas mit dem Gesandten zu tun hat. Das psychologische Profil des Gesandten enthält Hinweise auf ein Trauma aus Kindheitstagen oder der frühen Jugend, jedenfalls aus der Zeit, in der sich seine Persönlichkeit zu formen begann. Ich bin kein Psychologe, aber kann es sein, dass er den beiden etwas angetan hat, weil er sich in Veeti wiedererkannt hat?«

»Gut möglich, auch wenn es zu diesem Zeitpunkt reine Spekulation ist. In diesem Punkt hat Niemi recht: Wir haben nichts Konkretes, das den Gedanken stützt und beide Fälle miteinander in Verbindung bringt.«

»Ich will nur nicht noch jemanden vom Kreuz abnehmen müssen, vor allem keinen zehnjährigen Jungen.«

Einen Moment lang sagte keiner etwas, ein Hauch von Kälte senkte sich über den Raum.

»Als Nächstes schnappen wir uns Renlund und seine Kumpane. Die Technik ist die Videobänder vom Kerzenumzug durchgegangen und hat die Anführer identifiziert. Sie sind zur Fahndung ausgeschrieben. Ich habe mit Nurminen gesprochen, sie schicken zwei Einsatzwagen«, führte Oksman aus.

»Nurminen hat mich angerufen. Die Sache ist in Ordnung. Jari geht mit.«

Oksman nickte.

»Keinerlei Eigenmächtigkeiten, haben Sie verstanden?«

Oksman nickte erneut. Er war schon im Begriff, das Büro seiner Vorgesetzten zu verlassen, als diese sagte: »Ich mache mir Sorgen um Sie. Ihre Ohnmacht neulich ... Ich weiß, dass Sie ein schwieriges Jahr hinter sich haben.«

Er erwiderte nichts, schaute seine Chefin nur regungslos an.

Manner suchte nach den richtigen Worten: »Ich komme von außerhalb, aber ich habe mich nach meinen neuen Kollegen erkundigt, bevor ich die Stelle angenommen habe. Ich weiß von dem Messer, das letzten Herbst aus der Asservatenkammer verschwunden ist – und ich weiß auch, dass Sie für das Verschwinden verantwortlich gemacht wurden.«

»Ich ...«, hub Oksman an, wurde aber von Manner mit einer Handbewegung unterbrochen.

»Ich will keine Erklärungen. Ich habe das nicht aus diesem Grund angeschnitten. Als ich hier angefangen habe, war ich als Erstes im Archiv und habe mir alle Unterlagen zu dem Fall besorgt. Sie haben extrem viel in den Fall investiert. Der Beschuldigte saß in Untersuchungshaft, wir hatten Fingerabdrücke, die Mordwaffe und weitere Zeugen. Doch dann ist etwas vorgefallen, und plötzlich hatten wir nichts mehr.«

»Paloviita ...«, sagte Oksman, wurde aber wieder von Manner unterbrochen.

»Wir müssen jetzt nicht darüber sprechen. Ich habe das nur gesagt, damit zwischen Ihnen und mir keinerlei Unklarheit herrscht. Ich vertraue Ihnen vollkommen, Sie würden nie etwas tun, was die Ermittlungen behindert.«

Manners Privathandy klingelte, und sie betrachtete lange den Namen des Anrufers. Oksman merkte ihr Zögern, und wie um sich zu erklären fügte sie hinzu: »Das ist mein Sohn. Da muss ich rangehen. Seien Sie vorsichtig mit der Rockerbande.«

Dann griff sie nach dem Telefon, hielt es ans Ohr und sagte fast flüsternd: »Hallo!«

Oksman drehte sich um, verließ das Büro und zog die Tür hinter sich zu. Er ging bis zum Ende des Korridors und in den Toilettenraum. Dort pumpte er sich Flüssigseife in die Hände und wusch sie lange und ausgiebig.

37

Als Oksman zu Paloviita ins Büro kam, saß dieser hinter seinem Schreibtisch und schaute teilnahmslos auf seine Hände. Er schien zu einer Statue erstarrt zu sein. Das einzige Lebenszeichen war der sich hebende und senkende Rücken. Kurz dachte Oksman, er schliefe, doch dann hob Paloviita den Kopf und schaute ihn an.

»Fahren wir?«, fragte Oksman.

Paloviita biss sich auf die Unterlippe, und Oksman ahnte, was kam:

»Ich ... kann nicht mit. Terhi ist kurzfristig etwas dazwischengekommen, ich muss früher nach Hause.«

Oksman sah seinen Partner an. Er hatte schon lange das Gefühl, dass bei Paloviita zu Hause nicht alles im Lot war. Auch bei ihm nicht.

»Ich komm auch allein klar«, sagte er zu ihm. »Zwei Einsatzwagen sind vor Ort.«

Paloviita nickte dankbar und erhob sich. »Frag Linda, vielleicht kann sie mitkommen.«

»Sie ist vor einer halben Stunde mit Niemi irgendwohin gegangen.«

Paloviita schaute auf die Uhr, und Oksman sah, wie dieser mit sich rang. Schließlich ließ Paloviita die Schultern fallen und seufzte: »Verdammt, verdammt! Es hilft nichts. Ich weiß nicht, was ich sagen soll.«

»Wie gesagt, ich komm klar.«

»Nimmst du deine Waffe mit?«

Oksman schüttelte den Kopf. »Vier Schutzpolizisten sind vor

Ort, sie haben ihre Pistolen dabei. Das muss reichen. Außerdem werden wir keine Waffen brauchen.«

»Ich finde, du solltest sie mitnehmen – sicherheitshalber.«

Oksman entgegnete nichts und ging. Nur zu gern hätte er Paloviita am Klubhaus der White Order dabeigehabt. Der Kerzenumzug und das Video im Netz waren Beweis genug, dass die Typen nicht zu unterschätzen waren. Während der Veranstaltung hatten gleich mehrere WO-Mitglieder Straftaten begangen, also war es die Aufgabe der Polizei, sie zu vernehmen.

Derartiges musste im Keim erstickt werden.

Also fuhr Oksman allein in das Industriegebiet Uusiniitty, den Weg kannte er von ihrem letzten Besuch. Das Gewerbegebiet lag mitten in einem sandigen Heidewald und grenzte auf einer Seite an den Waldfriedhof und auf der anderen an ein Waldstück, das bis zur Ostseebucht Preiviikinlahti reichte. Eigentlich lag das Gebiet wirklich schön, und die Natur ringsum war eindrucksvoll, aber irgendetwas war bei der Erschließung schiefgegangen. Jedenfalls erinnerte es jetzt eher an eine Industriebrache im kasachischen Baikonur: verrostete Hallen, heruntergekommene Kleinindustrie, zerfallene Zäune, verbogenes Metall und einstürzende Blechbuden, wohin man schaute.

An dem riesigen, an einen Elefanten erinnernden Betonfertigteilwerk bog er links ab und hielt etwa fünfzig Meter vor der Blechhalle der White Order am Straßenrand. Er sah auf die Uhr, stellte fest, dass er der Erste war, und schaltete den Motor ab. Normalerweise kamen die Einsatzstreifen pünktlich, aber vielleicht hatte sich ihr vorhergehender Einsatz verzögert. Egal, er konnte warten. Wenige Minuten später näherte sich ein alter, rostübersäter Transporter. Oksman duckte sich. Der Transporter kurvte vor die Blechhalle, und zwei glatzköpfige WO-Rocker im T-Shirt ihres Vereins sprangen aus der Fahrerkabine. Gleichzeitig kam ein ebenso gekleidetes Quartett aus der Halle. Die Männer gaben sich die Hand, wechselten ein paar Worte und lachten ungezwungen.

Sie konnten Oksmans Auto unmöglich übersehen haben, aber sie schenkten ihm keinerlei Beachtung. Oksman wusste allerdings, dass sich die Sonne so in der Windschutzscheibe spiegelte, dass man von außen nicht sehen konnte, ob jemand im Auto saß. Zwei weitere schwarzgekleidete Kerle gesellten sich dazu, jetzt waren sie zu acht. Oksmans Instinkt sagte ihm, dass etwas Außergewöhnliches im Gange war. Er erkannte in einer hünenhaften Gestalt Jarno Renlund, in einer anderen den Typen, mit dem er beim Kerzenumzug den Ringkampf ausgefochten hatte. Unwillkürlich fasste er sich an die immer noch schmerzende Schläfe.

Oksman fand, jetzt wäre ein guter Augenblick für die Kollegen einzutreffen. Sie waren schon etliche Minuten zu spät. Er griff an die Brusttasche und war sich plötzlich nicht mehr sicher, ob es klug gewesen war, seine Waffe auf dem Präsidium zu lassen.

Einer der WO-Männer kletterte in einen Yankee-Pick-up mit Hardtop und fuhr ihn neben den Transporter. Die Truppe lachte, einer schmiss eine Runde Kippen. Ein anderer ging vor zur Straße, um Ausschau zu halten, doch offensichtlich interessierte ihn das Treiben der anderen viel mehr. Oksman versuchte angestrengt zu erkennen, was die Männer vorhatten. Jetzt zog einer von ihnen eine etwa einen Meter lange Holzkiste aus dem Transporter und trug sie wie ein Baby auf den Armen. Die Kiste musste schwer sein, der Mann hatte Mühe, sie zum Pick-up hinüberzuhieven. Eine zweite Kiste wurde umgeladen, diesmal packten zwei Kerle an.

Oksman fluchte und sah auf die Uhr. Verdammt noch mal, wo blieben die anderen nur? Eine dritte Kiste wurde auf den Asphalt gestellt und unter lautstarken Rufen geöffnet. Oksman konnte nicht erkennen, was sie enthielt. Den grinsenden und gleichzeitig angespannten Mienen der Umstehenden nach zu urteilen, musste es sehr aufregend sein.

Dann hob Renlund etwas in die Höhe, das Oksman sofort identifizierte: ein SAKO 7.62 RK 62 Sturmgewehr, das Standardgewehr der finnischen Streitkräfte. Jeder finnische Wehrdienstleistende hatte es mit sich herumgeschleppt. Renlund drehte das Gewehr in der Hand, kontrollierte, dass das Magazin leer war, zog durch, legte an und zielte in Richtung Wald. Anschließend reichte er die Waffe seinem glatzköpfigen Nebenmann, der Renlunds Bewegungsablauf wiederholte, feuerte und dann das Gewehr weiterreichte. Jemand hatte ein zweites Gewehr aus der Kiste genommen, das sie, ab und zu in Richtung Straße schielend, ebenfalls kreisen ließen.

Jetzt hoben sie eine weitere Kiste aus dem Transporter – sie war kleiner und eher grün. Sie stellten sie ab, und zwei von ihnen begannen sie unverzüglich zu öffnen, eifrig wie kleine Kinder bei der Bescherung. Die Gewehre wurden zurück in die längere Kiste gelegt, und alle interessierten sich nur noch für die kleine Kiste. Oksmans Puls beschleunigte sich. Er brauchte gar nicht zu sehen, was die Kiste enthielt, er wusste es auch so. Nur Sekunden später hatte er Gewissheit. Renlund wurde eine Handgranate gereicht, die dieser in der Hand wog, wie um ihr Gewicht zu prüfen.

»Verdammte Scheiße!«, fluchte Oksman und sah in den Rückspiegel. Die Straße war immer noch leer. Jetzt war es schon zehn Minuten über der vereinbarten Zeit, und die Kollegen ließen sich immer noch nicht blicken. Außerdem hatte keiner von ihnen die geringste Ahnung, dass sie hier acht mit Automatikwaffen und Handgranaten ausgestattete gewaltbereite Rechtsradikale erwarteten. Oksman waren Ernst und Bedeutung der Lage auf einen Schlag klar. Zwei Streifenwagen konnten hier nichts ausrichten, hier wurden alle verfügbaren Kräfte gebraucht.

Das Bestaunen der Handgranaten wurde beendet. Auch sie wurden zurück in die Kiste gepackt, Renlund erteilte Befehle, und die Typen setzten sich in Bewegung. Sie verstauten die Kisten im Pick-up und klappten die Heckklappe hoch. Der Fahrer sprang ins Fahrerhaus und startete den Wagen, ein weiterer Typ setzte sich auf den Beifahrersitz und knallte die Tür zu. Der V8-Motor brummte. Auch der Transporter wurde gestartet, und drei Kerle kletterten in den Laderaum. Der Fahrer des Pick-ups lehnte sich lässig zum Fenster heraus und quatschte mit Renlund. Oksman wusste, dass keine Zeit zu verlieren war. In einer Minute wären Waffen und Männer auf Nimmerwiedersehen verschwunden.

Ein schneller Blick in den Rückspiegel. Niemand zu sehen.

Oksman schnappte sich das VIRVE-Funkgerät, gab eine knappe Einschätzung der Lage durch und alarmierte alle verfügbaren Streifenwagen. Dann legte er das Funkgerät wieder aus der Hand und startete den Motor. Er ließ die Kupplung kommen und beschleunigte. Die Reifen begannen auf dem trockenen Asphalt zu greifen, er ließ sie laut quietschen. Die Männer drehten sich nach dem Geräusch um, doch da bog er schon in die Zufahrt ein, stellte den Saab dort quer ab und versperrte ihnen so den Weg. Noch bevor das Auto stand, war er herausgesprungen und lief mit großen Schritten auf Renlund zu, in der erhobenen linken Hand seinen Dienstausweis, in der rechten das Funkgerät.

»Polizei!«, brüllte Oksman noch im Laufen. »Alle von den Autos zurücktreten und die Hände so, dass ich sie sehen kann!«

Sowohl am Transporter als auch am Pick-up öffneten sich die Türen, und die Männer stiegen aus. Der Fahrer des Transporters hatte die Hände erhoben, ließ sie aber rasch wieder sinken, als er merkte, dass er der Einzige war.

Oksman riss die Hintertür des Transporters auf und befahl: »Hier auch alle raus und Hände so, dass ich sie sehen kann!« Die Männer im Transporter blinzelten. »Raus!«, schrie Oksman wieder, und die Männer kletterten einer nach dem anderen heraus. Oksman stellte sich so, dass sich keiner in seinem Rücken positionieren konnte. Sie gruppierten sich in einem dichten Haufen zu beiden Seiten von Renlund. Acht Kerle, jeder einzelne größer und massiger als Oksman. Mit einem schnellen Blick scannte er ihre Hände: alle leer. Er tat ein paar Schritte auf sie zu und stellte sich zwischen die Männer und den Pick-up. Ihm war klar, dass er ein gewaltiges Risiko einging, aber er hoffte, die Zeit auf seiner Seite zu haben. Sicher würde jeden Moment eine Streife hier eintreffen, er musste nur Zeit gewinnen.

Ein Glatzkopf am äußersten Rand tat einen Schritt zur Seite, und seine Hand verschwand hinter dem Typen neben ihm. »Hände nach vorn und stehen bleiben!«

»Oder was?«, fragte Renlund und ging einen Schritt auf Oksman zu. Offensichtlich hatte er erwartet, dass Oksman zurückwich, denn als dieser ihm vielmehr einen Schritt entgegentrat, wirkte er überrascht. Oksman sagte: »Würde ich nicht riskieren.« Dann hob er das Funkgerät an den Mund und drückte die PTT-Taste: »Alles in Ordnung. Transport für acht Personen. Over.«

Damit die Antwort nicht zu hören war, schaltete er das Funkgerät ab.

»Sie sind festgenommen wegen des Verdachts der Vorbereitung einer terroristischen Straftat und illegalen Waffenbesitzes«, verkündete Oksman. Er lauschte, ob von irgendwoher eine Sirene zu hören war, aber am Horizont blieb es still. Jetzt begriffen langsam auch die Männer, dass Oksman alleine vor ihnen stand und bluffte.

Wieder tat ein Mann ein paar Schritte zur Seite. Oksman befestigte das Funkgerät an seinem Gürtel und zog den Reißverschluss seiner Jacke nach unten, so als wäre er jederzeit bereit, die Waffe zu ziehen. Immer mehr von ihnen setzten sich in Bewegung, und Oksman musste einsehen, dass der Überraschungsmoment verflogen war und er acht Männern allein gegenüberstand.

»Nicht bewegen«, befahl er ein weiteres Mal, aber seine Worte zeigten keine Wirkung mehr.

»Wir fahren jetzt«, zischte Renlund und trat noch einen Schritt auf ihn zu. Die sanften Hundeaugen waren zu kleinen schwarzen Punkten verengt. »Lass uns durch.«

»Hier fährt keiner irgendwohin!«, Oksmans Muskeln spannten sich. Sein Körper schüttete Adrenalin aus, die Pupillen verengten sich. Er registrierte jede auch noch so kleine Bewegung, hörte das Rascheln der Kleidung und das Knirschen kleiner Steinchen unter den Kampfstiefeln.

»Männer«, sagte Renlund, ohne den Blick von Oksman abzuwenden. »Einsteigen!« Und an Oksman gewandt: »Aus dem Weg.«

Oksman tat nichts dergleichen, sondern nahm eine stabilere Position ein. Endlich war eine Polizeisirene zu hören, allerdings unglaublich leise und unvorstellbar weit weg.

Renlund schnipste mit den Fingern, und zwei Rockerglatzen umkreisten Oksman von beiden Seiten. In einem der beiden erkannte Oksman den Typen, mit dem er auf dem Demonstrationszug gekämpft hatte. Auch er hatte ein lädiertes Gesicht. Oksman verlagerte sein Gewicht auf sein Standbein. Er erwartete einen schnellen Angriff, doch die Männer näherten sich langsam schleichend wie Katzen, die einen Sperling entdeckt hatten, der auf der Wiese herumhüpfte.

Oksman wartete, dass die Bomberjacken die Schlacht eröffneten.

Dann ging alles schneller als erwartet. Die Gestalt mit dem lädierten Gesicht schaute kurz zur Seite und stürmte dann wie ein Panzer auf ihn zu, wobei er offenbar allein auf sein massiges Gewicht vertraute.

Aber das war ein Fehler. Obwohl der Angriff schnell erfolgte, konnte Oksman die Richtung erahnen und drehte sich mit einer schnellen Bewegung zur Seite. Die Faust der Quetschnase flog einen halben Meter an Oksmans Gesicht vorbei und Oksman schlug unmittelbar zurück. Der Schlag kam leicht aus der Hüfte, wie im Lehrbuch, und übertrug alle Kraft aus den Beinen und dem gesamten Körper auf den treffsicher vorgestreckten Arm. Oksmans Faust landete auf der Wange seines Gegenübers. Er führte die Bewegung bis zum Ende aus und konnte fühlen und hören, wie der Kiefer brach. Die Quetschnase verdrehte die Augen, kippte gegen den Pick-up, schlug mit dem Gesicht gegen die Ladefläche und rutschte wie ein nasser Sack zu Boden.

Ein weiterer Mann stürzte sich brüllend auf Oksman, der ihn mit Leichtigkeit mit dem Arm abwehren und einen kräftigen Körperhaken in die Leber landen konnte. Oksmans Faust versank in den schlabbernden Bauchmuskeln, sodass dem Kerl die Luft wegblieb. Auch er sank zusammengekrümmt und nach Luft ringend zu Boden. Oksman hatte innerhalb nur weniger Sekunden zwei riesige Kerle ausgeschaltet. Die anderen Männer zögerten, während die Sirenen näher kamen. Oksman schätzte, dass es nur noch wenige Minuten dauern konnte, bis die erste Streife eintraf, was immer noch verdammt lang war, wenn man sich allein sechs bullige Kerle vom Leib halten musste. Nicht die Fäuste waren dabei seine größte Sorge, sondern das, was die Männer möglicherweise sonst noch bei sich hatten. Fäusten konnten man ausweichen, und trafen sie, verursachten sie lediglich Schmerzen, aber gegen Kugeln, Messer und Eisenstangen konnte auch er nichts ausrichten.

»Tötet ihn!«, zischte Renlund und brachte Bewegung in die Männer. Diesmal preschte keiner vor, um ihn zu attackieren. Die gesamte Truppe, der sich auch Renlund anschloss, rückte langsam näher und beabsichtigte, ihn einzukreisen. Oksman zog sich ein paar Schritte zurück, um sich mehr Freiraum zu verschaffen. Er musste weiter versuchen, Zeit zu schinden. Also wartete er, bis der äußere Mann auf Höhe des Transporters war, und warf sich dann völlig unerwartet nach vorne. Damit hatte keiner gerechnet. So blitzschnell und geschmeidig bewegte er sich, dass ein möglicher Zuschauer es für Magie gehalten hätte. Er packte den Mann mit beiden Händen im Nacken, riss seinen Oberkörper nach unten und rammte ihm sein Knie ins Gesicht. Blut spritzte aus der Nase wie aus einem Sprinkler. Der ihm am nächsten stehende Rocker packte Oksman am Ärmel, um ihn zu Fall zu bringen, schaffte es jedoch nicht einmal daran zu zupfen, da hatte Oksman schon seine Hand gepackt und ausgerenkt. Der Mann heulte vor Schmerzen auf und sackte auf die Knie. Jetzt griffen von allen Seiten Hände nach ihm.

»Tötet ihn!«, tobte Renlund.

Ein dicker Arm legte sich um seinen Hals, presste ihm die Luft ab und zog ihn nach hinten. Jemand boxte ihm in den Magen, doch der Schlag prallte an Oksmans Bauchmuskeln ab. Der Schläger bekam einen wütenden Tritt ins Gesicht und seine Lippe platzte auf. Oksman beugte seinen Oberkörper ruckartig nach vorn und schleuderte seinen Hinterkopf beim Aufrichten mit Wucht gegen das Gesicht des Würgers. Es knirschte, als dessen Nasenbein brach. Der Druck auf seinen Hals ließ nach. Aus den Augenwinkeln nahm er eine Bewegung wahr und wich in letzter Sekunde einer Faust aus, die seine Nase nur um Zentimeter verfehlte. Der Schläger strauchelte, und Oksman gab dessen Sturz weiteren Schwung und schleuderte ihn mit dem Kopf gegen den Transporter. Der Mann schlug mit dem Schädel gegen die Tür und hinterließ eine Beule im Blech.

Drei Männer waren noch übrig. Einer machte auf dem Absatz kehrt, lief über die Straße, an der gegenüberliegenden Industriehalle vorbei und verschwand im Wald. Die Sirenen waren jetzt ganz nah, höchstens noch zwei Straßenzüge entfernt. Oksman wusste, dass er sein Ziel erreicht hatte: Er hatte verhindert, dass die Meute mit der Waffenfuhre verschwinden konnte. Sein Blick war unverwandt auf die zwei verbliebenen Gegner gerichtet, gleichzeitig behielt er die sich auf dem Boden krümmenden Männer im Auge, für den Fall, dass einer von ihnen wieder auf die Beine kam.

Renlund schob eine Hand in die Innentasche seiner Jacke und zog ein Jagdmesser mit gebogener Klinge heraus.

Oksman sah erst das Messer und dann Renlund an: »Lass es fallen!«

Der zweite Mann wich zurück, zum Zeichen, dass er nicht mehr im Spiel war. Polizeiwagen bogen in die Straße ein.

Renlund startete seinen Angriff und versuchte, ihm mit dem Messer den Bauch aufzuschlitzen. Oksman sprang zurück und das Messer riss ihm die Jacke auf.

»Ich bringe dich um!«, krächzte Renlund und schoss wieder vor. Erneut versuchte er zuzustechen. Auch dieses Mal wich Oksman mit dem Oberkörper aus und schlug das Messer zur Seite, sodass es lediglich seinen Ärmel traf.

»Hör auf!«, schrie Oksman. »Du wirst erschossen!«

Doch Renlund war längst nicht mehr ansprechbar, nichts als gleißende Wut hatte von ihm Besitz ergriffen. Oksman konzentrierte sich ganz auf die Hand mit dem Messer und übersah dabei den Tritt, der überraschend kam und ihn am Oberschenkel traf. Es fühlte sich an, als hätte ihn ein Rammbock getroffen, und er knickte sofort ein, fiel auf das andere Knie und versuchte wieder aufzuspringen. Doch aus dem Bein war jedes Gefühl gewichen, er rutschte in eine noch ungünstigere Position und sackte auf den Boden.

Zwei Kleinbusse der Polizei hielten mit quietschenden Reifen in der Einfahrt. Der Schotter knirschte, und die Türen wurden aufgerissen: »Auf den Boden!«

Die Messerhand zischte herab. Oksman sah sie auf sein Gesicht zukommen, wandte all seine Kraft auf, wich zur Seite und wehrte den Schlag mit dem Unterarm ab. Sein Bein schmerzte, als wolle es ihm jemand vom Körper reißen. Renlunds und Oksmans Unterarme prallten gegeneinander, Renlunds Griff lockerte sich und das Messer fiel klirrend auf den Asphalt. Doch Renlund warf sich mit seinem ganzen Körpergewicht auf Oksman und begrub ihn unter sich. Aber es war zu spät. Starke Hände griffen Renlund von hinten und rissen ihn von Oksman weg. Zwei kräftige Polizisten schleiften den grölenden und um sich tretenden Mann zum Polizeibus. Renlund fluchte und brüllte ununterbrochen unflätige Beschimpfungen in Richtung Oksman, auch noch, als er schon im Heck des Mannschaftswagens hinter der Vergitterung saß. Oksman hatte sich aufgesetzt, rieb sein Bein und grinste schief.

Die Einsatzkräfte trauten ihren Augen nicht: Sechs blutende und vor Schmerzen ächzende Kerle auf dem Boden und ein tobender Stier im Käfig. Ungläubig starrten sie auf Oksman, dessen Jacke vorn quer aufgeschlitzt war. Pasi Jaakola hockte sich neben Oksman: »Bist du in Ordnung?«

Oksman nickte. Pasi half ihm auf und stützte ihn, bis Oksman sicher stehen konnte. »Nur das Bein ist taub, nichts weiter.«

»Wir brauchen auf jeden Fall zwei Rettungswagen und einen Notarzt«, erklärte einer der Einsatzpolizisten.

»Und einen weiteren Mannschaftswagen für den Abtransport«, ergänzte ein anderer.

Pasi fuhr mit dem Finger durch den Schlitz, den das Messer in Oksmans Jacke und Hemd gerissen hatte: »Das war knapp.«

Oksman deutete mit dem Kopf in Richtung Pick-up. Zwei Polizisten folgten seiner Aufforderung, öffneten die Kisten und schauten Oksman noch verblüffter an.

Dann halfen sie ihm in einen Wagen. Er setzte sich seitlich auf den Beifahrersitz, streckte langsam die Beine und massierte seinen Oberschenkel. Die übrigen Einsatzkräfte legten den WO-Männern Handschellen an und setzten sie mit dem Rücken gegen den Transporter gelehnt nebeneinander.

Ein Polizist, der sich über die Kiste mit den Handgranaten gebeugt hatte, zeigte auf Oksman und raunte seinem Kollegen zu: »Hat der den Teufel im Leib?« Der Angesprochene ließ seinen Blick über die blutverschmierten WO-Kämpfer streifen: »Vermutlich ist er es höchstpersönlich.«

38

Veeti Aho saß auf einem Bett irgendwo in diesem Horrorhaus. Was war das nur für ein Ort, mit all diesen dicken Kabelsträngen und diesen gewaltigen Maschinen, die hier Tag und Nacht brummten. Wenn er nicht betete, stützte er sich mit den Ellenbogen auf die Knie und versuchte sich zu konzentrieren. Aber immer, wenn er glaubte, einen Gedanken fassen zu können, zerstob er wie Rauch in der Luft. In seinem Kopf rumorte es. Von jenem Moment an, als es ihm gelungen war, aus dem Keller zu entkommen, war er in dem abgedunkelten Haus von Raum zu Raum geirrt und hatte einen Weg nach draußen gesucht. Aber er hatte keinen Ausgang gefunden. Es war unmöglich von hier zu fliehen. Stattdessen hatte er Dinge gesehen, die er immer noch nicht ganz begreifen konnte.

Doch eines war ihm vollkommen klar. Er würde sterben. Vor seinem Fluchtversuch hatte er noch gedacht, der Gesandte würde ihn am Leben lassen, weil er eine Aufgabe für ihn hatte, eine Art Mission. Aber nun wusste er, so war es nicht. Es gab keine Aufgabe und auch sonst nichts für ihn. Früher oder später würde der Mann ihn umbringen.

Er war zehn Jahre alt und hatte Angst, dass er seinen elften Geburtstag nicht mehr feiern konnte.

Verzweifelt hatte er sich an den Gedanken geklammert, es wäre ihm gelungen, mit dem Video des Mannes eine verschlüsselte Botschaft nach draußen zu senden. Inzwischen war ihm klar: Es hatte nicht funktioniert. Niemand würde ihn retten. Niemand außer Gott. Sein Vater lag tot vor dem Haus, und das gleiche Schicksal würde auch ihn ereilen.

Und so fasste er einen Entschluss. Er würde sich dem Bösen nicht einfach ergeben, sondern es nach Kräften bekämpfen. Er würde beten und mutig vor Gott sein. Er würde den Mann mit sich in den Tod reißen genauso wie Simson, der Nasiräer, den Gott auserwählt hatte, weil er so stark war und ihn niemand bezwingen konnte. Simson war seine Lieblingsgestalt in der Bibel. Er hatte einen Löwen mit bloßen Händen zur Strecke gebracht, die Seile, mit denen er gefesselt war, zerrissen und tausend Feinde mit dem Kiefernknochen eines Esels erschlagen. Und am Ende hatte er einen Tempel zum Einsturz gebracht und durch seinen Tod mehr Gegner vernichtet als zu seinen Lebzeiten.

Er würde nicht aufgeben, so wie auch Simson nie aufgegeben hatte.

Er würde seinen Vater rächen.

Zuerst hatte er nicht gewusst, wie er das anstellen sollte. Aber auf seiner Flucht aus der Zelle hatte er etwas in seiner Tasche verschwinden lassen, mit dem er das Schicksal wenden konnte.

Etwas, mit dem er das ganze Haus über seinem Feind zum Einsturz bringen konnte.

39

»Eine Gehirnerschütterung, ein gebrochener Kiefer, ein gebrochenes Handgelenk, ein weiteres Handgelenk ausgerenkt, zwei gebrochene Nasenbeine, etliche gebrochene Rippen, genaue Anzahl unbekannt, Quetschungen und Blutergüsse«, zählte Susanna Manner auf, hob den Blick und schaute Oksman ernst an. Auch die Augen der anderen waren auf Henrik gerichtet, der wie immer mit unbewegter Miene, vielleicht ein klein wenig schuldbewusst, auf einem Sprossenstuhl in der Ecke saß. »Zwei Kisten mit Sturmgewehren und acht Stück Handgranaten sichergestellt«, fuhr Manner mit ihrer Aufzählung fort.

Oksman zeigte immer noch keine Reaktion. Manner hielt inne, schaute ihn unverwandt an und fragte: »Und Sie selbst, sind Sie in Ordnung?«

Als Oksman immer noch nicht antwortete, ließ Manner das Papier sinken. »Sie müssen mit einer Anklage wegen überzogener Gewaltanwendung, Verletzung der Privatsphäre, Hausfriedensbruch und Sachbeschädigung rechnen. Die Herren Rechtsanwälte sitzen mit gezückten Federn bereit. Außerdem können wir davon ausgehen, dass die Boulevardpresse sich gierig auf die Sache stürzen wird.«

»Sachbeschädigung?«, fragte Linda ungläubig.

»Rums!« Paloviita deutete an, wie ein Kopf mit Wucht gegen eine Karosserie rammelte. Alle außer Oksman lächelten.

Manner sah Oksman mit einem durchdringenden Blick an, bis dieser den Kopf senkte: »Was Sie da draußen in dem Industriegebiet vollbracht haben, ist unvergleichlich.« Bei diesen Worten hob Oksman den Kopf. Seine Augen weiteten sich vor

Überraschung. »Alle in Niinisalo entwendeten vollautomatischen Schusswaffen sowie acht Handgranaten konnten konfisziert werden. Ohne Sie wären sie immer noch im Umlauf. Ihre Tat zeugt von außergewöhnlicher Kühnheit und Entschlossenheit. Das war wahrer Heldenmut. Ich bin mir nicht sicher, ob Sie sich der Tragweite Ihres Handelns voll bewusst sind.«

Oksman bekam einen hochroten Kopf.

»Keiner der Versuche von White Order, das der Polizei oder Ihnen in die Schuhe zu schieben, wird von Erfolg gekrönt sein. Ein Auto voller Schusswaffen und Sprengkörper. Acht Männer, davon einer mit einem Messer, gegen einen Unbewaffneten. Missachtung der Aufforderung eines Polizisten … Nur eins hätte ich kritisch anzumerken: Sie haben unvernünftig gehandelt. Ein solches Rambo-Gehabe bei der Polizei führt leider oft zu nichts Gutem. Und im schlimmsten Fall würden wir Ihrer jetzt schweigend gedenken.«

»Oder tote Nazis beklagen«, raunte Linda Paloviita zu, sodass alle es hören konnten.

»Oder das«, wiederholte Manner und lächelte jetzt. »Ich habe schon mit Vesalainen gesprochen. Er hat gemeint, dass Sie zukünftig lieber ein paar Sicherheitsleute mitnehmen sollten, damit wir die Kriminellen vor Ihnen schützen können. Außerdem hat er mir aufgetragen, Sie zu fragen, ob Sie vielleicht Interesse hätten, zu den Bären zu wechseln, die Einsatztruppe könnte Sie gut gebrauchen.«

Als alle lachten, zeichnete sich auch auf Oksmans Gesicht der Hauch eines Lächelns ab.

»Auf jeden Fall war Ihr Einsatz, Henrik Oksman, von entscheidender Wichtigkeit hinsichtlich unseres Falls, vielleicht sogar der entscheidende Schritt. Ohne Sie wären die Ermittlungen nicht am jetzigen Punkt. Auch das ZKA ist sich dessen bewusst. Ich bin sehr stolz, dass die Waffen von uns und nicht vom ZKA gefunden wurden.«

Manner sah Oksman voller Anerkennung an: »Wenn das alles hier vorbei ist und sich der Staub gelegt hat, werde ich Sie für das Verdienstkreuz der Polizei vorschlagen, und ich zweifle keine Sekunda daran, dass es Ihnen verliehen wird.«

Oksman bekam keinen Ton heraus, aber das schien Susanna Manner auch nicht zu erwarten.

»Wie gesagt, Handgranaten und Sturmgewehre sind eindeutig als die in Niinisalo entwendeten identifiziert worden. Sie sind jetzt beim ZKA und werden kriminaltechnisch untersucht. Die Streitkräfte sind über den Fund informiert worden. Am Nachmittag findet eine Pressekonferenz statt, an der auch ein Angehöriger der finnischen Armee teilnimmt.«

»Sechs Handgranaten sind immer noch verschwunden«, stellte Paloviita fest.

Manner nickte. »Das stimmt, aber zumindest haben wir eine Spur, der wir folgen können. Jarno Renlund und drei weitere WO-Mitglieder warten unten auf ihre Vernehmung. Die übrigen müssen im Krankenhaus befragt werden. Für die Vernehmungen ist das ZKA zuständig, aber ich möchte, dass immer jemand von uns dabei ist.« Manner wendete sich zu Paloviita um. »Würden Sie mitgehen? Sie haben Renlund schon einmal getroffen. Die Anwesenheit von Henrik würde die Stimmung nur unnütz anheizen, und man könnte auf den Gedanken kommen, er wäre befangen.«

Jari nickte. »Ich kann das mit Johan Niemi klären, aber ich will Linda dabeihaben. Sie ist unsere erfahrenste Vernehmungsspezialistin. Oder offen gesagt, ich vertraue Niemi nicht. Er schwebt bei diesen Ermittlungen in anderen Sphären. Für ihn zählt offenbar nur, sich die Lorbeeren anderer einzuheimsen und seine Karriere zu befördern. Viel Schall und Rauch, aber nichts dahinter.«

Als sie den Raum verließen, warf Linda Paloviita einen dankbaren Blick zu.

Paloviita und Linda meldeten sich bei Johan Niemi, und gemeinsam gingen sie zur Vernehmung der Mitglieder von White Ordner. Ihr Plan war einfach, bewährt und effektiv: Sie würden jeden Einzelnen von ihnen verhören, in der Absicht, sie in Widersprüche zu verstricken. Jeder Ungereimtheit würden sie auf den Grund gehen, eine Lüge nach der anderen entlarven und sich Schritt für Schritt in den Fels der Wahrheit bohren. Sollte es erforderlich sein, würden sie die Vernehmungen so lange und so viele Tage fortsetzen, bis sich ein Gesamtbild herauskristallisierte. Paloviita hatte in seiner Zeit als Polizist schon Hunderte verhört, Tatverdächtige und Zeugen, Unschuldige und Schuldige, und er wusste, dass hierbei vor allem Ausdauer gefragt war. Die immer gleichen Dinge wurden bis zur Erschöpfung wiederholt, und jede Behauptung wurde in Frage gestellt, egal ob wahr oder gelogen. Der Befragte würde antworten, ausweichen, schweigen, Unwissenheit vortäuschen, sich angeblich nicht erinnern, lügen. Es ging nur darum, wer länger durchhielt. Zur gleichen Zeit würde die technische Untersuchung neue Beweise ans Licht bringen, die die Aussagen entweder stützten oder entkräfteten. Manchmal endete das Spiel unentschieden, aber Paloviita wusste auch, dass bei mehreren Verdächtigen immer einer irgendwann plauderte, etwas preisgab oder seine Aussage in einem entscheidenden Punkt plötzlich änderte. Die Polizei hatte ihre Notizen und die Aufnahmen, anders der Verdächtige. Lügner brauchten ein gutes Gedächtnis. Der Befragte konnte sich außerdem nie sicher sein, was die Polizei schon wusste und was die anderen ausgesagt hatten.

Als Befragter war man immer auf sich allein gestellt.

Sie betraten den Vernehmungsraum, in dem Riku Ukkonen, in Handfesseln am Tisch fixiert, bereits auf sie wartete. Er war fünfundzwanzig Jahre alt, recht klein, von gedrungener Statur und glatzköpfig. Die kleinen Augen lagen wie die Rosinen auf einem gebackenen Weckmann tief in ihren Höhlen. Ukkonens Strafregister war kurz und enthielt bisher lediglich Einträge wegen Vandalismus und kleinerer Diebstähle, für die er mit Geldstrafen davongekommen war. Er war einer der beiden Männer, die Oksmans »Manöver« mit kleineren Blessuren überstanden hatten. Jetzt blickte er sie mit einem coolen Blick an, den er wohl einem Clint-Eastwood-Film entliehen hatte. Mühelos erkannte Paloviita, dass er ihnen den harten Kerl nur vorspielte, so wie er es offensichtlich schon sein Leben lang getan hatte.

Angst war gut. Daran konnten sie anknüpfen. Wer Angst hatte, hatte etwas zu verlieren.

Niemi betrat ebenfalls nicht zum ersten Mal einen Vernehmungsraum, was Paloviita gleichermaßen fasziniert wie enttäuscht zur Kenntnis nahm. Zu gern hätte er einen weiteren Kratzer auf Niemis ehemals blankpoliertem Harnisch entdeckt, der mittlerweile nur noch stumpf, rostig und abgenutzt wirkte. Niemi trug ein Poloshirt und darüber ein graues, perfekt sitzendes Sakko, das Haar war tadellos gekämmt. Bei seinem Eintritt verbreitete sich Rasierwassergeruch im Raum.

Nach den Anfangsförmlichkeiten, kam Niemi sofort zur Sache:

»Woher stammen die Waffen?«

»Weiß ich nicht.«

»Wer könnte es wissen?«

»Weiß ich nicht.«

»Wissen Sie überhaupt irgendetwas?«

»Na, zum Beispiel, dass Sie 'ne Bullenschwuchtel sind.«

»Was ist falsch an Homosexuellen?«

»Sagen Sie's mir, Sie müssen es doch wissen.«

»Wer hat die Waffen zum Clubhaus gebracht?«

Ukkonen antwortete nicht. Niemi las aus den Papieren vor: »Einem Augenzeugenbericht zufolge wurden die Waffen in einem Transporter der Marke Toyota Hiace mit dem Kennzeichen IBV-388 herbeigeschafft. Das Fahrzeug ist auf Ihren Namen zugelassen – und das Fahrerhaus, genaugenommen die ganze Karre, ist voll mit Ihren Fingerabdrücken. Übrigens auch die Waffenkisten und die Waffen selbst.«

»Was denn für ein Augenzeuge? Etwa dieser durchgeknallte Polizist, der ist doch genauso schwul!«

Paloviita musste unwillkürlich lächeln, Linda ebenso.

»Ihre Fingerabdrücke befinden sich auch auf den Sturmgewehren und den Handgranaten. Wie erklären Sie sich das?«, hakte Niemi weiter nach.

Ukkonen entschied, gar nichts zu erklären, und schwieg.

Niemi beugte sich vor. In seinen Mundwinkeln zuckte es: »Wir haben ausreichend Beweise, um Sie für lange Zeit einzubuchten. Und wir sprechen hier von Jahren.«

Ukkonen zeigte sich unbeeindruckt, doch am Hüpfen des Adamsapfels erkannte Paloviita, dass es im Kopf des Mannes wild rumoren musste.

»Bisher haben sie noch keinen Tag eingesessen. Der Knast ist hart, extrem hart. Das halten Sie keine Woche aus, dann gehen Sie die Wände hoch. In Saramäki, dem Hochsicherheitstrakt in Turku, hält man für glatzköpfige Fanatiker wie Sie eine passende Spezialbehandlung parat.«

Ukkonen behielt die Fassung, der unnachgiebige Zug in seinem Gesicht vertiefte sich.

Niemi lehnte sich zurück, verschränkte die Arme und drehte Däumchen. Nachdenklich sagte er: »Es ist natürlich Ihre Entscheidung, ob Sie der Polizei helfen. Ich sehe, dass Sie ein taffer Bursche sind. Loyal. Sie haben das Zeug zum Helden. Aber Sie sollten eines bedenken: Für Ihre sogenannten Kumpel ist es ein Leichtes, Ihnen alles in die Schuhe zu schieben. Ihr Fahrzeug, Ihre Fingerabdrücke ... und ganz schnell sind Sie der Einzige, der in den Bau wandert.«

Die Kommissare musterten Ukkonen. In seinen Augen flammte Unsicherheit auf, die Niemi sofort ausnutzte: »Sie wissen, von wem wir sprechen? Ich bin schon lange dabei und versichere Ihnen, es gibt immer einen, der plaudert und einen anderen belastet. Ich glaube, Sie wissen, von wem ich rede – und Ihnen ist auch klar, wer zum Schuldigen gemacht werden soll.«

Ukkonen gab immer noch keine Antwort, aber die Vernehmung hatte ihr Ziel schon erreicht: Sie hatte den Samen des Zweifels in ihm gesät. Jetzt mussten sie ihn nur noch regelmäßig gießen und darauf warten, dass die Saat aufging.

»Gut«, sagte Niemi und stand auf. Auch Linda und Paloviita erhoben sich und überließen Ukkonen sich selbst, um das Gespräch zu verdauen.

Sami Virtanen war ein riesiger Kerl mit riesiger Nase und Irokesenkamm. Ein ausladender Schnauzbart ging in einen dünnen Kinnbart über. Der Dreißigjährige war eines der Gründungsmitglieder von White Order und hatte eine äußerst gewalttätige Vergangenheit. Eine Haftstrafe hatte er sich zwar noch nicht eingefangen, dafür aber seit Mitte der 2000er Jahre ein buntes Strafregister mit jeder Menge Einträgen wegen Diskriminierung von Minderheiten und Einwanderern angehäuft. Im Jahr 2018 stand er unter dem Verdacht, sich an der Misshandlung einer Muslima im Itäpuisto-Park in Pori beteiligt zu haben, musste aber, so wie auch alle anderen Verdächtigten, aus Mangel an Beweisen freigelassen werden. Vor seiner Mitgliedschaft bei White Order hatte er sich in allen möglichen Gruppierungen herumgetrieben, die die weiße Vorherrschaft verteidigten. Jemand wie er würde auch eine längere Haftstrafe voller Stolz absitzen. Es war auf den ersten Blick klar, dass man aus ihm mit Drohen, Einschüchtern oder Erpressen nichts herausbekommen würde. Also mussten sie schlau vorgehen.

»Wer von der Truppe ist der Gesandte?«, fragte Niemi.

»Kein Kommentar.«

»Das ist hier kein Interview. Ich frage, Sie antworten.«

Virtanen antwortete nicht.

»Sind Sie der Gesandte? Ja, ich bin mir sicher, dass Sie es sind.«

Virtanen grinste. Allen im Raum war sonnenklar, dass er nicht der Gesandte sein konnte. Keinerlei Übereinstimmung in Körperbau und Aussehen. Selbst Virtanen verstand die Frage als Provokation.

»Ihr Kumpel Riku Ukkonen hat uns eben erzählt, dass Sie die Waffen besorgt und zur Halle gebracht haben.«

»Schwachsinn!«, lachte Virtanen. »Ich weiß nichts von irgendwelchen Waffen.«

»Schwachsinn«, wiederholte Niemi. »Möglich, aber Ukkonen hat Schiss. Er ist nicht wie Sie. Er will nicht in den Knast und wird alles tun und zugeben, um das zu verhindern. Das wissen Sie genauso gut wie ich.«

»Sie haben nichts in der Hand.«

»Ach ja?«, mischte sich jetzt Linda ein. »Wie wäre es mit einer Kiste illegaler Sturmgewehre und Granaten aus der gleichen Serie, die auch beim Nachtklubanschlag eingesetzt wurden? Und wissen Sie was? Ich denke, Sie sind der Einzige, der hier Schwachsinn produziert.«

»Hier geht es nicht nur um fünf Leichen. Hier geht es um eine Gefährdung der nationalen Sicherheit. Dafür gibt es lebenslänglich ohne Aussicht auf Begnadigung«, schlug Paloviita in die gleiche Kerbe.

Virtanen lachte schallend. Ein echtes Lachen, das tief aus seinem Inneren kam. Er lehnte sich zurück und warf den Kopf in den Nacken. Als der Lachanfall abebbte, beugte er sich wieder nach vorn, um sich die Tränen mit dem Ärmel zu trocknen.

»Ohne Aussicht auf Begnadigung«, wiederholte er genüsslich. »Wissen Sie, was ich glaube? Dass ich hier übermorgen schon wieder rausmarschiere, und zwar als freier Mann. Vielleicht mit einer kleinen Geldstrafe, aber wahrscheinlich nicht einmal das.«

Niemi bedeutete ihnen mit einer Kopfbewegung, ihm in den Flur zu folgen. Sie tauschten sich kurz aus und wechselten dann in den Vernehmungsraum drei. Paloviita merkte, wie seine Aufmerksamkeit nachließ. Das passierte ihm immer in Vernehmungen, bei denen das Gehirn auf Hochtouren lief. Dieses Mal waren sie mitten in gleich drei Vernehmungen. Glücklicherweise waren sie zu dritt. Er wusste, dass Linda großartig darin war, Vernehmungen zu führen, und wie es schien, stand Niemi ihr darin in nichts nach. Das wurmte ihn ein wenig. Da war es wieder, dieses Gefühl der Minderwertigkeit und Unvollkommenheit. Dieses Gefühl, nicht mit den anderen mithalten zu können.

Jarno Renlund war die Ruhe selbst. Seine braunen Knopfaugen, die so gar nicht zu dem bärtigen Gesicht passen wollten, sahen sie träge an. Paloviita wusste, das war nur gespielt. Renlund war nicht dumm, alles andere als dumm, aber auch er hatte Schwächen, das hatten sie gesehen. Reden würde er vielleicht nicht, aber wenn es ihnen gelänge, ihn zu reizen, dann könnte er möglicherweise die Beherrschung verlieren, und vielleicht rutschte ihm dann etwas heraus. Bis jetzt war ihr stärkster Trumpf allerdings Ukkonen in der Eins, das schwächste Glied in der Kette. Und zur Stunde vegetierte dieses angegriffene Wesen in dem tristen Raum vor sich hin, allein mit sich und seinen zehrenden Gedanken. Der schlimmste Feind aller Verdächtigen war nicht die Polizei und auch sonst niemand, sondern die Person selbst. Jeder kämpfte gegen seine, ganz eigenen Dämonen, keiner wusste das besser als Paloviita.

»Wie läuft's?«, fragte Paloviita, als sie Renlund gegenüber Platz nahmen. »Sieht ganz danach aus, als hätte die Pflege des nordischen Bluterbes eine kleine Zwangspause verordnet bekommen. Ganz zu schweigen vom Kampf gegen den Kulturmarxismus, die Einwanderung und Homosexuelle.«

Renlund sah sie hochmütig an. »Der Krieg ist größer als ein

einzelner Mann. Außerdem ist es völlig gleichgültig, von wo aus und mit welchen Mitteln diese Arbeit erledigt wird. Wie ich Ihnen schon dargelegt habe, wir genießen breite Unterstützung. Viel breiter, als Sie glauben mögen. Auch in diesem Haus arbeiten Menschen, die unsere Tätigkeit mitfinanzieren. Sie haben ja keine Ahnung, wie viele! Auch viele Polizisten haben die Schnauze voll von Problemen mit Asylanten. Das wissen Sie auch. Ihre Kollegen da draußen riskieren Nacht für Nacht ihr Leben – und ganz gleich was die Propagandamaschinerie des öffentlichen Rundfunks YLE behauptet, der weitaus größte Teil aller Verbrechen wird heute von Ausländern verübt.«

»Die Liste an Vorwürfen gegen Sie ist lang«, warf Linda ein. »Gewaltsamer Widerstand gegen die Staatsgewalt, versuchter Totschlag, illegaler Besitz von Schusswaffen und Sprengstoff, Planung und Vorbereitung einer terroristischen Tat … vielleicht braucht der Krieg den einzelnen Mann nicht, aber ein einzelner Mann vielleicht dann doch den Krieg?«

Renlunds Gesichtszüge verhärteten sich leicht, auch wenn er weiter lächelte. Doch seinen Augen war anzusehen, dass er innerlich keineswegs so gelassen war, wie er vorgab. Die Lage war allen im Raum klar: Die WO-Mitglieder würden verurteilt werden. Die Frage war nur noch, welche Anklagepunkte zugelassen und wie die Strafen ausfallen würden. Eine genauere Prognose konnte Paloviita nicht geben: Es konnten Geldstrafe von wenigen hundert Euro bis zu mehreren Jahren hinter Gittern dabei herauskommen.

»Ich möchte meinen Anwalt sprechen«, forderte Renlund.

»Haben Sie einen? Natürlich, gern. Das klingt vernünftig. Aber eines wollen wir Ihnen vorher noch zu bedenken geben: Wir wollen wissen, wer der Gesandte ist. Sagen Sie uns den Namen, und wir betrachten ihre Situation in einem ganz anderen Licht.«

Er schnaubte verächtlich.

»Woher stammen die Waffen?«

»Ich möchte mit meinem Anwalt sprechen.«

Die Kommissare erhoben sich und verließen den Raum. Ein Blick auf die Uhr zeigte ihnen, dass zwar etwas, aber noch nicht genug Zeit verstrichen war. Also gingen sie in die Cafeteria und tranken schweigen und ohne Eile einen Kaffee. Außer ihnen saß nur ein Team des Rettungsdienstes hier. Anschließend kehrten sie zurück in die untere Etage und öffneten die Tür zum Vernehmungsraum eins, in dem Riku Ukkonen seit über einer Stunde ausharrte.

Bei ihrem Eintritt, fuhr Ukkonen wütend in die Höhe. Seine Handschellen klirrten.

»Verdammt, wo haben Sie gesteckt?«, schimpfte er aufgebracht. »Sie halten mich hier seit Stunden unerlaubterweise fest. Ich werde mich über Sie beschweren!«

»Hinsetzen!«, schnauzte ihn Niemi an und tat, als wäre er kurz davor, die Geduld zu verlieren. Nur einen Augenblick zuvor hatte er noch mit seinen Kollegen auf dem Flur gewitzelt und gelacht. Kaum war er durch die Tür getreten, hatte er sich in ein unberechenbares Raubtier verwandelt.

»Sie haben uns angelogen!«, schrie Niemi. »Himmelarschundzwirn! Sie werden Schwierigkeiten bekommen, die sich gewaschen haben!«

Ukkonens Wut löste sich im Handumdrehen in Luft auf. Er machte ein langes Gesicht.

»Hinsetzen«, wiederholte Niemi.

Ukkonen blieb noch kurz stehen und rang um Haltung, sackte dann aber auf dem Stuhl zusammen, die Handschellen klirrten leise.

»Nur, damit Sie es wissen. Alle Ihre sogenannten Kumpel sind von sämtlichen Vorwürfen freigesprochen worden. Sie sind schon wieder auf freiem Fuß. Sie aber werden uns für seeehr lange Zeit die Ehre erweisen. Sie glauben gar nicht, für wie lange!«

Ukkonen versuchte etwas zu erwidern, sein Adamsapfel glitt auf und nieder, nur ein Ton kam nicht heraus.

»Sechs Ihrer Gefährten haben ausgesagt, dass Sie allein die Handgranaten und Gewehre besorgt und zum Clubhaus gebracht haben. Der Polizist, der Sie festgenommen hat, bestätigt das. Unstrittig ist, dass Sie das Fahrzeug mit den Waffen gefahren haben. Unstrittig sind auch die Fingerabdrücke und die DNA, die wir sicherstellen konnten und eindeutig Ihnen zuordnen werden.«

»Mann, Sie stecken echt in der Scheiße«, kicherte Linda.

Ein zorniger Blick von Niemi brachte sie zum Verstummen. Dann sah er wieder Ukkonen an, und für einen Augenblick starrten sie sich in die Augen. Ukkonen wandte als Erster den Blick ab.

»Auf freiem Fuß?«, fragte er stockend.

»Ja, sie konnten gehen. Wir hatten ja keinerlei Beweise, dass die anderen an der Sache beteiligt waren. Allerdings müssen sie sich noch dem Vorwurf des gewaltsamen Widerstandes gegen die Staatsgewalt stellen. Aber das ist nichts Großes. Und so lange bleiben sie auf freiem Fuß. Was uns interessiert, sind der Gesandte und die Waffen. Sie sind der Einzige, der etwas darüber weiß. Also, ich schlage vor, Sie fangen an zu reden, oder Sie werden, sagen wir für die nächsten zwanzig Jahre, keine Sonne sehen!«, machte jetzt auch Paloviita Druck.

Ukkonen starrte auf seine auf dem Tisch verschränkten Hände und nagte an der Unterlippe. Dann hob er den Blick.

»Es war Renlund.«

Linda prustete los und fing sich wieder einen wütenden Blick von Niemi ein.

»Renlund war es nicht«, entgegnete Niemi ernst. »Wir haben sein Alibi überprüft und bestätigen können. Sie sollten jetzt nicht anfangen, die Schuld auf andere abzuwälzen. Der Zug ist abgefahren. Sie sollten sich viel lieber genau überlegen, was Sie als Nächstes sagen. Es geht hier um Sie. Erzählen Sie uns, wo der

Gesandte sich aufhält, und ich verspreche, dass sich das strafmildernd für Sie auswirken wird.«

»Ich ... Renlund.«

Paloviita stand auf, die anderen erhoben sich ebenfalls.

»Wir gehen«, sagte Linda und legte die Hand auf die Türklinke, als Ukkonen hinter ihnen den Mund öffnete:

»Die Frau. Ich rede nur mit ihr!«, ließ sich Ukkonen weinerlich vernehmen. Der Versuch, die Hand zu heben, scheiterte an der kurzen Kette seiner Handfesseln. »Ich spreche nur mit ihr.«

Niemi und Paloviita schauten erst zu Linda und dann zu Ukkonen. Nach einem kurzen Moment des Überlegens, nickte Niemi langsam und sagte mit einem Blick auf die Uhr:

»Also gut. Sie haben fünf Minuten.«

Paloviita und Niemi verschwanden im Flur, Linda und Ukkonen blieben zu zweit zurück. Am Ende des Flurs angekommen, grinsten sich Paloviita und Niemi an.

»Linda hätte als Schauspielerin Karriere machen können«, sagte Niemi nach einer Weile.

»Sie hat tatsächlich einmal in einem Film von Markku Pölönen mitgespielt, in dem, wo Sohn und Vater einen Sommer lang auf einem Fluss treideln. Linda hat früher als Model gearbeitet. Und jetzt denkt dieser Blödmann da drin, dass er sie über den Tisch ziehen kann. Er wird sein blaues Wunder erleben. Linda führt die härtesten Vernehmungen, die ich kenne.«

Die beiden gingen hinaus auf den asphaltierten Hof hinter dem Polizeigebäude. Der Hof war umzäunt, in der Mitte stand eine große Blechhalle. Der Verkehr brummte, der Wind fuhr ihnen ins Haar. Paloviita musste an jene Nacht denken, als er sich über den Hof angeschlichen hatte und ins Polizeipräsidium eingebrochen war. Ab und zu quälte ihn die Erinnerung – meistens jedoch kam sie ihm nur wie ein Traum vor, der ihn nicht losließ.

Als fünf Minuten vorüber waren, gingen sie wieder zurück

und setzten sich auf die Bank im Flur. Kurz darauf wurde die Tür des Vernehmungsraums eins geöffnet, und Linda trat heraus. Schon an ihrem Gesichtsausdruck konnten sie ablesen, wie es gelaufen war.

»Er hat alles ausgespuckt. Ist alles auf Band. Um Renlund und Kumpane brauchen wir uns erst mal nicht zu kümmern.«

»Und die Waffen?«, fragte Niemi ungeduldig.

Ihr Blick verfinsterte sich. »Er hat sie auf Renlunds Geheiß aus einer Kleingartenanlage auf der Insel Hevosluoto geholt. Sie waren dort in einem Schuppen versteckt, dessen Schloss aufgebrochen war.«

»Ich sage der Technik Bescheid«, meinte Paloviita.

»Woher wusste Renlund vom Versteck der Waffen?«

»Er hat eine Mail bekommen.«

»Eine Mail?«

»Ukkonen konnte sich nicht an jedes Wort erinnern, aber die Mail war ihnen am Morgen vom Gesandten geschickt worden. Renlund hat sie ihnen allen laut vorgelesen. Irgendetwas in der Art, dass der Gesandte ihnen für ihre Überzeugung und ihre Teilnahme im Kampf dankte. Dann habe er versprochen, seine Kriegertruppe mit Waffen auszustatten. Anschließend folgte eine genaue Beschreibung der Lage des Waffenverstecks.«

»Wir müssen diese E-Mail haben!«

»Die KT hat alle Tischcomputer aus dem WO-Club beschlagnahmt. Sie sind unten und werden gerade von Salminen untersucht.«

»Das ist dünn«, stellte Niemi fest. Deutlich war die Enttäuschung in seiner Stimme zu hören.

Paloviita und Linda warfen sich einen Blick zu. Sie empfanden das Gleiche wie Niemi: Die Zeit lief ihnen davon. Sie hatten immer noch keine Spur vom Gesandten. Auch Veeti Aho und sein Vater waren weiterhin verschwunden. Der Sand rann durch die Stundenuhr und wurde immer weniger.

»Ich wette, die Mail wurde wieder von irgendeiner australischen IP-Adresse versandt«, warf Linda ein.

»Aus der Wette wird nichts«, entgegnete Paloviita, »irgendetwas müssen wir doch tun. Ich hole Henrik, und dann fahren wir zu Kristian Ramberg, diesem Designer.«

40

Kristian Ramberg wohnte an der Stadtgrenze zwischen Pori und Nakkila, nur wenige Kilometer von Henrik Oksmans Elternhaus entfernt. Das zweistöckige Haus aus Stein war nicht zu übersehen und erinnerte mit seinen Eingangssäulen im römischen Stil und den verzierten Fenstereinfassungen eher an eine Villa.

Oksman fuhr die Einfahrt hoch und hielt neben einem Springbrunnen im Schatten hoher Zypressen. Paloviita stieg sofort aus und runzelte fragend die Stirn, als Oksman noch kurz sitzen blieb, um Mut zu fassen. Die Eingangstür war wie das Tor einer mittelalterlichen Burg mit Bronze und Nieten beschlagen. In der Mitte prangte ein prächtiger Löwenkopf als Türklopfer. Quer über der Tür stand mit weißer Farbe gesprüht: Schwule Sau! An Tür und Wänden klebten getrocknete Eierreste. Bei den braunen Spuren daneben, so vermutete Oksman, handelte es sich um Hundekot.

Unter einem der Fenster stand der Schriftzug: Homo, krepiere!

Paloviita machte Fotos von den Schmierereien. »Haben wir hierzu eine Anzeige?«, fragte er Oksman.

Dieser schüttelte den Kopf und blieb hinter Paloviita zurück. Sein Herz schlug wie wild, Schweiß lief ihm aus allen Poren. Paloviita suchte nach einer Klingel und betätigte, als er keine fand, den Türklopfer. Das Klopfgeräusch hallte wider wie der Schlag eines Rammbocks.

Während sie warteten, begutachteten sie den tipptopp gepflegten Garten. Der Rasen war einheitlich auf zwei Zentimetern gestutzt, es gab nicht die kleinste Unebenheit, kein Unkraut, keinen einzigen Löwenzahn. Am Rand des Grundstücks wuchsen

Apfelbäume in Reih und Glied, der Springbrunnen plätscherte. Hinter der Tür war ein Geräusch zu hören. Sie wussten, wie der Mann aussah, der ihnen gleich die Tür öffnen würde. In Pori, wie überhaupt im ganzen Land gab es wohl niemanden, dem Kristian Ramberg ein Unbekannter war. Der mehrfach preisgekrönte und international geschätzte Designer, bekannt aus Presse und Fernsehen, hatte vor ein paar Jahren an der Fernsehshow *Dancing with the Stars* teilgenommen und mit seinem Auftritt die Gefühle und Meinungen der Öffentlichkeit gespalten. Ramberg hatte Einrichtungsgegenstände nicht nur für Hollywood-Stars, sondern auch für berühmte Musiker und Politiker designt.

Die Tür wurde geöffnet. Ramberg, in heller Jeans und dunkelblauem Hemd, um den Hals ein rotes Seidentuch, trug einen leicht ergrauten, an diesem Tag noch nicht gestutzten Bart, sein Haar war noch feucht vom Duschen. Als die blauen Augen sie begutachteten und an Oksman hängen blieben, war dieser kurz davor, in Ohnmacht zu fallen. Oksmans Herz schlug so wild, dass er fürchtete, es könnte einfach stehenbleiben.

Oksman war sich ziemlich sicher, dass Ramberg ihn erkannt hatte. Er selbst hätte Ramberg jedenfalls überall wiedererkannt, egal wie er gekleidet war. Sie zeigten ihre Polizeimarken, Ramberg bat sie einzutreten. Rambergs Diele war größer als Oksmans Küche. Durch raumhohe Sprossenfenster strömte helles Sonnenlicht herein. In einer Ecke fristete ein kleiner Sessel ein einsames Dasein, auf dem Beistelltisch daneben lagen Bücher. Sie zogen ihre Schuhe aus und gingen weiter ins Innere des Hauses. Paloviitas mit einem überdimensionierten Kredit finanziertes Prachthaus verblasste neben diesem Landhaus zu einer Hundehütte.

Im hinteren Teil des Foyers führte eine Doppeltreppe ins Obergeschoss. Links gab eine Tür den Blick in eine weiträumige Küche frei, rechts ging es in ein Wohnzimmer, in dem man einen Laster hätte reparieren können. Die Möbel waren mit Bedacht ausgewählt und harmonierten perfekt mit dem übrigen Interieur.

Ramberg bat sie, in elfenbeinfarbenen Ledersesseln Platz zu nehmen.

»Kaffee oder Tee?«, erkundigte er sich.

Oksman und Paloviita warfen sich einen Blick zu. »Kaffee, bitte«, sagte Paloviita, obwohl er eigentlich beschlossen hatte, abzulehnen, sollte ihnen etwas angeboten werden.

Oksman schüttelte den Kopf. »Danke, für mich nichts.«

Ramberg ging und ließ sie allein. Sie hörten Klappern und Wasserrauschen aus der Küche, dann begann die Kaffeemaschine zu gurgeln. Als er ins Wohnzimmer zurückkehrte, trocknete er sich die Hände an einem rot-weiß-karierten Küchenhandtuch ab. »Es dauert kurz«, sagte er und lehnte sich an einen Marmorpfeiler.

Oksman erhob sich, trat vor das Bücherregal, das die gesamte Wand bedeckte, und studierte die Buchrücken. Einerseits, um Abstand zu Ramberg zu gewinnen, und andererseits, weil ihn die Bücher interessierten. Er stellte fest, dass sie nach Genres und alphabetisch geordnet waren. Das gefiel ihm. Ein Regal war Reiseberichten vorbehalten, eines geschichtlichen, ein anderes geografischen Werken, in den restlichen standen Romane.

»Und, was gefunden?«, fragte Ramberg dicht hinter Oksman und legte ihm eine Hand auf die Schulter. Oksman versteifte sich, seine Nackenhaare stellten sich auf. Er hatte Rambergs Kommen nicht bemerkt. »Ich sammele die *Gelbe Bibliothek* vom Tammi-Verlag mit Erstausgaben der Weltliteratur. Lesen Sie viel?«

»Kaum«, antwortete Oksman.

Ramberg lachte. »Ein Mann, der kaum liest, studiert das Bücherregal wie ein großer Buchliebhaber. Ich bin ja kein Polizist, aber auf mich wirkt das äußerst verdächtig.«

Ramberg zog den ersten Band der finnischen Klassiker-Trilogie *Hier unter dem Polarstern* heraus, schlug den Schutztitel auf und hielt ihn Oksman hin: »Das ist für mich persönlich das wertvollste Buch. Die Erstausgabe mit Originalsignatur des Autors

Väinö Linna. Ich habe es auf dem Buchantikmarkt in Sastamala ersteigert.«

Paloviita gesellte sich zu ihnen. Er wollte einen Blick auf die Unterschrift des großen finnischen Meisters werfen. »Ist es wertvoll?«

Ramberg stellte das Buch ins Regal zurück. »Meine Sammlung hat keinen finanziellen Wert, aber ich liebe Bücher. Lesen ist mein Steckenpferd. Wer Bücher sammelt, ist in der glücklichen Lage, dass seine Sammlung nie vollständig ist. Dieses Buch ist allein deshalb etwas ganz Besonderes, weil der Autor es in der Hand gehalten hat.«

Nach diesen Worten ging er zurück in die Küche und kam mit einem Tablett zurück, auf dem zwei Kaffeetassen, etwas Gebäck und eine Flasche Mineralwasser ohne Kohlensäure für Oksman standen. Als Oksmans und Rambergs Blicke sich trafen, bekam Oksman letzte Gewissheit, dass Ramberg ihn erkannt hatte.

»Vielen Dank, dass Sie sich Zeit für uns nehmen«, sagte Paloviita.

»So wie Sie das sagen, klingt es, als hätte ich eine Alternative gehabt. Aber ich bin Ihnen sehr dankbar für Ihre Diskretion. Hätte ich im Polizeipräsidium aufkreuzen müssen … na, Sie wissen selbst.«

»Ihre Hauswand ist beschmiert«, fuhr Paloviita fort.

Ramberg lachte trocken: »Die sind nach meinem vorgestrigen Auftritt im Fernsehen dort aufgetaucht.«

»Ähnliche Hassparolen habe ich in der Stadt gesehen«, fügte Paloviita hinzu.

»Ich bin ein Optimist«, bekannte Ramberg. »Ich will glauben, dass die Menschheit sich entwickeln kann, auch wenn es im Moment so aussieht, als lebten wir in einer Welt voller Egoisten. Die Nachrichten quellen über vor Meldungen vom Klimawandel, Überschwemmungen und Hungersnöten. Und wir debattieren über Einwanderung, Impfungen und die Ehe für alle!«

Paloviita zog ein Foto aus der Tasche, das einen mit einem Blazer bekleideten Mann zeigte, der in Begleitung einer Frau im rot-weißen Kleid den Nachtklub verließ. Er legte es auf den Tisch und drehte es Ramberg hin. Dieser setzte seine Lesebrille auf, studierte das Bild, warf Oksman einen Blick zu und lächelte. Oksman war fahlgrau im Gesicht, seine Miene war zu einem wächsernen Grinsen erstarrt.

»Ja, das bin ich«, bekannte Ramberg.

»Warum haben Sie sich nicht bei der Polizei gemeldet?«, wollte Paloviita wissen.

»Sie wissen warum. Ich bemühe mich um den Schutz meiner Privatsphäre. Mit dem Anschlag habe ich nichts zu tun. Ich habe den Nachtklub deutlich vor der Explosion verlassen. Aber seitdem ist keine Stunde vergangen, in der ich nicht daran gedacht habe, dass ich hätte unter den Toten sein können.«

Paloviita tippte auf die Frau. »Und sie hier? Die Überwachungskameras zeigen, dass Sie den Nachtklub allein betreten und in Begleitung dieser ... Frau, die kurz nach Ihnen kam, verlassen haben.«

Ramberg lehnte sich zurück, schaute kurz zu Oksman und schürzte die Lippen. »Ich habe ihn erst im Nachtklub kennengelernt. Ich kannte ihn vorher nicht und habe ihn seither auch nicht wiedergesehen. Nach seinem Namen habe ich nicht gefragt.«

Oksman, dessen Puls wie der Kolben eines Kompressors pochte, spürte, wie sein Blutdruck sich etwas senkte, und ließ die Luft aus seiner Lunge entweichen.

Paloviita räusperte sich und warf Oksman einen hilfesuchenden Blick zu, musste aber einsehen, dass dieser ihm nicht beispringen würde. Also fuhr er fort: »Sie verstehen sicher, ich muss Sie das fragen ...«

Ramberg schaute ernst, aber seine Augen lächelten, als er sagte: »Die Antwort lautet: Ja, wir hatten Sex.«

»Sie sind zu Fuß gegangen.«

»Ich habe uns ein Zimmer im Hotel Vaakuna bezahlt.«

»Und im Moment der Explosion haben Sie sich dort aufgehalten?«

»Wir haben geschlafen.«

»Und Sie kennen den Namen der Frau ... des Mannes nicht?«, versuchte Paloviita es ein weiteres Mal.

Ramberg schüttelte den Kopf.

»Würden Sie die Person erkennen, wenn Sie sie sehen ... in Alltagskleidern und ungeschminkt?«

Ramberg beugte sich vor und schaute ihn wohlwollend an: »Ich möchte der Polizei nach Kräften helfen, aber eines will ich gleich klarstellen: Selbst wenn ich wüsste, wer dieser Mann ist, würde ich es Ihnen nicht sagen – es sei denn, er hätte etwas mit dem Anschlag zu tun.«

»Und das hat er nicht?«

»Er hat die Nacht mit mir verbracht. Ich kann Ihnen die Quittung zeigen, ich habe mit Karte bezahlt. Im Hotel habe ich das Anmeldeformular an der Rezeption ausgefüllt. Ich bin mir sicher, dass sich Hotelangestellte an uns erinnern und das Alibi bestätigen werden.«

Paloviita runzelte die Stirn. Mit gesenkter Stimme sagte er: »Sie werden nicht als Terrorist verdächtigt, aber wir haben unsere Gründe, warum wir Ihre Begleitung unbedingt treffen wollen. Davon abgesehen bin ich mir sicher, dass Sie lügen und wissen, wer die Person ist.«

Ramberg schwieg.

»Spielen Sie nicht mit unserer Gutmütigkeit. Wir können das Gespräch auch gern auf dem Präsidium fortsetzen.«

Paloviita wartete und beobachtete Rambergs Mimik. Er zeigte keine Regung.

»Ich bewahre absolutes Stillschweigen gegenüber meinen Sexualpartnern. Ohne Ausnahme.«

»In diesem Fall müssen wir Sie auffordern, uns aufs Revier zu begleiten. Sie unterschlagen uns ermittlungsrelevante Informationen. Wir haben da klare Anweisungen.«

»Dann lassen Sie uns gehen«, willigte Ramberg ein und war im Begriff, sich zu erheben. Doch Paloviita unterbrach ihn, indem er ihm zwei weitere Fotos hinschob. »Erkennen Sie den? Auch dieser junge Mann war am Tatabend im Club, hat ihn aber kurz vor dem Anschlag verlassen.« Ramberg betrachtete die Fotos wieder genau und verzog nachdenklich den Mund. »Er kommt mir irgendwie bekannt vor, ich komme aber nicht darauf, woher ich ihn kenne.« Plötzlich veränderte sich sein Gesichtsausdruck und er sah die Kommissare an: »Ist das ..., ist er das?«

Paloviita schob die Fotos zurück in eine Plastikhülle. »Das wissen wir nicht. Aber wir würden uns auch mit ihm sehr gern unterhalten. Wir haben das Foto allen gezeigt, die sich im Nachtklub aufgehalten haben. Keiner erinnert sich an ihn. Laut Überwachungskameras hat er sich nur kurz im Inneren aufgehalten und sich dann über den nördlichen Teil des Marktes in Richtung Antinkatu entfernt. Es kann sein, dass er mit dem Anschlag gar nichts zu tun hat.«

»Sie müssen verstehen, dass die sexuelle Orientierung für viele von uns immer noch etwas ist, für das sie sich schämen, weil es die Person stigmatisiert. Sie haben die Schmierereien an meinem Haus gesehen. Ich persönlich habe mich als Zwanzigjähriger geoutet. Aber ich kenne homosexuelle Männer und Frauen mit Familie, die in einer heterosexuellen Beziehung leben, nur um den Anschein zu wahren. Das ist für alle Beteiligten eine schlimme Situation.«

»Ich kann nicht verstehen, wieso Homosexualität für so viele immer noch ein Problem ist«, entgegnete Paloviita. »Oder dass jemand bereit ist, es als Todsünde hinzustellen.«

»Die finnische Gesellschaft gründet fest auf traditionellen Werten. Letzten Endes geht es darum, dass die eigene Art zu leben, dass diese Kultur und diese Werte sich generell verändern und brüchig werden. Menschen, die sich über Homosexuelle, Transvestiten und andere queere Menschen aufregen, sind häufig dieselben, die alles ablehnen, was traditionelle, patriarchalische Gesellschaftsstrukturen erschüttern könnte.«

»Der Gesandte begründet seine Tat mit dem Willen Gottes«, warf Oksman ein.

Ramberg nickte. »Als ich in den Nachrichten das erste Video des Gesandten sah, war ich ehrlich gesagt wenig überrascht. Diese Bibelstellen begegnen Ihnen praktisch in jeder Diskussion über Homosexualität. Nachdem ich 1996 an der ersten Talkshow zum Thema Homosexualität im öffentlich-rechtlichen Sender YLE teilgenommen hatte, erhielt ich in der darauffolgenden Woche über zweihundert Morddrohungen, mein Auto wurde beschädigt und mein Briefkasten in die Luft gesprengt. In Finnland ist es auch im 21. Jahrhundert nicht leicht, ein Homosexueller zu sein.«

»Unglaublich.«

»Ist es das? Vielleicht bin ich auch einfach nur zu zynisch geworden.«

Ramberg blickte zu Oksman hinüber, dem äußerst unbehaglich zumute war.

»Dass eine Person wie ich, die im Fokus der Öffentlichkeit steht, hin und wieder im Fernsehen auftritt, ist in meinen Augen noch keine Staats- oder Medienpropaganda. Auch wenn ich verstehen kann, dass jemand, der Homosexualität für eine selbst verursachte psychische Störung hält, von der man durch Niederknien und Beten geheilt werden kann, daran Anstoß nimmt.«

»Ist es nicht mittlerweile allgemein bekannt, dass Homosexualität keine Krankheit ist? Dass sich keiner seine sexuelle Orientierung aussuchen kann? Also ich habe bisher immer gedacht, dass es sich bei den Andersdenkenden um eine marginale Gruppe handelt«, meinte Paloviita.

»Finnland lebt in einer Blase«, erklärte Ramberg. »Nichtsdestotrotz ist Finnland eines der sichersten Länder der Erde. Ich kann es wagen, hier öffentlich als der zu leben, der ich bin. In einem anderen Land könnte ich das vielleicht nicht.«

»Wie gesagt, das klingt für mich alles unglaublich«, erwiderte Paloviita. Er hatte seine Kaffeetasse geleert und stellte sie zurück auf die Untertasse.

»Wirklich? Der Mensch ändert sich nur langsam. Eine kulturelle Revolution braucht Zeit. Ich bin davon überzeugt, als in Jemen ein Schwuler erhängt wurde, glaubten die Vollstrecker des Urteils fest daran, den Willen Gottes umzusetzen. Für sie sind Regenbogenparaden eine makabre Gotteslästerung, so wie die Kinderehe für uns.«

»Man kann ja wohl Pädophile nicht mit Homosexuellen gleichsetzen?«

»Was ich sagen will, ist, dass Dinge, die für uns normal sind, es in anderen Teilen der Welt nicht unbedingt sind – und andersherum. Rassismus ist zunächst einmal die Furcht vor dem Verlust der eigenen Kultur. Selbst die Manifeste von Adolf Hitler und Goebbels gründen auf viel älteren Denkmustern, deren Mechanismen auch heutzutage noch funktionieren. Der Punkt ist, was bei uns Abscheu hervorruft, kann woanders ganz normal sein. Eines der zentralen Argumente gegen Homosexualität ist deren angebliche Widernatürlichkeit, dabei ist biologisch längst bewiesen, dass sie bei sämtlichen Tierarten vorkommt. Schwule gab und wird es immer geben. Manchmal wird Homosexualität von der Gesellschaft akzeptiert, manchmal verboten. Im antiken Griechenland beispielsweise galt Sex zwischen Männern keineswegs als ungewöhnlich.«

»Wenn zwei Menschen sich lieben, nehmen sie doch niemandem etwas weg!«

»Das sehe ich genauso. Und was ist so schlimm an der Liebe zweier Menschen, dass es mit dem Tode bestraft werden müsste?«

Paloviita nickte nachdenklich.

»Ich hatte Glück. Kaum vorstellbar, wenn ich als Homosexueller in einer erzkonservativen Familie zur Welt gekommen wäre – oder gar in Afrika.«

Oksman nickte ebenfalls und sah in Rambergs Augen, dass dieser seinen wortlosen Dank verstanden hatte.

Ramberg stand auf: »Gehen wir?«

Paloviita und Oksman erhoben sich ebenfalls, doch Paloviita sagte: »Wir können auf den Besuch im Polizeirevier verzichten. Ich vertraue Ihrem Wort, dass Sie den Mann … die Person nicht kennen.«

Paloviita schaute zu seinem Kollegen hinüber: »Oder, Henrik? Du bist doch der gleichen Meinung?«

»Bin ich«, nickte Oksman.

»Danke«, erwiderte Ramberg. »Ich weiß das zu schätzen. Wenn ich der Polizei weiterhelfen kann, werde ich das jederzeit gerne tun.«

Er begleitete sie bis zur Tür. Paloviita und Oksman gingen zu ihrem Wagen, der sich in der Sonne aufgeheizt hatte. Oksman wendete, und der Druck auf seiner Brust ließ mit jedem Meter, den sie Pori näherkamen, nach. Als sie die Staatsstraße 8 erreichten, sagte Paloviita: »Ich finde, die Suche nach dieser mysteriösen Frau können wir einstellen. Dafür möchte ich jetzt umso dringender mit diesem anderen Mann sprechen.«

Oksman nickte. In seinem Kopf herrschte Leere. Hätte er beschreiben müssen, was er fühlte, wäre er hoffnungslos überfordert gewesen. Erleichterung? Dankbarkeit? Oder reine Apathie? Immerhin war der enge Reif um seinen Brustkorb etwas lockerer geworden – zumindest für den Moment.

41

Oksman schuf auf seinem Schreibtisch Platz und breitete die amtliche Liegenschaftskarte von Pori vor sich aus. Angewidert betrachtete er die Unordnung in seinem Dienstzimmer, er war in letzter Zeit schlicht zu nachlässig gewesen. Überall stapelten sich ungeordnete Papierberge, die durchzusehen er keine Zeit gehabt hatte. Er war dabei, die Kontrolle zu verlieren.

Ein plötzlicher Drang, sich zu waschen, erfasste ihn. Er stürmte zum Ende des Flurs in die Herrentoilette, drehte das Wasser so heiß wie möglich, rieb die Hände mit Seife ein und schrubbte sie wie besessen. Allmählich beruhigte sich sein aufgewühltes Gemüt wieder, und sein Atem wurde gleichmäßiger. Jetzt konnte er wieder in sein Zimmer zurückkehren und sich auf die Karte konzentrieren. Als Erstes kreiste er jenes Gebiet ein, in dem Kalevi und Veeti Aho vermutlich unterwegs gewesen waren, um ihre *Wachttürme* zu verteilen. Er hatte den Gedanken immer noch nicht verworfen, dass ihr Verschwinden etwas mit dem Gesandten zu tun hatte.

Das Gebiet war viel zu groß, das wurde ihm schnell klar. Es umfasste die alten und neuen Einfamilienhaussiedlungen Tuorsniemi und Klasipruuki im Westen und reichte bis ins dörflich geprägte Pinomäki sowie ins dünn besiedelte Niittymaa, das etwa zehn Kilometer vom Stadtzentrum entfernt im Südwesten lag. Dazwischen gab es nur flache Felder, Wälder und verlassene Gehöfte. Er verglich die Karte mit einer, auf der die Schutzpolizei vermerkt hatte, wen sie telefonisch befragt oder persönlich angetroffen hatte. Sie umfasste höchstens die Hälfte des Gebiets. Tatsache war, dass weder ihre noch die Ressourcen des ZKA ausreichen würden, um so ein großes Gebiet zu durchkämmen. Schon gar nicht, wenn sie gleichzeitig dafür Sorge tragen mussten, dass die Situation nicht total eskalierte, wie bereits in vielen Städten der Welt geschehen. Außerdem lehnte Niemi nach wie vor den Gedanken ab, dass es zwischen dem Verschwinden von Kalevi und Veeti Aho und dem Gesandten eine Verbindung geben könnte. Und so gab es auch keine zusätzlichen Kräfte, um die Haustürbefragungen auszuweiten. Oksman konnte Niemis Beweggründe sogar verstehen: Bisher hatten sie keinen einzigen Hinweis, der den Gesandten mit den Ahos in Verbindung gebracht hätte. Deswegen hatten sie alle Kräfte auf die Suche nach dem Gesandten konzentriert.

Oksman betrachtete die Karten und seufzte. Der Gesandte konnte sich wer weiß wo in Pori oder den Nachbarorten aufhalten, und sie hatten keinerlei Anhaltspunkt, um ihn aufzuspüren.

Eines war ihm jedoch klar geworden: Er würde den Einfluss von Hassreden und des Internets nie wieder unterschätzen. Unter einer äußerlich scheinbar intakten Oberfläche konnten sich Kräfte zusammenbrauen, die sich ihren Weg bahnten, sobald sich nur der kleinste Riss auftat. Obwohl er als Polizist immer bemüht war, objektiv zu bleiben, musste er sich eingestehen, dass ihm das schwerfiel, wenn es um Rassismus und Diskriminierung ging, beides überstieg immer wieder seine Vorstellungskraft. Und er spürte, wie sehr ihm diese Menschen zuwider waren, die andere aufgrund ihrer ethnischen Herkunft, ihrer sexuellen Orientierung oder ihres Glaubens einfach in Schubladen steckten.

Oksman gähnte, rollte die Karte zusammen und streckte seine Glieder. Er lehnte sich zurück und ging die Ermittlungen Schritt für Schritt gedanklich durch. Das hatte er schon oft getan: alles in Teile zerlegt und Stück für Stück neu zusammengesetzt. An den Ausgangspunkt zurückzukehren half häufig, die Dinge neu zu ordnen und Lücken in den Ermittlungen aufzuspüren. Irgendetwas hatten sie übersehen. Vielleicht konnten sie die Dinge einfach nicht richtig erkennen, so als wären es nur Umrisse oder Farbpunkte hinter einem Duschvorhang, der das Gesamtbild verdeckte. Ihnen fehlte ein Detail, das ihnen ermöglichte, den Vorhang beiseitezuziehen und zu erkennen, was sich dahinter verbarg. Oksman wusste, dass es einen Moment gegeben hatte, in dem er den Vorhang beinahe zu fassen bekommen hätte. Er war ganz nah dran gewesen, aber jedes Mal, wenn er danach greifen wollte, war er ihm wieder entglitten.

Oksman kniff die Augen zusammen und hielt den Gedanken fest. Er spürte, die Antwort lag dort irgendwo zum Greifen nah, aber im Dunkeln verborgen.

Er spulte das Band seiner Erinnerungen zurück bis zu jenem Abend, als er gemeinsam mit Ramberg das Venus verlassen und nur Stunden später wieder betreten hatte, um festzustellen, dass der Ort bei der Explosion komplett zerstört worden war. Hinter seinen geschlossenen Lidern schossen die Bilder vorbei wie ein in Lichtgeschwindigkeit abgespulter Film: Er sah sich, wie er in dem abgebrannten Nachtklub stand, beim Betrachten des Granatsplitters, im Büro des Obersts, wo er sich so extrem unwohl und schmutzig gefühlt hatte. Wie er und Renlund sich mit Blicken gemessen hatten, wie er gegen die Nazis vor dem Clubhaus gekämpft hatte. Wut und Beklemmung. Mikael Fredriksson mit der Dornenkrone aus Stacheldraht, Blutrinnsale im Bart. Er sah sich, wie sie die vor Hass triefende Videobotschaft des Gesandten im Polizeipräsidium wieder und wieder angeschaut hatten.

Und hier war die Stelle, nach der Oksmans Unterbewusstsein gesucht hatte. Er öffnete die Augen.

In der Szene, die er vor sich sah, saßen Salminen und er im EDV-Raum der KT und hörten die Tonspur auf dem Video des Gesandten ab. Sie hatten ein Brummen gehört, das Salminen mit ziemlicher Sicherheit einem riesigen Klimaaggregat zugeordnet hatte. Aber da war noch etwas, ein Klopfen, bei dem der Pegel der

Audiokurve ausgeschlagen hatte wie ein spitzer Berg oder Hundezahn.

Ein Lager oder etwas Ähnliches?, hatte Salminen gemutmaßt.

Aber es war kein Lager. Das wurde ihm schlagartig klar. Eigentlich hatte er es schon damals gewusst, aber den Gedanken nicht zu formen vermocht. In dem Klopfen war ...

etwas ...

sehr ...

Vertrautes!

Oksmans Nackenhaare sträubten sich, als hätte jemand hinter ihm eine Gefriertruhe geöffnet und ihm die eisige Luft zugefächelt.

Oder irrte er sich? Spielte ihm sein übermüdetes Gehirn einen Streich?

Nein, er irrte nicht. Nicht in solchen Dingen. Die Antwort war klar und deutlich auf den Monitoren ablesbar und aus den Lautsprechern zu hören gewesen. Aber er hatte das Gesehene und Gehörte nicht verstanden.

Er war blind und taub gewesen.

Er griff nach Block und Stift und zeichnete die Ausschläge der Audiokurve aus dem Gedächtnis exakt nach. Seine Hand zitterte, und er konzentrierte all seine Gedanken auf die Bewegungen des Stiftes. Als er fertig war, betrachtete er seine Aufzeichnungen ungläubig. Seine Kopfhaut kribbelte. Dann nahm er sein Handy, suchte Salminens Nummer und tippte auf die Anruftaste.

42

Alle lauschten gebannt und fassungslos Oksmans Ausführungen. Ihre Mienen wurden immer besorgter. Salminen, der Oksman in Nieminens Büro gefolgt war, bestätigte Oksmans Worte: Auf dem Video des Gesandten war im Hintergrund ein in Morsezeichen gesendeter Hilferuf zu hören.

»Ich war eigentlich schon auf dem Weg nach Hause, als Henrik mich anrief. Zuerst wollte ich es nicht glauben, aber Henrik hat nicht lockergelassen, also habe ich gewendet und bin zurückgefahren«, erklärte Salminen.

»Lesen Sie es noch einmal vor«, forderte ihn Niemi auf. Er war aschgrau, alles Blut war ihm aus dem Gesicht gewichen, auf seiner Stirn glänzte der Schweiß. Paloviita fand, er sah genauso aus wie Henrik, kurz bevor er in Ohnmacht gefallen war. Vielleicht ging ja wirklich ein Virus auf dem Präsidium um. Aber er konnte auch nicht umhin, Genugtuung zu empfinden. Hatte sich also doch ein Riss in der perfekten Oberfläche des Überfliegers Johan Super-Niemi gebildet! Kein großer, aber immerhin ein Riss. Niemi hatte nicht glauben wollen, dass zwischen dem Verschwinden der Zeugen Jehovas und dem Gesandten möglicherweise eine Verbindung bestand. Er selbst hatte zwar auch nicht daran geglaubt, aber was spielte das jetzt noch für eine Rolle. Wichtig war nur, dass Henrik und die lokale Polizei das ZKA ausgestochen hatten.

»S. O. S. Veeti Aho. Im Keller. Helle. Gesandter. S. O. S.«, las Salminen vor. »Diese Nachricht wird auf dem Video dreimal wiederholt. Vermutlich hat er mit einem Eisenrohr gegen die Wand oder den Fußboden geschlagen.«

»Wie in aller Welt bist du darauf gekommen, dass das Morsezeichen sind?«, erkundigte sich Linda.

Oksman errötete, antwortete aber nicht.

»Veeti Aho ist bei den Pfadfindern, daher kennt er das Morsealphabet«, bestätigte Manner mit Blick in die Unterlagen.

»Veeti Aho im Keller«, sagte Paloviita. »Das hilft uns leider nicht viel weiter.«

»Falsch«, widersprach Linda. »Jetzt haben wir Gewissheit, dass der Gesandte etwas mit dem Verschwinden von Kalevi und Veeti Aho zu tun hat. Außerdem wissen wir jetzt, dass sie noch am Leben sind, zumindest der Sohn.«

»Linda hat recht. Wenn wir Glück haben, weiß der Gesandte nicht, dass es seinem Gefangenen gelungen ist, uns auf dem Video eine Nachricht zu übermitteln. Das verschafft uns einen Vorteil, denn wir wissen, wo Vater und Sohn ihre Zeitschriften verteilt haben. Angenommen, dass die beiden zur falschen Zeit an der falschen Tür geklopft und den Gesandten überrascht haben, dann grenzt es das Gebiet, das wir durchkämmen müssen, entscheidend ein. Das ist ein erster Anhaltspunkt. Jetzt ist nicht mehr der Gesandte am Ball, auch wenn er das glauben mag. Wir starten eine breit angelegte Anrufaktion und fragen die Leute, ob die beiden bei ihnen geklingelt haben. Und wo wir keinen erreichen, da schicken wir eine Streife vorbei.«

»Das haben wir schon direkt nach ihrem Verschwinden getan, aber mit mageren Ergebnissen«, warf Niemi ein, aber allen war klar, dass er damit nur sein eigenes Versagen kaschieren wollte. »Ich bestelle einen Hubschrauber, um das Gelände aus der Luft abzusuchen. Kalevi Veeti war mit einem schwarzen Volvo unterwegs.«

»Das muss allerdings äußerst vorsichtig geschehen. Wenn der Gesandte bemerkt, dass wir ihm auf der Spur sind, wird er mögliche Beweise beseitigen, dazu gehören auch die Gefangenen.«

»Helle«, murmelte Paloviita. »Was will er uns damit sagen?

Wenn die Ahos im Keller sind, wie können sie da etwas Helles sehen?«

Darauf wusste keiner eine Antwort.

»Wir sollten auch an den Sendemast denken«, sagte Oksman und zog alle Blicke auf sich. Er sah Salminen an, als er meinte: »Der Gesandte hat höchstwahrscheinlich eine Antenne im Garten stehen.«

»Das sind mir langsam zu viele Unbekannte. Es war absolut nicht abzusehen, dass sich das Ganze zu einer Geiselbefreiung ausweiten würde«, stöhnte Niemi und blätterte in den Papieren. »Diese Entführungsgeschichte passt einfach nicht zum psychologischen Profil des Gesandten.«

»Vielleicht gibt es Querverbindungen, die nicht in den Papieren stehen«, meinte Manner.

Niemi schnaubte verächtlich, denn er begriff sofort, dass die Spitze gegen ihn gerichtet war. »Dann kümmern Sie sich doch um die Suche nach diesen Zeugen Jehovas, die lokale Polizeiarbeit liegt Ihnen ja offensichtlich. Ich muss mich darauf konzentrieren, die Mitarbeiter der Kirchengemeinde West-Pori zu vernehmen.«

43

Henrik Oksman lag nur mit einer Unterhose bekleidet auf einer ausgerollten Matratze auf dem Boden seines Schlafzimmers und schaute an die Decke. Sein Körper schmerzte. Er hatte so lange auf seinen Boxsack eingeschlagen, bis Hände und Beine ihren Dienst versagten. Sein Atem ging schwer und war laktatgesättigt. Die bunten Lichter der nächtlichen Stadt fielen durch die Lamellen der Jalousie auf Wand und Zimmerdecke, bildeten psychodelische Gewebemuster, die sich bewegten und tanzten wie ein lebendiges Feuer.

Sein Brustkorb hob und senkte sich langsam. Schloss er die Augen, sah er den entkleideten, geschändeten Leichnam des Pfarrers Mikael Fredriksson vor sich, in der Kirche ans Kreuz genagelt. Öffnete er seine Augen, sah er die spielenden Lichter an der Decke.

Doch die Geräusche ließen sich nicht so einfach abschütteln. Genau wie das kläffende Gebell eines Hundes, das ihn schon sein ganzes Leben lang verfolgte.

Das unaufhörliche Gekläff von Vaters Bestien.

Augen zu: Fredrikssons schmerzverzerrtes Gesicht, durch die Handflächen gehauene Nägel und tief in die Kopfhaut gedrückte rostige Dornen.

Augen auf: ein leeres Zimmer, schwindendes Licht und das Gurgeln der Wasserrohre – durch die Dunkelheit jagende Hunde.

Augen zu: Er ist elf. Es ist Nacht, das Haus schläft. Er liegt wach und starrt auf die Spannpappe an der Decke, die sich dort, wo Wasser eingedrungen ist, wellt und dunkle Flecken aufweist. In dem Zimmer riecht es muffig wie in einem Erdkeller, und der Geruch hat sich in Bettlaken, Kleidungsstücken und Haaren festgefressen. In der Schule wird er deswegen schon Stinktier genannt.

Augen auf: Die Erinnerungen strömen auf ihn ein wie Abgase aus dem Auspuff, seine Adern ziehen sich zusammen, schreien und brüllen.

Augen zu: der Geruch nach Erdkeller und das gleiche, alte Zimmer. Er kommt hier nie raus. Das ist sein Verlies. Er klappt die Decke zur Seite, richtet sich auf und stellt die nackten Fußsohlen auf den Boden. Der Boden ist kalt, weil Februar ist und draußen eisige Temperaturen herrschen. Sein Atem kondensiert. Er streift sich Wollsocken über, steht auf und wickelt sich in die Decke. Er geht zum Fenster. Der Strahler am Giebel der Maschinenhalle brennt auch nachts. Im Schein des Lichts glitzert frisch gefallener Puderschnee.

Augen auf: Jemand hält am Straßenrand. Die Scheinwerfer zeichnen Streifen auf die Fenster. Eine Autotür wird zugeschlagen. Eine Frau lacht. Das Auto fährt weg. Dunkelheit.

Augen zu: Stille. Müdigkeit überkommt ihn. Er ist seit vielen Stunden wach und wartet darauf, dass das Haus verstummt. Und er wartet weiter. Vielleicht ist er kurz eingedöst, er weiß es nicht genau, aber jetzt ist er wieder wach. Das Herz schlägt lauter und pumpt warmes Blut in den Körper.

Es ist halb vier nachts.

Er öffnet die Tür seines Zimmers und steht lange lauschend auf der Schwelle. Nichts, nicht einmal das Knacken des Frostes in den Ecken. Er lässt die Tür offen, obwohl er weiß, dass das verboten ist. Die Treppe hinauf strömt warme Luft in sein Zimmer.

Luft, die nicht nach Erdkeller riecht.

Er kehrt zum Bett zurück, zieht eine Plastiktüte darunter hervor. Sein Herz pocht wild. Er ist aufgeregt und furchtsam zugleich. Adrenalin durchströmt seinen Organismus und schärft seine Sinne. Er riecht, hört und sieht jetzt schärfer. Es hat ihn viel Mühe gekostet, die Dinge, die die Tüte beinhaltet, zu besorgen. Und es ist viel Zeit vergangen. Lange hat er die Tüte im Wald in einer Felsspalte aufbewahrt und sich erst vorgestern getraut, sie ins Haus zu schmuggeln. Er öffnet die Tüte und holt einen rosafarbenen Damenslip mit Spitzenrand und kleiner Schleife in der Mitte heraus. Er betrachtet ihn lange.

Er breitet das dunkelblaue Samtkleid, Büstenhalter und Strumpfhose nebeneinander auf dem Boden aus, tritt einen Schritt zurück und betrachtet sie bewundernd. Die Stöckelschuhe hat er auf den Tisch gestellt, sie sind ihm viel zu groß. Aber das macht nichts.

Ein letztes Horchen. Das Haus seufzt, der Wind wirbelt Schneeflocken vom Dach und lässt sie im langen Schein des Hoflichts tanzen.

Er zieht seinen Schlafanzug aus, nimmt ein Kleidungsstück nach dem anderen vom Boden und zieht es an. Er tut es langsam und jede Berührung auskostend. Bedächtig streift er die Strumpfhose über die Beine und betastet seine Waden durch den Stoff. Wie seidig sich seine Haut anfühlt, wie elektrisierend und weich. Er drückt sein Gesicht in den Stoff des Kleids und saugt dessen Duft ein. Es kribbelt in seinem Nacken. Er zieht den Reißverschluss auf und streift das Kleid über. Es spannt über der Hüfte und ist an der Brust etwas zu weit, sitzt ansonsten aber tadellos. In den Stöckelschuhen kann er kaum stehen. Vorsichtig geht er auf dem Teppich ein paar Schritte hin und her, versucht schwungvoller zu gehen, rutscht aber in den Schuhen und knickt um. Er betrachtet sein Spiegelbild im Fenster und fährt sich durch die Haare, die kurz und rau sind wie bei einem Dackel, fasst sich an Wange und Kinn, fühlt sein kantiges Gesicht und den spitzen Vorsprung am Hals. Seltsame, unsichtbare Kräfte zerreißen sein Inneres. Das Fenster, durch dessen Ritzen kalte Luft hereinströmt, verzerrt sein Spiegelbild. Das Gesicht ist nicht auszumachen, nur seine Umrisse, die an- und abschwellen, wenn er sich bewegt.

Dort irgendwo ist es. Sein wahres Ich.

Zum ersten Mal sieht er, was er schon lange fühlt.

Die Leere in seinem Inneren füllt sich für einen Augenblick, und obwohl sein Ebenbild fragil ist wie eine Kristallkugel, ist es doch unversehrt und schön.

Er ist schön.

Plötzlich zerspringt sein Spiegelbild, als hätte jemand einen Stein ins Wasser geworfen. Ein Schatten fällt ins Zimmer.

»Henrik, warum steht deine Tür offen? Ich habe dir schon tausend Mal gesagt, dass ...«, Vaters Satz bleibt unvollendet.

»Was hast du da an?«

Vater dreht den Schalter, und Licht durchflutet das Zimmer. Einen Moment lang ist es still.

»Ich habe gefragt, was zum Teufel du da anhast?« Vaters Stimme ist nicht wütend, vielmehr angsterfüllt und unsicher. Eine Stimme, wie sie Henrik nie zuvor von Vater gehört hat. Er dreht sich um und begegnet seinem Blick. Vaters Hand liegt immer noch auf der Türklinke. Seine Finger umklammern sie mit weißen Knöcheln, sein Blick begutachtet ihn, von Kopf bis Fuß und wieder hinauf.

»Zieh das aus«, krächzt er. »Zieh das sofort aus.«

Henrik beugt den Arm und tastet nach dem Reißverschluss auf seinem Rücken. Vater stürmt aus dem Zimmer und polternd die Treppe hinunter. Oksman kämpft gegen das Weinen an. Er fühlt, wie es in ihm aufsteigt. Sein Körper zuckt, und im Hals liegt ein Kloß, der sich weder hinauf- noch hinunterbewegt. Aber weinen darf er nicht. Das hat er schon als kleines Kind gelernt. Weinen macht alles nur noch schlimmer.

Er zieht seinen Schlafanzug wieder an und legt das Kleid über seinen Schreibtisch.

Vater kommt zurück ins Zimmer. Sein Gesicht ist bleich, die

Augen funkeln eigentümlich. Er hält eine Schere in der Hand. Dann reißt er das Kleid vom Tisch und wedelt damit vor Henriks Gesicht herum: »Woher hast du das, hä?«

»Gefunden ...«, stammelte Henrik.

»Lüg nicht!«, brüllte Vater. »Hast du es gestohlen?«

Henrik senkt den Kopf. »Ich habe es gekauft ...«

Aus Vaters Gesicht weicht alle Farbe. »Gekauft! Wo hast du die Sachen gekauft?«

»Im Second-Hand-Laden.«

Vaters Unglaube vertieft sich. »Im Second-Hand-Laden, aha.« Er kostete jedes Wort genüsslich aus. Dann ist er wieder still. Das ist für Henrik am schlimmsten. In der Stille wohnen die unheimlichsten Wesen. Als ob Vater an einer unsichtbaren Grenze schwankend steht und dagegen ankämpft zu fallen.

»Weißt du, dass das krankhaft ist? Das, was du da tust.«

»Entschuldige Vater. Das habe ich nicht gewusst. Ich habe nicht nachgedacht.«

Vater rammt die Scherenspitze in den Stoff und zerschneidet das Kleid. »Du willst doch nicht krank sein«, keucht er. »Weißt du, was die Leute denken würden, wenn sie erfahren, dass mein ... mein Sohn ...«

Stofffetzen segeln auf den Boden. Vater zerschnippelt das Kleid und die Strumpfhose, aber den Slip rührt er nicht an. Dann stopft er alles zusammen mit den Stöckelschuhen in die Tüte, die auf dem Tisch liegt, und verschließt sie mit einem Doppelknoten.

Vaters Blick sucht ihn. Sie schauen sich in die Augen. Zum ersten Mal entdeckt Henrik in den Augen seines Vaters völlige Hilflosigkeit. Alle Masken sind gefallen. Vaters Blick irrt kraftlos umher. Fast als wollte er ihn anflehen, ihm Gnade angedeihen zu lassen. Die Plastiktüte baumelt neben seinem Körper wie das Schmusetuch eines aufgeschreckten Kindes, die andere Hand umklammert die Schere.

»Das ist krank, Henrik«, sagt Vater wieder. Diesmal völlig tonlos. »Das ist krank, und wenn das nicht aufhört, muss ich dich töten.«

»Ja, Vater. Ich tu es nie wieder.«

»Komm«, befiehlt Vater.

Henrik rührt sich nicht.

»Komm!«

Henrik geht auf Vater zu, der ihn am Oberarm packt und seine Finger so tief in seine Haut eingräbt wie ein Greifvogel seine Klauen. Henrik ächzt.

Zusammen gehen sie ins Erdgeschoss. Henrik spürt die Wärme, die ihm aus dem Wohnzimmer entgegenströmt. Vater schleift ihn in den Flur und schlüpft in seine Winterstiefel.

»Vater, ich verspreche es«, versucht Henrik ihn aufzuhalten.

Der eisige Frost schlägt ihm schon an der Haustür ins Gesicht, frisst sich durch den dünnen Stoff bis auf seine Haut. Vater zerrt ihn ins Freie, seine Strümpfe werden nass. Rafu, der Dobermann, beginnt zu bellen, jault und humpelt wild in seinem Zwinger herum. Vater öffnet das Tor und stößt Henrik zu dem Köter hinein. Rafu sträubt das Nackenfell und Vater schilt ihn. Der Hund jault und wedelt mit dem Schwanz. Jetzt ist Vater an der Reihe, ihn zu loben und durch das Gitter zu kraulen. Henrik zieht sich in die hinterste Ecke zurück und hebt abwechselnd seine Füße, die zu Eis erstarrt sind. Vater verschwindet ins Haus, ein Hoflicht nach dem anderen erlischt, bis nur noch die eisigen Sterne am Februarhimmel funkeln. Rafu am anderen Ende des Zwingers stößt tiefe, knurrende Kehllaute aus. Als Vater Henrik eine Stunde später wieder ins Haus holt, ist ihm so kalt, dass er keinen Laut hervorbringen kann. Mutter hüllt ihn in Decken, heizt den hohen, runden Kamin an und hält ihn so lange in den Armen, bis sein Körper aufhört zu zittern und er einschläft.

Augen auf: die weiß gestrichene Decke des Schlafzimmers und das Viereck der Fensterjalousie an der Wand. Oksman richtete sich auf, legte seine Fingerspitzen um die Zehen und fühlte die Dehnung in den hinteren Oberschenkeln. Das Bellen der Hunde war verstummt. Nur ab und zu drang das Rauschen eines vorbeifahrenden Autos herein. Er stand auf und ging zum Fenster. Unten lag ein Parkplatz. Weiter hinten floss der Kokemäenjoki, fächerte sich Richtung Meer in das größte Flussdelta der Nordischen Länder auf und führte tonnenweise feingeschliffenes Sedimentgestein mit sich. Hier und da bildete sich ein Strudel, schnappte sich etwas Schlick vom Ufer und setzte seinen Weg fort.

Oksman ließ die Schultern kreisen, die nach dem abendlichen Training immer noch brannten, ging dann ins Wohnzimmer, von dessen Decke ein Boxsack herabhing. Im Dämmerlicht sah alles schwarz-weiß aus. Er schlug mit der Faust gegen den Boxsack, das Leder klatschte, der Sack pendelte, die Befestigungsketten klirrten. Schultern und Schulterblätter schrien vor Schmerzen. Er machte einen Ausfallschritt zur Seite, die Innenseite seines Oberschenkels spannte sich. Ein weiterer Schlag, diesmal eine Gerade nach vorn auf die Mitte des Boxsacks, der dritte, ein rechter Haken, der Sack pendelte seitwärts, und er musste ausweichen. Jede Zelle seines Körpers schmerzte, er bewegte sich instinktiv. Seine Gedanken hatten sich aufgelöst, die Schläge hagelten automatisch, in abertausenden Wiederholungen eingeübt. Er wusste die Bewegungen des Sacks vorherzusagen, wohin er sich bewegen und wann er zuschlagen musste, um einen exakten Treffer zu platzieren.

Seine Handgelenke waren nicht bandagiert, sie schmerzten, die Fingerknöchel aufgeschürft, sein ganzer Körper, den er immer weiter und härter forderte, war ein einziger Schmerz. Seine Schläge waren voller Wut, Zorn und Pein.

Etwas in seiner Seite riss. Als ob ein Muskel in zwei Teile zersprang. Eine kalte Welle durchfuhr seine Flanke. Oksman ließ sich davon nicht beeindrucken. Er wechselte das Bein und schlug mit voller Kraft einen Haken. Ein unsäglicher Schmerz durchfuhr seinen Körper, als hätte ihm jemand einen Nagel ins Rückenmark gejagt.

In dem Augenblick, als der Schmerz ihn innerlich zerriss, sah er sich wie in einem Flashback mitten durch das Menschengedränge im Venus gehen. Die Gesichter der Menschen, die ihm entgegenkamen, zeichneten sich im blitzenden Strobolicht klar und deutlich ab. Der Bass wummerte gegen sein Brustbein.

Haken, Ausweichen, sofort eine Gerade auf die andere Seite des Boxsacks. Die Ketten klirrten, seine Fußballen stießen gegen das Parkett. In der Etage unter ihm hämmerte jemand gegen den Heizkörper.

Er geht zur Bar und setzt sich auf einen gerade freigewordenen Hocker. Ein junger Mann, der sich von der Bar entfernt, sieht ihn an und dreht sich kurz darauf noch einmal um. Ihre Blicke treffen sich. Oksman zwinkert und wirft ihm einen Luftkuss zu. Der junge Mann schaut ihn verdutzt an, wendet sich ab und verschwindet in der Menge.

Der Schmerz flammte wieder auf, fuhr ihm durch das Rückenmark und durchflutete seine Hirnrinde. Seine Beine gaben nach, und er schlug mit den Knien aufs Parkett. Aus dem Mund spritzte Spucke.

Wieder die gleiche Szene: Ein junger Mann steht von einem Barhocker auf, dreht sich zu ihm um, und Oksman nimmt seinen Platz ein. Im Strobolicht sehen die Bewegungen der Tanzenden aus wie Zuckungen im Blitzlichtgewitter. Ihre Blicke begegnen sich. Zwischen ihnen liegt höchstens ein Meter. Der junge Mann wendet sich ab, dreht sich aber kurz darauf noch einmal um und schaut ihn verdutzt an.

Oksman versucht, sich auf das Gesicht des Mannes zu fokussieren, aber es entgleitet ihm immer wieder.

Der Schmerz erreichte ihn mit doppelter Wucht, rollte über ihn hinweg, überflutete ihn.

Jetzt bekommt er das Gesicht des jungen Mannes zu fassen. Scharf und deutlich – und Oksman wird klar, dass er das Gesicht kennt. Sein Gehirn scannt in Blitzeseile die abgespeicherten Ordner in seinem Kopf, bis er das Gegenstück am unwahrscheinlichsten Ort findet.

Er versuchte aufzustehen, aber aus seinen Beinen war jedes Gefühl gewichen, und so fiel er auf sein Gesäß. Plötzlich erinnerte er sich daran, wie Paloviita und er bei Mikael Fredriksson im Dienstzimmer gesessen hatten, als ein junger Mann in der Tür erschienen war.

Pekka.

Der schüchtern und verschlossen wirkende Junge, auf dessen Schreibtisch eine Glaskugel mit der Darstellung Golgathas stand. Seine Haare waren anders gewesen als die des jungen Mannes im Nachtklub, ebenso die Kleidung. Aber es war ausgeschlossen, dass Oksman sich irrte. Die Kleidung war die gleiche, die der Mann auf den Überwachungskameras getragen hatte, der aus dem Nachtklub gekommen und Richtung Antinkatu gegangen war.

Dann gleich das zweite Bild hinterher: Jetzt stehen sie vor der Kirche. Pekka harkt Kiefernnadeln und sieht ihn an, ihre Blicke begegnen sich und Oksman wird von dem unbestimmten Gefühl erfasst, als komme ihm der Blick des jungen Mannes irgendwie bekannt vor.

Oksman zwang sich aufzustehen, seine Beinmuskulatur war schwer vor Milchsäure, seine Seite schmerzte. Der Heizungsklopfer von unten hatte Ruhe gegeben. Alles war wieder still.

Oksman setzte einen Fuß vor den anderen und ging ins Schlafzimmer, sank auf die Matratze, wo ihn der Schlaf übermannte.

44

Es hatte im Herbst begonnen, zur selben Zeit, als sich das Laub zu färben und die Blätter zu fallen begannen. Im November, als sich der erste Frost von Osten aus über Finnland erstreckte, war es schlimmer geworden. Kleine Seen und Gräben waren inzwischen von einer dünnen Eisschicht überzogen, und das Meer dampfte. Zuerst hatten die Wunden nur leicht geblutet, doch dann war es stärker geworden.

Das hatte Pekka Helle Angst gemacht.

Der Arzt hatte ihm erklärt, dass es zwar selten vorkomme, aber nichts absolut Ungewöhnliches sei, dass sich alte Wunden wieder öffneten. In der Kälte trocknete die Haut aus und bildete Schuppen. Auf den Wunden bildete sich Schorf, der von Zeit zu Zeit abgescheuert wurde, sodass es wieder zu bluten begann. Der Arzt hatte ihm geraten, die Haut feucht und die Wunden sauber zu halten. Das Wichtigste sei, dass sich die Stellen nicht entzündeten.

Doch Pekka wusste, dass es nicht am Schorf, am Narbengewebe oder an trockener Haut lag, geschweige denn daran, dass er sich die Wunden aufscheuerte. Sie öffneten und schlossen sich ohne jede Logik wie eine Muschel. Zuweilen floss aus ihnen so viel Blut wie aus einer umgekippten Milch, dann waren die Hände wieder rein und narbenlos – bis sie irgendwann wieder anfingen zu bluten.

Und mit dem Blut kamen die Träume.

Bilder voller Gewalt aus einer fernen Wüstenstadt, vor deren Mauern sich ein mit gebrochenen Knochen und Schädeln übersäter Hügel erhob.

Auch die Träume fürchtete er, weil er Angst hatte, verrückt zu werden. Mitunter sorgte er sich, es schon zu sein.

Ende März, als sich schwere Eisschollen auf dem von der Frühjahrssonne erwärmten Kokemäenjoki türmten und die Meisen im Birkenwäldchen zwitscherten, verspürte er keine Angst mehr. Die Wahnvorstellungen und Zweifel an seinem Verstand verflüchtigten sich. Eines Morgens hatte neben seinem Bett ein Engel gestanden. Ein alter Mann, faltengesichtig und mit einer Mütze auf dem Kopf, der vor Fieber glühte. Pekka konnte sein hell scheinendes Licht förmlich spüren. Der Engel hatte nicht gesprochen, ihn nur angesehen und mit dem Finger auf ihn gezeigt. Die Wunden an seinen Händen, durch die Vater vor langer Zeit die Nägel geschlagen hatte, waren aufgebrochen, und das Blut lief wie aus einem Wasserhahn, befleckte Bettzeug und Nachtwäsche.

Das war eine verwirrende Zeit gewesen. Pekka hatte das Gefühl, an einer unsichtbaren Grenze zwischen Vergangenheit und einer hinter Vorhängen verborgenen Zukunft zu taumeln. Was dahinter lag, konnte er nicht erkennen.

Im Juni hatte er plötzlich Klarheit. Die Nagellöcher in Händen und Füßen, die Träume und der Engel, der neben seinem Bett gestanden hatte. Schlagartig war ihm die Erleuchtung gekommen, alles war ganz einfach.

Gott hatte eine Aufgabe für ihn. Gott hatte auf ihn, den Sünder, mit dem Finger gezeigt und ihn aufgefordert, sich dem ewigen Kampf gegen die Sünde anzuschließen.

Pekka Helle schaltete das Licht auf der Treppe ein, die zu den Betriebsräumen der Kirche hinunterführte, und hielt inne. Jemand war hier gewesen. Zunächst verdächtigte er Taisto Erkkilä, aber der war seit dem Tod des Pfarrers krankgeschrieben – so wie die meisten Mitarbeiter der Gemeinde. Es schien, als wäre die komplette Pfarrgemeinde von einem Augenblick auf den nächsten zusammengebrochen.

Jeder hatte Fredriksson gemocht, er eingeschlossen.

Der Pfarrer war immer freundlich zu ihm und den anderen gewesen, hatte gute Laune verbreitet und sie zum Lächeln gebracht, und genauso handelte Satan: verbarg sich hinter tausenden Maskierungen. Satan war der große Verwandlungskünstler. Es bedurfte tieferer Frömmigkeit, um all die Erscheinungsformen des Bösen zu erkennen, und größerer Kraft, ihnen zu begegnen.

Der Pfarrer hatte von Jesus und der Gnade und der Homosexualität und der Vergebung der Sünden gesprochen und die Menschen dazu gebracht, ihm zuzuhören. Es war ihm gelungen, Menschen zu begeistern. Viele hatten berichtet, dass der Pfarrer ihnen Glaube und Hoffnung gegeben hatte. Doch genau so gibt sich Satan. Satans Worte sind verführerisch. Sie lassen die Sünde als etwas Vernünftiges und Rechtmäßiges erscheinen. Seine Absicht war es, das Volk dazu zu bringen, sich gegen Gott zu erheben. Satan hatte den Samen des Aufbegehrens in die Gedanken von Adam und Eva gepflanzt und so die Erkenntnis in die Welt gesetzt: *Sicher weiß ich, was Gott gesagt hat. Aber ich möchte handeln nach meinem Willen.*

Pekka betrat den Arbeitsraum, den er sich mit Erkkilä teilte, und ging um den Tisch herum. Alles sah unberührt aus ... bis auf ... hatte etwa jemand seine Glaskugel mit dem Golgatha-Bildnis verrückt? So war es. Zuerst verdächtigte Pekka die Reinigungskraft, eine extrem fettleibige Frau, die dringend künstliche Kniegelenke gebraucht hätte und beim Treppensteigen schnaufte wie ein Dampfbügeleisen.

Aber die Reinigungsfrau war es nicht, sie kam nur montags in den Keller. Wenn es aber weder Erkkilä noch die Putzfrau waren, musste jemand anderes hier gewesen sein.

Ein Fremder.

Der Kellerraum war verdreckt, aber das war Pekka nur recht. Auch Erkkilä konnte er gut leiden. Erkkilä war schon seit über vierzig Jahren Küster der Gemeinde und hoffnungslos langsam und altmodisch. Manchmal hatte Pekka nicht übel Lust, ihm durch einen Tritt in den Hintern etwas Schwung zu verleihen, doch dann überraschte Erkkilä ihn wieder mit Fertigkeiten und Kenntnissen, von denen Pekka noch nie gehört hatte. Und in erster Linie war die Arbeit beschaulich. Er und Erkkilä stritten nie, ebenso wenig hatten sie es je eilig. Erkkilä hatte immer Zeit für einen Schwatz oder um zu helfen, er erhob nie die Stimme, er gab keine Befehle, sondern behandelte ihn wie einen Ebenbürtigen und war endlos bereit, seine Arbeitsschritte zu erklären.

Einmal hatte er ihm gezeigt, wie sich das als einbruchsicher vermarktete Abloy-Schloss mit Hilfe zweier Ölmessstäbe fürs Auto öffnen ließ. Stolz hatte er erklärt, wenn er ein Video davon machen würde, wie er das Schloss mit seinem selbstgemachten Dietrich öffnete, und den Film an den Hersteller der Schlösser schickte, würden die ihm so viel Geld zahlen, dass er nie wieder zu arbeiten bräuchte. Als Pekka ihn einmal fragte, warum er das Video nicht einfach auf YouTube veröffentlichte und den ganzen Abloy-Betrieb ins Chaos stürzte, war er still geworden und hatte ihn nur fassungslos angesehen. Genauso wie damals, als er aus dem Netzteil eines ausgedienten Computers, einem CD-Lesegerät und einem Wärmeleiter einen Laserbrenner zusammengebaut hatte, der so heiß war, dass man damit aus drei Metern Entfernung einen Luftballon platzen lassen und ein Streichholz entzünden konnte.

Pekka fand, dass er selbst ein Meister im Erfinden von verschiedenen Rollen war. Auch er trug Masken und im Grunde war Erkkilä der Einzige, dem gegenüber er wenigstens Teile seines wahren Ichs zeigen konnte. Dem Pastor gegenüber war er als beschränkter Einzelgänger aufgetreten, und in der Armee hatte er sich durchgelächelt. Schon als kleiner Junge hatte er begriffen, welche Kraft in einem Lächeln stecken konnte. Ein Lächeln war die Maske aller Masken. Pekka war sich sicher, dass Kaiser Nero gelächelt hatte, als er Rom in Brand setzte.

Er entsperrte sein Smartphone und öffnete die App, die die Überwachungskameras steuerte. Er klickte auf das Kamerabild aus dem Kellerbüro und grinste, als er sich auf der Aufnahme sah. Die mit einem Bewegungsmelder ausgestattete Kamera hatte sich um 14:03 Uhr eingeschaltet. Die gespeicherte Videoaufnahme zeigte, wie die Buchhaltungs-Tusse von oben in Begleitung eines hageren Polizisten in den Raum eindrang, der Polizist seine Sachen durchsuchte, in seinem Rucksack herumwühlte und seinen Stundenzettel fotografierte. Es war kaum zu ertragen, mit anzusehen, wie dieser ausgezehrte Hänfling sein Golgatha-Stillleben berührte.

Pekka stoppte das Video und zoomte auf das Gesicht des Widerlings. Er war sich sicher, dass er ihn schon einmal gesehen hatte. Und zwar nicht damals, als er und sein moppeliger Kollege beim Pfarrer im Büro gesessen hatten, sondern schon vorher.

Er war sich absolut sicher, dass er ihn schon früher gesehen hatte.

Er war sich absolut sicher, dass es ihm jeden Augenblick wieder einfallen würde.

45

Oksman betrat sein Dienstzimmer und warf die Jacke über den Besucherstuhl. Er blätterte einen Stapel Papiere durch, den er gestern auf seinem Schreibtisch liegen gelassen hatte, ohne jedoch zu finden, was er suchte. Er holte tief Luft und ging den Stapel noch einmal in Ruhe durch. Zu guter Letzt wurde er in einem ganz anderen Stapel, als er gedacht hatte, fündig: die Gruppenfotos der Rekruten, die sie in der Kaserne Niinisalo bekommen hatten. Insgesamt fünf Bilder, auf jedem geschätzt achtzig Grundwehrdienstleistende. In der vordersten Reihe saßen die Unteroffiziere und die Unteroffiziersanwärter. Dahinter standen die Artilleristen nach Größe aufgestellt. Alle trugen die gleiche Felduniform, auf dem Kopf ein grünes Barett, die Mienen ernst. Oksman hielt kurz inne, vertiefte sich in die Fotos und dachte an seine eigene Armeezeit zurück. Er persönlich hatte die harten Märsche, die Kälte und die Hitze, den Hunger, die Disziplin und die Routinen gemocht. Er hatte bei der Militärpolizei die Ausbildung zum Feldjäger durchlaufen und sowohl den sportlichen Leistungstest als auch den Intelligenztest im Auswahlverfahren mühelos bestanden.

Es war wahrscheinlich das einzige Mal, dass Vater stolz auf ihn gewesen war.

Oksman nahm eine Lupe aus der Schreibtischschublade und beugte sich über das erste Foto, um es genauer zu betrachten. Er ging die Männer einzeln der Reihe nach durch und verharrte kurz bei dem einen oder anderen Gesicht.

Ohne Eile nahm er sich jeden Einzelnen vor und begutachtete Gestalt und Gesicht. In der Mitte des dritten Bildes erregte einer der Rekruten seine Aufmerksamkeit. Er hob und senkte die Lupe, um seinen Blick zu schärfen. Aus der Reihe starrte ihn ein junger Mann mit verkniffenem Gesicht an. Er studierte dessen Züge lange, bevor er sich sicher war.

An seinen tief in der Höhle liegenden Augen, dem schmalen Gesicht und der Unterlippe, die um die Hälfte schmaler war als die Oberlippe, war Pekka leicht zu erkennen.

Oksman legte die Lupe auf das Foto und lehnte sich zurück. Er ahnte, dass er der Lösung nahe war. Der Vorhang war beiseitegeschoben worden, und er vermochte jetzt klarer zu sehen. Er strengte seinen Geist aufs Äußerste an und ging alle Fakten durch, die sie hatten.

Pekka, der vom Arbeitsamt geförderte Gehilfe des Hausmeisters der Gemeinde, hatte zur gleichen Zeit seinen Wehrdienst absolviert, als bei dem Manöver in Niinisalo Handgranaten und Sturmgewehre verschwunden waren. Und der gleiche Pekka war in der Tatnacht im Venus gewesen. Er hatte den jungen Mann mit eigenen Augen gesehen, auch wenn er sich nicht sofort hatte erinnern können. Dieser Mann war vor Ort gewesen. Da war er sich ganz sicher.

Oksman stand auf und ging zur Tür von Niemis Büro. Es war leer, wie fast das gesamte Polizeipräsidium. Alle beweglichen Kräfte waren in Bewegung gesetzt worden, um nach Kalevi und Veeti Aho zu suchen. Wäre es nach Oksman gegangen, hätten sie das schon längst tun sollen, aber es hatte ja keiner auf ihn gehört. Inzwischen konnte es schon zu spät sein, auch wenn er das nicht hoffte.

Oksman ging in das Büro und um Niemis Schreibtisch herum. Die Unterlagen zum Nachtklubanschlag lagen wild durcheinander vor dem Laptop. Oksman ging sie zügig durch. Auch wenn sie wahllos abgelegt schienen, brauchte Oksman nicht lange, um die Systematik zu erkennen. Die Unterlagen zum Fall des getöteten Pfarrers Fredriksson lagen auf dem Seitentisch getrennt von denen zum Fall des Gesandten. Er nahm sie in die Hand, überblätterte die scheußlichen Berichte der Rechtsmedizin und der kriminaltechnischen Untersuchung und fand zuunterst die Liste mit den Gemeindemitarbeitern. Die Liste war nicht lang und enthielt insgesamt neununddreißig Namen. Kein einziger davon lautete Pekka.

Oksman runzelte die Stirn. Er legte die Unterlagen zurück, blieb kurz unschlüssig stehen und kehrte dann in sein Büro zurück. Er setzte sich auf seinen Stuhl, drehte einen Kuli zwischen den Fingern, hatte die Stirn in tiefe Falten gelegt. Schließlich klappte er seinen Rechner auf und googelte die Kontaktdaten der Gemeinde West-Pori. Zuerst versuchte er, den Hausmeister Taisto Erkkilä zu erreichen, aber es meldete sich nur der Anrufbeantworter. Offensichtlich war er immer noch krankgeschrieben. Dann entdeckte er den Namen der Frau, mit der er in der Kirche gesprochen und den Keller aufgesucht hatte.

Niina Ihalainen nahm beim dritten Klingeln ab.

»Henrik Oksman, Polizeidirektion Südwestfinnland. Wir haben an jenem Morgen, als der Pfarrer getötet wurde, kurz miteinander gesprochen.«

Oksman hörte die Zurückhaltung in ihrer Stimme, als sie sagte, dass sie sich erinnere. Er vermutete, es könnte daran liegen, dass sie in die Hausmeisterräume eingedrungen waren. Oksman war durchaus klar, dass er in sozialen Dingen keine Leuchte war.

»Erkkilä hat einen Gehilfen, der vom Arbeitsamt bezuschusst wird. Pekka«, sagte Oksman. »Sein Name findet sich aber nicht in der Liste der Mitarbeiter der Gemeinde. Ich bräuchte seinen vollständigen Namen und die Adresse.«

»Warum rufen Sie da bei mir an?«

»Ich konnte niemanden sonst erreichen«, log Oksman.

»Steht Pekka unter Verdacht?«

»Absolut nicht. Sein Name fehlt nur auf der Liste, und ich erinnere mich, dass Sie ihn erwähnt haben. Wir wollen nur mit ihm sprechen. Eine reine Formsache. Hat er übrigens heute gearbeitet?«

»Ich weiß es nicht genau, oder doch, ich glaube, ich habe ihn heute Morgen draußen gesehen.«

Dann hörte Oksman Rascheln und das Klappern der Computertastatur. Kurze Zeit war es still.

Aus alter Gewohnheit griff er nach Papier und Stift, obwohl er weder das eine noch das andere brauchte, und wartete.

»Helle, Pekka Aatos Rafael. Geboren am 09. 12. 1997«, sagte sie endlich. »Reicht Ihnen diese Information?«

Oksman musste schlucken, als er den Namen notierte. Sein Blut brodelte, und beinahe wäre ihm der Stift aus der Hand gerutscht.

Helle.

»Haben Sie zufällig auch die Adresse?«, fragte er mit heiserer Stimme. Er musste sich räuspern, um halbwegs normal zu klingen.

»Er wohnt in der Jussitie 456 in Pori«, sagte sie daraufhin.

»Vielen Dank. Das genügt mir«, erwiderte Oksman und beendete das Gespräch. Sein Puls raste, sein Herz hämmerte wie eine aus dem Takt geratene Stoppuhr.

S. O. S. Veeti Aho. Im Keller. Helle. Gesandter. S. O. S.

In unglaublicher Geschwindigkeit fügten sich jetzt die Dinge zusammen. Oksman konnte das Einrasten fast hören.

Helle.

Mit Helle war nicht etwas Helles gemeint, sondern ein Name.

Die Glaskugel mit der Golgatha-Darstellung.

Oksman öffnete das Personenregister der Polizei im Computer und gab den Namen *Pekka Helle* in das Suchfeld ein. Keine Einträge im Strafregister und auch sonst keine Vermerke. Das Haus mit dieser Adresse lag laut Google Maps im dünn besiedelten westlichen Bezirk Tuorsniemi. Es handelte sich um ein in den Sechzigern gebautes, mit Faserzementplatten verkleidetes Holzhaus, ein typisches Frontkämpferhaus. Als Eigentümer war ein Risto Elmeri Helle, Jahrgang 1959, registriert. Laut Eintrag wohnten er und Pekka zusammen in dem Haus. Auch Risto Helle war bisher nicht aktenkundig.

Oksman zog kurzerhand den Schluss, dass Risto Pekkas Vater war, obgleich sie natürlich auch ein Paar sein konnten. Aber das hielt er angesichts des Altersunterschieds der beiden für unwahrscheinlich. Um sicherzugehen, schaute er noch im Einwohnermelderegister nach, aus dem hervorging, dass Pekkas Mutter und Ristos Ehefrau 2007 im Alter von zweiundvierzig Jahren verstorben war.

Google Maps zufolge lag das Haus abgeschieden. Umgeben von Wald und Feldern, durch die sich ein Zufahrtsweg zum Haus schlängelte. Allem Anschein nach endete der Weg am Haus. Das Satellitenbild war schon ein paar Jahre alt und unscharf, aber Oksman konnte neben dem Haupthaus ein längliches Nebengebäude und zwei kleinere Schuppen oder etwas in der Art ausmachen. Vor dem Haus stand ein Auto, dessen Marke unmöglich zu erkennen war, aber ein Transporter war es ganz sicher nicht.

Oksman furchte die Stirn und tippte sich mit dem Stift an die Lippe.

Er vergrößerte den Ausschnitt noch mehr, um weitere Details erkennen zu können, aber alles verschwamm im Pixelbrei. Nur an einer Stelle hinter dem Haus entdeckte er etwas Ungewöhnliches. Was, das konnte er nicht genau erkennen. Irgendwie sah es aus wie ein Baum, jedoch stand es dafür viel zu nah am Haus. Dann ging ihm ein Licht auf. Bei dem Objekt handelte es sich um eine riesige Richtantenne oder einen Sendemast. Diese Erkenntnis war wie ein Schock für ihn. Schlagartig wurde ihm das Gesamtbild klar.

Aber viele Fragen waren auch noch offen.

Sie waren davon ausgegangen, dass der Gesandte allein handelte, denn auf einen Mittäter hatten sie keinerlei Hinweise. Doch

Pekka wohnte nicht allein. Oder wohnte er vielleicht ganz woanders? Wie auch immer, zum ersten Mal hatten sie einen Ansatzpunkt, dem sie nachgehen konnten. Mehr als das. Sie hatten einen Verdächtigen und eine Adresse.

Oksman nahm sich das Luftbild noch einmal vor. Das Haus lag in einer kleinen Senke, die auf allen Seiten von Wald umgeben war. Wie dicht dieser stand, war unmöglich zu erkennen. Zwischen Wald und Haus lag eine kleine Wiese. Oksman fuhr mit dem Cursor über das Bild, folgte der Hauptstraße und fand etwa fünfhundert Meter vor der Zufahrt zum Haus der Helles eine Abzweigung, die in knapp zweihundert Meter Entfernung vom Haus in Höhe der Wiese endete. Die einzige Möglichkeit, sich dem Haus unbemerkt zu nähern. Er sah auf die Uhr. Jede Sekunde zählte. Wenn Veeti Aho und sein Vater noch am Leben waren, durften sie keine Sekunde verlieren. Die Zeit raste. Die Wanduhren im Polizeipräsidium rannten ebenso wie seine Armbanduhr, die Uhr am Rathaus und vor allem die in dem Kellerloch, in dem Veeti Aho hockte. Zeit war ein Luxusgut, das sie sich nicht leisten konnten.

Oksman nahm die Waffe aus dem Waffenschrank, lud sie und legte sein Achselholster um. Dann griff er nach dem Handy und wählte Paloviitas Nummer.

46

Es war genau 11:28 Uhr am 14. Juli, einem Sonntag, als Paloviitas Telefon klingelte. Er war gerade dabei, Eierkuchen für Sini und Sara zu machen. Terhi lag im Morgenmantel auf der Couch im Wohnzimmer und las in einem dicken Roman. Sie trug keine Strümpfe. Ihre Fußnägel waren knallrot lackiert, und Paloviita fand, es gäbe nichts, was sexyer wäre. Die Lesebrille, die sie seit einem halben Jahr benutzen musste, war in die Stirn geschoben. Er musste lächeln, als er sah, wie Terhi das Buch auf und ab bewegte und versuchte, den Text zu entziffern.

Paloviita ließ einen Klecks Butter in die gusseiserne Pfanne gleiten. Der Klecks zerlief sofort und fing an zu brutzeln und an den Rändern braun zu werden. Er ließ den Teig in einem dünnen Strahl in die blubbernde Butter laufen. So wurden die Ränder der Eierkuchen kross und fein wie bei einem Spitzentaschentuch. Die Mädchen saßen schon ungeduldig am Tisch und stürzten sich sofort auf den ersten Eierkuchen, als er ihn servierte. Trotz der Dunstabzugshaube hatte sich unter der Decke dichter blauer Rauch gebildet. Er schaltete die Luftansaugvorrichtung auf die höchste Stufe.

»Terhi, hier ist auch einer für dich«, rief er ins Wohnzimmer und ließ einen goldgelben, noch brutzelnden Eierkuchen auf ihren Teller gleiten.

Terhi richtete sich auf, legte die Biografie von Kimi Räikkönen aufgeklappt auf den Couchtisch, gähnte und kam in die Küche geschlurft. Paloviita schob ihr den Teller hin und goss Mineralwasser ein.

»Denkst du dran, dass ich mich heute mit Anna-Kaisa verabredet habe?«, fragte sie, rollte einen Zipfel Eierkuchen geschickt mit dem Messer zusammen, spießte ihn auf die Gabel und tunkte ihn in schaumig geschlagene Sahne und Erdbeerkonfitüre. Als sie den Happen in den Mund schob, blieb etwas Erdbeermarmelade in ihrem Mundwinkel hängen. Jari riss ein Stück von der Küchenrolle ab und wischte es ab. Terhi sah ihren Mann erst perplex und dann lächelnd an.

»Klar, weiß ich«, sagte Paloviita und schielte zum Familienkalender am Kühlschrank, um zu schauen, wann genau das Treffen war. Ehrlich gesagt hatte er keinen Moment daran gedacht. Anna-Kaisa hatte im Frühjahr einen Sohn bekommen, und Terhi hatte das Baby immer noch nicht gesehen. Das Treffen musste schon viele Male verschoben werden.

Auf dem Beistelltisch klingelte das Telefon. Paloviita sah erst auf sein Handy und dann zu Terhi, deren Gabel auf dem Weg zum Mund mitten in der Bewegung innehielt. Ihre Blicke trafen sich, und Paloviita sah die Botschaft in ihren Augen förmlich auf sich zufliegen: *Geh nicht ran.*

Paloviita stellte die Flamme unter der Pfanne kleiner und ging zum Telefon, das vibrierend über den Tisch rutschte. »Es ist Oksman«, sagte er und sah auf die Uhr, die halb zwölf anzeigte. Ein schneller Blick zum Kalender. Terhi und Anna-Kaisa waren erst um vier verabredet.

»Lass es klingeln«, sagte Terhi streng. »Du hast frei.«

Paloviita nahm das Gespräch an und führte sein Handy zum Ohr. Er erstarrte. Oksmans Ausführungen dauerten zwei Minuten, während derer Paloviita ihm wortlos zuhörte. Das Fett in der Pfanne begann zu rauchen. Terhi hörte auf zu essen, ging zum Herd und machte mit den Eierkuchen weiter.

»Maximal eine Viertelstunde«, sagte Paloviita. »Nein, ich habe meine Waffe hier … Ja, ich kenne den Ort … Also sofort die nächste Kreuzung in der gleichen Richtung, ich war dort mal Beeren sammeln … wer noch? Bis gleich!«

Paloviita beendete das Gespräch, steckte sich das Telefon in die Tasche und stand einige Sekunden regungslos da. Seine Lippen bewegten sich, und die Stirn war gefurcht. Sein Gehirn arbeitete und suchte nach der schnellsten Route. Er betrachtete seine Mädchen, ihre Gesichter und Hände waren über und über mit Zucker, Schlagsahne und Erdbeermarmelade beschmiert – und dann blickte er zu Terhi hinüber, die sich nicht einmal die Mühe machte, sich zu ihm umzudrehen. Paloviita eilte mit ausholenden Schritten in den Flur und warf sich die Jacke über. Er nahm seine Pistole aus dem Waffenschrank, prüfte sie und schob sie sich samt Holster in den Gürtel wie irgendein Gangster, schnappte sich die Schlüssel vom Haus und von Terhis Honda, weil er dachte, dass der Vierradantrieb des CR-V vielleicht von Nutzen wäre, und stürmte aus der Tür. Er setzte mit dem Honda auf die Straße zurück, verstaute die Pistole im Handschuhfach, legte den ersten Gang ein und gab Gas. Die Reifen hinterließen schwarze Streifen auf dem Asphalt. Erst auf halbem Weg fiel ihm ein, dass auch die Mercedes-Schlüssel noch in seiner Jacke steckten. Nun, daran konnte er jetzt nichts mehr ändern. Sein Puls beschleunigte sich, und sein Gehirn fokussierte sich auf die vor ihm liegende Aufgabe. Alles andere hatte er ausgeblendet. Darin hatte schon immer seine Stärke als Polizist gelegen: Wenn es so weit war, war er voll und ganz dabei. Alles, was nicht den Einsatz betraf, verdrängte er.

47

Oksman bog in den Waldweg ein, der leicht abwärts durch ein Kahlschlaggebiet führte, sich nach Osten wendete und dann in einen jungen Kiefernwald mündete. Paloviita erwartete ihn bereits und stand rauchend neben seinem Auto. Oksman hielt neben Paloviitas Honda und stieg aus. Es roch nach Harz und Nadeln. Der Kiefernwald war so trocken, dass der kleinste Funke ihn entzünden konnte.

Paloviita ließ seine Kippe auf den Boden fallen und drückte sie sorgfältig mit der Schuhspitze aus.

»Wo ist es?« fragte Oksman, ohne etwas zu der Zigarette zu bemerken, obwohl er seinen Partner zum ersten Mal rauchen sah.

Paloviita nickte in Richtung Hang: »Etwa zweihundert Meter. Dort ist eine kleine Wiese, direkt dahinter in einer flachen Senke steht das Haus. Ich war schon nachsehen.«

»Stand ein Auto da?«

»Nein, aber es kann hinter dem Haus stehen. Vom Rand der Wiese ist es nicht einsehbar. Vielleicht steht es auch in einem der Nebengebäude.«

Einen Moment lang schwiegen sie. Zwischen den Bäumen ging kein Wind. Paloviita öffnete die Beifahrertür und bückte sich, um seine Pistole aus dem Handschuhfach zu nehmen. Oksman nickte und klopfte auf sein Achselholster.

»In welche Richtung zeigen die Fenster?«, fragte er dann.

»In alle Richtungen.«

»Wie breit ist die Wiese?«

»Etwa fünfzig Meter, vielleicht etwas weniger, im Garten wachsen Sträucher und Obstbäume.«

Sie gingen los, Zweige knackten. Das Singen der Vögel übertönte alle anderen Geräusche. Zuerst senkte sich das Gelände, dann stieg es flach wieder an. Am Rand des Waldes gingen sie in die Hocke, bis zu dieser Stelle war Paloviita schon gekommen. Oksman sah sofort, dass die Wiese breiter war, als Paloviita geschätzt hatte. Mindestens siebzig Meter, vielleicht noch mehr. Auf ihr wuchsen hüfthohe Gräser, purpurfarbene Waldweidenröschen und weißblühender Engelwurz. Am hinteren Rand der Wiese führte ein Weg direkt zum Grundstück und hinter das Wohnhaus. Das Haus selbst war mit Zementfaserplatten verkleidet und schon etwas heruntergekommen. Auf dem Dach wuchs Moos. Hinter dem Haus konnten sie einen langgestreckten Stall oder Schuppen mit senkrechter Holzverschalung erkennen sowie einen weiteren Bretterverschlag direkt am Weg. Am augenfälligsten war jedoch ein gewaltiger Antennenmast, der in der Hauswand verankert war und sich zehn Meter über dem Dachfirst erhob. Oben am Mast hing ein Käfig, der aussah wie eine Fischreuse und von dem sich mehrere, dutzende Meter lange Drahtseile in die Wipfel der umstehenden Bäume verzweigten. Das Grundstück sah nicht ungepflegt aus, allerdings war der Rasen seit ein paar Wochen nicht mehr gemäht worden. Paloviita zog ein Minifernglas aus der Tasche, spähte in Richtung Haus und reichte es dann an Oksman weiter.

»Die Fenster sind von innen verhangen«, sagte Paloviita.

»Das bedeutet nicht, dass man nicht heraussehen kann.«

»Was tun wir?«

Statt zu antworten lief Oksman mit gebeugtem Oberkörper über die Wiese. Paloviita wartete ein paar Sekunden und folgte ihm, wählte allerdings eine Strecke etwa zehn Meter weiter rechts. Auf halber Höhe hielten sie inne und ließen sich auf ein Knie fallen. Paloviita holte erneut das Fernglas hervor und observierte das Haus. Keine Bewegung. Sie nickten sich zu und setzten ihren Weg fort, Sie bewegten sich mit einigem Abstand nebeneinander, suchten Deckung hinter Geländeelementen, Sträuchern und Bäumen. Als sie den Rasen erreichten, beschleunigten sie ihre Schritte und rannten bis zum Haus. An die Eternitwand gelehnt hielten sie kurz inne, bis sich ihr Puls normalisiert hatte. Dann gingen sie um das Gebäude herum, duckten sich unter den Fenstern und sahen, dass diese mit Abdeckkarton und Panzerband von innen abgeklebt waren. Unter dem Giebel blieben sie stehen und sahen zur Spitze der Antenne hinauf. Der Mast musste mindestens zwanzig Meter hoch sein und das Metallungetüm an seinem Ende wenigstens fünf im Durchmesser. Das Seltsamste allerdings waren diese Drahtseile, die sich in jede Richtung ausbreiteten wie die Fäden eines Spinnennetzes.

An der dem Weg zugewandten Seite des Hauses standen sechs Außeneinheiten von Luft-Wasser-Wärmepumpen, die alle auf Hochtouren liefen und heiße Luft ausstießen. Nirgends war Bewegung zu sehen, kein Auto und auch kein Mensch. Von einem nahen Baum schallte das vertraute Zwitschern eines Buchfinken zu ihnen herüber und hob sich deutlich vom Brummen der Wärmepumpen ab.

Sie hockten sich nebeneinander. »Sieht verlassen aus«, flüsterte Paloviita.

Oksman deutete mit dem Kopf auf die Nebengebäude, und Paloviita nickte zum Zeichen, dass er verstanden hatte. Den Blick auf die Fenster des Haupthauses gerichtet rannten sie über das Grundstück und hinter das langgezogene Gebäude, das auch in einem Waldstück stand. Hier roch es jedoch nicht nach Harz und Nadeln, sondern nach Erde, Urin und Dreck. Die Tür Richtung Wald war mit einem großen Vorhängeschloss gesichert. Oksman zog einen elektrischen Dietrich aus der Tasche und führte ihn ins Schloss ein. Der Dietrich surrte leise, klackte dann, und das Schloss sprang auf. Sie betraten einen dunklen Schuppen, und Paloviita schaltete die Taschenlampe seines Smartphones an. An einer Wand des Schuppens häufte sich übereinandergestapelter

Unrat. Es roch nach Erde, Staub und vermoderndem Papier. In der Ecke stand ein komplett durchgerosteter Rasenmäher, dessen Motor ausgebaut war. Über den Balken unterm Dach hingen ein Tretschlitten, ein paar Kinderrodel sowie uralte Holzskier und Stöcke. Sie gingen zu einer Seitentür. Paloviita drückte die Klinke. Die Tür war nicht verschlossen und führte in eine schmale, ölverschmierte Garage. Nachdem er sich vergewissert hatte, dass es ringsum keine Fenster gab, schaltete Oksman das Licht ein. Uralte Neonleuchten flackerten auf, erst rötlich, dann mit voller Kraft und leuchteten den Raum gleißend hell aus wie einen Operationssaal.

In der Garage stand ein schwarzer Volvo der 700er Serie. Paloviita ging um das Auto herum und überprüfte das Kennzeichen, obwohl er auch so ahnte, dass es Kalevi Aho gehörte. Jetzt bestand kein Zweifel mehr, dass sie am richtigen Ort waren.

Sie gingen zur Werkbank. Hier lag haufenweise ausgebaute Elektronik: Kabelenden, Transistorplatten, Netzteile und Kühler, in der Ecke stand ein einsamer Rollator. Paloviita nickte Oksman zu, dieser nickte zurück. Keiner von beiden sprach ein Wort, es bedurfte keiner Worte, um sich zu verstehen. Oksman schaltete das Licht aus, sie verließen die Garage auf dem gleichen Weg, den sie gekommen waren. Wieder draußen sog Oksman die frische Luft ein.

Paloviita glaubte etwas zwischen den Bäumen zu erkennen und sie gingen dorthin. Im Wald gab es eine von Birken und Espen umstandene Lichtung. An der Stelle war kürzlich gegraben worden. Er stieß die Schuhspitze in den Boden. Oksman erschien neben ihm. Paloviita ging zurück zum Schuppen und kam mit einem Spaten zurück. Er zögerte ein paar Sekunden, bevor er den Spaten in den sandigen Boden rammte. Ein paar Schaufeln genügten, und ein Stück schwarzer Stoff kam zum Vorschein. Sie sahen sich an. Paloviita scharrte vorsichtig weiter Sand zur Seite, dann sahen sie die Armbanduhr, die sich immer noch am

Handgelenk ihres Trägers befand. Paloviita ging taumelnd ein paar Schritte zurück und reichte Oksman den Spaten. Oksman grub weiter. Das Gesicht eines Mannes wurde sichtbar, es begann bereits zu verwesen. Aus einem Nasenloch ragte das Bein eines Insekts. Oksman schleuderte den Spaten von sich. Er fiel scheppernd in die Heide.

»Ruf Niemi an und sag ihm, wo wir sind und dass wir Kalevi Ahos Leiche gefunden haben«, sagte Paloviita. »Sag, er soll zwei Streifenwagen zur Kirche West-Pori schicken, aber er soll die Kollegen ausdrücklich informieren, dass Pekka Helle gefährlich und mit großer Wahrscheinlichkeit bewaffnet ist.«

Oksman nickte und zog das Telefon aus der Tasche. Paloviita wartete, bis Oksman das Gespräch beendet hatte. Es dauerte etwa drei Minuten.

»Soweit wir wissen, ist Pekka Helles Vater, Risto Helle, Invalide. Allem Anschein nach hält er sich im Haus auf, selbst wenn der Sohn nicht zu Hause sein sollte«, erklärte Oksman.

Paloviita nickte und dachte an den Rollator in einer Ecke der Garage.

»Niemi hat uns ausdrücklich untersagt, etwas zu unternehmen oder anzufassen«, sagte Oksman.

»Was ist mit der Kirche?«

»Er sagte, er schickt jemanden hin.«

»Jemanden?«

Oksman zuckte mit den Schultern. »Sie versuchen, Leute zusammenzutrommeln.«

»Versuchen wir es an der Tür?«, fragte Paloviita.

»Sie könnte vermint sein.«

Paloviita lachte trocken. An so eine Möglichkeit hatte er nicht gedacht. Dann erinnerte er sich an die Überreste des Zünders aus dem Transporter, die Raunela ihnen während der Besprechung gezeigt hatte, bei der Oksman bewusstlos geworden war.

Sie warteten, dass Oksmans Telefon wieder klingelte. Das Telefonat war kurz. Oksman bedankte sich für die Information und steckte das Handy zurück in die Tasche seiner Jeans.

»Pekka Helle war nicht in der Kirche und sein Auto stand auch nicht auf dem Parkplatz. Heute Vormittag soll er aber noch da gewesen sein.«

»Wie haben die das so schnell herausbekommen?«

»Sie haben den Hausmeister angerufen und gefragt.«

In diesem Moment klackte die gepanzerte Tür am Haus und sprang etwa zwanzig Zentimeter auf. Oksman und Paloviita zogen instinktiv ihre Waffe. Ohne sich zu rühren, starrten sie zur Tür und warteten, dass jemand herauskommen würde. Die Tür blieb angelehnt. Der Wind strich um das Haus, fuhr durch die Blätter der Bäume und die langen Halme im Rasen.

Sekunden verstrichen, die ihnen wie Minuten vorkamen. Keiner wagte es, sich zu bewegen. Dann rief Paloviita: »Polizei! Kommen Sie heraus! Halten Sie Ihre Hände so, dass wir sie sehen können!«

Keine Reaktion.

»Hier ist die Polizei! Treten Sie mit erhobenen Händen heraus!«, wiederholte Oksman. »Das Haus ist umstellt.«

Immer noch nichts.

»Wenn er invalide ist und sich nicht bewegen kann?«, gab Paloviita zu bedenken.

»Wie hat er dann die Tür geöffnet?«

Zur Haustür führten Stufen aus gegossenem Beton, die mit Moos und Flechten bewachsen waren. Nirgends war eine Rollstuhlrampe oder ein anderes Hilfsmittel zu sehen.

Paloviita wollte erst den Befehl zum dritten Mal wiederholen, entschied sich dann aber anders und stand auf.

»Runter!«, schnauzte Oksman. »Du bekommst eine Kugel in die Stirn!«

Paloviita ging bis zum Rand des Schotterwegs und verharrte dort. Er erwartete, dass ihm jede Sekunde eine Patrone die Brust aufreißen würde, aber nichts geschah. Die Blätter der Espe hinter der Garage raschelten. Paloviita wagte sich zwei weitere Schritte vor. Sein Herz pochte so heftig, dass er fürchtete, es könnte aussetzen.

Jetzt erhob sich auch Oksman und trat neben Paloviita. Sie sahen sich kurz an und setzten sich wortlos gleichzeitig in Bewegung, um über die freie Fläche zu traben. In gekrümmtem Lauf, die Waffe Richtung Boden gerichtet, warteten sie, wann der Kugelregen beginnen würde, aber nichts geschah, und es wurde auch keine Handgranate durch den Türspalt zwischen ihre Füße geworfen.

Sie warfen sich gleichzeitig gegen den Sockel beidseits der Treppe. Paloviita keuchend wie eine Dampflok, allerdings mehr vor Anspannung als vor Anstrengung. Er sah, dass auch Oksman angespannt war. Ein gegenseitiges Nicken:

»Polizei! Rauskommen, mit erhobenen Händen!«

Nichts.

Oksman fasste ans Geländer und zog sich auf die unterste Stufe. Paloviita zielte unentwegt auf den Türspalt. Aus dem Haaransatz rollte eine Schweißperle erst in die Augenbraue und von dort in den Augenwinkel. Er musste das Auge kurz zukneifen. Die ganze Zeit hatte er das Gefühl, sein Hörgerät würde herausrutschen.

Oksman ging hinauf bis zur Tür und stieß sie ein kleines Stück weiter auf. Die schwere Tür bewegte sich langsam. »Wir sind jetzt im Haus!«, rief er in die Dunkelheit.

Paloviita sah auf die Uhr. Die Verstärkung würde bald da sein. Aber, wenn Veeti Aho wirklich noch lebte, konnten sie da auch nur noch eine Minute länger warten? Konnten sie nicht. In diesem Augenblick wünschte er sich nichts sehnlicher, als Polizisten in voller Gefechtsmontur samt Hunden an seiner Seite zu sehen. Er wollte heute nicht sterben. Erst jetzt sah er ein, dass sie einen großen Fehler gemacht hatten, aber es war bereits zu spät. Oksman war schon im Haus verschwunden, und Paloviita stürmte ihm mit der Waffe im Anschlag hinterher.

Im Inneren des Hauses war es dämmrig und stickig – und kühl. Es roch nach einer Mischung aus Schimmel und den Ausdünstungen alter Menschen – der gleiche Erdlochmief, den Oksman auch bei seinen Eltern wahrnahm. Aber da war noch etwas anderes. Sie rochen es beide und runzelten die Stirn. Diesen Geruch kannten sie. Je weiter sie ins Haus gingen, umso kälter wurde es. Sie bekamen Gänsehaut. Paloviita blies Luft aus, sie kondensierte, als befänden sie sich in einem riesigen Kühlschrank.

Sie standen lange in dem fensterlosen, dunklen Flur und lauschten. Irgendwo aus den Tiefen des Hauses drang das niedrigfrequente, ununterbrochene Brummen eines riesigen Kompressors zu ihnen durch. Eine gewaltige Tiefkühltruhe? Die Tür hinter ihnen war zehn Zentimeter dick und hatte ein elektronisches Schloss mit Tastenfeld. Sie war gerade von jemandem geöffnet oder – dachte Paloviita plötzlich – per Fernsteuerung entriegelt worden.

In seinem Kopf schrillten die Alarmglocken.

Ein Schrei.

Sie bewegten sich geräuschlos vorwärts. Keine Kommandos mehr. Falls sich im Haus jemand aufhielt, war es besser, ihre Position nicht zu verraten.

Der Flur hatte die Form einer T-Kreuzung: auf der einen Seite das Wohnzimmer, gegenüber die Küche. Eine offene Tür, dahinter die Treppe ins Obergeschoss, daneben eine verschlossene Tür. Sie trennten sich. Oksman ging in die Küche, Paloviita ins Wohnzimmer.

Ein Wohnzimmer wie dieses hatte Paloviita noch nie gesehen: Es war eingerichtet wie eine Kirche oder Kapelle – oder doch etwas ganz anderes. Vor den Fenstern waren Sperrholzplatten am Rahmen festgeschraubt. An allen Wänden, ausgenommen der hinteren, hingen von der Decke bis zum Boden wahllos Kreuze, Ikonen und Kruzifixe. Tausende. Kleine und große, aus Holz, aus Metall, aus Plastik, aus Porzellan, in allen Farben und Schattierungen. Friedliche Jesusgesichter ebenso wie schmerzverzerrte, blutige, flehende, entstellte, lächelnde. So dicht, dass die Wand überhaupt nur noch an wenigen Stellen durchschien.

An der fensterlosen hinteren Wand hing nur ein einziges, etwa siebzig Zentimeter großes Kruzifix. Davor stand ein Altar von der Größe eines Couchtisches, darauf eine aufgeschlagene Bibel, ein Kerzenständer und eine Streichholzschachtel. Der weinrote Teppich in dem Raum war bedeckt mit toten Fliegen und einer dicken Staubschicht, die bei jedem Schritt aufwirbelte.

Paloviita schaute zur Decke, an der vergilbte, vor Feuchtigkeit gewellte HDF-Platten hingen. Es roch schwach nach Kühlmittel, wie überall im Haus, und dann war da noch dieser andere Geruch.

Auch von der Decke hingen Kreuze und Kruzifixe herab. Als Lampe diente eine an zwei Kabeln aufgehängte 100-Watt-Glühbirne. Paloviita drehte sich erneut zu dem großen Kruzifix an der hinteren Wand um. Das war mit Abstand der seltsamste Jesus, den die Welt je gesehen hatte. Das Kreuz selbst bestand aus einem dicken, grob mit der Axt behauenen Baumstamm. Der an Händen und Füßen Gekreuzigte hingegen wirkte wie ein groteskes, von einem kleinen Kind aus Knete geformtes Witzbild, Körper und Kopf aus einer Art Wachs, das stümperhaft bemalt war. Das nach unten geneigte Gesicht schien sich jeden Moment vom Schädel lösen zu wollen. An Stelle der Augen waren zwei Löcher in den Wachs gedrückt, die aussahen wie klaffende Wunden. Die Haut war hellrosa bemalt, die Farbe bröckelte bereits, rote Tropfen stellten Blutspritzer dar. Die Dornenkrone bestand aus gebogenem, isoliertem Kupferdraht.

Paloviita konnte das unheimliche Brummen hören und fühlen, das aus der Tiefe kam und in Boden und Wänden widerhallte. Irgendwo lief eine gewaltige Maschine. Ihm war klar, dass sie sich dorthin begeben mussten, in die Kellerräume, in das Nervenzentrum des Hauses. Dort irgendwo würden sie Veeti Aho finden, hoffentlich lebend. Aber zuvor mussten sie das restliche Haus sichern.

Seine Augen blieben wieder an dem ans Kreuz genagelten Jesus hängen. Er ging einen Schritt darauf zu und durchschritt dabei den Sensorbereich eines Bewegungsmelders. Drei Spotlichter leuchteten auf und beschienen den Wachs-Jesus wie einen Schauspieler auf der Theaterbühne. In der Ecke knackte es, und Paloviita fuhr mit gezogener Waffe herum. Er zielte mit dem Lauf seiner Pistole auf einen Plattenspieler, der auf einem kleinen Tischchen stand und an dem ein Display grün aufleuchtete. Das Gerät klackte, und der Plattenteller begann sich zu drehen. Der Tonarm mit der Nadel senkte sich langsam Richtung Schallplatte.

Aus den im ganzen Zimmer verteilten Lautsprechern war erst Knistern und Rauschen zu hören, dann setzte mit leisen Tönen das Spiel der Fagotte ein. Paloviita erkannte sofort Mozarts Requiem d-Moll. Als der Chor und die Pauken einsetzten, erschallte die Musik so laut, dass die Kruzifixe und Bilder an der Wand erzitterten. Oksman kam ins Zimmer gestürzt und blieb wie angewurzelt stehen. Die hohen Töne der Geigen zerschnitten fast das Trommelfell, und der Gesang der Sopranistin übertönte das mächtige Orchester. Paloviita bekam Gänsehaut. Er wollte nur noch nach draußen an die frische Luft, konnte aber Oksman unmöglich allein in diesem Haus zurücklassen. Ganz zu schweigen von dem Jungen, der möglicherweise hier in den Abgründen des irren Hauses um sein Leben kämpfte.

Der Jesus an der hinteren Wand fing knirschend und klappernd an, sich zu bewegen: Er hob den Kopf und schaute geradeaus. In seinen Augen leuchteten zwei blaue Lampen auf, der Mund öffnete sich, und auch aus ihm leuchtete das blaue Licht. Jetzt fing er an, sich zuckend zu winden, er wackelte mit dem

Kopf, bog den Rücken durch. Hände und Beine zappelten, als wolle er sich von den Nägeln losreißen. Der Mund öffnete und schloss sich wie in einem Schmerzensschrei.

Oksman lief durch den Raum und schaltete die Musik ab. Die Lichter an der hinteren Wand erloschen, Jesus hörte auf herumzuhampeln, der blaue Glanz in den Augen erlosch, der Kopf hielt inne und sank schwermütig auf die Schulter.

Oksman und Paloviita sahen sich an. In beiden Gesichtern standen Schreck und Abscheu. Oksman nickte, Paloviita nickte zurück. Dann kehrte Oksman in die Küche zurück, und Paloviita ging zu einer weiteren Tür, die ins nächste Zimmer führte.

Oksman spähte in die Küche. Er rief sich ins Gedächtnis, was im psychologischen Profil des Gesandten gestanden hatte: Er war mit höchster Wahrscheinlichkeit bewaffnet und würde nicht davor zurückschrecken, Gewalt anzuwenden. Oksman war nur zu bewusst, dass noch immer sechs Handgranaten verschwunden waren.

In der Küche herrschte Durcheinander. Die Spüle quoll über vor ungewaschenem Geschirr, Pfannen und Töpfen, die darin getrockneten Speisereste waren von grünem Schimmel überzogen. Im Haus hatte seit langer Zeit niemand mehr saubergemacht, wahrscheinlich seit Jahren nicht. Eine Welle des Ekels erfasste ihn.

Vorsichtig drang er weiter vor. Das einzige Fenster der Küche war mit einer Spanholzplatte zugenagelt, die an den Rändern einen schmalen Lichtstreif durchsickern ließ und ein vergilbtes Kalenderblatt vom Mai 2011 an der Wand beschien. In der Ecke standen ein Paar Gehhilfen, die voller Spinnenweben waren.

Auf dem Esstisch lagen Bücher und Zeitschriften. Der Einband eines dicken Buches trug den Titel »Physics for the IB Diploma«. Oksman schob es vorsichtig beiseite, um das darunter liegende Bändchen sehen zu können. Es war Astrid Lindgrens »Wir Kinder aus Bullerbü«.

Durch die Küche gelangte man in das Hinterzimmer, zu dem es auch einen Zugang vom Wohnzimmer aus gab. Er war besonders aufmerksam, um nicht aus Versehen seinen Partner zu erschießen. Inständig hoffte er, Paloviita würde auch daran denken.

Er ging zur Türöffnung, hinter der jeder stehen konnte, ohne dass Oksman etwas hätte sehen können. Die Dunkelheit verströmte kalte Luft. Er überlegte, ob er das Licht anschalten sollte, zog seine Hand, die schon fast den Schalter berührt hatte, wieder zurück, besann sich dann aber und schaltete die Deckenlampe ein.

Gelbliches Licht erfüllte den Raum, sodass Oksman blinzeln musste.

Im selben Moment kam Paloviita aus dem Wohnzimmer und ließ die Waffe sinken. Oksman sah, wie blass und geschockt sein Partner wirkte. Die Augen weit aufgerissen und die Pupillen vom Adrenalin erweitert.

Im Hinterzimmer herrschte dasselbe Chaos wie im Rest des Hauses. Ein Bücherregal war zusammengebrochen, und ein Haufen aus Büchern und Spanplatten türmte sich in der Ecke. Der Teppich war voller Mäuse- und Rattenkot. Auf einem langen Tisch an der Wand häufte sich auseinandergebaute Elektronik: Computer- und Fernsehmonitore, Netzteile, Leiterplatten, Stromkabel, Lötkolben, Pinzetten, Lupen. An die Wand über dem Tisch war mit blauer Farbe ein riesiges Auge gesprayt, das auf denjenigen, der am Tisch arbeitete, herabblickte.

Paloviita wollte gerade die Hand nach einem Kabelbündel ausstrecken, als er mitten in der Bewegung innehielt. Er drehte den Kopf zu Oksman. Sie starrten sich an. An einer Ecke des Tischs stand hinter all dem Schrott eine grüne Holzkiste. Paloviita ging darauf zu. Die Kiste hatte keinen Deckel. Er hob die Finger der linken Hand und formte stumm mit den Lippen: *fünf.*

Oksman nickte zum Zeichen, dass er verstanden hatte: In der Kiste lagen fünf Handgranaten. Das bedeutete, irgendwo musste sich noch eine weitere befinden. Diese Erkenntnis trug nicht dazu bei, sie zu beruhigen. Oksman wies mit dem Finger nach oben. Paloviita nickte. Er verstand. Ins Obergeschoss.

Sie kehrten über die Küche in den Flur zurück. Die Haustür stand immer noch offen. Durch den Spalt fiel Tageslicht herein und erhellte den Flur. Paloviita versuchte zu horchen, ob er Sirenengeheul vernahm, bis er begriff, dass mit Sicherheit keine Sirenen eingeschaltet wurden.

Pekka Helles Smartphone piepte und vibrierte. Seine Stirn legte sich in Falten. Niemand hatte seine Nummer, ebenso wenig war es möglich, dass seine geklonte SIM-Karte geortet werden konnte. Die Signaltöne konnten nur eines bedeuten. Er zog das Handy aus der Tasche seiner Jeans und entsperrte den Bildschirm.

Auf dem Display erschien die Aufnahme einer Wildkamera, die den Waldweg hinter seinem Haus filmte. Über den Waldweg glitt ein schwarzer Kompakt-SUV der Marke Honda CR-V, der direkt unter der Kamera hielt. Aus dem Auto stieg ein etwa vierzigjähriger Mann mit leicht abdominaler Adipositas, der eine Zigarettenschachtel hervorkramte und rauchte. Obwohl es eine hochwertige Kamera war, konnte Pekka die Gesichtszüge des Mannes kaum erkennen. Zwei Dinge wusste er allerdings sofort: Er hatte den Mann schon einmal gesehen, und in diesen Klamotten kam keiner zum Blaubeerensammeln hierher. Pekka stellte eine Online-Verbindung zu allen zwölf rund um sein Grundstück aufgestellten Wildkameras her und überprüfte, dass sie funktionsbereit waren und keine weiteren ungebetenen Gäste am Haus zu sehen waren. Soweit sah alles gut aus. Er betrachtete den Mann, der nervös neben seinem Auto hin- und herlief, an einem Baum urinierte und weiterrauchte. Zum ersten Mal seit Langem war Pekka sich nicht sicher, was er tun sollte: Sollte er zum Haus zurückkehren, oder war das Risiko zu groß?

Da erschien am oberen Bildrand ein zweites Auto, ein Saab

holperte über den unebenen Weg und hielt hinter dem Honda. Ein weiterer Mann stieg aus, und Pekka brauchte nur einen flüchtigen Blick auf ihn zu werfen, um sich sicher zu sein, dass es Kriminaloberkommissar Henrik Oksman war. Jetzt wusste er auch, wer der andere Mann war: Oksmans Partner, der Typ mit Hörgerät und Wampe, der in der Kirche gewesen war, um Mikael Fredriksson zu befragen. Pekka starrte noch etwa eine Minute wie gebannt auf das angezeigte Bild. Der Korpulentere der beiden griff nach seinem Pistolenholster, und dann gingen beide langsam nebeneinander auf sein Haus zu.

Pekka steckte sein Smartphone in die Tasche und ging um das Kirchengebäude herum, hinter dem sein Ascona parkte. Er wendete und fuhr in Richtung Tuorsniemi. Auf der Fahrt schaltete er sein VIRVE-Funkgerät ein, das er eigenhändig aus einem alten VHF-Handfunkgerät und einem Digitalempfänger gebastelt hatte, und hörte den Polizeifunk ab. Zumindest zum jetzigen Zeitpunkt war noch nichts zu vernehmen. Auf halbem Weg beugte er sich zum Handschuhfach hinab und holte eine Pistole heraus. Er musste nicht kontrollieren, ob sie geladen war. Er wusste es und legte sie auf den Beifahrersitz neben das VIRVE-Funkgerät. Dann zog er sein Handy wieder hervor und gab eine Textnachricht ein, die vom Zentralrechner im Keller seines Hauses empfangen wurde. Pekka gab Gas, aber nicht zu viel, um nicht aufzufallen.

Oksman ging zuerst nach oben. Die unterste Treppenstufe knarzte. Verdammt! Sie gingen langsam voran. Die Stufen knarrten und ächzten bei jedem Schritt, ihr Atem kondensierte, und ihre Nasen liefen. Die Fenster im Obergeschoss waren nicht verhangen. Hier war es heller. Aus dem Fenster am Ende des Flurs fiel Licht herein. An der Scheibe hatte sich Feuchtigkeit niedergeschlagen, kleine Tropfen liefen hinab und über die Wand zum Boden.

Paloviita schob die Tür zur Toilette mit seiner Waffe auf, auch das WC war voller Elektroschrott, Leiterplatten und Kabelknäuel. Das Toilettenbecken war gesprungen und erinnerte an einen Totenschädel mit gebrochenem Unterkiefer. Rattenkot bedeckte den Boden.

Der Gestank war unerträglich. Paloviita und Oksman war klar, dass die Quelle des strengen, den Mief im ganzen Haus überdeckenden Gestanks hier oben zu finden sein musste.

Auf halber Strecke im Flur stand ein Rollstuhl. Durch das Fenster fiel das Licht in einem Strahl auf den Boden und warf die Silhouette des Rollstuhls wie ein überdimensionales Spinnennetz an die Wand. Er war von einer dicken Staubschicht bedeckt.

Sie blieben kurz stehen und gingen dann weiter zur Zimmertür. Oksman machte sich schussbereit, und Paloviita legte die Hand auf die Türklinke. Ihre Blicke waren fest aufeinander gerichtet. Paloviita drückte die Klinke herunter und stieß die Tür auf. Oksman stürmte hinein, verharrte, kam rückwärts herausgetaumelt und übergab sich. Obwohl er den Ellenbogen vor die Nase hielt, traf Paloviita der Verwesungsgeruch so heftig wie ein Schlag mit dem Vorschlaghammer. Nur mit Mühe unterdrückte er das Bedürfnis, sich zu erbrechen, und trat dann ebenfalls in das Schlafzimmer ein, das zweifellos Pekka Helles invalidem Vater gehört hatte. Der Vater, oder das, was von ihm übrig war, lag auf der Tagesdecke auf dem Rücken. Eine Wärmepumpe oberhalb des Betts blies eiskalte Luft ins Zimmer.

Risto Helle bestand im Wesentlichen noch aus einem Skelett, an dem die Reste des von Ratten zerfressenen Körpers hingen, der in einem Flanellschlafanzug steckte.

»Seit mindestens einem Jahr tot«, sagte Oksman.

Paloviita bestätigte die Einschätzung mit einem Nicken.

Sie verließen das Zimmer, und Paloviita schloss hinter ihnen die Tür. Der Gestank blieb. Paloviita war sich sicher, dass er den Anblick des Betts mit der Leiche darauf nie wieder aus seinem Kopf bekommen würde, in dem sich schon eine Reihe weiterer

Bilder befanden, darunter das des Leichnams einer Frau, die in der Badewanne mit Lauge verätzt worden war, der kleine Sarg seiner Schwester, den sie in einem Loch in der Erde versenkt hatten, und auch der über dem Altar hängende blutüberströmte Pfarrer. Der von Ratten angenagte Leichnam Risto Helles ordnete sich hier reibungslos ein. Eine wohlgenährte Ratte flitzte zwischen Oksmans Beinen hindurch. Oksman erschrak und trat nach dem Vieh, die Ratte quietschte und trippelte weiter, als wäre nichts geschehen.

Sie kehrten ins Untergeschoss zurück. Paloviita versuchte einzuschätzen, wie lange sie sich schon im Haus aufhielten. Sein Zeitgefühl hatte ihn im Stich gelassen, aber die Verstärkung musste längst da sein. Seltsam, dass sie nichts hörten außer diesem nervigen vibrierenden Gedröhne, das im Obergeschoss gedämpfter zu hören gewesen war. Die Position der Außentür war unverändert.

Jetzt war nur noch der Keller übrig. Paloviita hätte ihn liebend gerne Niemis Stoßtrupp überlassen, doch die Möglichkeit, dass Veeti Aho dort unten um sein Leben kämpfte, ließ ihnen keine Zeit. Oksman hatte schon die Hand auf der Klinke und stellte fest, dass sie unverschlossen war. Dafür war sie leicht gepanzert, und dahinter führte eine Treppe hinab ins Dunkel. Oksman drehte den Lichtschalter, und das Deckenlicht ging an. Die Treppe war steil und endete vor einer Holztür mit blätterndem weißem Anstrich.

Oksman nahm die ersten Stufen. Paloviita wendete sich noch einmal um und warf wie ein Grubenarbeiter vor dem Einstieg einen letzten Blick auf den Streifen einfallenden Sonnenlichts. Dann folgte er Oksman. Das schlimmste Engegefühl im Hals hatte nachgelassen. Sie hatten das ganze Haus durchsucht und niemanden gefunden. Wäre eine Person im Haus, hätten sie es schon gemerkt.

Die Stufen der Kellertreppe waren aus Stein und gaben kein

Geräusch von sich. Je tiefer sie hinabstiegen, umso stärker wurde das Dröhnen. Sie fühlten sich, als stiegen sie in den unterirdischen Bau eines gewaltigen Ungeheuers hinab. Die Holztür war aufgequollen und ließ sich nicht öffnen, als Oksman es versuchte. Das Dröhnen kam aus dem Raum dahinter. Oksman drückte erneut die Klinke nach unten und warf sich mit seinem ganzen Gewicht gegen die Tür. Beim dritten Versuch gab sie nach, und eisige Luft schlug ihnen entgegen. Oksman betätigte den Drehschalter, und was sie im Licht sahen, verschlug ihnen den Atem.

Mitten in einem geräumigen Kellerraum stand ein gewaltiges Elektronikzentrum, zu dem sich dicke Kabel aus den Wänden schlängelten wie Adern zum Herzen. Der Apparat bestand aus dutzenden Zentraleinheiten auseinandergebauter Computer. Das Brummen wurde von dutzenden Prozessorkühlern erzeugt sowie von den an der Wand befestigten Inneneinheiten mehrerer Wärmepumpen, deren vollaufgedrehtes Gebläse kalte Luft auf das Ungetüm blies, um es zu kühlen. In einer Ecke des Raums stand ein ihnen bekannter Tisch und davor auf einem dreifüßigen Stativ eine Videokamera. Paloviita fiel sofort auf, dass die als Requisite verwendete FN-Pistole nicht auf dem Tisch lag, was ihn nicht gerade beruhigte. Irgendwo gab es noch eine Handgranate und eine Pistole – und den Gesandten: Pekka Helle.

Oksman ging um das summende Nervenzentrum herum und verfolgte die Kabelarme, von denen einige in einem fahrbaren Elektroschaltschrank mündeten und andere in der Wand verschwanden.

»Dieses Elektrohirn hier – oder was für ein Konstrukt das auch immer ist – zusammen mit dem Antennenmast draußen erklären, warum es unmöglich war, die IP-Adresse des Rechners zu entschlüsseln«, sagte Oksman.

Auf dem Tisch standen nebeneinander drei ausgeschaltete Monitore. Paloviita schaltete den äußersten ein, der nach ein paar

Sekunden ansprang und sie nach dem Passwort fragte. Gleichzeitig leuchtete das rote Licht der Überwachungskamera in einer Ecke des Raums auf. Paloviita starrte in die Kamera und hatte das Gefühl, dass jemand genau zu diesem Zeitpunkt auch ihn beobachtete.

»Der Apparat ist was für Niemis und Raunelas Leute«, sagte Oksman. Er hatte plötzlich das unbestimmte und verdammt unangenehme Gefühl, dass sie nicht mehr zu zweit im Haus waren. Paloviita nickte, drehte den Kopf und sah auf eine kleine hölzerne Nebentür mit einem Vorhängeschloss. Bisher die erste Tür im Haus, die verschlossen war. Paloviita ging zu der Tür, berührte sie fast mit den Lippen und flüsterte:

»Veeti? Bist du da drin? Wir sind von der Polizei.«

Oksman versteifte sich und lauschte.

»Was ist?«, fragte Paloviita.

Oksman zeigte mit dem Finger nach oben.

»Niemi und sein Trupp?«, meinte Paloviita und spitzte die Ohren. Doch durch das Brummen der Maschinen und Lüfter konnte er nichts vernehmen.

Paloviita klopfte leise an die Tür und sagte nun etwas lauter:

»Veeti, wenn du da drin bist, antworte! Und wenn du nicht sprechen kannst, gib irgendein Zeichen!«

»Ist der Mann da?«, fragte eine zarte Stimme.

»Nein. Warte, wir machen die Tür auf. Bist du in Ordnung?«

»Ja, aber Vater ...«

»Ich weiß.«

Paloviita nahm seinen elektronischen Dietrich zur Hand, und ein paar Sekunden später sprang das Schloss auf. Im gleichen Moment schoss der Junge an ihm vorbei. Alles geschah so schnell, dass Paloviita nicht reagieren konnte. Oksmans Reflexe funktionierten schneller, und ein eiserner Arm schnappte sich den Jungen mitten im Lauf und hob ihn hoch. Er trat und strampelte in der Luft.

»Psst!«, zischte Oksman. »Alles gut. Wir sind Polizisten. Du bist jetzt in Sicherheit.«

Als Veeti Aho klar wurde, dass sie ihm helfen wollten, beruhigte er sich allmählich und Oksman konnte ihn wieder absetzen.

»Wir gehen!«

Doch Paloviita drehte sich um und duckte sich durch die kleine Holztür. Oksman zögerte kurz, folgte ihm dann aber und hielt Veeti dabei die ganze Zeit fest an der Hand. Im Licht, das durch die Tür fiel, betrachteten sie den Raum. Alles war voller Staub, Dreck und Kot von Mäusen und Ratten. Keiner von beiden brauchte auszusprechen, was sie sahen. Sie hatten schon zu viele Orte dieser Art gesehen, und ihnen war auf den ersten Blick klar, was sie hier vor sich hatten: eine Zelle, um ungezogene Jungs und Mädchen einzusperren, damit sie über ihr Verhalten nachdenken konnten. Außer einem Nachttopf und einem Bettgestell gab es nur zwei Bücher, die auf dem Boden lagen. Paloviita griff nach einem von ihnen: ein Donald-Duck-Taschenbuch von 2007. Oksman rechnete schnell aus, dass Pekka Helle damals zehn Jahre alt gewesen sein musste. Er überlegte, wie viele Nächte der Sohn hier wohl zugebracht hatte. Wahrscheinlich etliche mehr als er selbst im Zwinger von Vaters durchgeknalltem Dobermann.

Paloviita sah sich noch einen Moment im Raum um und wollte ihn gerade verlassen, als er am Deckenrand etwas entdeckte. Ein dünnes Lüftungsrohr führte dort ins Freie, und etwas Weißes ragte daraus hervor. Er stellte sich auf die Matratze und streckte den Arm aus, sodass er es gerade eben erreichen und ein mehrfach gefaltetes Stück Papier hervorziehen konnte. Er faltete es auseinander und pustete den gröbsten Staub weg. Nach kurzem Betrachten reichte er das Bild an Oksman weiter. Es handelte sich um eine aus einer Illustrierten herausgerissenen Seite mit Jeanswerbung, auf der ein muskulöser junger Mann ohne Hemd in einem Getreidefeld stand. Oksman gab ihm das Bild zurück.

»Jetzt raus hier!«, sagte Oksman noch einmal nachdrücklicher. Paloviita nickte. Sie gingen durch den Raum zurück zur Treppe und stiegen nach oben, Oksman vorweg, Paloviita und Veeti Aho hinterher.

Als Erster bemerkte es Oksman. Die gepanzerte Haustür war verschlossen. Das elektronische Schloss leuchtete rot. Sie erstarrten. Aus dem Keller drang das Dröhnen der Prozessoren, in der Küche und im Wohnzimmer brummten die Inneneinheiten der Wärmepumpen und kühlten das Haus. Ob jemand sich im Haus bewegte, konnten sie da unmöglich hören. Paloviita war nur zu bewusst, dass mit dem Gesandten auch irgendwo im Haus eine Handgranate und eine Pistole herumgeisterten. Es bedurfte wahrlich keines kriminalistischen Verstandes, um alle drei nah beieinander zu vermuten.

Hier im Haus.

Keiner wagte einen Schritt. Paloviita fuhr mit der Hand unter die Achsel und zog seine Waffe wieder hervor. Oksman tat es ihm nach und zog den Jungen näher zu sich heran. Trotz des Brummens im Haus hörten sie, wie mehrere Autos vor dem Haus vorfuhren. Knirschende Bremsgeräusche und aufklappende Autotüren. Paloviitas Handy begann durchdringend zu klingeln. Bei dem profanen Geräusch inmitten dieses Spukhauses zuckten beide Kommissare zusammen. Paloviita war sich sicher, dass sein Herz jeden Moment stehenbleiben konnte. Er zerrte das Telefon aus der Tasche und nahm den Anruf an. Es war Niemi.

Paloviita hörte mit ernstem Gesicht zu und beendete das Gespräch, ohne etwas zu erwidern. »Sie sind vor Ort. Sie sind sich sicher, dass Pekka Helle im Haus ist.« Er machte einen Schritt auf die Haustür zu und vergewisserte sich, dass es an der Innenseite keine Klinke gab. Dort, wo sie sich normalerweise befand, brannte die rote Lampe wie das Auge eines zornigen Zyklopen. Weitere Polizeiwagen fuhren draußen vor. Rufe drangen jetzt von allen Seiten herein.

Aus dem Wohnzimmer war ein Klacken zu vernehmen. Paloviita konnte ein Ächzen nicht unterdrücken, als das Requiem erneut in voller, alles übertönender Lautstärke einsetzte. Paloviita war kurz davor durchzudrehen.

Sie wussten inzwischen, dass man auch von hinten in die Küche kam. Helle konnte also plötzlich und aus jeder Richtung auftauchen.

Mit einer Splitterhandgranate.

Paloviita zwang seine Füße, sich zu bewegen. Sie fühlten sich an wie einbetoniert. Er beugte sich blitzschnell vor, um einen Blick ins Wohnzimmer werfen zu können, wiederholte das Manöver zweimal, bis er sicher war, dass sich dort niemand aufhielt. Nur der rotierende Plattenteller und der zuckende Wachs-Jesus an der Wand bewegten sich. Langsamen glitt er zurück neben Oksman, der nun seinerseits die Küche inspizierte. Durch den Spalt zwischen Fenster und Spanplatte fiel ein schwacher Lichtstreif. Breit genug, um zu erkennen, dass sich draußen jede Menge Kollegen aufhielten. Sie stießen Atemwolken aus. So unerwartet, wie Mozarts Musik eingesetzt hatte, so abrupt verstummte sie auch wieder. Zurück blieb nur das Dröhnen der Kühlanlage und das Brummen des Supercomputers im Keller. Nach all dem Lärm war es nun beinahe gespenstisch still.

Sie starrten auf die schwarze Türöffnung ins Wohnzimmer. Erkennen ließ sich nichts, aber sie ahnten, dass in der Finsternis jemand stand. Paloviita war kurz davor, seine Waffe zu heben, begriff aber im gleichen Moment, in welch verzweifelter Lage sie sich befanden.

Sie warteten. Das Dröhnen füllte das Haus. Paloviita biss die Zähne aufeinander, seine Blase drückte.

Auf einmal fing Oksman an, in die Türöffnung hineinzusprechen. Worte fielen in die Finsternis.

»Hier ist noch nicht das Ende des Weges«, begann er.

Keine Antwort. Die Welt um sie herum schrumpfte zu einem

Vakuum. Alles, was zählte, war hier und jetzt. Außerhalb des Korridors zwischen Küche und Wohnzimmer existierte nichts: keine Zeit, kein Universum, nichts.

»Es gibt immer einen Weg. Es ist nie zu spät.«

Immer noch nichts. Sie starrten auf das schwarze Rechteck und waren sich sicher, dass in dem Dunkel jemand stand und sie ansah – oder sie bildeten sich alles nur ein und waren verrückt geworden.

»Es liegt an Ihnen, wie es weitergeht«, fuhr Oksman fort.

Stille. Paloviita war sich schon sicher, dass da doch niemand hinter der Türöffnung stand und sie sich geirrt hatten, als unversehens ein schmächtiger Jüngling vor ihnen stand. Sie hatten unablässig auf die Türöffnung gestarrt, trotzdem schien er wie aus dem Boden gewachsen zu sein. Sein Gesicht blieb im Schatten, nur seine Augen funkelten. In der linken Hand baumelte achtlos die Pistole, die andere umklammerte etwas. Auch ohne Licht hatten weder Oksman noch Paloviita Zweifel daran, was er da in der Hand hielt.

»Nur weil Sie in meinen Sachen gewühlt haben, glauben Sie, etwas über mich zu wissen. In Wirklichkeit wissen Sie nichts!«, sagte Pekka Helle.

»Da irren Sie sich.«

Paloviita rührte sich nicht. Er wagte kaum zu atmen. Hier ging etwas vor, bei dem er komplett zum Außenstehenden wurde. Zwischen den beiden bestand eine eigentümliche Verbindung, zu der er keinen Zugang hatte.

»*Pekka Helle!*«, donnerte eine laute Stimme von draußen.

»*Das Haus ist umstellt! Kommen Sie mit erhobenen Händen heraus!*«

»Sie sollen verschwinden!«

Oksman stieß seinen Partner in die Seite. Paloviita zuckte zusammen und holte sein Handy aus der Tasche. Er befahl den Polizeikräften, sich vom Haus und dem gesamten Grundstück zurückzuziehen. Als er das Telefon wieder wegsteckte, sagte er: »Sie sind weg.«

Sie konnten hören, wie Autos gestartet und Türen zugeschlagen wurden.

»Es gibt ein psychologisches Profil von mir, richtig?«

»Richtig.«

»Was steht da drin? Dass ich ein sexuell gestörter, schwulenfeindlicher Psychopath bin, der aus einer gewalttätigen Familie stammt?«

»Dass Sie ein Verirrter sind.«

Pekka Helle brach in Lachen aus, doch in seinem Lachen war nichts Echtes. Es war grausig und zwanghaft und voll verhaltener Wut.

»Ich weiß von Ihrem Vater. Dessen Knochen oben im Bett liegen. Sie können mir glauben, dass ich besser weiß und verstehe als jeder andere, wie es mit ihm gewesen ist.«

Pekkas Lachen brach ab, als hätte jemand einen Schalter umgelegt. Paloviita versuchte, den Ausdruck in ihren Gesichtern zu erkennen, aber es war zu dunkel. Das Einzige, worauf er sich konzentrieren konnte, war die Handgranate in der Hand des jungen Mannes.

»Geben Sie uns die Granate. Die brauchen Sie nicht. Ihr Vater ist tot. Sie müssen niemandem mehr etwas beweisen – und niemanden mehr fürchten«, sagte Oksman.

Pekka sagte nichts.

Paloviita war wahrlich kein geschulter Unterhändler bei Geiselnahmen, aber Schweigen in einer solchen Situation war nie ein gutes Zeichen. Sollte es Oksman nicht gelingen, ihn zum Sprechen zu bringen, bedeutete das nur eines: Sie alle vier würden sterben.

»Sie können mir glauben, dass ich weiß, wovon ich rede. Ich habe Sie im Venus gesehen. Und Sie haben mich gesehen. Sie haben mich als die Person gesehen, die ich wirklich bin. Und ich habe Sie gesehen.«

»Ruhe! Schnauze halten! Ich bin nicht wie Sie!«

»Pekka, leg die Handgranate weg, hörst du? Noch ist es nicht zu spät. Dein Vater hat dir Unrecht angetan, als du noch ein Kind warst, habe ich recht? Und das tut mir sehr leid.«

»Halt deinen Mund!« Pekkas Stimme überschlug sich, und er trat einen Schritt auf sie zu. Jetzt konnten sie sein Gesicht sehen. Es wirkte weder wütend noch besessen, vielmehr traurig und enttäuscht. Sein linker Mundwinkel zuckte kaum merklich. Paloviita hob die Waffe und zielte auf Pekkas Brustkorb. Die Entfernung zwischen ihnen betrug weniger als vier Meter. Danebenschießen konnte er nicht.

Der Sicherungsstift der Handgranate fiel klirrend zu Boden. Pekka Helles Hand hielt den Bügel gedrückt. Sowohl Oksman als auch Paloviita wurde in diesem Moment klar, dass sie dieses Haus nicht lebend verlassen würden. Diese mit Kreuzen überladene, groteske Horrorgruft würde ihr Grab werden. Schießen war ausgeschlossen. Wenn die Granate aus Helles Hand fiele, würde sie explodieren. Aber senken konnte er die Waffe auch nicht. Paloviitas Gehirn arbeitete in tausendfacher Lichtgeschwindigkeit. Ging verschiedenste Flucht- und Rettungsszenarien durch, aber jedes einzelne endete in einer Sackgasse. Pekka Helle war bereit zu sterben und würde sie mit ins Grab nehmen. Es gelang ihm, sich vom Grunde seines Geistes das Foto ins Gedächtnis zu rufen, das auf der Ecke seines Schreibtisches stand: Es zeigte ihn, Terhi und die Mädchen. Das Bild zeichnete sich auf seiner Netzhaut ab, wie der letzte Anblick vor der Dunkelheit.

»Ich weiß, wie es ist, sein Innerstes zu verbergen. In einer Lüge zu leben. Dabei verliert man sein Ich.«

»Halt dein Maul, du Schwuchtel!«, rief Helle, zwischen den zusammengepressten Zähnen flog Spucke hervor. »Ich bin nicht wie du. Du weißt nichts über mich!«

Paloviitas Telefon klingelte in der Hosentasche, und er zuckte zusammen. Hektisch schaltete er es aus. Oksman ließ Veeti Aho los und machte einen vorsichtigen Schritt auf Pekka zu.

»Das hier muss nicht das Ende sein. Lass es nicht so enden.«

»Keinen Schritt weiter!« Pekka hob die Hand mit der Granate. Oksman hielt inne. Paloviita schloss die Augen, um sie kurz darauf verwundert zu öffnen: Da war keine Druckwelle, die ihn gegen die Wand geworfen hatte, da waren keine rasiermesserscharfen, kochend heißen Metallsplitter, die sein Fleisch und seine Sehnen zerschnitzelten. Helles Hand stand unverändert in der Luft.

Da fiel Paloviitas Blick auf die gepanzerte Kellertür zwischen ihnen und Pekka Helle. Sie waren gerade erst durch sie hindurchgegangen und hatten sie offen gelassen. Der Spalt war nicht breit, aber es war eindeutig, dass sie nicht ins Schloss gefallen war. Sein Gehirn begann wieder schneller zu arbeiten, und er spielte verschiedene Möglichkeiten durch. Die Distanz zur Tür betrug etwa anderthalb Meter. Für Oksman zwei Schritte mehr. Das Scharnier war auf Helles Seite. Er wusste nicht, wie lange es dauern würde, bis die Granate zündete, aber einige Sekunden sicher. Würde Helle die Granate fallen lassen, könnte die Zeit reichen, um zur Tür zu stürmen, sie aufzureißen, hineinzurennen und sich die Treppe hinunterzuwerfen. Vielleicht hätte das alles keinen Sinn, aber versuchen konnten sie es auf jeden Fall. Denn zu verlieren hatten sie nichts.

»Ich bin homosexuell«, bekannte Oksman. »Ich habe nicht darum gebeten, so zu sein, aber es ist nun einmal ein Teil von mir. Ich wurde so geboren. Das kann sich keiner aussuchen.«

Helles Augen irrten unruhig umher, und Paloviita machte sich bereit, seinen Partner zu ergreifen und mit sich in Richtung Kellertür zu ziehen.

Die Zeit schien stillzustehen. In Helles Gesicht arbeitete es, während er mit sich kämpfte. Dann geschah es, ohne Vorwarnung, so wie Paloviita es vorausgesehen hatte. Die Faust öffnete sich, und das Ding fiel heraus. Paloviita brauchte eine Weile, bis er kapierte, dass es keine Granate, sondern eine kleine, ledergefasste Taschenbibel war, die auf den Boden klatschte. Helles Hand mit der Pistole hob sich. Paloviita sah es wie in Zeitlupe. Dann flog tatsächlich eine Handgranate. Schattenhaft nahm Paloviita wahr, dass es der Junge war, der sie geworfen hatte. Paloviita reagierte blitzschnell, löste die Hand von seiner Waffe, und noch ehe die Granate den Boden berührte, hatte er sich in Bewegung gesetzt. Er zog Veeti Aho mit sich und hätte auch Oksman mitgerissen, aber dessen Reaktionsfähigkeit war bedeutend schneller als seine. Während Paloviita gerade den Fuß hob, stürzte Oksman sich schon auf Helle, aus dessen Waffe sich ein Schuss löste. Der Knall hallte unglaublich laut. Die Kugel zischte nur wenige Zentimeter an Oksmans Ohr vorbei und schlug splitternd in den Türrahmen der Küche ein.

Die Granate schlug fast gleichzeitig mit dem Sicherheitsstift auf dem Boden auf und rollte in Richtung Helle und Oksman. Paloviita hechtete zur Kellertür und riss sie auf. Aus dem Augenwinkel nahm er wahr, wie Oksman versuchte, die Granate wegzutreten, sie aber nicht erreichte. Oksman warf sich nach vorn und rammte seine spitze Schulter mit voller Wucht in Helles Brust, sodass dieser rückwärts gegen die Türöffnung prallte, aus der er kurz zuvor erschienen war. Seine Waffe löste ein zweites Mal aus, dieses Mal blieb die Kugel irgendwo in der Decke stecken. Holzstaub rieselte herab. Paloviita stürzte sich mit Veeti im Schlepptau über die dunkle Treppe in den Keller, prallte mit der Hüfte auf die oberste Treppenstufe und rutschte hinunter, riss den Jungen an sich und rief Oksmans Namen. Wie viele Sekunden seit dem Abreißen des Sicherheitsstifts vergangen waren, wusste er nicht zu sagen. Er rechnete schon damit, dass es um Oksman geschehen war, als oben im Türrahmen eine dunkle Gestalt auftauchte. Die Tür wurde zugeschlagen, dann war es dunkel.

Im selben Moment detonierte die Granate.

Gleißend helles Licht brannte sich in die Netzhaut. Darauf folgte eine Explosion, ihr Trommelfell platzte. Die Membran seines Hörgeräts riss und es begann zu fiepen. Die Kellertür wurde aus den Angeln gerissen und verschwand wie von Geisterhand im Nichts. Flammen schossen in den engen Gang.

Paloviita fiel, schlug sich Schulter und Ellenbogen an den Treppenstufen auf und fühlte die heißen Flammen über sein Gesicht streichen. Augenbrauen und Wimpern wurden versengt. Dann schlug er mit dem Hinterkopf auf die Kante einer Treppenstufe und verlor das Bewusstsein. Sein Körper rutschte schlaff und leblos die Treppe hinunter und blieb mit dem Gesicht nach oben auf dem Betonfußboden liegen. Computer und Kühlaggregate brummten, seine Augen schlossen sich, und er schwebte in einer Welt weit weg von diesem schauerlichen Haus. In einer Welt, in der seine kleine Schwester Tiina noch lebte, erwachsen geworden war und Essen zubereitete. Ihre mandelförmigen Augen leuchteten. Terhi kam in die Küche, die neugeborene Sara auf dem Arm. Ein scharfer Schmerz rief ihn in diese Welt und das Bewusstsein zurück.

Endgültig wach wurde er erst, als ihn jemand unsanft rüttelte. Zuerst wusste er nicht, wo er sich befand. Er glaubt, im eigenen Bett zu erwachen, alles um ihn herum war wie aus einer anderen Welt. Als er die Augen öffnete, sah er Oksmans besorgtes Gesicht über sich. Hinter ihm war Feuer. Schwarz rauchende Flammen krochen die Kellerwände entlang und leckten die Farbe von den Wänden.

»Wir müssen hier raus!«, sagte Oksman und zog Paloviita am Revers. Es blieb keine Zeit für eine Antwort. Oksman zog ihn mit einem Ruck hoch und warf ihn über die Schulter, als wäre er ein Sack Federn. Über der anderen Schulter hing Veeti Aho. So stiegen sie die Treppe hinauf. Überall hing schwarzer Rauch. Das brennende Holz knackte und knallte. Paloviita schloss die Augen. Er klammerte sich an Oksmans Hemd wie ein Ertrinkender, durch den dünnen Stoff fühlte er die Bewegungen starker Muskeln. Sie bewegten sich schnell, heißer Wind blies Paloviita ins Gesicht. Funken stoben, etwas explodierte, Paloviita konnte nichts tun, als sich noch fester an Oksman zu klammern. Sie erreichten den Flur. Alles um sie herum brannte. Helle Flammen an den Wänden, brennende Teile fielen von der Decke, Funken sprangen. Die gepanzerte Haustür war verschlossen. Oksman ging ins Wohnzimmer. Paloviita erhaschte einen Blick auf die zerfetzten Überreste von Pekka Helle. Helle Lohen krochen die Wände empor, ein Kruzifix nach dem anderen entzündete sich. Eine Wand aus hundert Kerzen. Das Requiem leierte, und als die Plastikteile der Lautsprecher in der Hitze schmolzen, verstummte es. Die Flammen fraßen die aufgeschlagene Bibel auf dem Alter und erreichten den hampelnden Jesus, sein Wachsgesicht schmolz und gab einen metallenen Totenkopf frei, in dem zwei blaue Lichter brannten. Brennende Tropfen fielen auf den Teppich, bis auch dieser Feuer fing. Der Wachs-Jesus entzündete sich auf einen Schlag und brannte knisternd und sich windend wie eine Fackel.

Oksman war zu dem verkleideten Fenster geeilt und trat mit der Fußsohle dagegen. Die Spanplatte brach. Das Fenster dahinter zersprang. Oksman trat erneut zu, diesmal zerbrach die Platte in zwei Teile. Die Polizisten auf der anderen Seite vergrößerten die Öffnung.

Dann hatten sie das Freie erreicht. Heller Sonnenschein, unwirkliche Farben. Die Blätter der Espe auf dem Hof wisperten im Wind, eine Armada von Polizisten rannte hin und her.

Hände, die nach ihnen griffen. Menschen überall. Ein pastellblauer Himmel, feine Wolken. Rufe. Oksman legte Paloviita auf den Rasen.

»Die Granaten!«, rief Oksman. »Alle weg vom Haus!«

Paloviita richtete sich auf. Unter der Traufe quoll schwarzer Qualm hervor, über die Dachziegel und um den Schornstein tanzten orangefarbene Flammen.

»Die Granaten!«, rief Oksman wieder, aber keiner hörte auf ihn.

Die Explosion zerfetzte die komplette Vorderwand des Hauses. Holzteile flogen durch die Luft. Fünf Handgranaten explodierten als Reihenfeuer, es regnete Holzschnitzel. Die nächststehenden Polizisten wurden von der Druckwelle zu Boden geschleudert, die übrigen warfen sich hin. Eine heiße Welle strich über das Gras. Die Flammen wurden kurz erstickt, loderten aber erneut auf, als sie Sauerstoff bekamen.

»Weg vom Haus!«, befahl jemand. »Abstand halten!«

Wieder griffen Hände nach Paloviita und schleppten ihn an den Waldrand, dorthin, wo, wie er wusste, die Leiche verscharrt war.

Oksman und Paloviita saßen wortlos nebeneinander und sahen zu dem brennenden Haus hinüber. Das Dach bog sich erst durch und stürzte dann unter stiebendem Funkenflug über dem brennenden Haus zusammen. Ein Helikopter kreiste in weiten Runden über Wald und Haus. Veeti Aho saß quer auf der Vorderbank eines Polizeitransporters, die Tür stand offen, er hatte eine Decke über den Schultern und ließ die Beine baumeln. Eine Polizistin sprach mit dem Jungen, der überraschend gefasst wirkte.

Zwischen den Polizeiautos stand ratlos und verlassen Johan Niemi. Um ihn herum rannten Polizisten hin und her, er selbst war unfähig, etwas zu tun. Sein Blick irrte unruhig von einem zum anderen, die Hände hingen unschlüssig herab. Endlich entdeckte er Oksman und Paloviita am Waldrand und kam schnurstracks auf sie zu.

»Ich bin informiert worden. Gute Arbeit. Der Gesandte, ich meine Pekka Helle, wo ist er?«

Oksman machte eine Kopfbewegung Richtung Haus beziehungsweise dem, was davon noch übrig war.

Hinter ihnen hatte die KT begonnen, die Leiche des Mannes auszugraben, und eine Hundestreife durchsuchte die nähere Umgebung. Niemi schien unsicher, ob er stehenbleiben oder die Leitung über den Tatort übernehmen sollte, und entschied sich dafür, das Geschehen als Zuschauer zu verfolgen, da die örtliche Polizei offensichtlich alles bestens im Griff hatte. Paloviita und Oksman warfen sich einen Blick zu und sahen dann abwartend Niemi an.

»Das war sehr ... beachtlich.« Dann schwieg er wieder. Niemi betrachtete den Polizeiwagen mit Veeti Aho, dann den Pressehubschrauber am Himmel und schließlich das brennende Haus. Paloviita vermutete, dass er einfach nicht wusste, was er sagen sollte, und empfand stille Genugtuung. Wortlose Freude war meist die beständigere.

Niemis Telefon klingelte und befreite ihn aus seiner unangenehmen Lage. Er sprach laut und lief geschäftig hin und her.

»Sag es niemandem«, bat Oksman, ohne Paloviita anzuschauen.

Zuerst wusste Paloviita nicht, was Oksman meinte, und die entstandene Pause zog sich in die Länge. Als er endlich begriff, erwiderte er: »Natürlich nicht, es geht mich auch nichts an. Außerdem ist das nichts, wofür man sich schämen – oder was man verheimlichen sollte.« Dann riss er die Augen auf. »Du willst aber nicht sagen, dass ..., dass du das dort ... im roten Kleid ... mit Ramberg ...« Paloviitas Verblüffung wich einem kameradschaftlichen Lächeln.

»Jari ...«

»Ich verspreche es. Ich verspreche es hoch und heilig, Henrik.«

»Letzten Herbst ... das Messer. Hast du es genommen?«

Paloviitas Lächeln erlosch. Es dauerte lange, bevor er antwortete: »Vielleicht.«

»Wir sind quitt, nicht wahr?«

Paloviita nickte, ohne ihn anzusehen. Wieder sahen sie schweigend zum brennenden Haus, von dem eine hypnotische Wirkung ausging. Immer wieder stürzten verkohlte Balken in sich zusammen und fachten das Feuer neu an. Polizisten eilten geschäftig umher, von weit weg drang ununterbrochenes Sirenenheulen herannahender Feuerwehren an ihr Ohr.

»Eine Sache interessiert mich noch«, sagte Paloviita und schaute Oksman an.

»Was?«

»Woher in aller Welt wusstest du, dass das Geklopfe Morsezeichen waren?«

»Ich war Pfadfinder und hatte als kleiner Junge *Das Schlaue Buch* des Fähnlein Fieselschweif«, sagte Oksman.

Paloviita brach in schallendes Gelächter aus und wischte sich über die Augen. »Henrik, du bist mit Abstand der seltsamste Mensch, den ich kenne!«

Als sie am Krankenwagen vorbeikamen, zu dem man Veeti Aho für weitere Untersuchungen gebracht hatte, begegneten sich die Blicke von Oksman und dem Jungen. Ein scheues Lächeln umspielte ihre Mundwinkel, das einen Augenblick später schon wieder verschwunden war.

48

Der Tag ging in den Abend über. Die Sonne verschwand hinter den Bäumen, färbte sich rot und beschien die Wipfel, die leuchteten wie glühende Fackeln. Nach und nach verschwand das Licht. Nicht schnell, sondern allmählich wie die Flamme einer Petroleumlampe.

Oksman saß im Gras. Die Sonne hatte ihm erst das Gesicht, dann den Nacken und schließlich die linke Wange verbrannt. Jetzt wurde es kühler, und die Bremsen überließen ihn den Mücken.

Als das letzte Licht am Horizont verloschen war und die Straßenlaternen ansprangen, erhob er sich, dehnte seine steifen Glieder und kratzte sich im Nacken, der ihm von den Viechern zerstochen worden und voller Quaddeln war.

Er steckte das Notizheft ein, in dem er jeden vermerkt hatte, der die Blechhalle betreten oder verlassen hatte, und schob das Minifernglas zurück in die Hülle. Im Schutz der Bäume blieb er so lange stehen, ohne sich zu rühren, bis er sicher sein konnte, dass keiner mehr in der Halle war. Erst dann löste er sich aus dem Schatten des Wäldchens und lief leichtfüßig und geräuschlos über den vom Tau benetzten Rasen. Für einen kurzen Augenblick teilte seine Silhouette das Gelände, verschmolz dann aber mit den schwarzen Schatten, die die Gebäude im Licht der Straßenlaternen warfen.

Oksman ging zur Rückseite der Halle. Er wusste, dass das Gelände mit zwei Wildkameras überwacht wurde, allerdings hatte er sie schon im Laufe des Tages abmontiert. Das Vorhängeschloss an der Hintertür stellte kein Hindernis dar und ließ sich leicht mit einer Rohrzange aufbrechen. Das Metall fiel klirrend zu Boden, und die Tür sprang auf. Er blieb in der Öffnung stehen und lauschte in die Dunkelheit. Es dauerte, bis seine Augen sich an die Finsternis gewöhnt hatten und er den Bartresen, die bombastische Hakenkreuzfahne und die Reihe gebrauchter Zyklon-B-Dosen über dem Spirituosenregal sehen konnte.

Er stellte den Benzinkanister auf den Boden, schraubte den Verschluss ab und schleuderte ihn in eine Ecke. Dann knipste er die Taschenlampe an und streifte durch das Gebäude, um sicherzugehen, dass sich niemand darin aufhielt, griff nach dem Kanister und verteilte das Benzin. Er spritzte es gegen Wände und Vorhänge, auf Boden und Möbel und tränkte die Teppiche. Der stechende Geruch stieg ihm in Nase und Rachen. Rückwärts bewegte er sich in Richtung Tür, schmiss den leeren Kanister in die Halle und zog eine Packung Streichhölzer aus der Tasche, zündete ein Streichholz an und warf es durch die Tür. Das Feuer entflammte, schon bevor das brennende Streichholz auf den Boden gefallen war. Ein Schwall heißer Luft und Flammen leckten durch die offene Tür. Oksman spürte die Hitze und wich noch ein paar Schritte zurück. Dann zogen sich die Flammen zurück, griffen auf Boden und Teppiche über und kletterten die Wände empor. Schwarzer Rauch drang durch die Tür, aus Fenster- und Dachritzen.

Oksman ging über den grasbewachsenen Platz und stellte sich wieder zwischen die Bäume, wo er schon zuvor zermürbende sechseinhalb Stunden gesessen hatte. Er ließ das Hauptquartier von White Order auch jetzt nicht aus dem Blick. Ein Fenster nach dem anderen zerplatzte, unter dem Dach züngelten erste Flammen ins Freie. Das Ächzen und Fauchen des Feuers und das Knallen der sich in der Hitze verbiegenden Blechwände war auch dort überlaut zu hören, wo Oksman stand.

Innerhalb der Halle prasselte das Feuer wie in einem Gasofen, sprang auf die Hakenkreuzfahnen und Nazidevotionalien über und fraß sich durch bis zu dem Ölgemälde von Adolf Hitler, das brennende Tropfen zu Boden spuckte, plötzlich in der Mitte aufriss, bevor es lichterloh brannte. Die Schnapsflaschen im Regal fingen an zu kochen und zersprangen, als schösse jemand mit dem Luftgewehr auf sie. Zuletzt stürzte das ganze Regal in sich zusammen, und die gebrauchten Zyklon-B-Dosen rollten durch das Flammenmeer.

Das wilde Geheule der Feuerwehrsirenen hallte zwischen den Bäumen, Einwohner aus dem nahegelegenen Wohngebiet kamen die Straße heruntergerannt. Oksman setzte sich in Bewegung, folgte im Laufschritt einem Graben, lief quer durch dunkle und verlassene Gewerberuinen, stieg über umgefallene Bäume, erreichte schließlich den Wald, überquerte eine wacklige Holzbrücke und kam zu einem schmalen Schotterweg. Die Sirenen näherten sich jetzt aus zwei Richtungen, ihr Heulen brach sich zwischen den Bäumen, der Himmel über den Wipfeln glühte in tiefem Orange. Als er die Hauptstraße erreichte, verlangsamte er sein Tempo und stieg in seinen Wagen, den er hinter einem schmalen Waldstreifen abgestellt hatte. Auf dem Mäntyluodontie kamen ihm mehrere Feuerwehren im Konvoi entgegen.

EPILOG

Paloviita schloss die Haustür auf, zog schon im Vorraum seine nach Rauch riechenden Sachen aus und brachte sie zum Entlüften auf die Terrasse hinters Haus. Hier verharrte er lange, schaute Richtung See, auf dem gemächlich ein Singschwanenpaar mit zwei graufiedrigen Jungen schwamm. Es war warm. Schließlich ging er ins Haus, der Fernseher lief. Über den unteren Bildschirmrand lief im Lauftext der Hinweis »Nachrichten-Sondersendung«. Im Bild Feuerwehrleute bei Löscharbeiten und Brandbegrenzungsmaßnahmen. Ein Pressehubschrauber kreiste über dem inzwischen eingestürzten Haus von Pekka Helle. Rings herum dicht gedrängt die Einsatzfahrzeuge. Die imposante Sendeantenne ragte verkohlt in die Höhe wie die in den Boden gerammte Harke eines Riesen. Ein Journalist interviewte Johan Niemi, der es tatsächlich geschafft hatte, sich für die Sendung herauszuputzen. Er erklärte, wie es örtlichen Polizeikräften in letzter Sekunde gelungen sei, Veeti Aho aus dem lichterloh brennenden Haus zu retten, das unmittelbar darauf durch eine Explosion komplett zerstört wurde. Der Gesandte hatte als Pekka Helle identifiziert werden können und war bei dem Polizeieinsatz ums Leben gekommen. Unter den Brandtrümmern waren die Überreste von Pekka Helle und einem zweiten Mann, der mit großer Wahrscheinlichkeit sein Vater war, gefunden worden. Zudem war in einem angrenzenden Waldstück eine Leiche entdeckt worden, zu deren Identität die Polizei augenblicklich noch keine Angaben machen konnte.

Aus den Blicken von Terhi und den Kindern im Wohnzimmer schlussfolgerte er, dass irgendetwas mit ihm nicht stimmte. Im Spiegel blickte ihm ein schmutz- und rußverschmiertes Gesicht entgegen. Seine Wimpern und Brauen waren versengt. Er wusch sich Hände und Gesicht auf der Toilette im Erdgeschoss und ging dann in die Küche. Auf der Arbeitsplatte stand ein Teller mit kalt gewordenen Eierkuchen. Er nahm sich Teller und Glas aus dem Schrank und wärmte sich einen Eierkuchen in der Mikrowelle auf.

Terhi kam in die Küche und stellte Teller für alle auf den Tisch. Die Familie setzte sich und aß schweigend. Terhi sah ihren Mann an, Jari schaute zurück. Sie lächelten.

Am Morgen setzte Nieselregen ein, der sich bis zum Abend zu einem handfesten Schauer verdichtete. Gegen Mittag wurde es windig, und ab drei Uhr schüttelte der Sturm die Wipfel der Bäume heftig durch. Oksman stand im Eingangsbereich des Zentralkrankenhauses und schüttelte seine triefende Jacke aus, wischte sich das Gesicht mit einem Papierhandtuch trocken und ordnete seine nassen Haare. In einem Spiegel auf dem Korridor überprüfte er, dass er ordentlich aussah, richtete noch den Kragen seines Hemdes und ging weiter zur Treppe. Unter seinem Arm klemmte eine Pralinenschachtel, die er unterwegs in einem R-Kiosk gekauft und unter seiner Jacke vor dem Regen geschützt hatte.

Krankenhäuser machten ihm Angst.

Es waren Orte, an die man die Menschen zum Sterben brachte und in denen es von Viren, Bakterien und anderen Krankheitserregern nur so wimmelte.

Er folgte den auf den Boden gemalten Buchstaben, Nummern und Strichen bis in den dritten Stock, betätigte den Desinfektionsspender und verteilte das Mittel auf den Handflächen und zwischen den Fingern. Mutter lag in einem Zimmer auf halber Höhe des Flurs. Er blieb vor der Tür stehen und lauschte. Im Flur war es ruhig, alle Türen waren geschlossen. Er holte tief Luft, presste seinen Arm gegen die Pralinenschachtel, drückte die Türklinke und trat ein.

»Hallo Mutter, ich habe dir Schokolade …«. Die restlichen Worte blieben ihm im Hals stecken. Er blickte direkt in die Augen seines Vaters, der auf der anderen Seite des Bettes saß und ihn abschätzend musterte. Oksman richtete seinen Blick auf Mutter, die halb sitzend im Bett lag. Dann trat er durch die Tür, schloss sie hinter sich und zog die Pralinen hervor.

Mutter richtete die Augen auf ihren Sohn. Die linke Hälfte ihres Gesichts war geschwollen, unter dem Auge hatte sich ein Ödem gebildet, das sich verfärbt hatte, der Mundwinkel war verschorft.

»Ich dachte mir, Schokolade heitert dich vielleicht auf. Wie fühlst du dich?«

Vater faltete die Satakunta-Morgenzeitung zusammen, in der er gelesen hatte, legte sie auf den Nachttisch und erhob sich: »Deiner Mutter geht es gut.«

Oksman schaute Vater nicht an, sondern hielt den Blick auf seine Mutter gerichtet. Ihre Augen glänzten und zwinkerten einmal: *Nicht!*

Vater war mit Jeans und einem Flanellhemd bekleidet. Auch wenn er mit dem Alter etwas geschrumpft war, war er immer noch fast genauso groß wie sein Sohn. Das Hemd spannte an den Schultern und Oberarmen, seine Halsvenen traten deutlich hervor. Vater musterte ihn von Kopf bis Fuß, dann bohrte sich sein Blick in Oksmans Augen. Über sein Gesicht breitete sich ein Grinsen aus.

»Wir haben gerade über dich gesprochen«, sagte er.

Oksman erwiderte nichts und konzentrierte sich mit aller Kraft darauf, dem Blick seines Vaters mit geradem Rücken zu begegnen.

»Wir haben in der Zeitung von dir gelesen«, sprach Vater weiter. »Wir sind sehr stolz. Großartig, dass diese Schwuchtel in die Luft geflogen ist. Du weißt, was ich von Polizisten halte, nichts als Abführmittel. Aber dieses Mal hast du wie ein Mann gehandelt!«

Oksman sagte noch immer nichts. Seine rechte Hand ballte sich zur Faust. Mutter sah es und schüttelte den Kopf, diesmal für alle sichtbar. Vater richtete den Blick auf seine Frau. Seine Miene verfinsterte sich, er blähte die Nasenlöcher. Mutter versuchte zu lächeln, alles, was ihr gelang, war ein vages Grinsen.

Vater streckte die Hand aus, und Oksman reichte ihm die Pralinenschachtel. Vater legte sie ans Fußende von Mutters Bett.

»Du weißt doch, Mutter darf keinen Zucker essen. In Dreiteufelsnamen, was bist du dämlich! Bringst Schokolade ins Krankenhaus!«

»Wie fühlst du dich?«, fragte Oksman und wandte sich erneut an Mutter. Seine Stimme zitterte leicht, und egal wie sehr er sich bemühte, er bekam sie nicht in den Griff. Vater roch seine Angst wie ein Bluthund, und das Grinsen in seinem Gesicht vertiefte sich.

»Ich habe doch schon gesagt, alles ist gut. Was willst du eigentlich überhaupt um diese Zeit hier. Besuchszeit ist erst um sechs.«

»Wurde dein Magen untersucht?«

»Der Magen?!«, rief Vater aus. »Warum zur Hölle sollten sie den Magen untersuchen? Bist du jetzt völlig irre? Dieser Trampel hat sich die Fresse aufgeschlagen, weil sie nicht mal ordentlich die Treppe runtergehen kann.«

»Deine Magenschmerzen. Hattest du sie noch?«, fragte Oksman weiter.

Mutter bekam ihr Lächeln in den Griff. »Alles untersucht«, sagte sie. »Mit dem Magen ist alles in Ordnung.«

Langes Schweigen. Vaters Mundwinkel umspielte ein Lächeln, die Augen funkelten.

»Schwuchteln kommen nicht in den Himmel«, sagte Vater. »So steht es in der Bibel.«

Oksman und Vater maßen sich mit Blicken. »Du hast sie geschlagen.«

Vaters Lächeln strauchelte keinen Wimpernschlag lang, der Blick blieb stechend: »Was faselst du da?«

»Ich werde dich anzeigen«, sagte Oksman. Seine Worte waren ihm nicht bewusst, sie schossen ihm einfach aus dem Mund, und er nahm sie erst mit den Ohren wahr.

Vater brach in schallendes Lachen aus. »Du willst mich anzeigen? Du elende Schwuchtel! Deinen eigenen Vater! Du weißt genau, was dann passiert. Auf der Treppe stolpert man immer wieder mal, glücklicherweise ist *dieses Mal* nichts Schlimmeres passiert.«

Oksman schaute Vater unverwandt an, versuchte ihn mit seinem Blick zu bezwingen, aber Vaters Blick durchdrang ihn wie ein Bündel Gammastrahlen.

»Ich ... damit ist jetzt Schluss«, brachte er unsicher hervor.

Blitzschnell stand Vater vor ihm und packte ihn am Kragen. Die Bewegung erfolgte so unvermittelt, dass Oksman nichts dagegen tun konnte. Eine Naht riss. In der ersten Regung wollte sich Oksman wehren, aber alle Kraft war aus seinem Körper gewichen. Er war wie gelähmt. Unfähig etwas zu tun. Vater presste ihn mit dem Rücken gegen die Wand und schob sein Gesicht direkt vor Oksmans.

»Du weißt genau, was dann passiert – wozu ich fähig bin«, stieß er zwischen den Zähnen hervor. »Ich werfe dich dem Köter zum Fraß vor.«

»Ich ...«

Vater griff mit der anderen Hand in sein Gesicht und presste ihm die Wangen zusammen. »Du verschwindest jetzt und lässt Mutter und mich zufrieden. Hast du das verstanden?«

Oksman nickte, und Vater verstärkte das Nicken durch die Bewegung seiner Hand.

»Gut.«

Vater öffnete die Tür und schob Oksman auf den Flur. Er folgte selbst so weit, um sich zu vergewissern, dass der Vorfall von niemandem bemerkt worden war. Oksman zog sein Hemd glatt und öffnete den Kiefer. Einen Augenblick starrten sie sich noch wortlos an, dann kehrte Vater ins Patientenzimmer zurück und zog die Tür hinter sich zu.

Oksman folgte wankend dem gelben Strich in Richtung Ausgang. Sein Unterkiefer zitterte, Tränen rannen, abwechselnd öffnete und schloss sich seine Faust. Er wischte sich mit dem Ärmel über das Gesicht. Draußen stellte er den Kragen seiner Jacke nicht auf und ließ den Regen seinen Nacken peitschen.

Mit langsamen Bewegungen verteilt er Creme in seinem Gesicht, deckt es mit Puder ab und umrandet die Augen mit einem Kajalstift. Sein Kleid ist rot und schmiegt sich eng an seinen Körper. Der tiefe Rückenausschnitt zeigt seinen breiten Rücken, die knochigen Schultern stechen unter den Spaghettiträgern hervor.

Mit einem letzten Blick in den Spiegel überzeugt er sich davon, dass alles perfekt sitzt. Das Kleid reicht ihm bis zu den Knöcheln, ein hoher Schlitz entblößt helle Haut. Er lächelt sein Spiegelbild an, wirft sich einen Luftkuss zu und schließt die Wohnungstür hinter sich. Die starrenden Blicke, die durch die Türspione geworfen werden, kann er förmlich fühlen. Aber sie stören ihn nicht. Nicht heute.

Seine Haltung ist aufrecht, sein Schritt beschwingt. Die Absätze seiner High Heels klackern auf den Treppenstufen.

Draußen weht ein laues Lüftchen. Der Wind fährt durch seine Haare und bläst sie ihm in die Augen. Ein Taxi kommt die Straße heruntergerollt. Er überquert den Parkplatz, die Handtasche baumelt über der Schulter. Die Tür des Taxis wird geöffnet. Ein Mann im weißen Hemd und hellgrauer Anzugweste steigt aus, lächelt und begrüßt ihn mit einem Wangenkuss. Sie setzen sich auf die Rückbank. Das Taxi fädelt sich in den Verkehr ein und fährt in Richtung der blinkenden Lichter und beleuchteten Straßen.

Die Community für alle, die Bücher lieben

In der Lesejury kannst du
- ★ Bücher lesen und rezensieren, die noch nicht erschienen sind
- ★ Gemeinsam mit anderen buchbegeisterten Menschen in Leserunden diskutieren
- ★ Autoren persönlich kennenlernen
- ★ An exklusiven Gewinnspielen und Aktionen teilnehmen
- ★ Bonuspunkte sammeln und diese gegen tolle Prämien eintauschen

Jetzt kostenlos registrieren: www.lesejury.de

Folge uns auf Instagram & Facebook:
www.instagram.com/lesejury
www.facebook.com/lesejury